10 95

D1739310

Paco Ignacio Taibo I | Siempre Dolores

byblos

1.ª edición: noviembre 2004

© Paco Igancio Taibo I
© Ediciones B México, S.A. de C.V., 2004
   Bradley, 52 – 11590 México, D.F.
   www.edicionesb.com
   www.edicionesb-america.com

ISBN: 970-710-174-1

Impreso en los Talleres de Quebecor World

Paco Ignacio Taibo I | Siempre Dolores

byblos

Este libro está dedicado a las siguientes personas, por orden de aparición en la vida:

Paco Ignacio Taibo II; nacido al mismo tiempo que *Rope*, el film revolucionario del señor Hitchcock.

Paloma Saiz de Taibo, que nació cuando Chaplin terminaba *Monsieur Verdoux*.

Benito Taibo, que estrena vida cuando Cassavetes estrena *Shadows*.

Carlos Taibo, que aparece en el año en que se estrena el primer homenaje a Laurel y Hardy.

Marina Taibo; quien debuta en el Sanatorio Español de la ciudad de México, al mismo tiempo que la Metro Goldwin Mayer decide vender la ropa de sus estrellas e inaugurar un casino en Las Vegas, Nevada.

Ars Gratia Artis.

ADVERTENCIAS

Muchos de los personajes que atraviesan este libro viven o vivieron; sin embargo, ninguno de ellos tiene o ha tenido la culpa del tipo de vida que en el libro lleva.

El autor afirma que quienes ofrecen su imagen en una pantalla pasan a integrarse a los sueños, planes y fantasías eróticas de las gentes que los observan y gozan.

En este sentido, y por lo tanto perteneciente a la gran propiedad común y universal, el autor usa a estos personajes a su gusto, a su manera y de acuerdo con sus necesidades.

La única diferencia entre el autor y los millones de soñadores que el cine crea es que el primero pone en cuartillas lo que otros instalan únicamente en la ilusión y el secreto.

Este libro sería, por lo tanto, una de las muchas maneras en que pueden ser usados los seres que el cine ofrece; otras maneras darían otras novelas y otros sueños darían otras fantasías.

Personajes de todos nosotros, así son cuando le pertenecen a un autor, quien los mueve a su aire y los goza y, en ocasiones, los desprecia. Las estrellas se acuestan con nosotros todas las noches y nos abandonan en el momento en que suena el despertador.

En este libro, la estrella queda prisionera del deseo del escritor y se convierte en lo que el escritor quiere.

Ella no tiene la culpa de cuanto aquí se cuenta, el escritor tampoco la tiene; de encontrarse la absurda necesidad de hallar a un culpable, habrá de llamarse a declarar al cine.

Pero el autor quiere señalar, por otra parte, su apasionado respeto por una cierta persona que aquí, en el libro, se mueve; el autor quiere decir que fue su amor juvenil por una estrella lo que puso en marcha todo un tinglado novelesco.

Hay amores que se desatan, en un día cualquiera, en la oscuridad de un cine provinciano y que jamás podrán volver a ser domesticados o relegados; sino que estos amores navegarán a lo largo de los años sobre nuestra propia vida por su cuenta y con su riesgo y sólo terminarán el viaje cuando el amador termine.

En ocasiones podrá parecer que el autor no guarda por la estrella amada ese respeto que aquí proclama; en este caso la culpa, además de ser del cine, es de la larga frustración que nos acomete cuando sentimos que nuestra carne afloja mientras que ella, la estrella, sigue apareciendo en las pantallas de televisión con la belleza exacta con que la conocimos de muchachos.

La estrella permanece y nosotros nos vamos acercando al final.

El autor está pensando que sólo hay una eternidad: el cine.

PRIMERA PARTE

El camino hacia Emporia

Aparece Dolores

Edwin Carewe se alejó unos pasos de la puerta, como quien busca encontrar la distancia adecuada para admirar una obra de arte, y que quedó inmóvil, con las dos manos metidas en los bolsillos de un pantalón color crema claro. Vestía, también, un largo chaleco de punto, con cuello redondo y un pañuelo de seda con dibujos blancos y negros anudado al cuello.

El suéter era de un tono canela delicado y creo recordar que estaba bordado con un espeso estambre que formaba manchas espaciadas.

Es muy posible que en aquel momento yo estuviera distraído, ajeno en la contemplación del pesado ambiente de la sala y de sus muebles tan densos y hundidos en la alfombra. Pero lo que ocurrió, inmediatamente después, hizo que la escena se fuera filmando en mi memoria de tal forma que he vuelto a pasar ese mismo rollo mil veces y aún ahora puedo hacer que todo transcurra en el delicado ritmo de un *slow motion* y que desde la sala de grabaciones me llegue una música que no puedo identificar, que no tiene melodía y que parece haber sido creada para acompañar un movimiento tan suave y dulce y tan callado, porque ella llegó como si King Vidor hubiera dado, apenas con un gesto, la orden de que se iniciara aquel instante tan cuidadosamente calculado, iluminado y ofrecido.

La puerta estaba abierta, con las dos hojas pegadas a las paredes, como clavadas en ellas. Las paredes eran blancas. Edwin Carewe me daba la espalda, y parecía absolutamente ajeno a mi presencia y a la del fotógrafo, cuya cámara clavaba en la alfombra sus tres garras de madera, rematadas en un metal dorado.

Edwin advirtió la presencia y fue sacando sus dos manos de los bolsillos para unirlas a la espalda; de tal manera que se me ofrecieron en un intenso primer plano.

En ese instante entró Dolores.

Advertí, primero, sus pies, desnudos, sobresaliendo apenas en aquella vegetación de lanas esponjadas, de muy vagos dibujos.

Unos pies pequeños que se iban abriendo camino y no pisando, que parecieron dudar un instante, como si temblaran ante una situación desconocida, para después sobreponerse a tantas lánguidas indecisiones y comenzar su amoroso desplazamiento hacia un sillón enorme que la estaba esperando.

Las manos, inmóviles, volvieron a cubrir la pantalla, que palpitaba en relampagueantes perlas grises.

No pude soportar más tantas tensiones y lancé mi mirada sobre el rostro de Dolores: pero ella estaba ocupada contemplando el pesado ámbito en el que la habían instalado para llevar a cabo su primera conferencia con un especialista en relaciones públicas.

El inmenso despacho, tan colmado de maderas,

metales y recuerdos no dejaba entrar la luz de California.

El fotógrafo creó un relámpago y después modifi-
có uno de los pesados reflectores.

Dolores sonreía desde el fondo de un rostro delicado y ausente.

Mi nombre

Yo era el especialista en relaciones públicas, un yo recién llegado y tan sorprendido por mi nombramiento
como por su presencia.

Un yo ansioso de morder un pedazo de la gloria de
Hollywood y retornar con ella entre los dientes a mi
ciudad: Nueva York.

Me llamo Irving Taibo; nací de un padre español y
de una madre de ascendencia judía que había perdido
todo contacto con las gentes de su raza.

Los Taibo partieron de Checoslovaquia y pasaron
por el norte de España para llegar a los Estados Unidos hacia finales de siglo.

Mi padre hablaba español y mi madre decía palabras en polaco o en húngaro; nunca llegamos a saber
esto bien, porque se murió joven sin habernos aclara-
do cabalmente su procedencia.

A mi padre, por otra parte, no le importó nunca in-
dagar este tipo de cosas; para él, el mundo estaba limitado a su pequeño restaurante en la calle 14 y al grupo
de amigos que acudían, después de cerrado el negocio,
a jugar a cartas en la cocina. Los amigos de mi padre

hablaban inglés, pero ninguno de ellos había nacido en los Estados Unidos.

Yo crecí en un mundo en el que la nacionalidad, los idiomas y las costumbres se mezclaban de forma tal que jamás llegábamos a preguntar en qué país exactamente había nacido una persona o cuál sería su idioma original.

Mi padre se ponía todos los días un largo mandil de tela color pardo y se dedicaba a azuzar en español al cocinero, al ayudante y a los dos sirvientes.

Ellos le respondían en chino, italiano, holandés; según se iban sucediendo los rostros por el negocio. El restaurante se llamaba Oviedo y tenía una cierta fama entre los entendidos que podían perdonar ciertas deficiencias higiénicas y estéticas en favor de una alimentación sorprendentemente rica en sabores y colores.

El restaurante estaba muy cerca de los muelles del oeste y solía recibir visitas de marineros que salían del barco, se sentaban a la mesa y bebían y comían hasta la hora de volver a sus literas; muchos de ellos no conocían de Nueva York sino el restaurante Oviedo y no todos eran españoles, sino que abundaban los noruegos y las gentes de la Bretaña francesa.

Un día, hacia el año 1924, conocí en el restaurante de mi padre a John Dos Passos; supe que comía siempre atún con tomate y que solía ir solo. Hablaba muy poco. Un amigo me lo señaló y fui a sentarme a su mesa para decirle que yo iba a ser escritor también.

No recuerdo de qué hablamos pero creo que fue exclusivamente del atún con tomate. Mi padre no le tenía mucho aprecio, porque John Dos Passos casi no comía pan con el atún y esto contradecía las fórmulas adecuadas para enfrentarse al guiso.

Mi padre tuvo en ese restaurante a un asturiano, creo que más tarde se quedó con el negocio, que era descendiente directo de un beato llamado fray Melchor, también asturiano. Parece ser que fue el único asturiano que subió a los altares o está a punto de subir.

Este grado de santidad heredada jamás conmovió ni a mi padre ni a la clientela, a pesar de que el empleado mencionaba con mucha frecuencia al beato antecesor.

Yo comía todos los días en el restaurante y un día vi como John Dos Passos llevó a comer a un tal Ernest Hemingway a quien yo había leído en revistas. Ese día no me atreví a sentarme a su mesa.

Yo estaba tan ansioso de ser escritor que contemplaba el mundo como un espectáculo que necesitaba su cronista inmediato; todo podía ser descrito y en todo había matices que los otros escritores no habían observado adecuadamente.

Por otra parte la literatura era un camino que llevaba a todos los lugares; un camino bordeado de gloria, de oro y de manos que ovacionan y saludan y se adelantan para palmearnos la espalda y agradecen y se ofrecen. Escribir era, también, un ejercicio vigoroso que no podía relacionarse con un cuarto lleno de humo, sino con un desierto con camellos, una montaña coronada de nubes, un río y una canoa, y en varias ocasiones un jardín, una copa de un licor dorado y una mujer que nos observa, mientras escribimos, desde el borde azul de la piscina.

Los escritores no tosían nunca, pero podían caerse de borrachos; nunca lloraban sobre el amigo muerto, pero eran capaces de vengarle desde lo alto de un caballo negro; los escritores eran los elegidos, y su testimonio sería la voz que diera noticia de un mundo que se inauguraba por entonces y que no tenía pasado ni cercano ni remoto, sino que surgía de sí mismo para que el escritor lo narrara; éramos los llamados a crear una nueva literatura musculosa que llevaría al escritor hasta las corridas de toros en Pamplona, hasta la cacería de leones en África, hasta trincheras en Francia, hasta los hospitales en Italia.

Éramos los adelantados de un mundo atlético y escudriñador, en el que la gloria se medía no sólo en dólares, sino también en viajes por el Atlántico, dejándose llevar por el ritmo de un vals que la orquesta interpreta en el salón de primera clase.

Yo no quería ser un escritor vestido de luto y caminando sobre las nieves de Moscú; ni quería atormentarme en una mansarda de París contemplando el último pedazo de pan; yo quería entrar en la vida observando, contando y recibiendo por todo esto un premio en especies.

Se trataba de llegar al emporio, al gran mercado, y ofrecer allí mi literatura compuesta por palabras elásticas y precisas; una literatura que desde la experiencia personal contara las experiencias personales.

Por todo esto cuando conocí a Scott Fitzgerald le reproché no la fragilidad de sus personajes, sino su propia fragilidad.

Él buscaba también el emporio para vender su

mercancía, pero no sabía cómo invadir el mercado, cómo golpear con el puño sobre la mesa, cómo gritar con furia. Se cansaba muy pronto. Él estaba negando, con su actitud, a ese tipo de escritores entre los que yo quería contarme; a esos nuevos guerreros que llevan hasta la yarda cero la pelota convertida en máquina de escribir.

Yo no quería tanto ser un escritor, como ser ese tipo de escritor.

Mi padre, sin embargo, no sabía lo que yo era ni quería ser; me veía entrar en el restaurante, colocaba personalmente un plato en una mesa de mármol italiano, servía un vaso de vino y se iba a reñir con el chino, el holandés, los españoles.

Mi padre atendía a todos los parroquianos con la misma absoluta falta de cortesía; una vez ordenó a un capitán de barco que abandonara el establecimiento. Había pedido salsa embotellada.

Mi padre tenía un sentido del humor un poco áspero; uno de sus amigos me contó que cuando se cortó el dedo con el cuchillo de cocina, tomó el pedazo que había caído sobre el piso, lo mandó lavar y lo metió en una cazuela con otras diversas carnes.

A pesar de que por su casa pasaban tantos extranjeros, mi padre entendía su fidelidad a la nación que le había recibido no aceptando otra moneda que no fuera el dólar.

En ese sentido su concepto de patria era muy firme. Al marcharme de Nueva York, mi padre me comunicó que iba a casarse de nuevo con una mujer que le parecía noruega o acaso rusa y que esperaba que, en este caso, ella duraría algo más que él mismo. Acertó, porque mi padre murió en 1928, sin que yo lo hubiera vuelto a ver.

En los años cincuenta volví al restaurante Oviedo, y allí estaba el lugar, fiel a una larga y ya marchita tradición de comidas espesas. Pedí atún con tomate, pero no estaba en el menú; no me conocieron y no vi a ninguna mujer en el establecimiento. Me fui, pero antes le dije a un empleado señalando una mesa:

—Aquí comieron John Dos Passos y Hemingway.

—¿Quién?

Me hubiera gustado poder decirle: «Aquí comí yo», pero no lo hice.

Yo nací en el año 1903 y comencé a publicar artículos y narraciones cortas a los veintiún años.

Sin haber cumplido los veintitrés años le pedí un préstamo a mi padre, que jamás devolví, y compré un Ford modelo T, con dos asientos, un techo de lona agujereada, que podía recogerse, y un espacio para el equipaje.

Me fui por carretera a Hollywood.

Mi decisión partió de la observación cuidadosa del mercado literario; Hollywood era el sitio adecuado, el que entregaba por literatura fama y dinero.

Es cierto que esta literatura no era de primera clase y que los escritores que vivían en Hollywood detestaban este trabajo tan excepcionalmente remunerado.

Pero yo no guardaba dudas sobre qué es lo que iba a ofrecer y lo que quería que me ofrecieran; yo no llegaría a Hollywood avergonzado por crear historias falsas para una fábrica de falsedades. Por el contrario, aceptaba las reglas del juego del mercado y estaba dispuesto a no dejarme llevar por esa dulce desesperanza de quien al saber que lo que está escribiendo es detestable, siente su incapacidad para dejar de hacerlo porque ama el dinero con el que le pagan.

Yo no iba a Hollywood llorando, sino a entregar mí mercancía, a aprender un oficio, ganar un dinero, conseguir una fama y volver de nuevo a Nueva York.

Nueva York, el trampolín del mundo.

Fue un viaje lento, amable, calculado.

De océano a océano; atravesando un país que se ofrecía como el futuro escenario de mis historias; viendo y tomando nota; contemplando y gozando.

Silbando, solo, en las interminables carreteras, mientras el heroico modelo T ronroneaba, carraspeaba y me pedía el esfuerzo constante de volverlo a poner en marcha accionando una manivela de hierro abrillantado por muchas manos anteriores.

Un viaje para poner a punto los músculos.

Sin embargo, al llegar a Kansas me topé, de pronto, con el eco de lecturas y de oscuros mensajes aún no totalmente digeridos; el corazón comenzó a sacudirse mientras los escenarios imaginados iban tomando cuerpo y mostrándose tan distintos a lo soñado como si sobre un viejo mundo, dorado al tacto y al recuerdo, se sobreimpusiera la rudeza de quienes aún en el instante de dar a conocer sus ilusiones y conocimientos muestran una torpeza y un desaliño que la referencia al pasado glorioso no hace sino más áspero, rugoso y tosco.

Me veo atravesando Augusta, que era una mancha parda en el atardecer y el solitario vuelo de un ave torpe y polvorienta; me veo rodando sobre Concordia, en donde no me quisieron vender tabaco, y frenando lentamente en un lugar llamado Eureka. Y, de pronto, tengo ante mí un letrero que anuncia mi próxima llegada a Emporia.

Emporia; el automóvil parecía deslizarse ahora por la triste carretera para llegar al lugar que anunciaría mi destino.

Emporia no era lo que era, sino lo que yo estaba necesitando encontrar; avanzada de mi futuro. Emporia estaba hundida en un suave clima plateado, en una muy ligera brisa templada, bajo un sol tan blanco que deslucía los árboles y las piedras, ponía destellos en los objetos más humildes, haciendo luminosa una lata de gasolina abandonada, un letrero que anunciaba la fragua, otro que ya casi no anunciaba nada.

Emporia está despatarrada al sol plateado, sumida en calma, en un tiempo imposible, como si toda la historia de los emporios griegos se hubiera remansado ahí para predecir mi futuro.

Emporia; mi lento automóvil atravesaba el lugar sin despertar sino a los perros, hundiéndose en un sueño de promesas que ensanchaban mi pecho y mi sonrisa, como dejándose llevar más que empujándose a sí mismo, acompañándose de un ronroneo perezoso de avispas entre el polvo y el son de un motor viejo que goza con ese momento, tal y como si ya en la última crisis recuperara su juventud y un suave murmullo engrasado y feliz; así iba yo en mi Ford hundiéndome lentamente en Emporia.

Así la atravesé, recibiendo un gozoso impulso que me pujaba hacia una meta ya dispuesta para mi apetito; un lugar que más que final de viaje, sería a su vez apertura para nueva y ya definitiva experiencia; me deslizaba por Emporia y establecía con el pensamiento un muestrario de aquellas habilidades, talentos, disposiciones, que yo ofrecía al ingenuo y desprevenido mundo del cine.

Así navegaba, avanzaba, por Emporia, ordenando mis mercancías por las cuales sería pagado y aplaudido.

Augusta, Eureka, Concordia y al fin Emporia; nombres tan resonantes que las viejas lecturas se alzaban sobre sí mismas, se ponían en pie, me sacudían el ánimo.

Y la realidad de pueblos polvorientos era delicadamente desplazada por mis propios sueños, pujantes, sonrientes.

Augusta, Eureka, Concordia, Emporia; descubrimiento de que el ayer y el hoy son como la edad de quien lo mira; que las grandes hazañas son repetibles sin que importen los siglos, que nada es el paisaje, sino el alma de quien goza el paisaje.

Así, Eureka, Concordia, Augusta, Emporia, que al comienzo me habían golpeado con sus rufianes tumbados en el polvo, sus moscas, sus vicios reumáticos y torpes, se convirtieron en una predestinación.

Y yo avanzaba por Emporia, no ya como un héroe recubierto por el halo dorado de las viejas historias, sino tocado con el casco reluciente del mariscal de campo de un equipo de futbol universitario. Así me sentía;

tan seguro, tan calculadamente eficaz, tan ligado a la leyenda de un pasado por mi propio concepto de la literatura eficaz, reveladora, testimonial. El mercado me estaba esperando y después de arrancar mi tajada, volvería rodeado de una fama risible, pero sonora, al lugar desde el que partiría hacia el mundo que espera.

Tres años en el mercado y después dejaría el emporio y me instalaría sobre Central Park, para diseñar mis novelas; por entonces aún sería demasiado joven para el gusto europeo.

Tenía tiempo, tenía proyectos y salía de la zona de recuerdos con un talante tan alegre, que al pasar El Dorado paré mi máquina y me puse a orinar sobre la tierra, muy seca y polvorienta, en plena carretera.

Supongo que con esto quise hacer una ofrenda a los primeros conquistadores, aquellos que, al igual que yo, eran movidos por un ansia de eternidad y de dinero.

El Dorado recibió mis orines sin denunciar complacencia y atrás dejé esta zona de sugerencias antiguas y de adormecida realidad presente.

Primera toma de Dolores

Sus pies desnudos se quedaron frente al sillón y luego, en un giro tan rápido que no pudo ser visto, volvieron hacia nosotros y desaparecieron entre los pliegues de aquella bata impredecible. No era justamente una bata, sino un quimono que parecía hecho con un inmenso mantón de Manila, y que había recibido para aumentar mi asombro, como adorno adicional, un largo borde de piel blanca, muy delicada, que se movía al más ligero soplo de aire o bajo el aliento de Dolores.

Entonces, cuando aún no había podido llegar más lejos en este inventario de asombros, entró en el inmenso salón oscuro una mujer vestida de negro, muy silenciosa, de hombros apesadumbrados. Traía en las manos un perro muy pequeño, muy peludo, de ojos maliciosos.

La mujer de luto entregó a Dolores el perro y se fue sin mirarnos. Dolores ya estaba sentada en el sillón, un sillón rimbombante, un indeseable sillón que tenía el siniestro aspecto de un gran animal agazapado y hosco; se hundió en el sillón convirtiéndolo en un espacio acogedor, en un hueco cálido que la envolvía y la preservaba de todo tipo de miradas.

Desde el fondo del sillón, envuelta en aquel estremecedor quimono filipino, escondiendo los pies y apretando contra su cabeza la ridícula cabeza del perrito; todo lo que podíamos ver de la recién llegada era un rostro oval, una mirada escrutadora y llena de preguntas y una sonrisa que venía a decirnos que el sillón, el perro, el quimono y Hollywood entero no eran un lugar amoroso para una jovencita indefensa, absolutamente desprotegida, que sólo podía confiar en cosas tan elementales como el calor animal del perrito y la oquedad vigorosa de aquel mueble en el que se hundía hasta el fondo, asomándose un poco como quien sale de un cálido ovario a contemplar el mundo que lo espera y tener una visión precisa de quiénes son sus amigos y quiénes acaso ya anuncian amenazas, No sabía, entonces, que dentro de esa figura, tan aparentemente desvalida, tan ansiosa de encontrar en un animalito su primer amigo, y en un sillón su primer refugio, ronroneaba ya un impulso de conquista, una ambición absoluta, y que en aquellos ojos que miraban hacia nosotros, pidiendo ayuda y exhibiendo un supuesto desamparo, se ocultaba, maliciosamente, resguardado por la petición de clemencia, un curioso sentido de la vida.

Todo en la fotografía muestra hoy a una mujer quebradiza en un mundo de sólidos valores económicos y duraderos; la enorme masa de patas de animal que aprisionaban el suelo bajo ellas, la gran lámpara, unos cortinones negros del fondo, unos hierros forjados y un biombo tras de ella, que es la única nota delicada en la que Dolores podía confiar. En ese ambiente tan pesadamente recargado en el que brillaban las piezas de plata maciza colocadas sobre la mesa, el recogido gesto de Dolores era tan manifiesto como pudiera ser la llamada de protección de un pájaro diminuto dentro de un nido que se pierde en el arbolado mundo de reptiles, fauces y maullidos. Dolores, por otra parte, había sabido mantener al inútil perrito entre sus brazos, de tal forma que el sentido inicial de protección cariñosa hacia el animal, se transmutaba y de pronto advertíamos que era tan vulnerable aquella mujer, que buscaba en un ser ínfimo de dientes casi inexistentes, a un nuevo y ansiado protector.

Y así fue cómo Dolores consiguió, con una sola y primera fotografía, movilizarnos a todos a su alrededor, establecer una guardia absoluta de voluntarios capaces de morir por ella y, al mismo tiempo, llenar de ternura y candor el corazón de sus primeros admiradores.

Esa es la fotografía que conservo aún en mi cartera; la que va y viene conmigo, la que está ligada a mi vida de tal forma que a ella recurro para volver al pasado y al que fui.

Fotografía que habiendo sido establecida como un primer grito de ayuda para la mujer que por primera vez se asomaba a Hollywood, se fue a convertir en un talismán en manos de aquel escritor tan joven, tan sagaz, tan pretencioso que jamás había conseguido escribir algo.

Dolores, en aquella mañana, casi no habló, se movía muy poco, cuidando cada gesto y sin separarse jamás de aquel mueble tan floreado, extravagante y compañero.

Se había peinado con el pelo separado por una raya que cruzaba su cabeza exactamente por la mitad; tenía las cejas muy arregladas y alrededor de los ojos una suave tintura de rimel, llevaba los labios pintados de tal forma, que en vez de asemejar a un corazón curiosamente estrujado, seguían la línea natural. Esto le quitaba el tono de juguetona infantilidad que las otras muchachas del cine adoptaban por entonces y le marcaba la posibilidad de una sonrisa muy abierta y descansada.

Por otra parte, los brazos desnudos, sin pulseras ni sortijas, frenaban la tentación del espectador de convertirla en una gitana cargada de abalorios y adornajos; contemplándola en el sillón uno parecía estar seguro de que esta desnudez de sus brazos se prolongaba por todo el cuerpo y lo que se recogía, cálido y terso, bajo la seda crujiente, era una carne de un color muy suavemente tostado, de poros cerrados y sin lunares, manchas o esas otras impurezas que en ocasiones interrumpen la suave belleza de un cuerpo desnudo.

Cuando el fotógrafo dejó de trabajar, la mujer menuda y vestida de negro entró para llevarse al perro, pero antes besó a Dolores en la frente mientras Dolores inclinaba la cabeza de una forma muy delicada, como si ofreciera una fruta a la que luego supe era su madre. El beso fue rápido y la mujer se marchó sin mover el aire.

Edwin Carewe parecía muy satisfecho con lo que estaba viendo; se movía por la habitación sin despegar los ojos de Dolores y de cuando en cuando daba una orden en una forma un poco áspera y yo seguía todo aquel juego, muy silencioso, dejándome llevar por el encanto ambiguo de una mujer que parecía estar jugando con su insignificancia y que, de pronto, proyectaba una decisión que se le escapaba a través de una mirada rápida al fotógrafo, una sonrisa de entendimiento hacia Edwin o un gesto complaciente para mí.

El fotógrafo había adquirido en Hollywood una larga práctica y movía su pesada cámara con una destreza más que sorprendente; observaba la habitación y a la modelo desde un ángulo, entrecerraba sus ojos, y luego, como confirmando sus suposiciones, agitaba la cabeza varias veces, antes de ir por su cajón colmado de metales e instalarlo en el sitio elegido.

Edwin, en ocasiones, tocaba con la mano al fotógrafo y le indicaba un lugar sobre la alfombra de un color café muy oscuro; entonces el fotógrafo cargaba hacia ese lugar el aparato y colocaba sus tres patas de remates agudos, con una precisión profesional y satisfecha.

Dolores no se cansaba de mover su cuerpo dentro del quimono de seda, más que moverlo parecía desplazarlo, como satisfecha también con el roce que la seda proporcionaba a la piel.

Edwin finalmente dijo que la entrevista que yo pensaba hacer a la nueva actriz sería mejor que quedara para otro día.

Dolores agradeció esta decisión con una sonrisa tan rápida, que no pareció sino como acentuación de su largo gesto de asombro contento, y cruzando su brazo desnudo sobre la cintura, para apretar los vuelos del quimono sobre el vientre, comenzó a desplazarse hacia la puerta. Al pasar a mi lado adelantó la mano izquierda y me rozó apenas con un gesto que parecía contener una avergonzada bendición y que yo, más tarde, relacioné con todo un ritual que ella había confeccionado para sí misma, para ser ofrecido en las ceremonias de Hollywood.

Dolores estaba ensayando ya sus primeras actitudes y yo recibía estremecido el privilegio de ser el primer elegido para tales experimentos.

Dolores rozó con su mano mi mano y dejó que la mía se quedara en el aire, como si hubiera intentado atrapar a la esquiva sombra y el asombro, ante tan fugaz huida, la hubiera dejado inmóvil en un largo congelamiento.

Y se fue del salón tan lleno de muebles muertos y aún en pie.

Ahora comprendo que Dolores sabía, aun antes de llegar a Hollywood, que su defensa ante el mundo del cine consistiría en mostrarse en un absoluto desamparo. Esto, sin embargo, no era fácil, ya que en Hollywood estaba triunfando la mujer capaz de enfrentarse a los últimos descubrimientos y aventuras del hombre. Un tipo de mujer segura de sí misma, vestida deportivamente, con el cabello arreglado de tal forma que no fuera impedimento a la hora del esfuerzo deportivo.

Hollywood mantenía abierto su inmenso catálogo de damas sofisticadas, de mujeres atrevidas, de cazadoras de hombres, de aristócratas depravadas; Dolores advirtió a tiempo que a Hollywood le faltaba la mujer desprovista de defensas.

Por eso resultaban tan eficaces esos gestos de deliberada ausencia, de suplicante asombro: actitudes que iban a crear a su alrededor zonas de silencios densos y de apetencias desesperadas.

Al verla en aquella primera mañana de California presentí que un elemento nuevo y prometedor había llegado a Hollywood y que mi tarea sería la de desarrollar esta intuitiva forma de mostrarse de la joven impidiendo que los mecanismos del cine la obligaran a ser como las otras; desenfadada, deportiva, sin misterio.

Dolores salió de la enorme habitación y Edwin fue siguiéndola con la mirada como si estuviera registrando con la cámara su retirada, paso a paso, hasta que la puerta se cerró tras ella. Después Edwin giró velozmente para darme órdenes respecto a las fotografías y pedirme que nadie las viera antes que él.

Me despidió con un gesto y yo salí también, pero Dolores había desaparecido; vi, sin embargo, a la mujer de luto, que estaba hablando con un hombre de fino bigote, de muy escaso pelo, pálido, que fumaba apretando con la mano una boquilla dorada. Después supe que era el marido de Dolores.

Esa tarde redacté una nueva nota sobre la joven de belleza española que iba a revolucionar el mundo del cine con su rutilante presencia. Fue un escrito entusiasta que iba mucho más allá de mis obligaciones profesionales.

Y esa misma noche acepté, entre complacido y agitado, que me había enamorado y que este amor se iniciaba en condiciones sumamente complejas; Dolores, a pesar de su juventud, tenía, no solamente un marido, sino también un protector exigente.

Antes de abandonar la inmensa sala, Carewe me había dicho, entre confidencial y especulativo: «Tenemos en nuestras manos a una futura gran estrella de cine, no dejemos que la sopa se nos caiga del plato.»

Le aseguré que la sopa sería cuidadosamente mantenida en el equilibrio adecuado.

ESPÉRAME, NUEVA YORK

No me había despedido de nadie y prácticamente no dejé a nadie atrás; tenía amigos circunstanciales y amigas ocasionales; lo único que por entonces me importaba era mi profesión de escritor. Compré un libro con las hojas en blanco y tomé notas durante el viaje; en la primera página escribí: NOVELA.

«El escritor va de Nueva York a Hollywood pasando por ninguna parte.» La verdad es que el país no era para mí sino un puente entre la gran presencia y la gran esperanza; Nueva York ofrecía una competencia demasiado dura y Hollywood promete un nombre proyectado sobre una pantalla. Hollywood era una escalera festoneada de focos, tapizada de rojo, nada seria ni formal. Nueva York era el mundo y Hollywood era el gran cañón para colocar el proyectil humano bajo la mirada respetuosa de los camareros del hotel Plaza.

Yo quería ir a California para poder volver.

Y quería volver para gozar con la única fama memorable: la fama literaria.

Así que atravesé el país, envuelto en polvo, tomando notas, imaginando títulos de novelas y asomándome fugazmente a pueblos, cantinas, hoteles de segunda, calles solitarias y enormes extensiones bajo el sol pesado y duro o una lluvia tan sólida que amenazaba con hundir el frágil techo de mi automóvil.

De aquel largo viaje sólo tengo aún en la memoria una confusa mezcla de latas de gasolina, excitación constante y un ritmo de jazz.

Entré, al fin, en Hollywood; todo el nimbo heroico que el largo viaje había colocado sobre mi cabeza, se diluyó de pronto al pasar por las primeras palmeras y ante los primeros cines iluminados en una noche que era la primera noche y también la noche por sí misma.

Recuerdo que lancé hacia atrás la capota arrugada, muy marchita, del auto y avancé por el boulevar de Santa Mónica, tan despacio como el Ford lo permitía, para encontrar un hotel y allí frenar y poner los pies en el suelo y sentir que California podía pesar en el alma, y aplastar las bien calculadas ilusiones planteadas durante el viaje, y demostrar al viajero, de pronto, que sólo era un muchachito al que Eureka o Emporia no habían prestado sino una muy provisional filosofía que se caía carcomida, bajo una realidad de luces eléctricas y de restaurantes con porteros de libreas rojas, y esto era la verdad y esto era lo que había que ganar, ya que los héroes morían aplastados por esa máquina que se muestra hambrienta en todas las esquinas; ese cine que era la única realidad memorable y sólida.

Estaba en Hollywood y lo primero sería ocultar mi displicente tono de futuro escritor de Nueva York; porque Hollywood podía comprar a los más grandes, pagarles una fortuna, humillarles y devolverlos, ricos y destrozados, a las orillas del Hudson.

Así que me dispuse a ocultar que Hollywood era mi presa y que después de atraparla yo volvería a mi lugar, con el trofeo bajo el brazo, para ser festejado por los míos.

Pero la primera sorpresa es que la presa es sólo una ilusión no un objeto aprehensible; Hollywood no existe, no tiene una identidad ni una conformación, se entra en Hollywood sin saber que se ha entrado y se sale sin advertir el hecho. Lugar sin otra frontera que la que uno mismo señale, se plantea ante el recién llegado como una prolongación de Los Ángeles o como barrio desagradable de Beverly Hills. Con mi automóvil fui saliendo y entrando en Hollywood sin advertirlo y atravesando bulevares en los que, de pronto, descubría alguna señal que indicaba que el cine era la razón de ser de todo lo existente.

En Broadway con el Olympic Boulevard me sonreía, desde la marquesina del salón United Artist la mujer amada de América, Mary Pickford, y en la esquina de la Quinta con Mills un automóvil sostenía sobre su débil capota de cuero gastado el anuncio, pintado sobre madera, del último film de Chaplin.

Las calles estaban surcadas por los raíles de una intrincada comunicación tranviaria y las palmeras aparecían en todas partes como una deteriorada señal de que la naturaleza, a pesar de todo, no había sido destruida totalmente.

El campo de batalla, en esta primera visión, en el atardecer, no daba una imagen demasiado gloriosa.

La torre blanca de la iglesia de Sunset estaba siendo iluminada por una luna maciza y alta, que, sin embargo, no conseguía darle una verdadera corporeidad; flotaba la torre católica sobre edificios bajos, adornados con torres, con minaretes y cúpulas de maderas desgastadas y torcidas.

De pronto, bajo la blanquecina iluminación apareció un enorme letrero coronando una colina fantasmal: «Hollywoodland».

La tierra de Hollywood estaba, al fin, claramente señalada ante mis ojos; como si los propios habitantes de la ciudad del cine no pudieran tener conciencia clara de su existencia sin ese título con el cual, justamente, comenzaban todos los filmes.

«HollywoodLand» venía a decirme lo necesarias que eran esas letras monumentales para que se pudiera tener conciencia de la realidad de Hollywood, como necesario es el título de una película.

Al fin había llegado; el letrero aclaraba todas mis dudas.

Recorrí algunos lugares antes de encontrar alojamiento; estuve frente al Hollywood Hotel, confusa arquitectura rodeada de palmeras enanas y coronada por una torrecilla de tres pisos; pero pensé que no era adecuado gastar mis ahorros en donde Rodolfo Valentino despilfarraba los suyos. Seguí dando vueltas en la noche, atravesé Vine y entré lentamente por Sunset despertando ocasionalmente algún perro que protestaba con dos o tres ladridos somnolientos.

En Nueva York mis amigos me habían dicho que apenas al llegar a Hollywood me encontraría frente a los estudios de la M.G.M. «Son tan grandes que en ellos caben diez museos como el Metropolitan y todavía puedes añadir tres catedrales como San Patricio.» Pero no encontré los estudios y sólo tiempo después supe que había pasado por La Brea, en donde Chaplin hacía sus films.

Este recorrido nocturno, a pesar de desilusionarme en gran parte, creó dentro de mí una imagen de Hollywood que jamás he podido sustituir por otras más recientes; un Hollywood sonámbulo y silencioso se abre al paso de mi automóvil escudriñador y titubeante, dejándome atisbar unas ciertas mansiones hundidas entre árboles o unas masas oscuras de edificios que acaso sean estudios de cine o sólo tendejones.

A estas horas, pensaba yo, Nueva York estaba viviendo en Broadway sus momentos más alegres; pero Hollywood dormía desperdigado e irreconocible.

APARECE MIGUEL LINARES

Mi hotel en Hollywood fue uno muy descascarillado y macilento, en la calle Flores, que parecía llamarse Casa Azteca; tenía como virtud principal la de ocultar a sus huéspedes a través de pasillos, cuartos diminutos, escaleras muy breves que unían pisos instalados en diferentes niveles. Sin embargo, todo este complejo mundo de habitaciones y baños, iba a desembocar de forma irremediable en un *hall* muy largo y estrecho en el que dominaba la figura de un anciano de tez muy oscura, de rostro cortado por una cicatriz que se iniciaba en una oreja y se perdía bajo el mentón mal afeitado, Este hombre, la única figura visible de la Casa Azteca, se llamaba Miguel Linares.

—Yo fui el primero en llegar a este Hollywood de mierda.

El resto de los huéspedes pasaba ante Miguel Linares como fantasmas huidizos y sólo frenaban un instante su evasiva marcha aquellos que debían dinero y eran conminados a pagar o a dejar para siempre la Casa Azteca.

—Llegamos a Hollywood en 1871, en enero, éramos doce y traíamos un rebaño de ovejas.

—¿De quién se acuerda, don Miguel?

Se rasca suavemente la cicatriz y la barba negra parece despedir electricidad.

—Me acuerdo de Bennis Sulivan, que era un irlandés pendejo. También de un español que se apellidaba Andrade y de un compatriota que era Claudio López. A ese lo mataron aquí, pero después.

Yo llegaba en la noche y me quedaba un rato apoyado en el mostrador mientras don Miguel hablaba con suavidad, entrecerraba los ojos y en ocasiones tocaba con sus manos rugosas las llaves que colgaban, a sus espaldas, en un mueble cuadriculado y viejo.

De cuando en cuando don Miguel descubría un secreto.

—¿A cuántos estamos?

—Tres de septiembre, don Miguel.

—No, no; el año.

Ah, el año. El año es mil novecientos veinticinco, don Miguel.

—Bueno, pues hace como cinco años, puede que seis, aquí vivió Ramón Novarro. Traía amigos al cuarto. Vivió aquí meses y nunca me saludó. Aquí vivieron muchos que luego fueron famosos, ¿y sabe que ninguno volvió a visitar esta casa?

El hombre que fundó Hollywood con sus ovejas podía recordar cuando todo era prado y bosquecillos, cuando aún no habían llegado «los del cine».

—Don Miguel, de todas las mujeres de Hollywood que usted conoció, ¿quién era la más bella, la bellísima, don Miguel?

Y don Miguel se apoyaba en sus recuerdos y suspiraba.

—Ésa fue Dorothy Phillips.

—Es que usted no conoce a Dolores, don Miguel.

—¿Dolores?

—Mexicana.

—No hará carrera. Aquí los mexicanos no hacemos carrera.

En ese momento de la conversación podía aparecer uno de los clientes, tomaba su llave y seguía murmurando apenas un saludo, perdiéndose en el fondo de un corredor bajo una luz amarilla y muy cansada.

—No quieren que se les vea la cara. ¿Sabe por qué?

—No, don Miguel.

—Pues para que nadie pueda decir, cuando lleguen a famosos, que vivieron aquí. Es mentira que haya duques y marqueses en Hollywood, sólo maricas y prostitutas. Y de los pastores que hicimos esto, sólo queda Miguel Linares.

El trabajo

Mi primer trabajo consistió en escribir notas sobre películas y artistas de cine para ser enviadas a diferentes periódicos y revistas.

En cada nota tenía que colocar algún material suficientemente interesante para apoyar la venta de un film o la popularidad de un actor o actriz.

A los pocos días de estar en Hollywood, mi jefe, el propietario de una oficina de prensa al servicio de productores o representantes de estrellas, me pidió que escribiera sobre una joven que se llamaba Dolores.

Ella era, también, una recién llegada.

Yo escribí una nota afirmando que Dolores era hija de una condesa española y que tenía en su tierra una plaza de toros y un rebaño de bravísimos animales que eran lidiados en los grandes días de fiesta. Esos días, en la plaza de toros había reyes, príncipes y actores de teatro.

—Dolores es mexicana, pero no conviene que se sepa. Le dará más prestigio que le inventemos una familia noble española. Para Hollywood los mexicanos sólo son peones hambrientos. Así que la haremos española. Inventa cosas alrededor de su nobleza.

Me envió con un hombre famoso: Carewe.

Edwin Carewe tenía entonces cuarenta y tres años, fama de director seguro y de hombre apasionado.

El jefe parecía un poco preocupado.

—Cuídate de Carewe, está enamorado de Dolores.

Escribí unas cuatro notas sobre Dolores y todas se publicaron.

Eran terribles, falsas y muy sugestivas.

Parece que a Edwin le gustaron mucho, porque envió a un hombre muy cansado a verme.

—El Jefe dice que ha llegado a un acuerdo con su agencia y que usted se viene directamente con nosotros.

—¿Qué nosotros?

—Bueno; una oficina ligada a la First National,

pero cuyo contrato vigente está en poder del señor Carewe. Es como si usted trabajara directamente con el señor Carewe.

Me miró un instante y decidió cortar las explicaciones.

—Ganará cinco dólares más a la semana.

—¿Cinco dólares a la semana y un solo jefe: Carewe?

—Lo comprendió muy bien.

—Lo de los cinco dólares, perfectamente.

—Oficinas fuera de las normas, para alentar a gente joven, como usted. Por eso el contrato con Carewe y no con la First National ¿está claro?

—No lo está, pero no me importa.

El hombre cansado sonrió y dijo:

—Entonces no hablemos más. Mañana me busca aquí.

Y me dio una tarjeta.

—¿Qué tendré que hacer en esas oficinas?

—Pensé que ya estaba todo entendido. Usted, entonces, no entró en el meollo del asunto —parecía muy desilusionado—. Su contrato le obliga a dedicarse a una sola figura del cine; usted estará dedicado a lanzar como estrella a esa chica nueva.

—¿Qué chica?

—Oh, la mexicana.

—Dolores.

—Sí, Dolores; eso es.

El hombre cansado me dio la mano y cuando yo me iba me preguntó, con una urgencia que parecía chocar con su actitud tan vencida:

—Por cierto, ¿sabe usted que Dolores bailó para los reyes de España?

ENTRO A LOS ESTUDIOS

Yo tenía un documento que me permitía entrar en los estudios de la First National y fisgonear por todas partes. El cine que empezó a presentarse como un trabajo áspero y lento, cobraba vida.

Un día, me colé en un estudio cuando la Nazimova interpretaba una escena de *My son*. Era una imagen patética, aplastada por unas luces violentas, muy crueles, moviéndose como si sobre su espalda se volcaran toneladas de desesperanzas y duelo, como si el mundo fuera una catarata de desdichas que le vinieran sobre su alma tan frágil, tan incapaz de sobreponerse a una tempestad de calamidades. La Nazimova usaba un vestido de percal, una pañoleta sobre los hombros y tenía el pelo desordenado y suelto. Era una figura que conseguía conmover a pesar de que a su alrededor todo un mundo de seres fantasmales movían objetos y se hablaban en susurros llamándose unos a otros. Una colmena de fantasmas eficaces y silenciosos.

La Nazimova estaba ante la cámara, ofreciendo su atribulado gesto, cuando un hombre, que sostenía un par de guantes en la mano derecha, hizo un movimiento rápido, inquisitivo, y comenzó a sonar un violín; un violín casi escondido entre cajas, entre muebles viejos, entre trapos tirados en el suelo.

El violinista se movía, en la sombra, dejándose llevar por una melodía romántica y muy triste.

La Nazimova adelantó un solo paso hacia la cámara; los fantasmas dejaron de susurrarse unos a otros, todo quedó cuajado mientras ella contemplaba ese ojo frío y cristalino y movía los labios muy suavemente, deletreando algo, diciéndose algo a sí misma.

El violín iba y venía por encima de aquel mundo que, de pronto, había adquirido la gracia, y la Nazimova, después de haber pronunciado su inaudible mensaje, cerraba los ojos, fuertemente cercados por una sombra oscura, y se quedaba inmóvil.

El hombre de los guantes azotó con ellos el aire.

—¡Corte! ¡Muy bien!

Después adelantó un paso y volvió a decir, pero ahora mirando hacia sus ayudantes, hacia sus técnicos, hacia todos cuantos le rodeaban.

—Muy bien.

Y parecía como si este segundo «muy bien» tuviera la intención de señalar que él había sido el autor del milagro, que era quien debiera ser felicitado, que él había creado la escena y puesto en marcha el prodigio.

La Nazimova llevó una mano redonda y blanca al pelo revuelto, acomodó un rizo que parecía demasiado libre, sonrió a todos y comenzó a salir del estudio, mientras el violinista, como si se hubiera dejado llevar por su entusiasmo, continuaba tocando, pero ahora con más suavidad, siguiendo los pasos de la estrella, acompañándola en un girar de arpegios, y cuando ella atravesó la puerta del estudio, que se abrió a su paso sin ruido, el violinista terminó su trabajo con una sola nota muy larga y muy baja, muy lentamente sostenida.

Durante todo aquel día me estuve preguntando qué es lo que diría la Nazimova a la cámara, cuál era el desamparado mensaje emitido con tanta concentración.

Le pregunté a un técnico y me dijo que la Nazimova no solía pronunciar, en esos trances, las frases que luego aparecerían en los letreros, sobre la pantalla. Ella tenía su propio mensaje interior y era el que decía siempre.

—¿Y el mensaje?

—El mensaje de la Nazimova es: «Lo estoy haciendo muy bien.»

APARECE EL MARIDO

Era correcto, sin fuego. Era un guardián maduro de una muchacha de dieciocho años que fingía querer ser guardada y protegida; era un pez japonés lanzado violentamente a un arroyo cenagoso, que estuviera añorando siempre su acuario iluminado.

De las manos se le escapaba su niña-mujer y él no entendía cómo se había llegado a esta situación.

El marido de Dolores caminaba por las calles del estudio, bajo el sol que lo denunciaba y le hacía parecer aún más miserable y translúcido; en ocasiones yo lo veía hablando con la madre de Dolores, aquella mujercita vestida de negro, que acunaba entre sus brazos a un perrito absurdo, o que aparecía llevando colgado de un brazo un vestido blanco, planchado instantes antes con un cuidado puntilloso y maternal. Dolores era el eje de una serie de movimientos circulares que parecían desplazarse a diferentes distancias de la estrella, pero con muy distintas intensidades.

Cerca de Dolores estaba la mujer de luto, siempre atenta, inmediata, silenciosa; un poco después, en el círculo exterior, ese marido que acudía a una sonrisa como quien va a recibir un premio mínimo de la mano que acaricia y luego rechaza, que llama y después despide.

Sobre la línea del tercer círculo se movía con fiereza, con seguridad, contemplándolo todo como quien tiene el mundo en sus manos, ese director de cine de trajes deportivos, de fogosa y, sin embargo, concentrada seguridad, de ojos de propietario. Edwin parecía empujar a las otras dos personas hacia ese centro rutilante que a todos los hacía moverse en un interminable esfuerzo por conseguir para ella una vida mejor, más cómoda, más tamizada y perfumada. Y yo, desde mi cuarto círculo, lejano y absorto en la contemplación de este orden tan cuidadosamente establecido por Dolores, veía como Edwin iba acercándose cada vez más, empujando al marido, desplazando a la anciana de luto, aproximándose hacia ese núcleo central iridiscente.

El marido fumaba en boquilla, usaba guantes, mantenía en la calle, sobre su cabeza, un sombrero de fieltro blando; se inclinaba un poco para hablar, pero no con un gesto servicial, sin como una condescendencia.

En una de esas mañanas de sol californiano, tan

desconsoladoramente ajeno a cualquier desfalleci-
miento, me acerqué al marido para preguntarle si Dolores había bailado ante los reyes de España.

Yo pensaba que una nota en este sentido conmo-
vería, no sólo a los lectores, sino también a la sórdida
colonia de actores y actrices. El marido levantó su cabeza, como para que yo advirtiera el matiz de su de-
claración, ya que se iba a instalar, no en un mundo de
actorzuelos y mentirosos, sino en una corte con siglos
a la espalda, y me dijo que sí, que su esposa había bailado en Madrid ante los reyes. Pero, y esto lo señaló
con un gesto más que con palabras, su baile no había
sido un acto profesional sino una danza improvisada,
surgida de un momento de intimidad con la realeza.
Estaba hablándome con suavidad, de pie en la calle
central del estudio, mientras a nuestro alrededor se
movían gentes y vehículos.

Yo tomaba notas en un block, fingiendo un gesto
de absoluto profesionalismo, pero al levantar mi mirada del papel atrapé en el marido un gesto de dolor, un
entrecerramiento de ojos, que parecían no tanto mirar
hacia un cierto sitio, sino estar recibiendo una imagen
no deseada, una imagen invasora y muy cruel.

Miré hacia aquel lugar y vi a Dolores que venía hacia nosotros y era llevada del brazo por Edwin.

Un Edwin que la mantenía atrapada de tal forma
que podía advertir cualquiera quién era el propietario
y quién el objeto adquirido recientemente y convertido en tesoro, adorado y expuesto a la mirada de las en-
vidias de un Hollywood que pronto sabría quién había
bailado para los reyes de España.

Miguel Linares, el mexicano, me esperaba todas las noches inclinándose sobre el mostrador del *hall* mugroso para acechar mi entrada por un portal adornado con pinturas de volcanes y árboles desteñidos.

Yo me quedaba un rato con él, hablando de los viejos y buenos tiempos, de cuando los del cine aún no lo habían estropeado todo. Del tiempo de las ovejas.

—Éramos doce los pastores que llegamos en enero o febrero de 1870; habíamos venido ya el año anterior para ver si el terreno era el adecuado para los rebaños y como era bueno compramos las colinas entre los doce. Ya le dije que a Claudio López lo asesinaron aquí, pero eso fue más tarde. Los mexicanos éramos cuatro y había dos españoles y un alemán que se llamaba Clausen y era un toro, un hombre grande, muy duro. Había matado a dos escoceses en una pelea y no era fácil matar a un escocés en pelea limpia.

Miguel Linares hablaba de los buenos tiempos y de cómo la gente del cine fue sacándole de sus colinas, empujándoles con sus ovejas.

—Eso fue en 1907, más o menos. Los primeros del cine que llegaron parecían buenas personas. Para mil novecientos once, yo ya no tenía ovejas y estaba ayudando a convertir un granero en un sitio adecuado para hacer cine. Yo no sabía lo que era hacer cine; pero gané dinero, no mucho, arreglando el granero. Quise luego volver a las ovejas, pero ya no era posible.

Miguel Linares, tan flaco, tan renegrido, tan cargado de años me aguardaba con un afán cada día menos disimulado; algunas veces lo encontraba fuera de su mostrador, ya casi sobre la calle, y en ocasiones lo llegué a vislumbrar desde lejos, apenas iluminado por un farolillo que colgaba de la entrada del mísero hotel.

Llevaba yo solamente veinte días en Hollywood y Miguel Linares me hizo una confesión.

—Oiga, Taibo, quería decirle una cosa.

—Sí, don Miguel, diga.

—Oiga, Taibo, yo maté a Claudio López.

Y después se fue hacia su mostrador y comenzó a poner en orden unos papeles viejos, cubiertos de polvo, arrugados por los bordes.

BAILANDO PARA EL REY

Dolores, la joven y futura estrella de la First National vislumbró sus posibilidades de llegar a la fama, cuando el entonces rey de España la invitó a que bailara en una fiesta con fines benéficos.

Dolores danzó aquella noche ante la corte española y obtuvo un éxito tan excitante como ninguna otra artista había conseguido nunca en Madrid.

Acababa de ser contratada por la First National por un tiempo mínimo de tres años y en ella había visto el director Edwin Carewe lo que definió como «un Rodolfo Valentino en mujer».

Bailando para el rey
(Segunda versión para uso personal)

Flagelaba el aire aquella falda, ilusión de falda, concebida como una rasgada tela purpurina; iba y venía azotando con furia la luz de miles de faroles venecianos y dejando asomar, apenas un suspiro, una carne dorada y suave a la mirada de un rey estupefacto.

Madrid estaba sobre la punta de los pies, contemplando aquel curioso prodigio que tenía parte de danza y parte de imprecación y reto; era un baile como jamás se había visto, porque partía de una imagen cálida y muy tierna que, de pronto, se hacía vituperación y desenfado.

Era Dolores que, rompiendo un capullo de muy delicados tules y colores, se aparecía como fustigadora imagen del deseo.

El rey de España sollozaba doblado sobre sí mismo, mientras las damas de su engolada corte sentían que todo lo soñado era nada y aún menos que nada, si se le comparaba con aquel altivo grito del deseo, aquella carne que bajo la falda se agitaba en una maldición de lascivia e invitación al acto sexual. Y todo aquello, a pesar de que Dolores era una imagen pura y noble, pero capaz de encontrar dentro de sí misma la esencia del amor.

La esencia del ofrecimiento más carnal, más ardiente y menos noble.

El rey de España, aún doblado sobre sí mismo, seguía sollozando y Dolores, para evitar más penas, abandonó Madrid.

PRIMERA FIESTA EN HOLLYWOOD

El día 9 de octubre de 1925 Charles Chaplin ofreció una cena para celebrar el éxito de *The Gold Rush*.

Edwin consiguió dos invitaciones extras: una para Dolores y otra para mí, el marido no pudo acudir, porque no convenía mostrar a la futura estrella junto a un marido latino y triste.

El estreno de la película de Chaplin se había llevado a cabo el día veintiséis de junio, pero hasta el día dieciséis de agosto se pudo programar el film en el Strand Theatre de Nueva York y desde entonces la película se había convertido en uno de los éxitos de crítica de todos los tiempos.

Chaplin, desde su exhibición en el Egyptian Theatre de Hollywood, había estado cortando, quitando y cambiando secuencias a *The Gold Rush*, de forma que cada semana resultaba diferente y se encontraban cosas nuevas o se veían escenas que nadie había conocido hasta el momento.

Parecía como si el film fuera una entidad sensible a las reacciones del público y respondiera a ellas transformándose y cambiando según iba advirtiendo cómo se comportaba ese mundo exterior, tan variable, violento e implacable.

Pero se decía que Chaplin, al fin, había encontrado su versión definitiva y que eso era lo que pretendía celebrar.

Cuando Edwin, de forma más bien cortante y señalando el hecho, no como una invitación, sino como una orden, me dijo que tenía para mí una tarjeta de entrada a la fiesta, comencé a preocuparme.

En principio alquilé un smoking y después tuve que ir a cambiarlo por un disfraz, porque, como me advirtió Edwin algo contrariado, se trataba de una fiesta «al estilo Chaplin» y eso significaba que cada quien tenía que ir vestido de forma original.

Cambié el smoking por un traje de torero español, que me pareció muy complicado de vestir, hasta que la señora de la tienda de vestidos, una mujer gorda, muy apresurada, me entregó todo un instructivo.

Por medio dólar más hubiera podido alquilar una espada para matar toros, pero la rechacé.

Llegué a la mansión de Chaplin en un taxi, lo cual comenzaba a resultar humillante, porque frente a ella había estacionados modelos de automóviles resplandecientes.

Un japonés recogió mi invitación, observó el nombre escrito en ella y me pidió que, por favor, esperara un instante en una salida cercana al *hall*.

—Señor, creo que mister Chaplin tiene algo que opinar sobre su disfraz. —Y se fue, dejándome atolondrado.

El hombrecillo que entró en la sala parecía confuso.

Vestía un smoking y olía a agua de colonia.

—No puede señor, permítame que se lo diga... señor —miraba mi invitación apesadumbrado —... señor Taibo. No puede ser.

Me observaba de arriba abajo, moviendo las manos como si buscara en el aire una solución a un problema que yo no acertaba a concretar.

Al fin, me dijo de forma resuelta:

—Tiene usted que cambiarse de traje.

Después me pasó la mano sobre el hombro, y en forma paternal y condescendiente comenzó a empujarme hacia unas escaleras interiores.

—Se pondrá usted un smoking mío, somos de la misma estatura, y así podrá decir que se vistió con la ropa de Chaplin. ¿Usted es escritor, no? Una divertida anécdota. Yo haré que devuelvan este vestido de torero a la señora Sminoska; ella es la que lo alquila. Usted debió decirle que venía a mi fiesta y ella jamás se lo hubiera entregado. Ha sido una suerte que Kono me haya advertido. Rudy jamás me lo hubiera perdonado; es la primera vez que viste de torero después de *Sangre y arena*, hace ya de eso tres años.

Chaplin parecía estar ya más tranquilo; entré con él en un dormitorio y luego abrió un enorme armario con las puertas cubiertas por espejos.

—Tome el traje que más le guste. Tengo que bajar a recibir a la gente.

Ya en la puerta volvió sobre sus pasos.

—Me dijeron que usted es un escritor de Nueva York, ¿es cierto?

Hice un gesto afirmativo con la cabeza. Chaplin devolvió mi gesto como si lo reprodujera y se fue.

Estaba en ropa interior, a punto de probarme un smoking negro de una suave tela, supongo que inglesa, cuando entró una mujer en el dormitorio.

Llevaba un vestido de gitana colmado de abalorios, cintas y pañuelos. Se me quedó mirando desde la puerta.

Yo reconocí en ella a Pola Negri.

Nos contemplamos un instante en silencio. Ella se recobró más rápidamente de la sorpresa que yo.

—No sabía que Chaplin escondía a un hombre desnudo en su cuarto.

Y se fue sin haber sonreído.

Los trajes de Chaplin me quedan perfectamente; él es un hombre de movimientos casi femeninos, de pelo partido por una raya central que no se distingue, ya que está cuidadosamente oculta por un ondulado natural pero de alguna forma artificioso. Chaplin parece algo más viejo que yo; en su armario conté treinta y dos pares de zapatos negros.

A pesar de ser una fiesta de disfraces éramos ocho o diez los hombres que vestíamos smoking. Todas las mujeres llevaban ropas más o menos imaginativas.

Los camareros sólo servían champaña, caviar y unos pastelitos franceses cubiertos de salmón.

Chaplin no había invitado a un solo actor cómico, pero abundaban las estrellas y las personalidades.

Apenas entré en el salón descubrí a Rodolfo Valentino vestido de torero; yo había visto *Sangre y arena* y me había parecido un mal melodrama. Ahora Rodolfo no usaba las patillas alargadas que le vi en la película, así que de alguna forma el traje parecía menos adecuado. Vestía unas medias color de rosa muy llamativas y unas zapatillas sin tacón, que le hacían parecer muy bajo. El gorro de torear lo llevaba ladeado sobre la oreja izquierda y arrastraba en todo momento una capa muy deslumbrantemente bordada.

Todos hablaban en voz muy alta y un viejo pedía insistentemente a Chaplin que «se disfrazara de sí mismo». Chaplin hacía una mueca muy leve, sugiriendo uno de los guiños del vagabundo y abandonaba la vecindad del viejo, quien lo seguía mansamente por toda la inmensa sala.

Yo bebía mi tercera copa de champaña cuando se acercó a mí Pola Negri y me dijo:

—¿Es usted el hombre que estaba desnudo en la cama de Chaplin?

Algunas personas que estaban a su lado escucharon la pregunta.

—Sí, yo soy. ¿Qué hacía usted allí?

Todos los que la rodeaban comenzaron a reír, pero Chaplin me miró de una forma que más bien parecía la apropiada para Eric Campbell; el villano de sus comedias.

Pola Negri fingió una leve sonrisa y se fue llevando tras de sí un tumulto de pierrots, guardias reales, árabes y piratas.

Decidí esperar arrinconado a que llegara Edwin y su futura estrella, pero ahora fue Rodolfo Valentino el que vino a hablarme.

—Me dijeron que usted venía vestido de torero.

—Sí, es cierto.

—No debió cambiarse de ropa. Hubiéramos podido improvisar una corrida.

—¿Cree usted que alguien se hubiera prestado para hacer el papel de toro?

Pareció reflexionar sobre la sugerencia, pero cambió de conversación.

—¿Es usted escritor, de Nueva York, no es eso?

—Sí, así es.

—¿Va a escribir para el cine?

—No lo sé aún. Por lo pronto estudio el ambiente.

—Esa es una actitud inteligente. Hollywood es un avispero.

—Eso dicen. Nueva York, también.

Entonces Rudy giró sobre sí mismo y comenzó a caminar por un área del salón, que parecía haber sido despejada para que nos sorprendiera a todos con ese breve paso lleno de dignidad y de un ritmo contenido de apariencia animal; como si un gato exhibiera su dignidad y su belleza frente a sus asombrados dueños.

Las conversaciones bajaron de tono y se produjo a su alrededor un estupor apasionado, un clima de reverencia y de agradecimiento.

Al llegar al borde de la sala, Valentino se encontró frente a un sillón vacío; por un momento pensé que iba a girar sobre sí mismo, a repetir el paseo en sentido inverso; parecía que era su única oportunidad, ya que el camino se le había cerrado. Pero encontró una nueva y airosa solución, tornando la capa que llevaba en la mano izquierda, hizo que ésta revoloteara brevemente y después la depositó en el sillón con un gesto desdeñoso.

Los invitados a la fiesta estuvieron a punto de aplaudir; pero Valentino rompió el curioso encanto, al volverse y mirar a quienes le observaban y sonreír, como dando a entender que todo había sido un juego preparado e infantil.

En ese instante me alegré de haberme cambiado el traje; hubiera sido una corrida muy desigual, sin duda.

Me senté en una silla y me dispuse a hacer un recuento de personalidades; reconocí a Douglas Fairbanks y a Mary Pickford, a John Gilbert y a Sidney Chaplin. Tuve problemas con otros rostros que yo había visto en el cine, pero cuyos nombres no recordaba. Ya muy tarde entró Edwin con Dolores.

Dolores parecía tener menos aún de sus dieciocho años; vestida con un traje español, llevaba en la cabeza una peineta cubierta por una mantilla negra que casi le llegaba a los pies. Parecía una niña disfrazada de mujer fatal y era esa curiosa mezcla la que la convertía en una figura misteriosa, pero muy desprotegida.

Esta vez me dio la mano, pero Edwin tenía gran interés en que fuera conocida de inmediato por las gentes; así que nos separó con un gesto.

Cuando Edwin colocó a Dolores frente a Pola Negri, la delicadeza de Lolita se hizo aún más aparente; era el encuentro entre una dama sofisticada, atrevida y rebosante de orgullo y una joven que había pedido prestado a su mamá el disfraz menos oportuno, pero era también la grada maquillada y cansada de Hollywood, frente a una sonrisa de candor tal que no ocultaba su alegría de verse rodeada de estrellas.

Pola Negri, ante esta mirada curiosa y sorprendida de Dolores, descubría sus afeites, toda una perversa maquinaria interior, todo un orgullo falsamente implantado y sostenido; era una figura sin entidad, como el impresionante decorado de un teatro de ópera cuando ya ha sido abandonado por el milagro de sus cantantes.

Dolores daba la sensación de encontrarse feliz ante Pola y la miraba tan sonriente y satisfecha que hacía aún más impúdica la actitud de soberbia de su oponente. Pero Dolores parecía no comprender que estaba ganando una batalla, con sólo mirar y sonreír; mientras que Pola Negri entendía muy bien que estaba siendo vulnerada y que cuantos la rodeaban ya habían comparado dos portes, dos bellezas y dos actitudes. Dolores entraba así en el verdadero cine; en esa palestra en la que se decidían destinos, se asesinaban prestigios y se especulaba con las vidas.

Edwin seguía sosteniendo a Dolores por un codo, como si temiera que alguno de los presentes se la robara en ese mismo instante, y, ese riesgo, a juzgar por las actitudes de algunos de los hombres maduros, vestidos de smoking, de mirada glacial y de gestos reposados, no era descartable.

Pola Negri, de pronto, resolvió aquel curioso encuentro con un gesto afortunado; pasó su mano derecha por el rostro de Dolores en una caricia fugitiva y despersonalizada; con el gesto de una reina que acaba de descubrir a un nuevo súbdito. Y así hubiera terminado aquel momento sorprendente, si Dolores, anunciado su propio futuro y sus próximas glorias, no hubiera improvisado una respuesta genial. Apenas la palma de la mano de Pola Negri había rozado su mejilla, cuando ya Dolores estaba acariciando a Pola Negri en un gesto idéntico, exacto; y lo hizo como haría no una reina del cine, sino una vieja dama nacida en los faustos de un imperio.

En ese instante yo pensé: es cierto, bailó para un rey.

La fotografía

Cuando llegué, ya muy de noche, a la Casa Azteca, me encontré a Miguel Linares muy excitado; había recibido la visita de un señor muy bien vestido, muy atildado, que le había entregado un gran sobre para mí.

Dentro del sobre encontré una serie de fotografías de Dolores. Una, sobre todo, me conmovió y supe, apenas las tuve en mis manos, que me acompañaría toda la vida. Es esa foto de Dolores en la que está hundida en el sillón-ogro y estruja contra sí a un perro simiesco, mientras finge desamparo y sugiere que debajo del quimono está desnuda y al mismo tiempo, curiosísima serie de mensajes contradictorios, anuncia su profunda decisión de conquistar al mundo y en primer lugar a quien contemple esa foto, la cual persona quedará para siempre unida a Dolores por una serie de lazos de sumisión, admiración, vasallaje.

Miguel Linares me observaba nervioso, dispuesto a hacerme más revelaciones, pero daba vueltas a mi alrededor en una fingida admiración.

—Está usted muy elegante, Taibo.

—Este traje me lo regaló Charles Chaplin.

Me miró en silencio pero estaba claro que no había dudado de mi afirmación y que estaba dispuesto a aceptar cosas aún más increíbles si yo las decía.

Elegí la foto de Dolores sobre el sillón y se la mostré.

—Esa es Dolores, ya le hablé de ella, la mujer que será una gran figura del cine dentro de muy pronto.

Tomó la foto con sus manos huesudas, manchadas de lunares absolutamente negros, y la colocó, cuidadosamente, a una cierta distancia de sus ojos. La estuvo mirando como hubiera podido hacerlo un profesional del cine.

—Sí, llegará.

Ahora el asombrado era yo; su gesto, su frase, la forma en que me devolvió la fotografía no parecía corresponder a un viejo pastor de ovejas.

Mientras guardaba la foto en el sobre quise saber:

—¿Usted quería decirme algo más?

—Ah, sí.

Ahora parecía Miguel Linares un poco ausente, como si hubiera perdido, al ver la fotografía, aquella excitación con la que me recibió.

—¿Qué es?

—El hombre ese que trajo el sobre. Lo conozco.

Me sorprendí.

—¿De qué lo conoce?

—Viene a la Casa Azteca, en la tarde, desde hace una semana.

—¿Está usted seguro?

—Desde hace una semana.

La siguiente pregunta era irremediable, pero tardé en hacerla.

—¿Viene solo?

—No, no viene solo.

Miguel Linares estaba resistiéndose o fingía resistirse, yo continué en pie, con el sobre entre las manos, en ese angosto y tétrico *hall* del supuesto hotel en el que yo vivía y Miguel Linares trabajaba.

Al fin:

—¿Con quién viene?

—Con un joven, un muchacho joven. Ya estuvieron aquí cuatro veces; lo acabo de comprobar.

Y Miguel Linares levantó el tramo de madera que le abría la entrada a su brevísimo espacio tras del mostrador y luego comenzó a ordenar las llaves que colgaban en sus casilleros.

El marido

Marido y padre, parecía aceptar este doble rol y soportarlo junto con otra larga serie de vicisitudes y dolores. Fumaba en una boquilla larga y mostraba un bigote recortado sobre un rostro de ojos cansados y caídos; cuando le hablé por teléfono para concertar una cita y decirle que había recibido el material fotográfico me dijo que podíamos vernos esa misma mañana.

—No tengo nada que hacer; nunca tengo nada que hacer aquí.

Nos citamos en el restaurante del hotel Alexandria, un sitio que por entonces parecía el adecuado para mostrarse ante la comunidad de actores con éxito.

Llegué antes que él y pedí un combinado de moda: un Rudy.

El camarero me observó durante un instante y luego pareció aceptar que yo era digno de confianza, me trajo la bebida en una taza de loza azul, con dibujos en oro.

Don Jaime entró en el apacible lugar y atravesó la penumbra hacia mí, con una seguridad que me desconcertó. Parecía como si hubiera sabido perfectamente mis señas, a pesar de que nunca nos habían presentado y yo sólo le había visto desde lejos.

Se sentó mientras se quitaba los guantes y luego me extendió la mano por encima de la mesa. Parecía un hombre mayor, pero yo sabía que sólo tenía treinta y cuatro años, diez más que yo. Algo no específico envejecía a este mexicano que parecía aceptar su elevada posición social como algo inherente a sí mismo, tan ligado a su personalidad como la mirada triste, las mejillas hundidas, las manos alargadas y una cabeza redonda y con poco pelo.

Miró mi bebida y luego hizo un gesto al camarero señalando que le trajeran otra igual.

—Es un cóctel, lo llaman Rudy.

Sonrió burlonamente ante mi información. Yo quise insistir:

—Algún día tendremos en el hotel Alexandria un cóctel que se llame Dolores.

—Eso temo.

Saqué mi bloc de notas y comencé a hacerle preguntas sobre su esposa. Él respondía con precisión, sin entusiasmo, entrecerrando los ojos algunas veces para recordar. Primero me había advertido:

—Yo le diré todo lo que usted quiera, después usted debe elegir aquello que resulte aconsejable.

Seguí preguntando sobre la infancia de Dolores en Durango, México.

—Mi esposa se llama Dolores Asúnsolo y López Negrete ese es su nombre de soltera.

Tomé nota cuidadosamente.

—¿Está usted de acuerdo en que no se le mencione?

Me miró por encima del cóctel Rudy y me preguntó a su vez:

—¿Usted fue quien escribió la nota sobre el baile ante la corte española?

Sentí que mis mejillas enrojecían.

Él continuó mirándome y luego comenzó a reír suavemente; una risa curiosa que podía sostener mientras bebía el Rudy a sorbitos.

Dejó la taza vacía sobre la mesa, se secó los labios con un pañuelo que sacó trabajosamente del bolsillo superior de su traje y afirmó:

—En todos los trabajos hay una parte dura.

Dije que sí; en ese momento sumamente convencido.

Pedimos otro trago, igual.

Yo había guardado el bloc de notas, pero no podía guardar la necesidad de dar una explicación.

—Escribí dos versiones del baile ante el rey de España. Una para la prensa, la que usted vio publicada, la otra para mí.

—El señor Carewe conoce su segunda versión.

—¡No es posible!

—Lo es, la conoce. Él mismo me lo dijo. Una versión romántica y muy exaltada del baile. Me dijo que no era adecuada para la prensa.

Me dijo, también, que era el trabajo no de un profesional sino de un enamorado.

Pensé que lo mejor sería guardar silencio.

Cuando dejaron los otros dos Rudys sobre la mesa volvió a preguntar:

—¿Desde su llegada a Hollywood vive usted en la Casa Azteca?

—Sí. Llegué a ella por casualidad.

Don Jaime tomó su taza y observó la mezcla rosada con manifiesta desconfianza, pero después se bebió el cóctel de un solo y largo trago.

Llamó al mesero con un gesto y me dijo:

—Yo también llegué a ella por casualidad.

Me dio la mano, se puso los guantes y salió suavemente del bar.

CONFERENCIA

Esa misma semana tuvimos una reunión en el despacho de Carewe.

Una secretaria había dispuesto media docena de sillas alrededor de una inmensa mesa de madera roja, sobre la que se exhibían algunos objetos que, supongo, pretendían ser recordatorios de momentos estelares en la vida del director; había una zapatilla de baile, una maqueta de una cámara de cine, un pequeño guante de boxeo, de oro; la reproducción, en mármol, de una mano abierta, con los dedos ligeramente flexionados hacia arriba.

Yo llegué el primero y la secretaria me señaló una silla, después de preguntarme mi nombre y de observar una lista que en todo momento mantuvo al alcance de sus ojos. Después llegaron dos ayudantes de Edwin y más tarde un hombre mayor, de pelo amarillento y gafas montadas en metal. La secretaria mantuvo con él una rápida conversación y dispuso luego que se pusiera otra silla más. Sirvieron café, nos miramos los unos a los otros sin hablarnos y entró un joven que fue a sentarse rápidamente, como quien conoce no sólo el lugar, sino los rituales.

Finalmente aparecieron Dolores y el marido; ella, desde la puerta, advirtió rápidamente que la mesa de Edwin no estaba ocupada, él me saludó desde lejos con un movimiento de cabeza. La secretaria les pidió que se sentaran, colocándoles en los lugares más cercanos a la mesa roja.

Cinco minutos después entró Edwin.

Venía vestido con un traje deportivo y parecía haber abandonado hacía poco un partido de golf.

Edwin Carewe nos había reunido a todos para informarnos de cuáles eran sus planes respecto a Dolores, la joven promesa en la cual no sólo había depositado toda su vigorosa esperanza, sino también su dinero.

Habló de forma directa, mencionando cifras, dando datos y descubriendo su juego de apostador que arriesga lo menos posible.

Pensaba darle a Dolores algunos papeles sencillos, después prestarla a una compañía importante para que entrara en un diferente círculo comercial y finalmente lanzarla con dos películas de serie «A».

—Estamos buscando esas dos historias, ¿verdad Max?

El hombre viejo afirmó con la cabeza.

—Casi podemos decir que ya las tenemos. ¿Verdad Max?

Max volvió a afirmar.

—Pero no nos decidiremos hasta que tengamos en la mano un póker de ases.

Ahora Max decidió añadir algo:

—Seguro.

La conferencia continuó durante una hora y media más. Yo estuve todo el tiempo observando a Dolores.

RETRATO DE UNA MUJER

El cráneo contiene algo menos de los mil trescientos centímetros cúbicos de cerebro que se suponen, y esto porque es pequeño, estrecho y alargado. El pelo es negro, muy brillante, delgado. Lo mantiene sujeto contra la cabeza, aplastado hasta mostrarlo como una delgada, sedosa y muy tensa cubierta que se parte en el centro y muestra, en una raya perfecta, la piel clara que cubre la carne y luego el hueso. El pelo, dispuesto en dos superficies exactas entre sí, va a caer sobre las orejas que no parecen diseñadas para escuchar los peligrosos sonidos de la naturaleza, sino como un curioso objeto carnal en el lóbulo, que es redondo, y del cual parten una serie de suaves espirales delicadas. El pelo va a recogerse, siempre dispuesto en forma tan tirante, tan tensa, sobre la nuca y allí se hace compacto en un núcleo que parece cosido, muy bien sujeto. El rostro, parte delantera de esa cabeza tan curiosamente estructurada, nace en una frente muy amplia, algo plana, delineada entre las dos sienes de perfil ligeramente abrupto, que son las que diseñan esa estrechez de la que antes se hablaba. Esta cierta brusquedad permite que los ojos adquieran una importancia esencial, ya que entre ambos ocupan las tres cuartas partes del espacio que cierran las ya mencionadas orejas. Las cejas han sido manipuladas de tal forma que es imposible adivinar su conformación primitiva; ahora son dos arcos que en los momentos de estupor se elevan tanto, que producen la sensación de un asombro infinito; como si la vida se mostrara a la mujer de manera tan incomprensible que despertara el terror. En ocasiones este gesto de asombro es tan perfecto, tan elaborado y conseguido, que su perfección lo hace de todo punto increíble; quiere decirse que pierde espontaneidad y verosimilitud para convertirse en un orificio esplendorosamente falso. Las cejas son usadas, en otras ocasiones oportunas, para conseguir un desdeñoso gesto de superioridad, una actitud ofendida, un concentrado rencor, una suave malicia y en ocasiones reposan de manera tan amable esas cejas, que nadie las hubiera supuesto tan sabias y tan móviles. Los ojos no son anchos, sino largos, y tienen un imposible color oscuro que va de la canela, en ocasiones, al hierro oxidado y ya muy viejo. Son ojos que se escapan a este escrutinio concienzudo para que se demuestre que cualquier inventario deja zonas de penumbra que nadie iluminará jamás. La garganta es delgada, y en la nuca se desliza hacia la espalda de forma tal, que produce una curva para incitar a una muy especial caricia y reconocimiento. La mujer tiene los pechos pequeños, los hombros muy redondos, los brazos delgados y en los codos el hueso se oculta sabiamente bajo una capa de carne y piel que se muestra de color más pálido. La cintura es apretada, maciza, las caderas demasiado restringidas y las piernas largas, con unas rodillas que no dejan transparentar el armazón interior. Los tobillos son delgados, pero sólidos y los pies un poco reducidos. Es, por todo esto, una hembra alejada de la maternidad, del campo y del esfuerzo físico, sea cual sea. Sin embargo, conviene señalar que sus manos, cuando toman un documento que les concierne, adquieren un vigor, una decisión, una dureza que van a declarar el espíritu que vive dentro de este cuerpo, supuestamente tan poco preparado para el combate. Las manos, que se adelantan tan rápidas, que no pueden ser seguidas por la mirada en ese instante de febril rapiña, atrapan los papeles, los llevan hacia el cuerpo, los sujetan contra el vientre, los protegen de cualquier intrusión y se muestran voraces y temibles. Pero son unas manos tan bellas que pueden, un instante después, aparentar una laxitud absoluta y quedar sobre un mueble, tan perfectamente dispuestas, que el observador se prenda de sus dedos, se deja prendar en ellos, se abandona en la mirada, se enamora del gesto y se entrega a esas manos como quien, ya desfallecido, ha decidido abandonar toda su resistencia a lo perfecto. En cuanto al movimiento de todo este complejo mundo de carnes, tendones, actitudes, huesos que lo sostienen todo y corazón que permite el misterio sólo sabré decir que es un movimiento que en su andar nos lleva en remolino y nos separa de todo lo anterior y nos rompe los hilos de otras sensaciones que ahora quedan pospuestas para siempre. Lo frutal es la piel.

Así vi yo aquel día a Dolores.

El sol de California entraba por unas persianas venecianas y llegaba a nosotros tamizado y vencido; la delicada claridad que delineaba los gestos de las gentes parecía hacerse más intensa y misteriosa alrededor de aquella mujer tan joven, tan atenta, tan ofrecida a la mirada, a mi mirada, que de tan devota se había convertido en poco pertinente.

CONFIDENCIA

Me compré una nueva máquina de escribir y la llevé a la Casa Azteca. Estuve hablando un rato con Miguel Linares.

Fue ese día cuando me dijo:

—A usted le aprecio mucho. Ya le dije que yo fui quien mato a Claudio López. Si usted tiene un problema me lo dice; soy tan viejo que no me importaría volver a matar por un amigo.

Mi habitación de la Casa Azteca es muy amplia, con dos ventanas a la calle Flores. Tengo una cama, un viejo armario que debió ser fabricado hacia mil ochocientos cincuenta y una mesa con su silla. Junto a la cama hay, curioso elemento, una mecedora.

En los propios estudios me instalaron un despacho en una casa de ese estilo que se sitúa entre la nostalgia de lo no conocido y el pastel que gratifica los triunfos discutibles. Estoy hablando del estilo colonial español.

Entro a mi despacho a través de una puerta enorme, de madera barnizada, después de subir unos escalones adornados con azulejos y enmarcados con peldaños de madera muy oscura.

En un anchísimo pasillo se encuentra una secretaria delgada, de unos cincuenta años, que tiene ante ella un teléfono negro con manivela de hierro. Mi despacho se defiende de la luz con unas cortinas de color crema. En las paredes hay numerosos retratos de artistas famosos, todos ellos firmados y todos ellos de la First National.

Pocos días después de comenzar a elaborar la publicidad de Dolores, descubrí que Edwin enviaba todas las mañanas a alguien a espiar entre mis papeles y a tomar nota de las ideas que yo hubiera elaborado y desechado después.

Me acostumbré a poner a la derecha de la mesa apuntes con sugerencias y de cuando en cuando y de una forma aparentemente casual, Edwin comentaba alguna de estas ideas y me pedía que las desarrollara. Así fue cómo las revistas y las secciones gráficas de los periódicos empezaron a inundarse de fotografías en las que se veía a Dolores en una actitud soñadora, concentrada, mientras aparecían notas y reportajes en los que se hablaba de esta intensa actriz para quien el cine estaba reservando la gloria.

La versión femenina de Rodolfo Valentino estaba siendo transformada poco a poco; ya no se trataba de una mujer latina capaz de devorar a los hombres, sino de una damita que estaba a punto de ser devorada.

Miguel Linares observaba en las noches estas fotografías con un aire meditabundo; las miraba una y otra vez separándolas de sí, contemplándolas con el curioso aire de un entomólogo anciano y descascarillado, nada que pudiera relacionarse con un antiguo pastor de ovejas o con un actual portero de hotel.

—Aquí no dice nada.

Entonces tomaba la fotografía en la que Dolores no decía nada y la separaba del paquete, eliminándola.

Yo lo contemplaba risueñamente sorprendido; pero él no advertía mi gesto de incredulidad y continuaba examinando las fotos en una ceremonia profesional y cuidadosa.

Yo, en ocasiones, tomaba en mis manos una de las fotografías desechadas por Miguel y preguntaba:

—Ésta ¿por qué no dice nada?

Miguel volvía a observarla fijamente entrecerrando unos ojos recubiertos de neblina, y se afirmaba en su teoría de que hay fotografías silenciosas y otras que narran emociones intensas, historias complejísimas y hasta aventuras siniestras.

Entonces Miguel volvía a colocar la foto sobre la mesa y decía:

—No, no dice nada.

Y pasaba a observar un nuevo retrato de Dolores.

Se diría que Miguel no observaba tanto la imagen impresa en el papel como un cierto trasfondo sutil que podía surgir de la actitud del modelo, un cierto gesto que para él era evidente y para mí resbaladizo y, en ocasiones, absolutamente inexistente.

Muchas veces elegía fotografías técnicamente malas como afirmando con ello que no se trataba de seleccionar un material perfecto, sino un material que «hablara».

—Miguel, además de pastor de ovejas, de figurante en películas y de portero de hotel, ¿qué fue usted?

—Fui, también, asesino.

Y con ello yo recordaba aquel día en que se me ofreció para matar a mis posibles enemigos.

Fiesta con Novarro

El marido me visitó en mi oficina para pedirme que acudiera a una fiesta ofrecida por Ramón Novarro.

Acepté y un sábado en la noche el taxi me llevó hasta el palacete de Novarro; un fastuoso lugar colmado de bibelots, alfombras, lámparas, cortinas, cojines, divanes, objetos hindúes y mantones de Manila. Las escaleras se enroscaban partiendo de la sala y dejaban espacios para vitrales que eran iluminados desde el jardín o para impresionantes retratos del actor firmados por entusiastas desconocidos.

En el ángulo de una de las salas, un enorme león, con la boca abierta, servía de alfombra. Sobre el pequeño bar había un alfanje y la figura en bronce de un muchacho desnudo.

Ramón Novarro se movía con una gran parsimonia, y ayudaba a servir las copas y charlaba, en inglés, con sus sirvientes, un grupo de jóvenes rubios, altos, vestidos de blanco, con corbata negra de moño.

Toda la parte baja de la gran casa estaba repleta de hombres y mujeres que hablaban a gritos, en español, que bromeaban entre sí y recordaban lugares de México, Buenos Aires o Madrid, en donde se habían visto anteriormente.

Dolores parecía haber perdido ese aire misterioso al que todos habíamos contribuido. Vestía una falda muy amplia y una blusa decorada con motivos rojos y verdes.

El marido había perdido, también, aquel aspecto de autoconmiseración que yo le conocía y estaba bebiendo y bromeando.

El grupo de hispanos parecía predecir un futuro lleno de éxitos, ya que, decían, el cine pronto se haría sonoro y cada país tendría que escuchar a sus propios actores en su propio idioma.

Me sorprendió esta fe en un invento que estaba siendo ignorado metódicamente por todos los grandes del cine de Hollywood.

—¿Usted cree que el cine sonoro sea pronto una realidad?

El actor me miró moviendo la cabeza, como si estuviera ante un hombre incapaz de ver la verdad circundante.

—Claro que sí, claro que sí.

Novarro me presentó uno por uno a todos los miembros de aquella pequeña y vociferante comunidad.

Cuando ya llevábamos dos horas de fiesta el marido hizo que Dolores abandonara al grupo que reía a su alrededor y nos reunió junto a la piel de león.

Nos habló en una curiosa mezcla de español y de inglés, repitiendo algunas palabras cuando pensaba que Dolores o yo no habíamos entendido.

—Lolita, nuestro amigo Irving fue quien creó el manual de comportamiento que tú tienes.

Dolores me miraba con una risa constante.

—¿Usted es quien me recomendó que no comiera pizza?

Don Jaime intervenía rápidamente.

—No solo pizza, Lolita, sino también perros calientes y no debes de mascar chicle. Son recomendaciones muy sabias de nuestro amigo Irving.

Ella no cesaba de mirarme burlonamente.

—Ya leí el manual, pero no recuerdo qué otras cosas no puedo hacer.

Don Jaime volvía a intervenir:

—No debes bailar *fox-trot* en público ni reír como ahora haces. Tiene razón Irving.

—¿Usted cree?

Parecía como si Dolores hubiera bebido cuatro o cinco combinados.

Pero algo, sin embargo, me hacía pensar que su alegría no provenía tanto del alcohol como de las circunstancias.

—Dígame, Irving, ¿qué otra cosa no puedo hacer?

Yo estaba sintiéndome ridículo:

—Todo lo puede hacer, Dolores, todo. Lo que señalo es aquello que debe de rehusar si queremos establecer su imagen; una imagen distinta a las cientos de muchachas que buscan aquí carrera en el cine.

—Señor Taibo, ¿me puedo emborrachar?

Él le reprochaba suavemente: «¡Lolita, Lolita!»

Y yo, furioso, dije:

—Usted puede hacer lo que considere adecuado. Yo no soy su marido.

Ramón Novarro surgió a mi lado providencialmente y me fue a presentar a un joven sirviente, uno de los vestidos de blanco, que había inventado una combinación llamada Novarro.

La probé y dije que era demasiado dulce.

Ramón le dijo a su muchacho que el cóctel era un poco femenino.

El joven rubio protestaba escandalizado:

—¡Femenino, femenino! No hay ningún hombre en esta fiesta que aguante cinco copas de Novarro.

Entonces se produjo una competencia y, efectivamente, al final de las cinco copas tres españoles estaban absolutamente borrachos. El joven reía mostrando la jarra en la que había aún restos de Novarro.

—¿Ya vieron, ya vieron?

Yo pedí que me dejaran probar la bebida de nuevo, ya que no había tenido tiempo de formar una opinión sólida.

A mí alrededor se formó un grupo para ver lo que diría, ya muy seriamente, el escritor de Nueva York.

Tomé un trago pequeño, paladeé y luego dije:

—Bebida para maricas.

Pienso que yo esperaba una reacción brutal en mi contra, que estaba ansiando que todo estallara y se lo llevara el diablo. Pero todo lo que conseguí fue una carcajada general y que el joven inventor tomara una botella de coñac francés, lanzara sobre la jarra un chorro larguísimo y me dijera, cómicamente ofendido:

—Señor, ¿será así una bebida de machos?

Y después, se tomó, directamente de la jarra, una cantidad asombrosamente generosa.

Novarro movía la cabeza, comprensivo, y luego acariciaba al rubio que se iba a un rincón fingiéndose desconsolado.

Yo estaba también un poco borracho y más enfurecido de lo que pretendía demostrar.

Dolores me tomó de un codo, desde mi espalda, y comenzó a empujarme muy suavemente hacia el jardín. Yo sabía quién me iba llevando hacia esa primera terraza iluminada con velas, pero fui oponiendo una cierta resistencia. Cuando ya estábamos bajo una noche muy suave, acaso demasiado cálida, me volví para encontrarme con una Dolores seria, de nuevo concentrada y serena.

—Sólo estaba bromeando.

—Lo sé, no quería enfadarme.

—Sí, pero se enfadó.

—No quería; no me gusta hablar de trabajo en una fiesta.

—Pero, ¿por qué se enfadó?

—No lo sé.

Era una conversación trivial que estaba siendo llevada a cabo como si desarrolláramos un diálogo intenso y emotivo.

Dolores sonrió y sin dejarme que yo pudiera tomar la iniciativa me besó en la boca y volvió a entrar en el salón.

Al fondo, junto a Ramón Novarro, el marido intentaba, también, consolar al rubio que lloraba.

Tomé dos o tres copas más, pasando de un grupo a otro, rechazando los constantes ofrecimientos de pastelillos de los muchachos de blanco y volví a encontrarme con el marido junto al león hambriento.

—Taibo, ¿sabe usted algo de los aparatos eléctricos estimulantes?

Yo no sabía de qué me hablaba.

—Venga, le enseñaré algo.

Me guió hacia una salita convertida en despacho, con libros en las paredes y un enorme crucifijo presidiéndolo todo detrás de una mesa de patas retorcidas.

Sobre la mesa estaba un envoltorio de papel color de rosa. Lo abrió y me mostró un cinturón negro, de tela y cuero, del que colgaban cables y placas de metal.

—¿Lo conoce usted?

Le dije que nunca había visto algo semejante.

—¿Quiere probarlo?

—¿Para qué sirve?

—Es un estimulante eléctrico. Recupera la electricidad de la atmósfera y dirige esa fuerza hasta este punto.

Mostraba una parte que parecía adecuada para recoger los testículos de quien se pusiera el cinturón.

Yo miraba un poco asombrado el artefacto.

—¿Y luego qué ocurre?

—Después de un cierto tiempo, el hombre recupera su potencia sexual. Tiene que llevarse puesto el cinturón doce horas al día.

Le pregunté:

—¿Usted lo probó?

—Sí.

—¿Y sirve para algo?

De pronto comenzó a reír apretando los labios para que no estallara una carcajada. Después, cuando se hubo calmado, me dijo:

—No; no sirve para nada.

En la pared estaba colgado un látigo muy largo, de cuero lustroso, con un mango de aspecto tan sólido como pudiera tener una madera noble: me acerqué a tocarlo.

—Es el que usó Ramón Novarro en *Ben Hur*.

Yo recordaba la secuencia; una violenta carrera de cuadrigas durante la que el villano Francis X. Bushman azotaba a Ramón furiosamente.

—¿Este es el látigo que usaba Francis?

—No, no; es el que manejaba Ramón. Se lo regaló al finalizar la producción el propio Thalberg. Usted sabe que esa película es el gran triunfo de Thalberg, por causa de ella hay quien dice que es un genio.

—Pero el director de *Ben Hur* fue Fred Niblo.

—Y el director de Fred Niblo fue Thalberg.

Y ahora sonrió discretamente. Yo seguía acariciando el látigo.

El marido me contemplaba a mí:

—Los látigos mantienen dentro de sí mismos una serie de oscuras tentaciones; quien toca un látigo terminará azotando a alguien con él.

—¿Todos llevamos dentro a un Francis X. Bushman?

—Sin duda. Yo siempre pensé que los papeles en *Ben Hur* estaban cambiados; Novarro hubiera azotado mejor, a pesar de su aspecto delicado de mexicano bello.

El látigo comenzaba a ser una presencia demasiado tentadora.

El marido volvió a reír ahora muy alegremente:

—El señor Thalberg también sabe manejar el látigo. Stroheim pudiera informarle respecto a esto.

Yo no estaba seguro de que estuviera empleando metáforas. Las peleas entre Stroheim y Thalberg habían pasado a ser una leyenda prohibida, ya que a Thalberg se le consideraba como un intocable y a Stroheim como un loco; suponer en el segundo una capacidad de rebelión era ofender la imagen del primero.

De pronto el marido dijo:

—Si fuéramos justos, azotaríamos a todo Hollywood y sacaríamos a los mercaderes a latigazos.

Después se acercó a la pared y pasó la mano sobre el mango de cuero.

—Tampoco Jesucristo, ¿lo recuerda?, fue capaz de rehuir la tentación del látigo. Sepárese usted de él. Ese látigo es tan importante que representa uno de los mejores negocios de Hollywood. *Ben Hur* no estaría ganando millones sin la escena en la que Francis azota desde su cuadriga de caballos negros al elegante Ramón montado en su cuadriga de caballos blancos. Es una secuencia bella, pero hubiera sido una carrera más, sin ese momento en que el látigo cae sobre las espaldas del héroe. El látigo hizo que la película triunfara en todas partes.

—Pero ese es el látigo, usted lo dijo, de Ramón; no el que se usó para maltratarlo en plena carrera de caballos.

—Por eso mismo; éste es el látigo que no se usó. Es la representación de un acto de renuncia, es también un gesto que nadie cree pero que todos admiran.

Es el látigo inocente; yo diría que el antilátigo.

Después cambió de actitud; habló con cierto rencor:

—Pero no debe usted engañarse, este látigo perdió ya su doncellez.

Yo comencé a descolgar el látigo sujeto a la pared por una serie de prendedores de metal; el marido me miraba a mis espaldas; casi sentía su respiración sobre mi nuca.

Era pesado, colgaba flácido sobre el suelo su extremo puntiagudo y flexible, rematado por unos breves nudos apretados; el mango estaba adornado por una contera de plata, muy pulida, como muy usada. Miré a mi alrededor y descubrí que no era fácil manejarlo sin riesgo de romper alguna cosa; me quedé en el centro de la sala, con el látigo en la mano, enfrentándome ahora al marido que me miraba con una seriedad en la que parecía ocultarse un miedo parpadeante y tenso.

—¿Cuál de los dos látigos, entonces, fue el que hizo millonarios a los productores?

—Irwing Thalberg y Louis Mayer negarían mi teoría; pero yo pienso que ambos látigos hicieron lo suyo. El látigo de Messala, el personaje de Francis, era la encarnación en cuero del sádico, el látigo de Novarro representaba el masoquismo, contenido, doloroso y satisfecho. Los dos látigos hicieron, juntos, el negocio. No se entiende la película *Ben Hur* sin esa escena terrible; fue su presencia la que desató el gran negocio, uno de los mejores negocios de Hollywood. El talento de Hollywood reside en cosas así; en encontrar el látigo que fustigue hacía la taquilla a los espectadores.

—Entonces; ¿éste es el látigo bueno?

—No hay látigos buenos, ya se lo dije.

Y de pronto preguntó abruptamente:

—¿Me quiere azotar?

Coloqué de nuevo en la pared el látigo, sonreí sin convencimiento y negué con la cabeza.

El marido perdió la rigidez en la que se había guarecido y se movió rápidamente hacia una mesa, como quien conoce perfectamente el lugar; de uno de los cajones sacó una fotografía enmarcada y me la ofreció; recogía uno de los instantes más dramáticos de la película, cuando Ben Hur y Messala parecen estar a punto de golpearse con los puños; un grupo de personas los contienen. El marido fue pasando un dedo por el cristal que protegía la foto, mientras comentaba:

—La película *Ben Hur* está llena de maliciosas sugerencias, de procacidades medio ocultas; fíjese que sólo Ben Hur y el malvado Messala muestran las piernas; fíjese en lo cortas que son sus faldas, mire cómo están prácticamente envueltos en tiras de cuero sus cuerpos, y mire usted el calzado; cuero también en forma de vendaje; todo esto no es casualidad. Pero hay algo más impúdico aún; ese cuchillo que lleva Messala en la cintura. Es tan curvo que no podría cortar nada; es decir podría cortar algo que se ajustara a su curvatura tan cerrada. ¿No ve? —yo miraba la foto, en la que Novarro y Francis se enfrentan mirándose a los ojos, como dos gallos de pelea—. ¿No ve?

El marido señalaba el curioso cuchillo hecho aparentemente de un metal veteado.

—¿No ve?

Y al fin decidió ilustrarme:

—Es un arma para mutilar.

Le devolví la foto enmarcada.

—Es decir, un cuchillo que sólo sirve para cercenar testículos.

Salimos del despacho dejando el cinturón sobre la mesa.

Ya en el salón le dije:

—Gracias por habérmelo mostrado. No lo conocía.

—Fue sólo una confidencia —me dijo.

De pronto, y sin que ninguno estuviéramos preparados para ese momento al cual nos debíamos pero habíamos pospuesto concienzudamente, se anunció que Dolores tendría su primer papel en el cine.

Fueron días angustiosos, de miradas inquietas y voraces, de comentarios en los pasillos, de chismes mal intencionados y murmuraciones sórdidas; todos parecían estar en el secreto de algo que no podría comentarse jamás y todos escapaban de decir una palabra franca o reveladora.

El guión estaba escondido dentro de la mesa del hombre viejo llamado Max, quien había decidido no adelantar noticia alguna.

Al fin mi secretaria, la mujer cincuentona y delgada, entró en mi despacho y me dijo:

—La película se titulará *Joanna*.

Y, sin embargo, cuando pudimos leer el libreto descubrimos que el papel era insignificante, a pesar de que Carewe sería el director del film.

Yo recordé cómo se había planteado toda la carrera de Dolores en aquella junta sorprendente y ya aparentemente lejana; entrábamos, entonces, en la fase de creación de la estrella, un periodo de enseñanza y obediencia.

Dolores y su esposo, durante ese tiempo, habían hecho una vida muy sencilla; vivían en una casa de departamentos que era habitada, también, por otras aspirantes a estrellas o por actores secundarios de ya muy larga carrera.

No tenían aún automóvil y parece que la fortuna de la familia en México se había disuelto con los últimos coletazos de la revolución. Sin embargo, continuaban ofreciendo esa imagen distinguida y distante dentro de la cual se atrincheraban para no sufrir con las constantes y breves mordeduras que su dignidad iba recibiendo.

Joanna iba a ser protagonizada por Dorothy Mackayll y Jack Mulhall y el papel de Dolores sería no sólo pequeño, sino ridículo.

Le tocaría interpretar a una vampiresa de no muy clara procedencia.

Pero mi papel era, incluso, más difícil; tenía que continuar apoyando la carrera de Dolores, sin interferir en la publicidad que la First National comenzaría a hacer de *Joanna* y de la pareja protagonista.

Carewe parecía inquieto cuando me llamó a su despacho.

—Es un problema de sensibilidad en los dedos de la mano.

Le dije que comprendía.

—Si usted se excede el Estudio se lanzará contra mí.

Siguiendo la técnica aprendida de Max moví la cabeza para dar a entender que iba comprendiendo el problema.

—Pero si el film se estrena y Dolores pasa desapercibida, entenderé que usted ha perdido el primer asalto.

Esto me tomó absolutamente por sorpresa y no hice ningún gesto; hasta el momento se había visto la carrera de Dolores como un posible triunfo para todo un equipo; acababa de descubrir que el fracaso, en cambio, sería solamente mío.

Me miraba Edwin a los ojos, sentado en aquella mesa fantasiosa y aún acariciando su guante de boxeo fundido en oro.

Al fin decidí que se me estaba pagando para tener, también, a quien despedir si las cosas no marchaban; asentí con la cabeza.

Carewe aún tenía algunas cosas que añadir:

—La señora tendrá que obtener tanta publicidad como las dos figuras principales de la película, pero jamás deberá opacarlas. Me ha gustado mucho su teoría de la pizza, el chicle y el *hot dog*; el papel que tenemos para ella la mantendrá fuera de esa categoría.

No hice gesto alguno; él pareció estar meditando y después sacó un cigarro, lo prendió y comenzó a fumar.

—¿Qué significa para usted la pizza?

Parecía verdaderamente interesado y acaso un poco sorprendido.

Me vi obligado a tomar la palabra:

—Es un símbolo de estatus. Como lo es, también, el caviar. Comer pizza en público es colocarse en un cierto nivel económico, social, entrar en un cierto tipo de gusto y apetencia. La pizza es un alimento popular, barato; si Dolores come una pizza en público está instalándose en un estatus popular y modesto, muy por debajo de esa imagen que hemos intentado crear. Cuando se decidió que ella no era una muchacha que pudiera identificarse con millones de muchachas, sino que había de ser envidiada por millones de muchachas fue necesario crear todo un sistema de comportamiento. La pizza es sólo un ejemplo.

Carewe parecía estar mirándose a sí mismo, cuando dijo:

—Muy inteligente.

Siguió fumando unos minutos más. Después, sin conceder que estaba pidiendo una opinión dijo:

—En *Joanna* hay una escena en la que la señora cose en su cuarto unas medias.

Yo volví a aferrarme a mi silencio y Edwin tuvo que ceder.

—¿Qué opina de esa secuencia?

—Yo no pondría a Dolores, por ahora, a coser medias.

Carewe hizo un gesto con la mano y yo me fui de su despacho. Esa misma tarde vino a verme Max.

—¿Fue usted quien eliminó la escena de la media rota en la habitación de Dolores?

Al principio la pregunta me sorprendió mucho porque ya no recordaba la historia, pero después acepté que yo había sugerido que se quitara del guión. Max estaba molesto:

—Es una escena importante y ahora tendremos que sustituir la media por otro objeto. Si no puede zurcir medias, ¿que puede hacer Dolores, a su juicio?

Le dije que a mi juicio en este film Dolores podría hacer cientos de cosas, menos zurcir medias, mascar chicle, comer perros calientes o recalentar una pizza.

Max se marchó más preocupado que furioso.

Al día siguiente estaba tomando un Rudy en el

Alexandria cuando entre la densa tiniebla del fondo fue surgiendo una figura familiar que terminó acercándose a mi mesa; era Charles Chaplin.

—¿Sabe usted que el smoking me lo hizo el mejor sastre de Londres?

Lo supuse.

Hablaba de pie, sonriendo, junto a mi mesa. Yo no sabía si debía levantarme o continuar sentado, opté por lo último, pero hice un gesto invitándole a sentarse. Chaplin, sin dejar de sonreír, siguió apoyado en la mesita.

—Me he enterado de que usted ha creado toda una teoría alrededor de la pizza italiana.

Advirtió mi sorpresa y comenzó a reír a carcajadas.

—Ésta no es una ciudad, es una aldea.

Después me puso la mano en el hombro:

—Dicen que su escrito sobre la pizza no es tanto un trabajo de publicidad como un estudio sociológico de los Estados Unidos. Me gustaría leerlo.

Y se fue, sonriendo aún, hasta hundirse en el fondo del lugar en donde la falta de iluminación le convertía en un cliente más, en un ser normal. Descubrí que comenzaba a hacerme popular, a pesar de mi aspecto aniñado y de mis veintitrés años de vida únicamente. Hollywood, habrá que aceptarlo, está tan ansioso de sacar provecho a cada dólar invertido que no le importa ni la edad ni el aspecto de quien pueda facilitar esta tarea.

Esa noche Miguel Linares tenía otra sorpresa para mí; una pizza enorme, recubierta de tomate, carnes, queso.

Miguel Linares me mostraba la inmensa pizza y sostenía en la mano, sin aspavientos, una tarjeta.

—Irving, se la manda Charles Chaplin.

Sobre el mísero mostrador de la Casa Azteca nos comimos una parte y convertimos el resto en fragmentos generosos.

—Esta noche, Miguel, a cada vecino de la Casa Azteca le regala usted un pedazo de pizza.

—En su nombre, Irving.

—No, no, en nombre de Charles Chaplin.

Y Miguel Linares aceptó el encargo, mientras yo me iba a dormir.

PROBLEMAS

El material que yo enviaba a las publicaciones, junto con fotografías, estaba siendo aceptado en todas partes, pero una semana antes de iniciarse *Joanna* comenzamos a descubrir que el lanzamiento de Dolores ya había levantado suficiente interés como para que los columnistas de Hollywood comenzaran a contemplarla como algo más que el «Rodolfo Valentino femenino».

Por de pronto, y en sólo tres días, aparecieron cuatro notas en las que se la ligaba emocionalmente con Edwin Carewe.

Al quinto día, mi despacho pasó de ser un lugar olvidado a convertirse en el centro de conspiración y maquinaciones.

La primera en llegar fue la propia Dolores.

Hablaba aún con dificultad el inglés y parecía encontrar inconvenientes a causa de lo difícil de la materia.

—No quiero que escriban esas cosas sobre mí. Mi marido lee muy bien en inglés.

—No sé qué pudiéramos hacer; el señor Carewe opina que no debemos presentarla a usted como una mujer casada. Su marido, para esta oficina, no existe.

Se mordía los labios y parecía hacerme responsable del problema.

—El señor Carewe es un hombre casado.

—Él no se quejó todavía.

—A él no le importará, a mí sí.

Yo decidí llevar el asunto a un plano más personal.

Dolores, el señor Carewe no disimula un cierto interés especial por usted.

Quiere convertirme en estrella.

—El comportamiento de ambos en las fiestas parece trascender de ese interés profesional.

Dolores levantó sus cejas; era la primera vez que yo veía en ella ese gesto que parece entrañar cierto terror o una sorpresa profunda y desagradable que coloca a quien mira en una situación indigna.

—Solamente un malintencionado puede ver las cosas así.

—Los columnistas de Hollywood no son bienintencionados.

—Usted, tampoco.

Y se fue, abandonando sin dignidad alguna mi despacho; caminando con una fuerza y una furia que no parecía posible que cupiera en una mujer tan joven y aparentemente tan débil.

Después vino Edwin Carewe.

Más tarde me visitó Max.

Todos venían a sugerir que de alguna forma cesara esa información sobre el supuesto romance entre Edwin y Dolores.

Solamente Max tenía, sin embargo, una sugerencia.

—¿Por qué no inventamos un romance entre usted y Dolores? No vendría mal y estaría dentro de la teoría de la pizza; la aristócrata española se enamora del joven escritor de Nueva York.

Eran las doce de la mañana, había hablado ya del tema con tres personas y un oscuro rencor contra Dolores, Hollywood y el mundo en general se había estado gestando en mí.

Así que sin mirarle le dije a Max que era necesario, para todo esto, la opinión de otra persona; el marido de la supuesta actriz.

Pero Max era hombre acostumbrado a sarcasmos, así que se levantó de la silla, recogió una serie de papeles que había dejado sobre mi mesa y respondió sin ninguna emoción que los maridos de las artistas de cine jamás habían intervenido en estos problemas. Y se fue dejándome pasar por unas oscuras formas de desolación para luego entrar en breves periodos de furia, que terminaron destruyendo un cesto de papeles y una zona del respaldo de mi sillón.

Abandoné los estudios y me fui para la Casa Azteca; era la primera vez que llegaba a mí cuarto a una hora tan temprana, ya que solía salir de él a las ocho de la mañana y no retornaba hasta la noche, cuando

Miguel Linares ocupaba su sitio de gran vigilante de mi destino.

El taxi me dejó ante la puerta del hotel y estaba pagando la tarifa cuando advertí que una persona abría la puerta trasera del automóvil y se colocaba en el mismo lugar que yo había abandonado hacía unos instantes. Miré descuidadamente y descubrí al marido que encendía un cigarrillo y parecía distraerse concienzudamente para no verme.

RESUMEN DE EMOCIONES

Mi máquina de escribir no era nueva, sino de quinta o sexta mano, un artefacto pesado, aplastado, descascarillado en algunas partes de su gris estructura.

Por entonces yo tenía dos novelas comenzadas y ninguna de ellas parecía encaminada a convertirse en libro impreso.

Había escrito, sin embargo, dos narraciones cortas y ambas se habían publicado en Nueva York; el ambiente de Hollywood, el hecho de que junto a personas inventadas colocara figuras conocidas del cine, había creado en los editores una cierta complacencia por mi material y estaba recibiendo cartas pidiéndome nuevos cuentos. Pero yo quería hacer mi novela y acaso por eso resentía más cómo mi trabajo comenzaba a cruzarse entre los planes que había establecido para mí mismo.

La máquina de escribir fue un factor determinante en aquellos días; yo proyectaba un guión de cine que recogiera la trayectoria de una máquina que comenzara siendo propiedad de un guionista de Hollywood, pasara luego a convertirse en el vehículo de las cartas de amor de un Rodolfo Valentino, fuera vendida, después de una rotunda desilusión, a una casa de compraventa en donde la adquiriría una muchacha que pretendía encontrar un puesto de secretaria en unos estudios de cine, pasaría luego a manos de un rufián, novio de la chica, y un día, después de una fiesta sórdida, un hombre, oscuro, silencioso, al que nadie conocía, escribiría en la máquina una breve esquela y luego se pegaría un tiro, mientras sonaba estridente jazz en la habitación contigua.

Llegué a tener casi terminado el guión y un día lo abandoné porque no veía cómo podría encontrar un buen papel para Dolores. En aquellos días yo sólo quería escribir para Dolores.

Aquel mediodía en que llegué a mi habitación consternado por la furia de Dolores, el apacible cinismo de Max, la inquietud nerviosa que advertí en los ojos de Edwin y la súbita presencia del marido ante mi propio hotel, dediqué el resto de la mañana a hacer un balance de emociones.

Excepto Max, para el cual una actriz de cine era sólo un producto frágil, sometido a unas oscuras leyes de oferta y demanda, el resto de nosotros parecíamos haber sido atrapados por esa suave trampa significada por una mujer de apariencia débil y de tenacidad sorprendente.

La pasión que exhibía Edwin parecía cada día más concisa y mi propia pasión no podía ser disimulada; por lo menos no lo era en la habitación que yo ocupaba en la Casa Azteca. Mi cuarto era ya un museo Dolores, un canto a Dolores que ascendía por las paredes hasta casi el techo, que ocupaba rincones y que había invadido ya el guardarropa y el cuarto de baño; Dolores estaba ya en todas partes.

El marido era, del trío de amantes, el menos entregado y el más dolorido, el que sabía comedir sus gestos y no dejar transparentar sus posibles arrebatos; parecía el más educado y el menos duro, el más cauto y acaso fuera el más torturado.

Entre estos tres personajes, cada uno con su estrategia, su actitud resultaba la más coherente; él era el marido y había aceptado unas reglas del juego que le dejaban fuera de la acción a ciertas horas del día, cuando su esposa acudía a los estudios, a la sala del fotógrafo, a las reuniones de trabajo o a las fiestas en las que debía aparecer como soltera.

Él, suponía yo, aguardaría el final de todos estos actos en su hogar, casi sin muebles, sin lujo alguno, añorando los días en que formaba con Dolores un matrimonio que recorría Europa y recibía, de su familia instalada en la capital mexicana, un cheque puntual y satisfactorio.

Para él este ir perdiendo gradualmente a su esposa coincidía con esa otra pérdida de la respetabilidad que significaba el cheque, desaparecido o disminuido; dos sacudimientos habían transformado su vida; por una parte ese mundo enérgico y sagaz que significaba Hollywood y por la otra una revolución no entendida, violenta y destructora de los símbolos externos de toda su vida.

Era cierto que para Max y los suyos este marido no significaba sino un tropiezo en el trabajo; un obstáculo fastidioso al que algún día los propios acontecimientos habrían de desplazar sin gran esfuerzo y sin drama alguno. Durante todo el día estuve pensando en ese hombre de tan atildado vestir, que, incrustado en el automóvil, encendía de manera tan cuidadosa su cigarrillo, para dejar claramente establecido, no el hecho de que no me hubiera visto, sino que no me quisiera ver.

Por otra parte yo me encontraba dudando entre preguntar a Miguel Linares lo que hacía en la Casa Azteca o negarme a saberlo de manera tan contumaz como el propio marido negaba mi presencia junto al taxi.

Y estaba la pesada figura de Edwin Carewe en mi despacho, contemplando las paredes como si fuera la primera vez que lo visitara, negándose a sentarse, manteniendo en la mano un guión, el de *Joanna*, y hablando con una displicencia falsa que se traslucía en la ansiedad en que esperaban sus ojos mi respuesta.

—Entonces, ¿cómo podríamos paliar esa serie de rumores?

—Pienso que hay una forma sencilla: usted y Dolores deben dejar de mostrarse en público juntos.

Edwin no confiaba en la honestidad de mi recomendación; me observaba y repetía:

—Debemos encontrar una salida.

Yo estaba en pie, junto a mi sillón, sin deseos de encontrar salida alguna, mirándole fijamente; mirando fijamente el lugar en que se encontraba.

—Piénselo —dijo, y se puso a hojear el guión como si esperara que yo encontrara de inmediato una solución al problema, como si no tuviera prisa por marcharse.

Decidí revolver mis papeles para demostrar que por mi parte la supuesta salida no sería inmediata; no sería improvisada en ese mismo momento.

Edwin me miró por encima del libreto, con un aire satisfactoriamente ausente, tomado, sin duda, de alguno de sus films.

—Espero que usted no olvide este problema.

—No, no lo olvidaré.

Después de esto, el director salió de mi despacho, aún leyendo el libreto, sin despedirse, esperando que yo le abriera la puerta. La cerré tras de él, sin esperar a que se alejara mucho y fui a patear mí sillón; fórmula que venía dándome algún resultado en situaciones como aquella.

Después llamé por teléfono a un amigo periodista y le dije que según los últimos rumores Dolores se casaría conmigo.

—¿Lo dices como hombre de relaciones públicas o como novio?

Le dije que lo decía como enamorado.

La Metro se ha vuelto loca

Desde hacía algunos meses se hablaba en los restaurantes y en las fiestas, en las oficinas y en las salas de juntas, de algo que «estaba volviendo loca a la Metro Goldwyn Mayer Pictures».

The Merry Widow había nacido, se decía, como una opereta deliciosa y se había convertido en una procaz y sórdida visión de un mundo fláccido, agotado, muy perverso.

Los directores de moda contemplaban al creador de *The Merry Widow* con singular odio; era un farsante orgulloso, un mentiroso desvergonzado, un decadente envestido en tirano; era un tipo distinto que parecía haberse inventado a sí mismo después de un curioso proceso de seleccionar lo peor y más escandaloso.

Erich Von Stroheim no ocultaba la satisfacción que todos estos denuestos le producían; ponía una especialísima atención en que jamás los fotógrafos lo sorprendieran en una actitud natural, tenía un gesto permanente de siniestro domador de mujeres y cuidaba no descubrir su verdad en ningún instante.

Yo le conocí en una circunstancia extraña; al llegar una noche a la Casa Azteca encontré que estaba rodeada de automóviles resplandecientes y de choferes uniformados que fumaban en grupos bajo los resplandores que surgían de sus vehículos.

Miguel Linares sin perder su compostura me dijo que tenía un mensaje para mí.

—El señor, Von Stroheim invita al creador de la teoría de la pizza a que pase por el salón del fondo, en donde está reunido con unos caballeros.

Era cierto que la teoría de la pizza se había convertido ya en una broma generalizada en todos los estudios. Yo había oído alguna vez cuando alguien gritaba a otro, frente a un restaurante popular:

—¡No comas pizza, que baja tu estatus!

Estas cosas me halagaban bastante, porque me habían servido para que me rescataran del anonimato. La verdad es que muy pocas personas habían conocido el estudio que sobre comportamiento había escrito para Dolores. Era todo un cuidadoso plan para llamar la atención hacía su persona y colocarla en un nivel que no era el que se solía aconsejar a las jóvenes aspirantes al estrellato.

Dolores, a mi juicio, no debía ser una de las muchachas enloquecidas propias de la época, sino una figura misteriosa y lejana, apetecible y distante; tal y como ella misma había intuido.

Me dirigí hacia el hasta ahora desconocido «salón del fondo» recordando que la última película de Von Stroheim se había estrenado el año anterior y había producido dolores de cabeza a Louis B. Mayer, su productor, quien, sin embargo, había vuelto a confiar en ese ambiguo personaje europeo de imposible identificación.

Cuando yo vi *Gredd* en Nueva York, salí de la sala estremecido y desconcertado; un cine distinto se había mostrado ante mí y unos personajes sórdidos se habían puesto en pie para negar, con su sola presencia, la ya creciente fama de un Hollywood alejado de la realidad y de la verdad.

El «salón del fondo» estaba situado en un edificio vecino y construido más recientemente que la Casa Azteca; se llegaba al salón avanzando por pasillos y siguiendo unas indicaciones pintadas sobre unas maderas barnizadas.

La puerta del salón del fondo estaba cerrada y apenas si se escuchaban murmullos al otro lado; cuando estaba a punto de golpear la madera, se abrió y salieron, tambaleándose, dos hombres maduros, vestidos de smoking, que hablaban en voz baja y reían constantemente.

Entré y conocí a Erich Von Stroheim.

—¿Así que usted es Taibo?

—Irwing Taibo.

—Su teoría se quedó corta; este país necesita erradicar también los sandwich de pavo.

A su alrededor se producían risas.

—¿Sabe usted que el Consejo Nacional de la Buena Pizza, que se reúne en Chicago todos los primeros viernes de mes, ha decidido llevarle a usted a los tribunales por difamación?

Volvían a reír pero sin escándalo, como para no alterar la charla del monstruo.

Le dije que no había recibido aún la citación.

—Si usted ampliara sus objetivos y destruyera también al pavo americano, podría llegar a convertirse en un benefactor.

Volvían a reír.

Dije que mis objetivos inmediatos eran los *hot dog* y el chicle, además de la ya denigrada pizza.

—De cualquier manera yo le ruego que incluya al pavo.

—Lo haré; ahora que usted lo señala pienso que ha sido un descuido mío.

Erich parecía feliz ante mis concesiones.

—¿Cree usted que también podríamos incluir el vino californiano?

Estaba sentado en el centro de una sala supuestamente decorada con motivos hindúes, el salón tenía algunos miserables cojines tirados por el suelo y telas salpicadas de espejos diminutos colgaban de las paredes. Era un lugar que parecía sucio y olvidado; que estaba iluminado fúnebremente y que mantenía una serie de sillas y sillones tomados ocasionalmente de los lugares más diversos. Stroheim y sus amigos estaban bebiendo champaña y de cuando en cuando observaban una cortina roja sucia que tapaba completamente el extremo más alejado del salón, como si estuvieran ansiosos de que apareciera algo largamente esperado.

Lo más sorprendente de Erich no era su rostro, que de alguna forma parecía estar fingiéndose a sí mismo, como si temiera que descubierto un día cualquiera en una situación normal, pudiera advertirse que era una cara común al que todo un ejercicio teatral había ido falsificando o sobreponiendo elementos adquiridos después de un estudio cuidadoso.

Lo más sorprendente, decía, era su enorme, desvergonzado cogote; grande como una nalga dura aparecía a la altura de la oreja y en ocasiones adquiría una dimensión asombrosa y un enrojecimiento carnal que atraía la mirada como si el observador estuviera descubriendo, por descuido de Erich, una parte que debiera estar púdicamente cubierta.

Erich tenía poco pelo, lo peinaba aplastándolo y lo cubría de una vaselina repugnante. Se había depilado las cejas y se afeitaba tan cuidadosamente que su piel aparecía como la superficie de una figura de madera resplandeciente. Hablaba con un acento alemán que él se esforzaba en hacer aún más duro y agresivo; era más pequeño de lo que yo supuse al verlo en sus films y tenía unas manos cuidadosamente maquilladas, pero de un aspecto torpe que se suavizaba cuando tomaba un cigarrillo con la punta de los dedos, cerca de unas uñas pintadas de color de rosa, y lo mantenía con una gracia y una dignidad que envidiaban los torpes galanes de sus films.

Yo pensaba que sólo usaba el monóculo para reproducir el personaje que había interpretado en *Blind Husbands*, cuando de pronto lo sacó del bolsillo derecho de su smoking y lo colocó, sin ninguna dificultad, para observarme.

A su alrededor, sentados o contemplándolo con verdadero arrobo, había unos diez o quince hombres, todos de smoking, todos bebiendo champaña que se servían a sí mismos tomándola de los baldes con hielo. Ni un solo camarero estaba a la vista.

Los dos hombres con los que me crucé en la puerta entraron de nuevo y uno de ellos dio dos o tres palmadas.

—Caballeros, todo está a punto.

Hubo un movimiento nervioso y cada quien buscó un lugar en donde sentarse, siempre contemplando la cortina del fondo.

—Taibo, siéntese usted y observe. Beba champaña; aquí no se sirven comidas, eso queda para los restaurantes.

Le di las gracias y quedé un poco a sus espaldas, contemplando el inmenso cogote y la cabeza cuadrada, de cortes vigorosos y desagradables.

Erich se puso en pie, pero no se separó de su sillón de madera; desde esa posición, con una mano en la cintura y la otra a la espalda, habló brevemente.

—Caballeros, nos conocemos todos y el único nuevo en este ya compacto grupo es el señor Taibo, al que debemos un gesto que apoya toda nuestra filosofía y que lo hace digno de estar con nosotros. El señor Taibo ha venido a denunciar, en el paraíso de la vulgaridad, algunos productos que llevaban camino de entrar en nuestros propios hogares. Por eso lo hemos invitado.

Aspiró con un estudiado gesto el humo de su cigarrillo y luego añadió como desmintiendo el ambiente de expectación que se había formado:

—Ustedes ya saben que van a ver una escena de mi film *The Merry Widow*, pero no veremos un pedazo de película, sino la realidad que yo he fotografiado. Es más, veremos lo que el supuesto genio llamado Irwing Thalberg se ha negado a incluir en la película. Ustedes verán una parte de los cuatro mil pies que las mentes enanas de Hollywood han quitado a un film que, a pesar de este atentado, seguirá siendo genial.

Nadie aplaudió, demasiado atentos a unos ciertos, aun cuando casi imperceptibles, vaivenes del sucio telón rojo.

Se apagaron las luces y sonó una música de mandolinas no demasiado afinadas; el telón se levantó y vimos a un grupo de mujeres que aparentaban tocar unos instrumentos blancos; estaban sentadas sobre pieles y en primer término se veía una cabeza de oso que nos contemplaba desde el suelo. Las jóvenes llevaban antifaces negros, pero iban vestidas de blanco, con las piernas desnudas y unos curiosos tocados blancos, también en la cabeza.

Eran en total seis muchachas que estaban iluminadas por un reflector suave y por unos enormes candelabros sostenidos por angelotes de metal.

Las chicas se movían con placidez y abandonaban sus mandolinas para beber, sin prisa, una champaña que estaba servida en copas situadas entre las pieles negras.

Poco a poco las jóvenes se fueron poniendo en pie mientras se movían cadenciosamente; todas llevaban unas faldas hechas con supuestas hojas blancas de algún árbol imposible.

Parecía un espectáculo ingenuo y bastante torpe, cuando el ritmo de la orquesta de cuerda, oculta, cambió totalmente y las muchachas comenzaron a mostrar un súbito interés las unas por las otras; poco después las caricias eran ya descaradas y más tarde las hojas volaban y caían al suelo, sobre las pieles de oso. Me fijé que los antifaces negros no tenían agujeros para los ojos, de tal forma que las chicas no sabían, exactamente, a quién acariciaban o quiénes las acariciaban a ellas.

Los angelotes sosteniendo los candelabros, el miserable oso con la boca abierta, los sucintos vestidos blancos y la música de mandolinas, que no es precisamente mi música preferida, conferían a todo aquello un aire de mal gusto, de imaginación mal encaminada y, sin embargo, poco a poco comprendí que el espectáculo comenzaba a excitarme.

Las muchachas se buscaban unas a otras en un constante tanteo y parecían reconocerse tocando en las axilas, sobre los pechos ya desnudos, en las ingles; las manos en ocasiones recorrían el suelo en busca de las copas y la champaña descendía sobre la piel de las muchachas que no eran precisamente bailarinas, sino delicadas figuras en un movimiento constante, como si escapadas de la cabellera de medusa las serpientes blancas y cálidas se deslizaran alrededor de todos los cuerpos, buscando las cavidades más íntimas y gozando con apretar suavemente un sexo ya humedecido o deslizarse entre unas nalgas que ya habían quedado al descubierto entre un delicado revuelo de hojas blancas y ligeras.

Unos instantes después se habían formado tres parejas, y hasta nosotros llegaban susurros, gritos apenas sugeridos, en parte ocultos por la orquesta que se lamentaba tristemente. El espectáculo, hasta el momento de un gusto casi infantil, de un elemental sentido de la perversión, comenzó a tomar características muy extrañas y casi dolorosas; se movían las muchachas en el escenario, dentro de un clima de furia contenida, de excitación que no podía ser falsa. La escasa luz impedía distinguir con claridad lo que estaba ocurriendo frente a nosotros y los espectadores avanzaban su cabeza en un gesto curiosamente expectante y nervioso, como intentando atravesar esa zona de imprecisión y vaguedades que era, al mismo tiempo, lo que convertía el ejercicio en misterioso y lejano. El hecho de que estuviéramos presenciando un acto de amor entre mujeres ciegas parecía también ayudar a movilizar en nosotros apetitos no reconocidos, acaso desconocidos hasta el momento. Las jóvenes buscaban y encontraban el lugar adecuado y en ocasiones cambiaban de pareja, como si con el roce, con el tacto, hubieran descubierto que el otro cuerpo no era el buscado y que la caricia se estaba desviando inadecuadamente. Stroheim continuaba inmóvil, tal y como pudiera estar un escultor que examinara su obra recién terminada; sin dar muestras de entusiasmo ni de reconocimiento.

Al fin terminó el juego, cuando ya sólo quedaban algunas plumas sobre las mujeres, cuando la orquesta parecía estar desfalleciendo, cuando el gastado telón fue a caer sobre las pieles, ocultando el desenlace, si es que pudiera esperarse un desenlace.

Nadie aplaudió; se fue volviendo poco a poco a la champaña y la conversación acaso se fue reanudando en donde había sido abandonada; tampoco se acercaron a Stroheim para felicitarle. Él se mantuvo inmóvil durante un momento más y luego me buscó con los ojos para cerciorarse de que continuaba presente. Un momento después vi cómo un par de invitados sacaban a un tercer hombre, absolutamente borracho, trasladándole entre tropiezos y recomendaciones inútiles, ya que el transportado parecía haber perdido el conocimiento.

No se volvieron a pronunciar discursos ni volvió a sonar la orquesta; no aparecieron servidores ni Stroheim volvió a hablarme. El juego, por lo que entendí, había terminado; un juego que parecía haber sido inventado por un niño perverso, en el cual el mal gusto se superaba en un momento dado gracias a una cierta violencia, a una originalidad extraña.

De alguna manera parecía que en el espectáculo el único que verdaderamente se había desnudado era el director austriaco, ahora bebiendo de manera bastante contenida, pero de forma constante.

Salí de la sala agitando la mano, para despedirme, y Stroheim no me respondió.

Miguel Linares estaba en su sitio con la copa dispuesta, pero tuve que rechazarla.

—¿Hace mucho que se organizan estos actos en el salón del fondo?

—Sí, bastante.

—¿Quiénes son los invitados?

—Forman un club que paga la champaña y a la orquesta, también a las mujeres.

—Parece como si todo el mundo estuviera dentro de un sueño. Las mujeres supongo que fingen.

—Las bailarinas no estaban fingiendo; el propio Von Stroheim pone en la champaña los polvos blancos.

Entendí, también, que yo había sido un privilegiado, ya que Erich no quería testigos de estos actos rituales.

Hablé con Linares y le pregunté cada cuánto tiempo se organizaban estas reuniones en el salón del fondo.

Miguel Linares me miraba con aquella expresión suya que parecía ajena a cualquier sorpresa o a cualquier confidencia apasionante.

—Muy poca gente sabe lo que pasa en el salón del fondo. Le conté lo del polvo blanco que ponen en la champaña, porque uno de los que tocan la mandolina es de Chihuahua, nieto de un amigo mío.

Después pareció recordar algo:

—Justamente nieto de Claudio López. ¿Se acuerda que le conté?

Le dije que me acordaba.

JOANNA

No quiero recordar esa película; todo lo que significa ahora para mí fueron días de tensión, en los que Dolores apenas me saludaba con un movimiento de mano, y en los que la pareja principal de la historia me contemplaba como un enemigo contratado por la oposición para entorpecer sus razonables afanes de triunfo.

Cuando al fin se estrenó *Joanna*, descubrimos que solamente era una película más, llena de lugares comunes, de desdichadas referencias a otras películas tan comunes como ella y de servidumbres a las menos afortunadas modas del momento.

Dolores resultó ser una desvalida vampiresa y hubiera sido igual que zurciera medias, guisara comidas mexicanas o arreglara los motores de automóviles desvencijados.

Sin embargo, para mi desconcierto y para el afianzamiento de la oscura seguridad de gentes como Max, los comentaristas afirmaron por escrito que Dolores tenía un gran futuro en Hollywood y que Edwin Carewe era ese gran descubridor de estrellas que él mismo había dicho durante los últimos años.

Sonaba la canción, apenas si aceptábamos la compañía de la música.

Sonaba casi constantemente y los vecinos de Hollywood, a pesar de nuestro bien reconocido cinismo, estábamos a punto de conceder que «Hollywood no es un lugar, sino un pensamiento».

La voz del *crooner* insistía en esta idea siniestra que iba a instalar a Hollywood en el mismo nivel que otras capitales de la leyenda: el Dorado, Sangri-La y acaso Jauja.

Pero Hollywood no era una idea ni un pensamiento, era una realidad sórdida y sometida a todo un sistema de medidas, escalafones y estamentos cerrados que parecían condenar a cada ciudadano a vivir para siempre en un infierno repetido y constante.

Los escritores y los jefes de publicidad tienen su mundo adornado por los chismes profesionales, los adulterios, las noticias sobre próximos trabajos en litigio. Solamente aquellos escritores de renombre ascienden al círculo superior y pueden ser invitados por las estrellas, las cuales cada vez que reciben una invitación para acudir a la fiesta del gran productor famoso, agradecen este gesto que las sitúa en la cumbre.

Una serie de curiosas circunstancias me permitieron atravesar estos mundos e hizo posible que me convirtiera en pez de muchas peceras.

La absurda historia de la teoría del estatus-pizza sirvió para que se me viera como un ejemplar pintoresco que podía ser exhibido en fiestas como un aliciente a las casi siempre aburridas reuniones.

Porque, y esto resultaba difícil de creer para quienes vivimos en Nueva York, Hollywood es un lugar triste.

Los actores y las actrices famosos buscan ansiosamente elementos nuevos que transformen las alcohólicas fiestas del viernes en la noche, se practican juegos infantiles, se establecen competencias de supuesto ingenio, se organizan representaciones de breves escenas que entrañan un mensaje que, a su vez, debe ser desvelado por los observadores; se organizan bailes de disfraces y se repiten los mismos besos en la mejilla, las mismas borracheras, idénticas frases soeces e iguales frases almibaradas.

De cuando en cuando este mundo de ritos explota con un adulterio famoso, una pelea a patadas entre hombres vestidos de smoking, un disparo en la noche y una camisa ensangrentada que alguien se encarga de enterrar en el jardín.

Y a pesar de todo esto, América entera afirmaba que Hollywood no es un lugar, sino un pensamiento.

Tumbado sobre mi cama de la Casa Azteca, después de volver de una fiesta más, que acaso organizó un grupo de secretarias del estudio o la asociación de hombres de relaciones públicas o un director famoso o una muchacha empeñada en llegar al estrellato, yo me lanzaba a hundirme en mis más queridos, apetecidos sueños; soñaba con el hotel Plaza, con el apacible deslizarse de la gente en el atardecer de otoño, con esa muelle y delicada forma de caminar de las muchachas vestidas cuidadosamente y adornadas con un prendedor comprado en el número 333 de la Quinta Avenida.

Hollywood no es un lugar; un lugar es Nueva York.

Amor por Dolores

Cuando yo pensaba que Dolores iba a sentirse deprimida por su primera experiencia, me encontré con una mujer llena de entusiasmo y con un espíritu de autocrítica que le servía para proyectar aún más lejos sus ambiciones.

Max convocó una reunión en su despacho, un lugar tan amplio y con tan pocos muebles que todos nos sentíamos como viajeros del desierto.

Max anunció que, de inmediato, se comenzaría a preparar la filmación de *Pals First*, en donde Dolores tendría un papel algo más relevante.

Nos advirtió que Carewe había puesto en esta historia un gran empeño y que el film sería ya «algo importante».

Dolores, sentada junto a su marido, estaba empeñada en examinar sus errores frente a todos nosotros, pero Max parecía interesado solamente en que yo tomara notas y preparara una campaña que atrajera la atención sobre *Pals First* e hiciera olvidar la muy poco favorecida *Joanna*.

El marido fumaba en silencio y de cuando en cuando tocaba con su mano enguantada la mano desnuda de Dolores, como para sugerirle que contuviera su entusiasmo.

La reunión duró menos de quince minutos y los ayudantes de Max salieron hacia multitud de lugares misteriosos en donde comenzarían a poner a punto la próxima producción.

Edwin Carewe envió, ya cuando nos despedíamos, un sobre que una secretaria puso en manos de Dolores; ella lo abrió, leyó una nota y luego rompió el sobre y el papel y fue colocando los pedacitos en un cenicero de cristal.

Yo había estado contemplando toda la escena, pero el marido parecía encontrarse lejos del lugar, como si los anteriores actos de amistad y protección hubieran cumplido su cometido y no necesitara ya Dolores su auxilio.

Dolores, el marido y yo salimos juntos del despacho y atravesamos la calle principal del estudio que aquel día tenía una especialísima animación.

Dolores hablaba en español muy animadamente para cerciorarse de que yo aprobaba su confianza.

—Los papeles de vampiresa me irán dentro de unos años, no ahora. Soy demasiado joven, ¿no cree?

Le dije que efectivamente era demasiado joven para crear una vampiresa típica, pero que era mejor que tardara algún tiempo en acomodarse a la vampiresa típica. Mejor se está cuando se es joven.

El sonreía y fumaba.

—¿Qué dijo?

Traducía el complicado cumplido y Dolores me miraba agradeciéndolo.

Ella vestía una blusa sin mangas y una falda de seda que se movía al menor soplo o gesto; debajo de la falda sólo llevaba las medias de seda brillante que se mostraban favorecidas por un viento suave que nos llegaba del mar, no tan lejano.

Estaba distraído contemplando la súbita aparición de Barbara La Marr y Clifton Webb, que vestidos con trajes de noche atravesaban un patio entre el sol deslumbrante, y no advertí que Dolores se había alejado de nosotros.

A mi lado el marido parecía suplicar.

—Lolita, Lolita…

Dolores estaba tocando, acariciando, un enorme automóvil que habían dejado en una travesía de la avenida; él apresuró el paso y se adelantó a mí. Yo fui caminando lentamente y dudando entre la conveniencia de reunirme con ellos o abandonarlos pero el marido se estaba comportando de forma sorprendente; tenía abrazada a Dolores y parecía repetir:

—Lolita, Lolita —mientras ella hundía la cabeza en su pecho.

A tres o cuatro pasos de la pareja me quedé inmóvil hasta que él, por encima de la cabeza de Dolores, me miró sonriendo sin ningún entusiasmo, como esperando que yo justificara la escena.

Dolores parecía llorar angustiada, porque movía su cabeza en gestos muy tensos, como si contuviera los sollozos.

Después ambos comenzaron a caminar, ella oculta la cara, y pasaron a mi lado, sin que yo supiera qué hacer o decir.

Él manteniendo su gesto compuesto por una sonrisa triste y comprensiva me dijo:

—Es un Delage, igual al auto que teníamos hace dos años en Londres y Madrid.

Y se fueron caminando; él manteniéndola apretada contra su cuerpo y ella recomponiendo su maltrecho entusiasmo de minutos antes.

Nuestros múltiples y distintos amores por Dolores parecían haberse estatificado con claridad; el gesto paternal del marido, los mensajes secretos de Edwin y mi distante y casi siempre controvertida adoración.

De los tres, el único joven era yo, que tenía dos años más que Dolores y casi veinte años menos que el marido y el director, pero ellos sabían manejar con éxito su aire de hombres de mundo e incluso el marido parecía usar con igual éxito su propio fracaso y desesperanza.

Edwin llevaba y traía a Dolores con el mismo dominio que antes, pero con menos franqueza, ahora no aparecían juntos en público y sólo se hablaban en los estudios cuando se encontraban presentes otras personas.

Yo seguía intercambiando sonrisas, frases casi siempre de difícil traducción, y miradas más o menos reveladoras con una Dolores que parecía contemplarme como un interesante personaje, propio de un mundo fascinante como le resultaba Hollywood.

Curiosamente, el marido había dado muchas más pruebas de su interés por mí y parecía, en ocasiones, ansioso de que las relaciones entre Dolores y yo fueran más eficaces y cordiales; sus traducciones de mis frases me parecían siempre mucho más brillantes que mis propias ideas.

Por el mes de septiembre yo había comenzado a intercalar palabras españolas en mi conversación y él estimulaba este experimento sonriendo ante cualquiera de mis aciertos; sonrisa que no siempre debió ser sincera, ya que mi español, aprendido en el restaurante de mi padre, además de limitado era grosero.

Un día descubrí que Edwin Carewe tenía por Dolores algo más que un amor superficial y pasajero; durante la filmación de *Joanna* uno de los extras, un joven de unos veinticinco años, comenzó a rodear a la novata de pequeñas atenciones; le traía café, le recomendaba actitudes, la tranquilizaba en los momentos de histeria, le pasaba cigarrillos encendidos durante los tediosos momentos entre secuencia y secuencia.

Cuando advertí que el joven había desaparecido, Max me dijo, secamente, que Edwin lo había mandado marcharse, no sólo del estudio, sino también de la First National.

Dolores volvió a quedarse sola, en su silla plegable, contemplada a distancia por aquella mujer de luto y por un marido que se situaba al fondo, entre el amasijo de cables y maderas.

A partir de aquel día todos supieron que Dolores era propiedad de Edwin y que un contacto excesivamente jovial con la mexicana acarreaba catástrofes financieras.

Tuvimos siempre el convencimiento de que la película no sería buena y que Carewe jamás sería bueno; el estudio parecía contemplar a su director como a un eficaz fabricante de películas de segundo orden, y se diría, también, que de alguna forma tenían miedo a sus desplantes y agresiones.

Pals First no daba, tampoco, oportunidades a Lolita; la nueva actriz se movía con un advertible pavor frente a las cámaras y parecía haber perdido ese encanto natural, ese misterio tan apretado y sorprendente que en ocasiones dejaba entrever; incluso su bello furor o su enternecedor desconsuelo, que yo conocía, quedaban inéditos en un film plano y torpe.

La First National manejaba sus negocios con esa mezcla de intuición profunda y de disparatado criterio que hicieron posible un cine inmejorable.

Los fracasos eran aceptados como tales y nadie intentaba paliarlos o encontrar en ellos una razón de aprendizaje; cada catástrofe se acumula a las pérdidas y éstas se borran con los grandes y constantes éxitos.

Todos aceptaban que el negocio del cine era demasiado joven y complejo como para que se pudieran aún haber establecido fórmulas confiables; esto permitía el fracaso y a su vez el fracaso no creaba sino un desconsuelo breve. Fracasar en Hollywood no era, por entonces, ni tan siquiera aprender, sino la obligatoriedad de insistir en otra dirección.

Sin embargo, cuando una película obtenía grandes beneficios, se explotaba rápidamente el material descubierto, como pudiera hacerse con una mina de oro. Una curiosa mina de oro que pertenecía a todos; por eso mismo un argumento que hubiera atraído gente a las taquillas se repetía por todos los productores hasta que quedaba agotado.

Cada estudio aceptaba que la competencia tenía el derecho de cazar libremente en el nuevo territorio descubierto o que el botín era de todos y que la única ventaja del hombre o los hombres que hubieran dado el primer paso era la de gozar con las primeras ventajas obtenidas.

Cabía también pensar que el cine no era sino un juego de ruleta al que, ocasionalmente, se le descubría un cierto truco que por un tiempo permitía al jugador ganar sin riesgo.

La First National estaba atenta a los hallazgos de las otras productoras, tanto como éstas contemplaban a la First National en espera del momento de suerte que debía ser compartida.

Esa actitud parecía generalizarse en todos los estamentos de la pirámide y por ello el encargado de descubrir estrellas aceptaba, resignadamente, que sólo llegaran a la cumbre una pequeña parte de las elegidas, mientras las otras se volvían a hundir en el oscuro silencio del cual habían surgido.

Dolores era para la First National una jugada más, un intento de jugar la carta de la estrella latina que ya había dado muy buenos dividendos. Sin embargo, y a pesar del manejo despersonalizado del negocio, las grandes productoras conseguían, cuando ya habían instalado a la estrella en un primer lugar, rodearla de un curioso paternalismo algo beligerante y opresor, pero atento, en cualquier instante, a colmar las pequeñas e intrascendentes exigencias.

Pola Negri resumía esta situación con una cínica actitud típicamente europea:

—Si triunfamos, tendremos en nuestra productora a una madre cariñosa y atenta; si fracasamos, seremos unos hijos de puta.

Y Pola Negri, famosa por sus desplantes exigentes, se reía para quitar importancia al asunto.

JOHN GILBERT

La película *The Merry Widow*, de Erich Von Stroheim, se había estrenado un día antes de la llegada del matrimonio a Hollywood. El protagonista era John Gilbert, que hacía un príncipe llamado Danilo Petrovich, de pelo rapado hasta por encima de las orejas y de uniforme blanco colmado de medallas, cintas, correajes, botones deslumbrantes, cordones y hombreras. En una escena todo este complicado arnés se veía enriquecido por unos prismáticos que colgaban del cuello de John.

De una comedia mundana Von Stroheim había hecho un film lleno de ambigüedades y del gran amante del cine de Hollywood, Stroheim había hecho un fatuo militar moviéndose en un ambiente en el que todo resultaba decadente, siniestro o tortuoso.

Yo vi *The Merry Widow* el mismo día que vi *The Big Parade*, de King Vidor, ya que las dos películas habían aparecido al mismo tiempo y en ambas había sido importante el apoyo de un joven tenido por genio: Irwing Thalberg. Pero a pesar de que Thalberg había producido ambos films, y los había defendido frente a sus patrones de la M.G.M., que había discutido con ambos directores, aportando ideas e incluso sirviendo de censor, lo cierto es que estábamos ante dos mundos distintos y que parecían agredirse entre sí.

The Big Parade era un patético canto al hombre sencillo inmerso en una guerra despiadada; un elogio sincero de la bondad humana y también una mirada complaciente hacia el heroísmo y el sacrificio.

The Merry Widow era un film perverso, lleno de talento despiadado y de observaciones malévolas.

Resultaba la comparación aún más clara y tajante, por el hecho de que John Gilbert era el protagonista de ambas películas y porque las dos se estaban exhibiendo al mismo tiempo.

En una John Gilbert se ofrecía fatuo, retocado, distante y muy altivo; en la otra había rechazado todo maquillaje, aparecía sucio, con las manos sin arreglar, con la piel manchada, sin el presuntuoso bigote del príncipe Danilo.

Y en ambas películas John Gilbert resultaba convincente, seguro de sí mismo, curiosamente encantador en ocasiones.

Era como si un John Gilbert negara al otro y, sin embargo, ambos resultaban ser de verdad y estar vivos.

El John de *The Big Parade* con una viveza cordial, desprotegida y noble; el otro, con una vida nacida en un cuartel de un supuesto país llamado Montenegro en donde lo siniestro flotaba sobre cada gesto y cada pieza de la escenografía.

Yo quedé estupefacto ante este doble trabajo y ante las dos vigorosas personalidades de King Vidor y Erich Von Stroheim.

Una tarde le dije a Dolores que para una actriz era necesario ver ambos films, ya que en ellos se guardaba más sabiduría cinematográfica de la que pudiera ofrecer Edwin Carewe durante toda su vida.

Yo estaba muy excitado y me parecía que la doble presencia de Gilbert y el hecho de que las películas se mostraran en dos cines vecinos, conferían al fenómeno una trascendencia reveladora; como si el destino hubiera arreglado las cosas para exhibir, ante quienes supieran mirar y entender, las dos grandes zonas de la creación cinematográfica.

Por una parte, un cine construido con elementos simples, con pasiones dignas, con un profundo respeto por las leyes del melodrama. Por la otra, un cine que pareciendo apoyarse en la comedia ligera, dejaba entrever una posición cínica de la vida, una falta de amor por el ser humano y una idea acerada y cruel de una sociedad a la que aparentemente estaba cantando. Era el cine de King Vidor el de un ilusionado poeta y el cine de Stroheim el de un burlón que ocultaba en lo posible su concepto despiadado del mundo.

Dolores me escuchaba sorprendentemente atenta, a pesar de que muchas de mis apasionadas ideas se le escapaban por causa del idioma; pero inclinaba ligeramente la cabeza hacia adelante y parecía estimular mi entusiasmo por los dos directores.

Por entonces yo estaba descubriendo que aquella mezcla de antiguos carpinteros, escritores desalojados de Europa por mil causas, gentes que llegaban al cine ocultando un pasado tortuoso, improvisados que se habían inventado su biografía todos los mentirosos que se reunían en Hollywood eran, sin embargo, capaces de crear films asombrosamente perspicaces, bellos o líricos.

La mentira reunida de todas aquellas gentes creaba una nueva mentira reveladora.

Dolores asentía emocionada, como si se le estuviera mostrando el centro de un huevo en el que ya la vida late; asombrada también por el hecho de que ella, otra recién llegada, otra advenediza, fuera ya parte del misterio.

Estábamos solos, sentados en un rincón del estudio, mientras allá lejos se organizaba la próxima escena. Estábamos viviendo uno de esos curiosos instantes que confieren a un estudio una mágica calidad intemporal cuando los trabajadores disminuyen su esfuerzo y contemplan su obra o aquello que aún queda por hacer con una mirada amorosa e inteligente, cuando todo está débilmente iluminado por esas luces prescindibles y el propio director busca dentro de sí la fuerza o la razón necesaria para una próxima orden que pondrá de nuevo el mundo en movimiento. Cada mueble, telón, andamio tiene en ese instante perfiles misteriosos; y un ligero vientecillo que llega de ninguna parte mueve unas telas y permite a los actores un respiro antes de ser acometidos por la luz cegadora de los grandes reflectores. Estábamos dentro de la gran mentira y yo hablaba para una Dolores que si no entendía todas las palabras sí lograba entrever todos los significados de la escena.

Stroheim y Vidor eran sólo dos ejemplos de cómo el cine se sobreponía a sus propias gentes, de cómo las transformaba y las hacía más densas y más nobles, más importantes y más sagaces.

El cine estaba inventando a los cineastas y Stroheim podía ser un pretencioso falso con un pasado tonto y torpe; pero el cine lo convertía en el hombre capaz de retratar una sociedad cuartelera con mano de hierro y de fuego.

El cine estaba haciendo que un personaje gris y callado, un King Vidor, que se cubría con sombrero de fieltro y se afeitaba dos veces al día, fuera el hombre capaz de contarnos la mínima historia de un soldado desprotegido y enamorado; una historia sucia y elemental.

Hollywood encontraba dentro de su falsedad miserable esa aparente verdad que llegaba a las gentes del mundo entero; Hollywood era un mundo de absurdos que había descubierto una realidad inventada por todos.

Dolores atendía con los ojos brillantes y abandonando su mano en la mía.

Ambos nos ocultábamos en la zona más gris del gran estudio que se adormecía a la espera del próximo gran momento. Estábamos frente a frente, hablando yo en un nervioso y atropellado forcejeo con mis propias ideas y ella observándome con una concentración que entrañaba esa rara cualidad de adivinación que se encuentra por encima de las palabras, apoyándose en el gesto, en la emoción del instante, en la actitud, en el rostro de quien lo quiere decir todo, porque el momento es esencialmente importante y cualquier cosa que se deje fuera jamás podrá volver a ser recuperada.

De pronto se encendieron las luces, nos separamos.

Dolores me dijo, en español:

—Lléveme a ver las dos películas. Le espero mañana en mi casa.

Y así lo hicimos, primero fuimos a ver *The Big Parade* y luego *The Merry Widow*.

Sólo en ocasiones hablé durante las dos proyecciones; parecía como si Dolores hubiera sabido sustituir su desconocimiento del idioma por una intuición que le permitía entender los letreros.

Al salir del segundo cine caminamos tomados de la mano.

Ya había oscurecido y hacía calor.

Dolores vestía una de sus singulares blusas sin mangas, yo había sustituido mi traje del estudio por unos pantalones blancos, una camisa y un suéter muy ligero de cuadros amarillos y negros.

Dolores paró junto a una gran tienda iluminada y fue quitándose los ganchos del pelo, uno a uno, colocándolos en la boca y apretándolos con los labios; hasta que su pelo quedó suelto. Era la primera vez que yo la veía así.

Nos besamos frente a un escaparate en el que se estaban exhibiendo flores artificiales, de cera.

Llegué a la Mansión Azteca y le dije a Miguel Linares que John Gilbert era amigo mío.

—No me extraña nada, usted cada vez tiene amigos más extraños. Y me entregó una tarjeta del marido que me anunciaba una invitación para comer al día siguiente.

EL ALEXANDRIA

Yo me había acostumbrado a tomar una copa por las tardes en el Alexandria que continuaba siendo un lugar en donde podía uno toparse no sólo con gentes conocidas, sino con seres tan absolutamente indefinibles que bien podían ser escritores de prestigio o vendedores de automóviles. En las mesas del fondo, solían servir bebidas disfrazadas.

Allí fue en donde encontré al marido.

Me dijo que salía hacia la ciudad de México para arreglar ciertos asuntos y que estaría fuera tres semanas. Me dijo, también, que él y Dolores estaban muy contentos de cómo yo había llevado los asuntos que a ellos concernían. Hablamos de manera ceremoniosa y distante; yo le di las gracias repetidas veces por su comprensión.

Cuando ya estábamos a punto de despedirnos, señaló, como de pasada:

—Lo único desagradable es la ineptitud de Edwin para hacer cine. —Pareció meditar un momento y añadió—: Creo que ahora a mi esposa le convendría trabajar con otro director. Por cierto, le agradezco que la haya llevado el otro día al cine, pienso que para ella sería conveniente ver con usted algunas películas; de esa forma irá creándose un criterio.

Me dio la mano y salió del bar con esa vaga displicencia que yo había comenzado no sólo a reconocer como única, sino a entender como un gesto de defensa frente al mundo.

Con esta especie de bendición marital, llamé a Dolores a su casa al día siguiente y le propuse ir a ver *Don Q, son of Zorro*, interpretada por Douglas Fairbanks. Acepté y quedamos en vernos en la tarde en el Alexandria. Esto ocurrió el primer lunes de octubre; a la entrada de Dolores al bar una joven que estaba en una mesa cercana se levantó y le pidió que firmara en un álbum encuadernado en piel.

Era la primera vez que Dolores era reconocida y esto nos llenó de entusiasmo a ambos. Tomamos dos Rudys cada uno y fuimos al cine.

Prácticamente yo no vi ni un metro de la película y Dolores tampoco.

Al día siguiente recibí una paliza tan grande que tuve que pasarme tres días en mí habitación. Me asaltaron cuando salía, en la noche, del Alexandria después de haber conocido a un curioso personaje llamado Karl Dane, que había tenido un importante papel en *The Big Parade* y que solamente un año antes había sido un empleado de segunda en el equipo de tramoyistas de la M.G.M.

Dane era un danés que aún no acababa de digerir su fulgurante éxito y no sabía si debía continuar reuniéndose con sus compañeros de siempre, los carpinteros y pintores, o abandonar los lugares en donde se reunían y buscar amistades situadas en su nuevo nivel social dentro de Hollywood.

La ahora fastidiosa «teoría de la pizza» había hecho que Karl Dane me buscara para pedirme consejo; en líneas generales él quería continuar dentro del mundo de la pizza para no parecer un engreído frente a sus viejas amistades, pero estaba ansioso de entrar en el círculo del caviar que parecía esperarle a poco que todo saliera bien en el futuro.

Hablamos de muchas cosas, me burlé de la supuesta profundidad de mis estudios de antropología social y terminamos casi borrachos. Salimos juntos del hotel y caminamos hacia la esquina a la espera de un taxi; el primero se llevó al tambaleante Karl y cuando llegó el segundo yo estaba tirado en el suelo, con la cara destrozada y la camisa empapada en sangre.

Ocurrieron los hechos de manera tan confusa que jamás llegué a saber con certeza cómo fui derribado; el asaltante me pegó cuando yo estaba ya en el suelo, lanzándome patadas al rostro y al vientre.

Recuerdo algo curioso: sentí un agradable calor en la nariz, como si por ella se me fuera escapando, muy suavemente, la vida; como si por la nariz se me estuviera derramando mi sustancia.

DESCRIPCIÓN DE UN LARGO DOLOR

El héroe sale de la taberna y los villanos lo aguardan en las sombras; el piano desata una serie de tenebrosas notas bajas que se encadenan en la oscuridad del salón cinematográfico; los villanos muestran sus dientes blancos, sus ojos redondos hundidos en las sombras que proyectan los sombreros de fieltro; los villanos están inmóviles, aguardando, conformando un expectante y ominoso núcleo de maldad, los villanos se muestran de perfil y una boca hace relampaguear un colmillo agudo, los villanos parecen ser incapaces de sostener esta tensión y uno de ellos adelanta su mandíbula unos centímetros, los villanos se controlan, se agazapan, se aglutinan, se hacen una sola maldición que de pronto estalla en brazos armados, en manos blancas alzadas en contraluz sobre el farol de gas, en movimientos rápidos y mortales.

El piano va marcando, ahora entrecortadamente, esos instantes y la pantalla salta de una imagen a la otra, de una mano que golpea a la mirada asombrada del héroe, a su desfallecida caída, a su sombrero que rueda hasta un charco, hasta su mirada que busca en lo alto la razón de tanto dolor y tanta sorpresa.

El héroe descubre que, sin embargo, esto no es cine, que el cine es la distancia y este suave sangrar que le empapa es la vida, la delicada vida que se va. El héroe va a dejarse, abandonarse, quedarse sobre el suelo. El piano deja lugar a unos pasos que se alejan, precipitadamente; el héroe sabe, por eso, que no está en el salón cinematográfico, sino en la vida. Y cierra los ojos.

No intentaron robarme ni tan siquiera el reloj y parece que tardé varios minutos en recobrar el conocimiento.

Cuando Miguel Linares fue a sacarme del taxi que me llevó hasta el hotel, yo estaba tan batido como un Rudy y algo más rojo.

Miguel Linares no creía que un ladrón fuera el autor del atentado.

—Usted se está metiendo en líos, Taibo.

Yo negada mirándole a través de dos ranuras húmedas e inflamadas; sin ánimos para hablar.

Miguel Linares me ayudó a meterme en la cama y arrinconó en una esquina del cuarto un montón de ropa ensangrentada.

Me negué a llamar a un médico; al día siguiente envié una nota a Max diciéndole que estaba enfermo.

Me devolvió la misma nota con un recado breve:

«Descanse. El señor Edwin Carewe ha salido para Nueva York y estará unos días ausente.»

Pedí a Miguel Linares que fuera personalmente a ver a Dolores y que le contara lo ocurrido.

Después, con la cabeza rodeada de paños húmedos y con unas gafas negras oscureciendo el cuarto, me dispuse a esperar sobre las sábanas blancas y crujientes y las almohadas sacudidas con fuerza por un Miguel Linares, que parecía cada vez más ansioso de demostrar sus innumerables dotes para solucionar numerosos conflictos.

Al día siguiente, Dolores llegó a la Casa Azteca y pasamos el día juntos; en ocasiones mis dolores aumentaron, pero esto fue considerado como una ofrenda más hacia un amor que estaba dando muy sabrosos frutos.

PASIÓN EN EL DORMITORIO

La gran habitación de ventanas abiertas a la luz del día no se conservará tan amplia y clara cuando el amor comience con sus complicados movimientos y suaves distorsiones; la habitación decrece a poco y llega a desaparecer devorada por un nuevo sentido que se impone a los otros, surgiendo de esa penetración que convierte en fuego y queja lo que momentos antes sólo eran observaciones limpias de un contorno que de pronto se pierde.

Los amantes no olvidan donde están, sino que destruyen el supuesto mundo real en el que se encuentran y construyen otro sitio asombroso en el que los jadeos, la entrega, el furor de la lucha sustituye a los muebles, las luces, los objetos tantas veces notados y anotados. También las palabras habituales van a ser muy distintas aun cuando suenen igual; tendrán un sentido salvaje y viejo, salido de otros miles de momentos iguales y capaces de poner de nuevo en pie a todos cuantos estuvieron detrás de nuestra vida. Los amantes destruyen dormitorios, palabras y aquel sentido que se había dado a todo lo existente, para crear un lugar tan real y tan ardiente como jamás ninguna otra cosa lo será después.

Así, los amantes se pierden en todas las habitaciones y se encuentran en ese sitio nuevo al que irán a buscar muchas veces repitiendo el curioso acto de furia enfebrecida.

Y cuando todo ha pasado, el dormitorio comienza a reconstruirse poco a poco; se diluye el lugar del que venimos, y se van poniendo en pie las paredes, las puertas, las ventanas, el mueble de caoba, y, finalmente, del techo cuelga hacia nosotros, aún oscilando, esa lámpara vieja, ahora apagada, que jamás habíamos visto hasta ese instante y que da fe de que todo está en su lugar de nuevo y que el viaje no duró eternidades, ya que las cosas siguen en donde estaban y hasta suena, en la calle, el mismo llanto infantil que habíamos perdido hace tantos milenios.

Las manos de Dolores reconstruyeron mi cuerpo poco a poco. Las manos de Dolores fueron dándome noticia de cada una de mis partes, antes atormentadas y ahora sensibles a sus dedos, al suave desplazarse, pellizcar, hundir, apretar, liberar para reanudar el doloroso y, sin embargo, apetecible juego que me iba permitiendo asociar cualquier leve sufrimiento a la vida, a mi vida.

Y así fue cómo el amoroso proceso de resucitarme, de volver a ofrecerme como ser vivo, sensible al tacto, al puntiagudo dolor proporcionado por unos dedos perspicaces, se llevó a cabo.

VERSIÓN DE MIGUEL LINARES

—A usted no lo golpeó ni un borracho ni un ladrón, a usted lo mandaron golpear y quien le puso la mano y los pies encima sabía muy bien su negocio. No lo quiso matar sino dejarle averiado.

No quiso que usted sufriera en una clínica durante semanas, sino que se pasara unos días moviendo con cuidado el esqueleto. Era un hombre fuerte, pero cuidadoso; con una izquierda muy exacta, porque usted tiene los golpes más duros en la parte derecha del rostro y del cuerpo. Yo diría que es un buen zurdo. Aun cuando usted supone que le pegó patadas, yo digo que no le pateo; lo que ocurre es que después de los dos o tres primeros golpes lo sujetó con la mano derecha y le siguió pegando, a pesar de que usted ya había perdido el sentido. Lo digo porque su ropa no está tan manchada como lo estaría si se hubiera revolcado en el suelo. Cayó de golpe y allí se quedó hasta que el taxista lo levantó en vilo y lo mantuvo de pie mientras usted se recobraba. La paliza es un mensaje de alguien que quiere que usted no siga haciendo lo que está haciendo. No hay que buscar a quien le golpeó, sino al que le disgusta lo que usted hace. ¿Comprendió todo bien?

Le dije que no había comprendido nada.

DIÁLOGO CON ERICH VON STROHEIM

Me llamó por teléfono y me invitó a un palacete de trazo colonial por fuera y convertido en una Viena Imperial y algo cursi, apenas si el criado, un alemán alto y rubio, abría la puerta y señalaba un camino entre cascos de acero rematados en punta, penachos, látigos y espadas, floretes, lanzas y todo cuanto se supone que hará de un buen hombre un buen soldado.

Estaba vestido con una bata que arrastraba por el suelo, una bata de brocados rojos, y llevaba al cuello un enorme pañuelo color sangre tostada.

Me enseñó una cicatriz muy vieja y me dijo que esa cicatriz le había transformado su vida.

—El emperador había prohibido los duelos y tuve que abandonar mi patria.

Contaba cosas asombrosamente divertidas, sin perder su aire de genio convencido de su genialidad.

—Fui vendedor de globos en los parques de Nueva York y un día se me escaparon. Vendí periódicos y limpié zapatos, y también serví cerveza en los bares por la calle Catorce, hacia el Oeste.

Tomaba coñac llevándose la copa a la boca sin inclinar ni un centímetro la cabeza, como quien pudiera llevar una medalla a los labios de un santo de piedra.

—Cuando llegué a Hollywood supe que había triunfado; aquí hay pocos genios —se sirvió otra copa y dijo—: Aquí hay sólo uno.

Y parecía rectificar después de haber meditado con cuidado sobre el problema.

—*The Merry Widow* (*La viuda alegre*) es una opereta frívola y usted la cargó de personajes sórdidos. Ese barón Sodoja es igual que el vampiro de *Nosferatu* que he visto en Nueva York.

—Es un fetichista, un corrompido, se casa con una mujer muy bella y muere en la noche de bodas... —después me miró y dijo—: Bella muerte.

—¿Por qué hacer de una opereta ese film tan terrible?

—Las operetas nacieron en mi país; pero a pesar de eso no existen. Existen esas otras cosas que yo cuento. Pero yo no hubiera hecho esa película si no necesitara dinero. La hice por dinero, pero la hice a mi gusto. ¿Sabe que es un gran éxito de taquilla?

Estaba muy contento, aparentemente, de que el público acudiera al cine a ver su film.

—Van engañados.

Se sirvió una inmensa copa de coñac y luego me mostró su colección de espadas. Después me llevó a un salón muy pequeño y abrió un mueble recubierto de incrustaciones en lacas de colores. En un cajón tenía una cantidad enorme de cuchillos, puñales de todo tipo, armas que fingían ser pitilleras y resultaban mortales, pipas que disparaban dardos. Me miró severamente y me dijo.

—Usted necesita saber emplear este tipo de armas. Si supiera hacerlo no le habrían dejado los ojos tal y como los tiene. —Y me llevó hasta la puerta, moviéndose lentamente, sacando su cabeza redonda y pelada entre la bata enorme y el gran pañuelo, como una tortuga de ojos adormecidos y caminar cansado.

—Ustedes los americanos son unos salvajes. Golpearse en la cara es un acto de brutalidad campesina; nunca debió usted pelear con su enemigo a puñetazos. Al enemigo se le reta a duelo y con espada. Si quiere matarlo venga a verme yo le prestaré el puñal.

Sobre una mesa tenía una fusta olorosa a cera, brillando escandalosamente; una fusta de un color casi rojo, colocada sobre la madera de tal forma que parecía un objeto al que el dueño de la casa confería una dignidad artística.

Le dije que yo iba a escribir un largo artículo sobre las fustas y los látigos en el cine de Hollywood.

Me miró de una forma tan rápida y sagaz que destruyó por un momento su cuidada pose de inconmovible.

—Curiosa idea.

Le dije que había estado pensando en el látigo de *Ben Hur* y en el hecho de que esa escena hubiera conmovido a millones de personas. Después le pregunté cuál era, a su juicio, la razón por la cual una secuencia del film hubiera llamado más poderosamente la atención que toda la película.

—Todos los productores saben que en cada película importante hay que colocar una escena importantísima. Si esa escena es un éxito, la película triunfará. Incluso una película muy mala, con una secuencia apasionante, será un éxito. La razón por la cual todos los espectadores recuerdan la carrera de caballos en el circo romano, es porque el villano azota con su látigo la espalda del bueno.

Le dije que también yo pensaba eso.

—Pienso, incluso, que si el bueno hubiera sido el que azotara la espalda del villano, la secuencia no hubiera triunfado.

Me miraba:

—Curiosa idea.

Le dije que había estado discutiendo esto con un mexicano casado con una estrella de cine.

De pronto pareció excitarse:

—Conviene que sepa esto, la tienda Sears Roebuck vende fotografías de Rodolfo Valentino que le distribuye la Metro; son en total diez fotos, todas ellas de *The Four Horsemen of the Apocalypse* (*Los cuatro jinetes del Apocalipsis*), un film de 1921. Pues bien, hay una foto que necesita ser reimpresa y enviada a Sears constantemente, acaso la recuerde usted.

Yo no había visto el film ni recordaba la tal foto.

—Le diré: Rodolfo está vestido con un traje típico argentino, tiene colgada de la mano derecha una fusta enorme, con el puño plateado; una fusta que mide más de un metro. En las botas lleva puestas unas espuelas que son, sencillamente, una especie de puñal de plata y al fondo, sobre una pared, cuelgan correas y hierros. Rodolfo mira hacia la cámara de retratar muy fijamente, con una supuesta pureza muy inquietante. Es una fotografía llena de maldad. Es la que más se vende, parece que por sí sola se vende más que las otras nueve juntas. Me lo contaron en la Metro.

No habíamos tocado la fusta roja ninguno de los dos, pero estábamos hablando junto a la mesa en la que estaba colgada.

—¿Qué dirá usted en su artículo?

—Diré que Hollywood encubre muchas de sus verdaderas intenciones.

—Pero eso no debe ser enteramente cierto; si hay maldad en los films de Hollywood y esa maldad no es visible, ¿para qué podría servir?

Le dije que en sus películas lo más grave era lo que se sugería. Estábamos ambos de pie, él con sus manos metidas en los bolsillos de la bata, manteniéndose muy erguido.

—Voy a contarle otra cosa: Cecil B. de Mille, a quien consideran santo del cine, pero es un demonio malvado, está preparando una película en la que la protagonista va a ser azotada. Él también observó la secuencia de *Ben Hur* y sacó provecho.

—Usted usa constantemente una fusta, la lleva por todos los estudios.

—Es cierto.

—Y que yo sepa nunca monta a caballo.

—Es cierto.

—¿Qué es lo que sugiere usted con su fusta?

—Que soy un domador de idiotas.

Yo me reí y él se puso el monóculo para contemplar mi risa, pero no sonrió tan siquiera.

—Le contaré una tercera cosa: en Hollywood se venden muchas fustas. Por cada caballo hay, por lo menos, cien. Si todas las fustas de Hollywood azotaran a los caballos de Hollywood, éstos hubieran muerto en el martirio.

Después me preguntó si en mi escrito yo incluiría algo así como una tesis. Le contesté que sí.

—¿Qué tesis?

—Afirmé que el supuesto cine transparente de Hollywood entraña una maldad; que el público es consciente de ello y que los críticos también lo saben. Pero que, sin embargo, nadie habla de esto, porque sería contrario a las normas del pudor nacional.

—Será interesante.

—¿El artículo?

—No, no, la respuesta de Hollywood a esa teoría. Usted comenzó manejando algunas ideas insignificantes y divertidas; ideas que eran como descubrir una parte del juego. A todo Hollywood le divirtió su presencia. Pero si comienza a buscar en lo profundo, Hollywood no se divertirá. Hollywood, amigo mío, lo destruirá a usted. Y dio la vuelta como pudiera hacerlo una imagen llevada a hombros por cuatro cargadores.

Esa misma noche llegué a la Casa Azteca y Miguel Linares me estaba esperando en la calle.

—Entraron en su habitación y revolvieron sus papeles.

Todo estaba tirado por los suelos, pero no pude comprobar que me faltara algo, parecía como si sólo mis escritos les hubieran importado; sin embargo, y curiosamente, tampoco advertí que se hubieran llevado ni una hoja.

Miguel Linares me miraba en medio de aquel revuelo de cartas, documentos manuscritos y libretas con anotaciones.

—Usted anda molestando a alguna persona.

—No lo creo.

—Yo sí lo creo. Primero le desfiguran la cara y ahora buscan entre sus papeles.

Llamé por teléfono a Dolores y le conté lo que habían hecho en mi habitación. Ella parecía asustada.

—¿Quién puede haber mandado hacer eso?

—O tu marido o Edwin o acaso Max, por órdenes de Edwin. Creo que uno de los dos tiene celos.

Dolores, al otro lado de la línea, callaba.

—Tu marido me dijo que salía para México y tu director que tomaba un tren para Nueva York. Pero alguien los representa aquí y lo hace muy bien; mi habitación está como si hubiera pasado por ella una manada de búfalos.

De pronto escuché la voz muy suave de Dolores, que fue casi un susurro:

—No me hables durante estos días. Yo te buscaré —y colgó.

El ocho de octubre, a las cuatro de la madrugada, Miguel Linares tocó con golpes muy cortos, no demasiado fuertes, en mi puerta. Le oí hablar al otro lado, procurando amordazar su voz.

—Taibo, soy yo, Linares. Abra.

Por primera vez vi al viejo con el rostro desfigurado por una emoción. Me tomó del brazo y me fue llevando, mientras yo ataba mi albornoz y caminaba descalzo sobre los ladrillos rojos, hacia una habitación del fondo del edificio. Era un dormitorio semejante al mío, apenas iluminado por una lámpara de mesa sobre la cual habían colocado un periódico.

En la cama, con los ojos abiertos, pero vidriados, estaba el marido. Miguel Linares cerró la puerta a sus espaldas y se acercó a la cama.

—Ha tomado pastillas, ahí están los tubos.

Sobre la mesita de noche, bajo la lámpara tamizada por el periódico, estaban varios frascos de cristal y también pastillas dispersas.

El marido respiraba entrecortadamente; estaba sin afeitar, vestido con una camiseta de manga larga, con el pelo revuelto y las aletas de la nariz muy enrojecidas.

Linares me informó:

—Hace ya tres días que está en la habitación, sin salir. Estuve a punto de decírselo a usted, pero no quise intranquilizarle más.

—¿Está solo aquí?

—No, no.

Sobre el suelo desnudo, sin alfombras, alguien había reconstruido una foto rota en ocho o nueve pedazos; era la fotografía de un hombre joven, de bigote estrecho y de pelo negro. Una gran sonrisa contagiosa podía advertirse a pesar de que los pedazos de la cartulina sólo habían sido aproximados entre sí.

Yo estaba asustado:

—¿Se está muriendo?

—No, creo que no hay peligro.

Miguel Linares, para mi sorpresa, le tomaba el pulso y después le golpeaba rápida y eficazmente la mejilla con la palma de la mano.

—¿Qué hacemos?

—Podemos avisar a la policía o bien llevarlo a su casa. Usted sabe dónde vive.

—Sí, sí lo sé. Lo llevaremos.

Lo vestimos con la ropa tirada sobre las sillas; parecía consciente de lo que estaba ocurriendo, pero se negaba a hablar y cerraba casi constantemente los ojos.

Linares advirtió:

—No encuentro su monedero ni su cartera. Todo el mundo tiene monedero y cartera.

Cuando lo sacamos a la calle el aire templado le sorprendió y escondió la cabeza en el pecho.

Gemía mientras el taxi recorría las avenidas desiertas.

Momentos antes yo había hablado con Dolores diciéndole que habíamos encontrado a su marido en una habitación de la Casa Azteca. Ella no dijo nada en absoluto. Le conté que ya estaba bien y que en unos minutos más lo llevaríamos con ella. Colgó en silencio.

La puerta del departamento se abrió sin ruido; la mujer vieja, de luto, contempló amorosamente al hombre desarreglado, sin afeitar, despeinado, que le entregamos.

Después la mujer de luto dijo «gracias», en español, y cerró la puerta frente a nosotros.

Miguel Linares parecía haber recuperado parte de su juventud, a pesar de sus setenta o más años.

Llevaba una gabardina sobre su habitual traje gris, y me miraba entrecerrando los ojos.

—¿Quiere que volvamos caminando a la Casa Azteca?

Le dije que sí.

Bajo un cielo extremadamente claro en el que las estrellas parecían desvaídas, avanzamos uno junto a otro, cruzándonos con taxis o con vehículos lujosos que surgían de las avenidas y desaparecían rápidamente dejándonos en el centro de un ondular de palmeras y una brisa caliente. Miguel Linares, a través de esa constante manifestación de condiciones para las cuales yo jamás le hubiera supuesto adecuado, había ido adquiriendo una entidad múltiple y cada día más fuerte y apretada.

Descubrí esa noche que no era esa nave preparada para el desguace que yo había supuesto en mis primeros días de contacto con él, sino un viejo elástico, de caminar fuerte, de mirada por encima del nivel de sus propias narices; advertí que no tenía los hombros hundidos, sino que parecían señalarse como unos huesos horizontales y duros a través de su traje gastado y de esa gabardina de tela fláccida que aleteaba a cada uno de sus pasos.

Pensé que jamás le había dado ni una sola propina y que esto nos había llevado a una situación delicada, ya que no parecía posible que yo pudiera ofrecerle, en el presente o en el futuro, dinero a un hombre que había pasado a convertirse en un auxiliar eficaz, silencioso y acaso el único que parecía no sólo dominar mis pocos secretos, sino tener sobre ellos una idea más clara que la mía propia.

Aquella noche me contó cómo él y el grupo de pastores fundaron en unas colinas lo que sería Hollywood.

NACIMIENTO DE UN MITO

«Llegamos arreando las ovejas sin ninguna prisa, como siempre hacemos los pastores profesionales, los entendidos. Las ovejas no caminan para ir a alguna parte, sino que avanzan beneficiándose de las constantes apariciones de nuevos pastos. Las ovejas van mirando siempre hacia el suelo y no comen todo lo que encuentran, como dicen los campesinos, sino que van eligiendo, y cuando la hierba les gusta, buscan arrancar sólo su parte sabrosa.

»Los que compramos las colinas éramos doce pastores y los mexicanos éramos dos: Claudio López y yo. De los doce sólo uno había nacido aquí, en los Estados Unidos. Los españoles eran vascos, muy callados, muy duros. Los vascos eran dos.

»Cuando llegó la señora Dalida Martell dijo que este lugar se llamaba Hollywood; pero eso fue un invento suyo. Nosotros lo llamábamos las colinas, sin más.

»La señora Martell quería establecer alrededor de las colinas una gran cerca para que no entraran los impíos. Nos compró todas las ovejas y nos compró el terreno y nos pidió que nos hiciéramos de la secta, pero no quisimos. Sólo uno quiso: el alemán llamado Clausen. Los dos daneses pusieron una fábrica de quesos y los vascos se fueron hacia el norte en un carro, querían atravesar toda California y llegar de nuevo a un lugar de ovejas.

»La señora Dalida Martell no sé qué hizo con las ovejas que compró; eran ocho rebaños. Yo no quise ver cómo se las llevaban en vagones de tren. Yo me quedé aquí con Claudio López, y estábamos cuidando los jardines de la señora Martell cuando llegaron los primeros del cine.

»Los primeros del cine eran perseguidos por alguaciles que tenían orden de arrestarlos, porque estaban trabajando en contra de la ley. Así que nosotros los escondíamos en los cobertizos cuando llegaban los alguaciles. Pronto comenzaron a comprar graneros abandonados, casas que ya habían sido olvidadas y cualquier cosa que pudiera ir convirtiéndose en un tendejón. Compraban el terreno y también nos contrataban para que hiciéramos de indios; Claudio López y yo hicimos de indios durante mucho tiempo. Después yo hice el papel de villano en los films de Leo Maloney y de Yakima Canutt. También hice de padre de Dorotty Wood.

»De cuando en cuando Claudio López y yo queríamos volver al pastoreo, pero ya era imposible; absolutamente imposible. Yo clavé las primeras tablas para el estudio de la Productora Mextor, en el año 1911.

»Estaba sirviendo café a Griffith cuando dijo que quería hacer una película que ocurriera simultáneamente en varias épocas de la vida de la humanidad. Dijo que iba a ser una película intelectual, pero brillante.

»Estuve muchas veces junto a gente que no sabía lo que estaba haciendo y otras veces con los que estaban haciendo las cosas mal y tampoco lo sabían. Adiviné muchos desastres.

»Fue en la película *The Captive*, en 1915, cuando maté a Claudio López para poder casarme con su mujer. Estábamos haciendo una escena en la que se suponía que asaltábamos una casa en Turquía; nos habían vestido con unos trajes exóticos y yo llevaba en la cabeza un gorro rojo con una borla. Cecil B. de Mille dijo que primero usaríamos fusiles con balas, para que se notaran los impactos en la puerta y las paredes de la casa que asaltábamos, después pidió que todos cambiáramos las municiones por otras de salva y comenzó a filmar la escena en la que los defensores salían a campo abierto y se desarrollaba una verdadera batalla. Yo puse una bala auténtica en mi fusil y disparé contra Claudio. Entonces Theodore Roberts, que hacía de oficial turco, vio que Claudio caía sangrando y comenzó a gritar. Al principio de Mille pensó que aquello serviría para enriquecer la escena y gritaba que las cámaras siguieran filmando; pero después Blanche Sweet se desmayó porque la sangre de Claudio ya le cubría toda la camisa blanca.

»Cecil B. de Mille pidió a la policía que no investigara la muerte; ya que se debía a un accidente de trabajo; pero de cualquier forma se descubrió que yo había sido, porque era el único que hubiera podido matarlo, por mi posición y la trayectoria de la bala y otros detalles. De Mille sólo quería saber la razón por la cual un soldado turco había disparado contra otro soldado turco. Le dije que yo disparaba, sin mirar a quién. El productor Jesse L. Lasky dijo que era una suerte que yo no hubiera matado a Blanche Sweet.

»La policía jamás me tuvo detenido, porque no llegó a saber qué fusil había disparado o porque lo supo pero se dejó convencer por de Mille.

»De Mille dijo que Hollywood ya tenía demasiados problemas para tener una muerte y que sus films triunfaban sin sangre verdadera. Yo viví unos días en una casa que el estudio me prestó y a la mujer de Claudio le dieron quinientos dólares. A mí me dieron cien y me pidieron que abandonara California. Yo tomé los cien dólares y me casé con la viuda, pero nunca nos fuimos de California.

»Ella murió aquí hace cinco años; no tuvimos hijos.

»El Estudio pensó que no sería conveniente permitir que la prensa supiera todo esto y por eso a Claudio lo enterraron en el desierto.

»Pusieron sobre la tumba unas piedras y una cruz, pero luego la quitaron.

»Se decía que era el primer muerto que había pro-

ducido el cine, pero no fue cierto. El cementerio secreto de Hollywood tiene otros muertos; tiene los
cadáveres de muchos niños que no llegaron a nacer.»

PALABRAS, PALABRAS

Pasó una semana sin que supiera nada de Dolores, de
Carewe ni del marido. Llamé repetidas veces a Dolores, pero jamás tomó el teléfono; todo lo que conseguía era que me respondiera la voz de su madre que
dificultosamente afirmaba no entender el inglés.

Sin embargo, tuve otra noticia que parecía confirmar la teoría de Linares: sobre la mesa de mi despacho
encontré una nota que me advertía la conveniencia de
que dejara en paz a Dolores.

Rompí la nota y quise hablar de nuevo con Lolita;
fue imposible. Este tiempo de silencio y de ausencias
lo empleé en inventarme otra serie de leyendas sobre
Dolores y en elegir nuevas fotografías, algunas de las
cuales en vez de ir a las revistas gráficas, terminaban en
las ya casi cubiertas paredes de mi cuarto.

Max recibía mis periódicas visitas en su sahárico
despacho y me informaba de cosas tales como «a pesar
de que no ha sido un éxito, *Joanna* no ha sido un fracaso».

El estudio estaba palpitando de actividad por todas partes y en el comedor principal se escuchaban
conversaciones en seis o siete idiomas.

Los idiomas, por otra parte, eran un tema que ex-
citaba por sí mismo a todas las colonias extranjeras de

Hollywood; se suponía que cuando llegara el cine hablado, todos los países negarían el inglés como idioma común y cada nación tendría, a su vez, sus propias estrellas que hablarían en su propio idioma.

Pero la cosa se complicaba con los latinos, que parecían querer, no ya un cine que se hablara en español, sino un cine con acento argentino, o mexicano, o español, o chileno; Max escuchaba mis informes y ensayaba una media sonrisa que jamás era sino una de desprecio:

—El cine hablado es un mito, como el cinturón para recobrar la virilidad en los casos de impotencia. Sólo a los actores extranjeros les interesa el cine hablado.

Hollywood es un negocio que se desarrolla en el silencio.

La verdad es que en las importantes oficinas de los estudios jamás se comentaba la posibilidad de un cine sonoro; era solamente en las fiestas de los alemanes, de los latinos, de los actores ingleses, en donde el tema alcanzaba magnitud de discusión apasionada.

Max guardaba, también, otros argumentos para oponerlos a mis informaciones obtenidas en el comedor o en breves diálogos con los españoles amigos de Dolores:

—Hollywood no puede sacrificar a las estrellas que ha creado en el cine mudo y que son incapaces de hablar, John Gilbert tiene una voz que le impide hacer presentaciones en teatro: ¿Se puede sacrificar a un John Gilbert que representa un excelente negocio para la Metro?

Y, de pronto, me dio una noticia que fingí aceptar sin sorpresa:

—Dolores es una joven inteligente está estudiando inglés cinco horas diarias. Si el cine sonoro llegara un día, como imaginan esos locos alemanes, Dolores no haría cine para los mexicanos, sino cine para este país. Cine para Hollywood; en inglés.

El largo silencio de Dolores, su negativa a tomar el teléfono, parecía aclararse con ese entusiasmo por el aprendizaje de un idioma.

En cierto modo Miguel Linares y Dolores parecían seres muy semejantes; en principio daban la imagen de la más indefensa figura y después iban surgiendo enérgicos, muy seguros.

La obstinación de un viejo que había ido recogiendo experiencias como quien elige conchas en una larga playa y la obstinación de una mujercita que no sólo escucha lo que se dice en las fiestas de extranjeros, sino que advierte el peligro que puede representar ese mítico cine hablado y se dispone a estar preparada para cuando la leyenda se haga realidad.

Sobre Hollywood sobrevolaban avionetas rápidas que sólo unos años antes eran el diseño de un loco, sobre las calles los veloces automóviles de Sennett continuaban chocando y compitiendo, cuando quince años antes eran solamente unos ridículos armatostes chirriantes y lentos.

Hollywood mismo era la prueba de que todo se estaba transformando velozmente, de instante en instante aparecían técnicas nuevas, iluminaciones nuevas, trucos desconcertantes, situaciones que nadie hubiera pedido antes en una película.

Hollywood se agigantaba, se lanzaba hacia el futuro con un salto lleno de fuerza y de poderío. Y, sin embargo, nadie parecía, dentro de la inmensa casa, pensar en ese cine hablado en el que sólo los enloquecidos actores mexicanos, austriacos, italianos veían ya al alcance de las manos.

Esa Dolores hundida en su casa, estudiando cinco horas diarias, parecía situarse entre esos dos mundos tan distantes: los ilusionados y soñadores extranjeros, ansiosos de hablar para sus mismas gentes, de expresarse en el idioma que dejaron abandonado en sus casas, y los magnates del cine, conformes con un producto de excelente técnica y muy fácil venta.

Max movía la cabeza y me miraba como a un norteamericano que ha sido contaminado por un padre de procedencia extraña:

—No, jamás Hollywood se suicidará. Es posible que intenten en Nueva York el cine hablado; Nueva York está lleno de aventureros enfebrecidos, pero Hollywood ya no es una aventura, sino un negocio; el mejor negocio del país. Y los negocios no se destruyen.

Pero algo me decía que Dolores estaba situada en el lugar justo, entre los visionarios y junto a los negociantes.

Si el cine llegara a hablar, escucharía cómo Dolores hablaba en el único idioma sobre el cual se construiría el triunfo.

La Warner Brothers estaba exhibiendo sus films de los últimos tres años, como una demostración de su capacidad para poner en pie asombrosos milagros de documentación, elegancia y belleza física. Fui a ver

Beau Brummel y estuve contemplando cómo un empolvado John Barrymore se movía sobre aquella pantalla de grises refulgentes.

Y descubrí una verdad elemental en la que yo jamás había reparado: John Barrymore hablaba en aquel cine mudo. Yo adivinaba lo que decía, lo escuchaba dentro de mí, y en ocasiones los letreros explicativos no hacían sino confirmar todas mis intuiciones, o hacerme llegar a través de los ojos lo que unos oídos habituados al silencio ya me habían anunciado.

Sentado en la sala advertí lo que el silencio significa para mí en el cine; registré el suave chirrido de la máquina proyectora, el respirar emocionado de quienes me acompañaban, los breves y espantados gritos de quienes se asustaban ante una situación que no habían esperado, los urgentes y condensados comentarios de una pareja que se tomaba de las manos sin dejar de mirar hacia la pantalla.

El silencio en el que John Barrymore iba desarrollando sus asombrosas capacidades histriónicas; no era una ausencia de sonidos revelados, sino todo un mundo lleno de vida, de corazones latiendo, de angustias reprimidas, de lágrimas que caían a lo largo de los rostros sin que los llorosos espectadores se sintieran avergonzados o reprimidos; era un mundo, el del cine mudo, tan denso y agitado como el de un fondo de mar.

Un mundo que sólo para los sordos podía parecer mudo.

Y dentro de ese apasionante concierto, una mujer se recluía en su casa y aprendía, hora tras hora, inglés.

Pasaron diez días de trabajo, de pelea en mi casa con una novela que se resistía a ser parida, de breves conversaciones nocturnas con Miguel Linares, de compendiadas charlas con Max sobre el futuro del «gran negocio» y de horas y horas en los cines que ya no eran las humildes casetas de veinte años atrás, sino suntuosos templos con alfombras persas, de lugares en donde reproducciones de obras de Miguel Ángel, «construidas con la misma piedra noble que usó el inmortal artista italiano», se ofrecían rodeadas de guirnaldas de flores artificiales y de impresionantes lámparas de cristal tallado. Una tarde un hombre se acercó a mí en el cine, cuando sonaba un aparatoso órgano y cambiaban las luces de la sala para que pudiéramos asombrarnos ante tanta locura pretenciosa.

Ese hombre era el marido, un poco más pálido, pero sosteniendo el sombrero y los guantes en la mano, con el mismo gesto de atildada ofrenda a un mundo de la elegancia absolutamente ajeno a estos templos de villana exuberancia artística.

Nos saludamos por encima del órgano estruendoso. Le pedí que se sentara a mi lado, «si es que está usted solo».

—Estoy absolutamente solo —dijo.

Se aprovechó del entusiasmo del organista para darme las gracias por mi intervención «en el lamentable incidente de la otra noche». Sonreí, para ayudarle a desembarazarse de la culpa.

Después me dijo que venía a ver la misma película por segunda vez; «no tanto por fervor hacía el cine, como por aburrimiento».

Yo también la había visto ya anteriormente.

Con un gesto que yo no le conocía, me hizo una proposición:

—¿No sería mejor que saliéramos y dejáramos al organista destrozando a Mozart, para irnos a tomar una copa al Alexandria?

Acepté sin salir aún de la sorpresa y un taxi nos llevó al restaurante en que, por lo visto, ambos éramos habituales.

Al sentarse parecía haberse aligerado de un problema grave, sonreía y se quitaba los guantes mostrando un placer tan curioso, como quien goza enjabonándose las manos con una espuma fragante y no quisiera que el agua se llevara consigo un momento tan delicado.

—Si aquello era el templo del cine, éste es el templo del Rudy.

Y sin esperar a que yo asintiera pidió que nos sirvieran uno a cada uno.

De pronto, y casi antes de que comenzáramos a beber, la conversación se volvió elocuente, saltarina y excitante. Hablaba de cosas de las que yo no tenía noticia.

—La ley en California prohibe que la lengua de los hombres tome contacto con el sexo femenino; es una curiosa represión que parte del concepto puritano del amor y que ayuda a formar una imagen absolutamente falsa de las relaciones sexuales.

Yo lo miraba intentando asentir o colocar alguna frase que tuviera la misma despreocupada fuerza e igual sentido mundano.

Pero él se encontraba feliz exponiendo sobre la mesa toda una surtida serie de fenómenos, sorpresas y detalles cómicos.

—El problema para la ley es que se exigen testigos del acto y nadie parece estar interesado en llamar, en esos momentos, a quienes pudieran testificar. Sin embargo, la propia mujer lamida puede acusar a su esposo de este tipo de perversión y si el abogado es hábil puede llevar al lamedor a la cárcel.

—Esa parece una ley medieval— acertaba yo a decir, y el marido, mientras pedía una segunda ronda de combinados, asentía, muy contento.

—Tiene usted mucha razón. Es una ley muy cercana a la que prohibía mentir y cortaba la lengua al mentiroso, sin advertir que la mentira es la sal de la vida.

Después, cambiando de actitud, y exagerando la actuación de un chismoso profesional me dijo bajando la voz:

—Charles Chaplin está ya en la picota; parece ser que su esposa, una tal Lolita MacMurray que se hace llamar Lita Grey, anda relatando muy curiosas historias de lamidas.

Yo no sabía si aceptar toda esta información fingiendo un pudor no sentido o reírme; decidí reír. Y ambos reíamos a carcajadas.

—¿Lo de Chaplin es verdad?

—La Lita Grey acaba de decir, en una fiesta celebrada en Santa Mónica, que si su marido le pide un día el divorcio, ella contará historias que entran de lleno en la ley del cunilingüe.

Y se reía llevándose a la boca un pañuelo blanco, bordado, de batista.

Después bebimos durante un instante en silencio y yo pedí una tercera ronda de Rudys, lo que nos hacía aproximarnos muy sensiblemente a la extroversión alcohólica.

Esto me dio ánimos para preguntar sobre aquel artefacto eléctrico que descubrimos en casa de Ramón Novarro.

—He oído hablar mucho de ese cinturón que reconstruye la fuerza sexual en los hombres cansados. Parece que está de moda.

También tenía ideas sobre ese producto:

—Se ha puesto de moda en Hollywood por una razón muy clara, en ninguna parte hay un número tan alto de seres atractivos, y en ninguna otra parte se trabaja de manera más tensa y constante. Esto llega a convertirse en un suplicio dentro de la técnica a la que fue sometido Tántalo; el paraíso al que no se tiene acceso. El cinturón que recoge la electricidad de la atmósfera es una promesa para el agotado ejecutivo, para el exhausto actor, para el galán que no soporta que su fama de macho se ponga en entredicho.

Después me miró atentamente para decirme:

—Y aun cuando yo creo que el cinturón es un fraude, creo también que ha dado muy buenos resultados a actores y productores de cine.

Me miraba como intentando medir exactamente mi capacidad para entender y gozar con un cierto sentido hermético del humor.

—Es tanta la necesidad de una cura, que el cinturón ha venido a curar a los incurables.

Después me dijo que solamente en Hollywood se habían vendido siete mil cinturones, los cuales se hacían traer de Nueva York pagándolos a reembolso.

—Cuesta dieciocho dólares.

La conversación se había deslizado de tal forma que yo me atreví a preguntas directas:

—¿Usted lo ha probado?

—Sí, pero me produce rozaduras.

Volvimos a reír procurando ahora amordazar nuestra alegría, ya que en algunas mesas vecinas, dentro de la penumbra rasgada por la luz de unas velas, se habían producido movimientos de curiosidad.

—Éste es un mundo muy adecuado para un escritor joven, como usted; es el mundo de la mentira que se vuelve realidad y destruye a las realidades. Por eso los pequeños datos son tan importantes; los que nos dan el verdadero sentido de las cosas. Es más revelador saber que Rodolfo Valentino está angustiado porque al ducharse se le caen pequeños manojos de pelo, que verlo durante una hora a dos pasos de distancia.

Yo había entrado ya en un periodo de curiosidad descarada:

—¿Es cierto que se está quedando calvo?

—Es cierto que él cree que se va a quedar calvo.

Y me contó que una mañana Pola Negri había golpeado inadvertidamente en la cabeza de Rodolfo con una pelota de tenis, durante un juego. Valentino cayó sobre la pista y tuvieron que mojarle la frente con un pañuelo empapado en colonia. Pola parecía asustada y acariciaba, de rodillas sobre la cancha de arcilla, la cabeza de Rodolfo, que se quejaba en italiano; de pronto, Rodolfo vio que Pola aún mantenía en la mano la pelota y descubrió que en ella algunos cabellos se habían quedado adheridos; los tornó con sus dedos, los miró hasta comprobar que eran suyos y comenzó a llorar mansamente, sentado sobre la pista, vestido con un suéter de lana blanca y unos pantalones cortos, también blancos... —puntualizaba—: Estaba llorando con cuatro o cinco pelos entre los dedos, mirándolos con un desconsuelo emocionante. Lloraba tanto como si cada pelo fuera un diente o una muela. Y, efectivamente, para el galán irse quedando calvo como yo, es peor que perder la dentadura. En Hollywood son mucho mejores los dentistas que los fabricantes de pelucas.

De pronto apartó su copa, situó sobre la mesa, cuidadosamente, un encendedor de oro con sus iniciales grabadas y pareció dedicar una atención excesiva al objeto, mientras me hablaba sin levantar la vista:

—De cualquier forma hay algo de auténtico drama en la escena cómica. Siempre pasa esto con Hollywood, la tragedia se escurre entre la risa. ¿No piensa usted que una pelota de tenis, con algunos cabellos pegados en su superficie, es repulsiva?

Tenía una hiriente capacidad para discernir entre lo divertido y lo apagado, entre lo verdaderamente revelador y lo anodino, pero supuestamente informativo. Se lanzaba a través del mundo del cine con tal puntería que iba ensartando honras, supuestos prestigios, falsos apellidos como si fuera un pez de mortal espada.

—La fama ha llegado de forma tan súbita a estas gentes, que todo lo tienen que envolver en una falsa altanería. Ésta es la ciudad de los magos, de los videntes, de las condesas que conocen el futuro. Los actores se reúnen en las noches de los sábados para hablar con los muertos y esperar de ellos la confirmación de que estos triunfos actuales existen y están siendo vividos.

Y me contó que hacía unos días había llegado a Hollywood un premio Nobel y que se había interesado, exclusivamente, por conocer a Pola Negri.

—Lo recibió en su palacio y le hizo esperar veinte minutos mientras seis criados colocaban sobre mesas bajas de madera china, una serie de delicados platillos. Cuando Pola bajó por las escaleras forradas de sedas rojas, el pobre premio Nobel estaba tan asombrado que no acertó a decir nada, y Pola fue la que llevó el peso de la conversación. Cuando trajeron los vinos, Pola hizo retirar seis botellas escandalosamente caras, porque no le parecieron «que estaban en su punto».

—El pobre premio Nobel se llevó un autógrafo de Pola Negri escrito sobre el puño almidonado de su camisa.

Pedimos un cuarto y último Rudy para que la historia pudiera continuar.

—Al día siguiente Pola Negri tenía filmación en los estudios. Ocurrió, sin embargo, que al salir de su camerino se cruzó con un gato negro y decidió suspender el trabajo. Los estudios perdieron doscientos mil dólares;

pero nadie se atrevió a protestar. Pola Negri, contó su criada, se pasó todo el día llorando por causa del gato.

—Y todo esto, ¿qué quiere significar?

—Sólo lo que significa.

Y se tomó lo que quedaba del Rudy de un solo trago, para después limpiarse los labios, sonreír de nuevo y preguntar a su vez:

—¿Hace ya mucho que no ve a mi esposa?

—Diez días.

De inmediato me arrepentí de la precisión y llegué a sentir que de alguna forma lo había herido; él me miraba ya desde su habitual actitud lejana y tranquila.

De pronto los Rudys y la conversación fascinantemente frívola se habían perdido y no parecía posible retomar ese ambiente que nos había tenido hermanados y exuberantes durante más de dos horas.

Insistí en pagar las bebidas y él aceptó con un gesto resignado. Después nos levantamos y me dio la mano con el guante ya puesto. Le dije que había sido una noche memorable.

—En absoluto, conté cosas que todo el mundo sabe. Acaso añadí, solamente, ciertos matices, para situar los hechos en su clima adecuado. Buenas noches.

Y salió delante de mí, mientras yo esperaba que el camarero me devolviera el cambio.

SOBRE MÍ MISMO

Mi amor por Dolores se balanceaba entre una serie de sentimientos que me asaltaban en las noches, cuando la Casa Azteca fingía una calma apacible y densa que solamente era convincente para los recién llegados.

Mi amor por Dolores estaba azotado por momentos de furioso deseo y desesperado llanto o por un odio apretado y endurecido por la imposibilidad de exhibirlo o de confesarlo en un mundo en el que yo no había conseguido confidentes aún. Un odio que envolvía a Edwin y lo colmaba de saetas profundamente encarnadas en una figura cada día más aborrecida.

Mi amor por Dolores luchaba contra el sorprendente encanto decadente de un marido que parecía tener el privilegio de poder atrapar a sus enemigos y hacerlos amigos durante un instante para volver a situarlos en su lugar como quien instala un objeto sobre una repisa de la forma más ceremoniosa y deshumanizada.

Mi amor por Dolores envolvía extrañamente a Max, quien acaso había dado la orden para que me golpearan al salir del Alexandria y a Miguel Linares que cada día parecía exhalar con más claridad un hondo resuello de satisfacción cuando yo aparecía, al fin, en la noche, entrando por su carcomido hotel.

Dolores, mientras tanto, parecía estar ajena a todos estos tensos sentimientos que la rodeaban y dejaba de acudir a fiestas y reuniones para convertirse en la actriz de habla inglesa, tal y como ella se proyectaba.

La ausencia de Dolores hacía aún más audibles sus sorprendentes palabras en un español deslizante y cálido, pronunciadas detrás del lóbulo de la oreja, depositadas allí en una cosquilleante decisión que yo no sabía si situar dentro de unos conocimientos eróticos profundamente estudiados y ensayados, o si era el producto de una intuición que parecía condensar en ella miles de fórmulas dispersas por el mundo.

Llevaba ya doce días sin verla cuando decidí irme hacia su casa; pensé que bien podría ir a conversar un rato con un marido que no me rechazaría. Al llegar frente al edificio de departamentos descubrí, como sí me lo hubieran señalado con el dedo, a un hombre que estaba dentro de un automóvil. Aún no entiendo cómo llegué a saber que aquel hombre era, no sólo quien me había golpeado, sino también el que entró en mi habitación a buscar un documento que yo no guardaba.

El hombre dejaba ver, solamente, sus enormes hombros anchos, un sombrero de fieltro de ala muy grande y un rostro cejijunto y con la barba azuleándole. Cuando cruzó su vista con la mía, usó un periódico desplegado para ocultarse. Yo sentí que el corazón ocupaba todo mi cuerpo y que latían mis rodillas, mis muñecas, mis sienes; continué caminando y pasé ante el edificio sin pararme.

Sin embargo, tuve aún la sensatez de volver mi mirada hacia el automóvil y memorizar el número de sus placas. Esa misma noche le entregué un papel a Miguel Linares.

—Éste es el número del automóvil del hombre que me pegó la paliza.

Miguel Linares tomó el papel con cuidado y sin mirarlo lo guardó en su cartera grasienta y rechoncha.

—Taibo, déjeme que vea lo que se puede hacer.

Después sacó un vaso ya servido con aguardiente y me lo ofreció sin ponerlo sobre la mesa. Linares parecía el único en Hollywood que recordaba la ley seca. Era la primera vez que yo tomaba una copa en el *hall* de la Casa Azteca, pero me pareció que esto podría convertirse en una muy agradable costumbre.

—Miguel, mañana yo traeré una botella y la guardaremos aquí, para los dos.

—Muy bien.

—¿Usted no bebe?

—Sí.

Y volvió a sacar otra copa ya servida. Miguel Linares me sorprendía tanto, por lo menos, como el propio esposo de Dolores. Pensé que, al fin y al cabo, aun cuando nada tuvieran en común, ambos eran mexicanos.

Bebimos en silencio hasta que Miguel Linares quiso saber:

—¿El hombre es grande, de pelo negro, sin bigote y con la barba muy cerrada?

—Sí, así es.

—Lo vi dando vueltas alrededor del hotel. Trae pistola.

—No creo que pretenda matarme.

Miguel Linares me miró fijamente.

—Usted no entiende. Ese hombre, si le pagan por matar a Irwing Taibo, lo matará.

Después acercó su copa a la mía y dijo en español:

—Salud.

Nunca había tenido el rostro de Linares tan cerca; me pareció que lo veía por primera vez. Tenía los ojos negros como cubiertos por un suave velo que los empañaba y situaba en un lugar distante, como si los protegiera o resguardara; ojos fríos gracias a esa transparente película clara que por otra parte informaba de la verdadera edad de Miguel. Y pensé que era mucho más viejo de lo que aparentaba e, incluso, de lo que yo llegué a pensar en un principio.

Con un gesto destruyó, sin embargo, esa aparente senilidad que pudiera desprenderse de sus ojos; levantó la copa enérgicamente y bebió de un solo trago lo que restaba del aguardiente, lanzando con fuerza la cabeza hacia atrás.

Yo lo miraba admirado y también sorprendido.

Bebí a mi vez; le di las gracias y me fui a dormir.

LOS ESCÁNDALOS

La conversación con Miguel Linares fue liberando una serie de ideas; de tal forma que a la mañana siguiente pedí a Max que se me permitiera entrar en los archivos de la First National a consultar las colecciones de periódicos.

Pensé que podía escribir una novela basada en los escándalos producidos en Hollywood en los últimos años, y decidí tomar nota de los hechos sorprendentes ocurridos desde el año 1921, hasta el momento: noviembre de 1925.

Al finalizar la tarde había resumido una serie de informaciones en un par de cuartillas escritas a máquina.

Año 1921. «Un grupo de gentes de Hollywood viajan a San Francisco y celebran una fiesta escandalosa en el hotel San Francis. Entre las invitadas se encuentra Virginia Rappe, una joven que aspira a convertirse en estrella. Virginia muere cuando es llevada a un sanatorio. Se descubre que su órgano sexual fue estimulado con el cuello de una botella. Roscoe Arbuckle, el famoso «Fatty», es acusado de asesinato. Juzgado y luego absuelto. El nombre de muchos de los invitados a la fiesta no se conoce.»

Año 1922. «William Desmond Taylor, director de cine, aparece muerto a tiros en su casa. Había sido actor. Nunca se descubrió al asesino. Sin embargo, la policía se entera de que Taylor se llama verdaderamente William Cunningham Deane-Teaer, nacido en Irlanda, ex dueño de un rancho en el oeste, anticuario en la ciudad de Nueva York. Un día abandonó a su esposa y a su hija, divorciándose, y no supieron de él hasta que lo vieron actuando en una película.

»Pocos días antes de la muerte de Taylor, su chofer, llamado Sands desapareció llevándose unos cheques falsificados. Un hermano de Taylor había desaparecido tiempo atrás. La policía sospecha que Sands es hermano de Taylor. La noche del crimen la estrella Mabel Normand estuvo en casa de Taylor. Se supone que intervino en el asesinato una organización de vendedores de drogas.»

Año 1923. «El millonario Cortland Dines, es atacado por el chofer de Mabel Normand y recibe un tiro. Mabel desaparece.»

Año 1923. «El actor Wallace Reyd, llamado «el rey de la Paramount», y uno de los hombres más populares de los Estados Unidos, muere intoxicado. Causa:

exceso de drogas. Una serie de circunstancias oscurecen todo el asunto.»

Año 1923. «Thomas H. Ince, productor de cine, jefe de la Cosmopolitan Film Productions, muere de forma misteriosa. Se asegura que recibió un tiro en el vientre mientras viajaba en el yate del millonario Hearts, dueño de una cadena de periódicos. Ince fallece en su casa de Beverly Hills, y un doctor certifica ataque al corazón.»

A estos datos añadí una nota más:

Año 1915. «Miguel Linares mata de un tiro a Claudio López para poder casarse con la esposa de este último. Lo asesina durante la filmación de un tiroteo para una película dirigida por Cecil B. de Mille.»

Y después, en un gesto irreprimible de humor siniestro añadí:

Año 1925. «Un hombre alto, de pelo negro, pretende matar al escritor Irwing Taibo. Se desconoce si lo conseguiría.»

Esta última anotación despertó, a su vez, otra serie de ideas y las ideas se convirtieron en acción; a las diez de la noche estaba yo pasando, en un taxi, ante la casa de Dolores. Sin embargo, no encontré el automóvil del hombre fuerte.

Un poco desilusionado me fui a la Casa Azteca, me disculpé con Miguel Linares por no haber podido adquirir una botella de aguardiente y me dispuse a ordenar las anotaciones y a estudiar la posibilidad de encontrar una línea argumental que diera motivo a una novela.

A las cuatro de la madrugada apagué la luz.

Max me visitó para pedirme que escribiera una biografía de Dolores que pensaban publicar de inmediato para presionar a la productora que, por lo visto, no parecía interesada en hacer una tercera película con la actriz.

Llamé al marido y le pedí que me ayudara dándome algunos datos; quedamos en vernos, una vez más, en el Alexandria.

Nos encontrábamos con el problema de que habiéndonos inventado una nacionalidad española para Dolores, no nos era posible usar su infancia en Durango, en una casa familiar, grande y soleada. No podíamos mencionar a su padre, que había sido director de un banco, ni referirnos a la revolución mexicana que nos hubiera dado pinceladas exóticas para un lector no enterado. Teníamos que olvidarnos de doña Josefa, la abuela de Dolores, que pareció ordenar con mano de hierro la vida de toda la familia y también de una estupenda escena, con Dolores niña, apenas cinco años, saliendo disfrazada de indita en un tren camino de la capital de México, rodeada de toda una familia que huía a los revolucionarios.

Costaba un gran esfuerzo, no sólo tener que desechar todo este material tan novelesco y excitante; sino también ponernos a inventar una infancia en una Andalucía que yo no conocí nunca y de la que Dolores parecía tener nociones confusas.

Pero fue su marido quien tuvo una idea sorprendente y eficaz:

—Vayámonos a ver una película titulada *Rosita*, de hace dos años, que están poniendo de nuevo. Transcurre en España.

Acudimos juntos y yo me instalé con un bloc de notas sobre las rodillas.

—¿Usted cree que esto puede servirnos?

Se estaban apagando las luces y su voz sonaba sarcástica y apagada:

—Creo que sí, está dirigida por un señor vienés llamado Lubitsch e interpretada por una joven americana de pelo rubio apellidada Pickford. Pero ha sido pensada para el mismo público al que usted tiene que informar sobre Lolita.

Efectivamente, Mary Pickford aparecía rodeada de una supuesta familia española compuesta por una madre enorme, que se cubría el pelo con un pañuelo atado en la nuca, y varios niños andrajosos. Mary tocaba la guitarra y corría por las calles cantando y mendigando. Aparecían, también, unos caballeros vestidos de toreros y unas damas de grandes mantillas y escotes generosos.

Él había comenzado a reír entre dientes y yo dejé de tomar notas. Abandonamos la sala. Dijo:

—El señor Lubitsch tiene unas curiosas ideas sobre Andalucía.

—¿Usted cree que algo de este material podría servirnos?

Me miraba con un gesto socarrón nuevo en su ya muy amplia serie de actitudes:

—Si usted dice que Lolita tocaba la guitarra por las calles de Sevilla, descalza y rodeada de niños con las narices sucias, Lolita lo matará.

Decidí que lo mejor sería visitar a Ramón Novarro, quien siendo también mexicano había hecho muchos filmes fingiéndose español.

Llegamos en plena fiesta para hombres solos.

Novarro parecía encontrarse en un gran momento; nos presentó a sus amigos y luego nos llevó hasta la piel de león para asegurarnos que nuestros escrúpulos no tenían sentido.

—Digan que en España hubo una revolución. Todos lo creerán. Además es muy posible que la haya habido. Cuenten todo lo que le pasó a Dolores en México, y digan que pasó en Sevilla. Nadie se quejará. Ni tan siquiera nosotros, los latinos, nos quejaremos.

Después nos habló del grupo de galanes latinos que trabajaban en Hollywood ganando buen dinero pero interpretando estupideces.

—Somos unos cuantos y de alguna forma, a fuerza de hacer siempre de elegantes, jóvenes y conquistadores, nos estamos pareciendo los unos a los otros. Yo muchas veces temo que el gran público nos confunde a Ricardo Cortez, a Antonio Moreno y a mí.

Mi amigo negó esto último y dijo que se trataba de un absurdo ataque de humildad en un país en donde sólo eran humildes los humildes.

Novarro nos pidió que nos integráramos con sus amigos; un grupo sorprendentemente variado y multilingüe.

Esta vez advertí que no estaban los muchachos vestidos de blanco pero más tarde descubrí a uno de ellos, mezclado con los invitados y ya sin uniforme. Era aquel que lloró porque no había conseguido una bebida que no tuviera un toque homosexual. El joven advirtió mi mirada de reconocimiento y me vino a saludar.

—He dejado de crear combinados.

—Es una decisión acertada.

Me miró y comenzó a reír.

El marido había desaparecido misteriosamente; pregunté por él a Ramón Novarro y éste se encogió de hombros como no dando importancia al asunto.

Fue una noche apacible, en la que se mezclaron bromas de todo tipo, pero no se produjo ningún momento tenso o situación ambigua. Los amigos de Novarro bebían bien y comentaban los últimos chismes del mundo del cine. Entre ellos se encontraba un escritor también de Nueva York como yo, que tenía para mí algún consejo:

—Lo importante es pasar del área de publicidad al área de redacción de guiones. Al principio se trabaja en equipo o se redactan solamente pequeños diálogos para los guionistas de prestigio; pero con un poco de suerte se termina escribiendo un buen guión en colaboración con algún tipo famoso. Y a partir de ese momento todo consiste en subir escalones.

Se trataba de un hombre maduro, de hombros caídos, que confiaba más en el paso del tiempo que en su propio empuje.

Le dije que yo sólo esperaba pasar en Hollywood dos o tres años y que volvería a Nueva York; que quería ser novelista. Me dijo que los novelistas ganaban menos que los guionistas de cine.

Ramón Novarro intervino en algunas ocasiones y siempre en un tono amigable, bromeando o añadiendo un detalle a un nuevo chisme.

En un momento dado afirmó que los únicos verdaderamente con sentido religioso en Hollywood eran los actores latinos.

—¡Pero Hollywood está plagado de iglesias de todas las religiones! —protestó alguien.

Novarro dijo que esos no eran seres religiosos sino fanáticos.

Y cambió de conversación.

La biografía de Dolores se publicó, efectivamente, en varios diarios, pero la firmé con un nombre supuesto. Un nombre de mujer.

Vuelve Edwin Carewe

La noticia nos dejó a todos desconcertados; se produjo en el despacho de Max, quien había reunido a unas diez personas.

—Señores ha vuelto de Nueva York el jefe. Trajo importantes proyectos que nos involucran a todos, ya que se trata de una tercera película para Dolores con un alto presupuesto. Sin embargo, la First National ha declarado, a través de su vicepresidente, que no está dispuesta a seguir hacia adelante con los planes para convertir a la señora en una gran estrella. En vista de esto, el señor Edwin Carewe ha presentado su dimisión. Como ustedes recuerdan nuestros contratos se establecieron directamente con el señor Carewe y su dimisión significa que todos hemos quedado sin empleo. De cualquier forma recibirán una semana extra de salario. Suerte y buenas tardes.

Así, vi por última vez a Max, aquella curiosa máquina de hacer cine y de construir estrellas.

Al abandonar el despacho advertí que Max tomaba del brazo al marido y salían hacia las oficinas de Edwin, situadas a unos cuantos metros.

Yo abandoné los estudios, tomé un taxi y me fui a ver a Dolores. Frente al edificio estaba el automóvil y el hombre moreno fumando y observando cómo yo entraba sin ocultarme, mostrándome incluso con toda desfachatez.

Me abrió la puerta la señora de luto, le sonreí y pasé a una sala.

Lolita estaba sentada en una silla junto a la ventana; tenía en las manos un libro y el sol del atardecer la iluminaba tan magistralmente que parecía haber sido dispuesta por un ilustrador de novelas.

Lolita levantó los ojos y elevó las cejas con esa forma tan suya de extrañar al visitante, enviarlo lejos, hacerlo sentirse intruso, mortificarlo y hundirlo en su propia insignificancia; gesto aprendido a través de siglos por gentes dotadas con una dignidad que ha conseguido ir superando todas las humillaciones y derrotas.

Soporté ese primer impacto y continué contemplándola.

El libro fue a depositarse sobre una mesa llevado por una mano que no parecía cargarlo sino alejarlo con el simple gesto. Después Dolores, agotada por tanto tiempo de mantener enhiestas sus cejas diminutas, aflojó su rostro y sonrió tenuemente.

Yo me acerqué a ella y destrozando con brutalidad el bien dispuesto ángulo de su cabeza contra la ventana y los efectos del sol, la tomé, la instalé entre mis brazos, puse una mano sobre su delicada nuca para situar la cabeza en una posición adecuada y la besé tan largamente como pude.

Sobre el beso

El puritanismo americano enseñó a besar a las estrellas de cine con los labios cerrados y las estrellas de cine enseñaron a besar a todos los hombres y las mujeres del mundo con los labios cerrados.

De esta forma, toda una antiquísima y ardorosa técnica se fue perdiendo o se fue relegando a la oscuridad de los dormitorios en donde mujeres, que no pretendían recomponer más tarde su dignidad, abrían sus labios y buscaban ser penetradas por una lengua nerviosa y húmeda.

Las estrellas de cine se besaban durante los años veinte apretando los labios contra los labios, como quien pone en contacto dos objetos.

Y para no convertir cada beso en ese solo estrujamiento seco y torpe, los directores de cine tuvieron que inventar una serie de curiosas posturas, de ramificaciones corporales, de inclinaciones y balanceos.

Gloria Swanson era una maestra en el asombroso ejercicio de inclinarse hacia atrás, ofreciendo no los labios, sino el pubis, con lo cual los puritanos del beso a boca cerrada parecían estar a punto de pedir que la boca se abriera y el pubis, en compensación, retrocediera un trecho.

Greta Garbo sabía caer vencida mientras era besada y en cada beso ponía una cantidad suficiente de vencimiento, de forma tal que el beso venía a convertirse en el símbolo de un acto que jamás sería tan elocuente.

Mary Pickford parecía querer besar con los ojos, ya que era lo más erótico de su cuerpecito rechoncho y voluble.

Rodolfo Valentino besaba poniendo los ojos en blanco y estrujando a su compañera, que parecía haber caído en una trampa de la cual eran esos dedos horadadores los más eficaces métodos para retener y someter a la pareja.

Pola Negri besaba como si decidiera, en ese instante, abandonar todo su ceremonial aprendido en las cortes europeas y recordara que era, sencillamente, una hembra a la que una sociedad ridícula impedía abrir los labios, pero no impediría abrir las piernas.

Mae West besaba burlándose de los censores y Clara Bow burlándose de ella misma.

El beso, contemplado como la expresión de dos labios herméticos, pasó a tener una serie de implicaciones sorprendentes y comenzó a ser entendido a través de las más sutiles variantes.

Por eso un joven que hubiera besado a una muchachita entreabriendo ligeramente los labios sentía como si lo que se hubiera entreabierto fueran las puertas de un paraíso perverso y prohibido.

Los labios de par en par comenzaron, de tanto ver el beso cinematográfico, a ser vistos como una vulgaridad de gentes con poca imaginación y sin ningún estilo; pero esto sólo ocurría en las púdicas conversaciones de salón, mientras que en la parte de atrás de los automóviles ciertos jóvenes gozaban con un pecado que al día siguiente no podría ser comentado, sino con los íntimos.

Pero muchas gentes con menos espíritu investigador conformaban su estilo al estilo de las estrellas, quienes nos estaban dando con el beso apretado la sensación de llegar a la máxima excitación y goce; si ellas lo conseguían de esta forma parecía inadecuado buscar ese mismo esplendor a través de sistemas más torpes y prácticos.

Se besa entonces poniendo atención en ese milímetro de boca entreabierta por la que escurría un débil hilo de saliva apenas percibida.

Se besaba frotando los labios contra los labios, de forma lánguida y despaciosa.

Se besaba buscando las comisuras de la boca y encontrando en ellas resonancias de otras partes del cuerpo no alcanzadas.

El público aprendió a encontrar, en lo que parecía era en un principio una forma singularmente torpe y fría, unas posibilidades realmente sugestivas y nuevas.

Y así fue cómo la censura, el puritanismo y la hipocresía regalaron a las gentes sencillas, una vez más, un camino para el goce más misterioso y extremado.

Dolores se dejaba llevar por las suaves ondulaciones de aquel beso interminable y se unía a mí de esa forma tan felizmente femenina que consiste en agregar la propia pasión a la pasión del hombre sin que éste advierta, sin embargo, más que una suave conformidad o una sumisa aquiescencia.

Tardé en advertirme a mí mismo que Lolita llevaba el pelo suelto, una de sus memorables camisas sin mangas, una falda que se balanceaba en el flujo y reflujo del besar y unas medias de seda que conferían a la piel una calidad seca y chispeante.

A nuestras espaldas se abrió una puerta y una voz muy suave advirtió:

—Lita, Lita...

Unos pasos urgentes nos separaron y cuando el marido y Edwin entraron en la sala yo ya estaba junto a la ventana, sintiendo que el calor del sol venía a añadirse a toda mi calentura.

La mujer de luto se había sentado en una mecedora y Dolores mantenía, milagrosamente, entre las manos, el libro poco antes abandonado.

A pesar de que habíamos conformado un cuadro de una ingenuidad teatral y plástica, los señores nos miraban sin ningún entusiasmo.

Edwin habló el primero:

—Señor Taibo, ¿le advirtieron que ha dejado usted de trabajar para mí?

De pronto sentí que una seguridad de roca se instalaba en mi estómago y me escuché hablar con claridad y displicencia:

—He venido a despedirme, señor Carewe.

Ahora fue Dolores la que preguntó, muy confusa:

—¿Qué ha dicho usted, señor Carewe?

Edwin se tradujo a sí mismo en español y el marido añadió un dato:

—La First National ha rescindido tu contrato; pero un gran director, Raoul Walsh quiere que hagas con él un film.

Hablaba en un español muy parsimonioso en mi beneficio, sin duda. Yo entendí su mensaje.

Pero Edwin Carewe me estaba despidiendo otra vez.

—Adiós, señor Taibo.

Yo acepté la invitación con un movimiento de cabeza, me acerqué a Dolores, tomé su rostro entre mis manos, la besé suavemente y rápidamente en los labios y salí de la sala.

Lo último que vi fue el furor de Carewe y la levísima sonrisa regocijada del marido.

EL PRECIO DE LA GLORIA

Mientras las Navidades me amenazaban con un sórdido repliegue económico, los hechos comenzaron a sucederse velozmente.

Efectivamente, Carewe había conseguido que dos

productoras estuvieran pidiendo que se les transfiriera el contrato de Dolores.

La Columbia le ofrecía un papel en *The Whole Town's Talking* y la Fox el primer estelar en *What price Glory?*

Edwin, según los comentarios de los estudios, estaba furioso porque Dolores, en la que seguía creyendo, parecía escapársele de las manos y, al mismo tiempo, comenzaba a adoptar un aire paternal que fue bien recibido por algunos comentaristas.

Carewe, generosamente, dejaba que la paloma española volara sola lejos de sus manos, para asegurarle un largo y esperanzador vuelo.

Mientras tanto yo pagaba el precio de mi muy limitada gloria al no encontrar un trabajo tan sencillo como el anterior; los estudios parecían entender que el teórico de la pizza aspiraba a un puesto elevado en la organización cinematográfica y se negaban a ofrecerle un lugar desde el cual comer en paz.

A mis peticiones de trabajo los encargados del *staff* intelectual solían responder que no tenían un puesto adecuado a mi talento.

Cuando ya estaba a punto de tener que acogerme al patrocinio de Miguel Linares recibí una nota del propio Adolph Zukor para que considerara la posibilidad de aceptar un salario como encargado de redactar los letreros circunstanciales; es decir, aquellos que no implicaban diálogo.

No consideré nada y me senté a mi nueva mesa; otra vez bajo el alegre sol californiano, de nuevo frente a una calle central de un estudio borboneando de vida.

Los Estudios Paramount tenían en 1925 una ya larga fama y una impresionante historia; en ellos habían nacido, por ejemplo, Mary Pickford y para ellos trabajaba Rodolfo Valentino.

Estar en la Paramount era como encontrarse en el corazón del cine.

O acaso en la cartera del cine.

Zukor era un hombrecillo de hablar claro, de modales muy seguros, de una curiosa moral que parecía apoyarse en el hecho de que los Estados Unidos es el paraíso de la tierra y los habitantes de los Estados Unidos las gentes que viven en el paraíso que se merecen.

Formaba parte de un grupo sólido, afortunado y ambicioso, de miradas agudas, de zorrería inaudita; hombres que habían salido de la alcantarilla husmeando a su alrededor hasta encontrarse con que, un día cualquiera, eran poseedores de un asombroso secreto: saber lo que los otros hombres decían necesitar.

Jesse Lasky, Adolph Zukor, Sam Goldwyn pertenecían a ese grupo, de husmeadores que fueron mezclándose a sí mismos y que entraron en el cine dando con el cine los primeros pasos.

Cuando uno de ellos lanzaba un grito, todo el cine gritaba.

Goldwyn era alto, brutal y pintoresco.

Lasky era aficionado a mostrarse a sí mismo como un dios apacible y comprensible.

Zukor prefería encarnar, en su cuerpo pequeño, a todo el fogoso y deportivo ímpetu de un país.

Cuando Douglas Fairbanks saltaba de una mesa a

un balcón y del balcón a un tejado, en un alarde atlético que sólo hacía retardar su llegada al cercano objetivo, parecía como si estuviera demostrando lo que Zukor había convertido en su ideal americano: la fuerza alegre al servicio de una idea tonta que justificaba, sin embargo, y por sí misma, todo un alarde desaforado.

Los films de Zukor parecían confiar siempre en esa fuerza surgida del país y al mismo tiempo confiar en que el país no llegara a pensar demasiado seriamente jamás.

Zukor gustaba de hablar de las películas como un producto y se refería a productos buenos, productos malos y productos hechos con material deficiente o acaso creados con material no confiable.

Los productos de Zukor, es decir de la Paramount, salían al mercado amparados por una ya prestigiosa marca de fábrica y en ocasiones el público parecía confiar mucho más en esa marca que se ostentaba orgullosa al comienzo del film, que en el nombre del director o de los mismos actores.

Para Zukor la mejor película es la que ingresa más dinero y el mejor director es Cecil B. de Mille; no sólo porque hace ganar más dinero sino porque mueve más gente, consigue los saltos más largos y llega al tejado el último, pero después de un esfuerzo tan manifiesto que deja admirados y rendidos a los espectadores.

Zukor, en fin, me recibió durante tres minutos en su despacho.

—Usted es Irwing Taibo —dijo mirando un papel.

—Sí, lo soy.

—He oído hablar de usted. Dicen que es usted un joven neoyorkino con un gran futuro entre nosotros.

—No lo sé.

—Lo dicen.

Me miró durante un instante.

—No acostumbro recibir a todos los que la Paramount contrata. Nunca lo hago. En su caso hice una excepción; quise conocerlo para saber quién es.

Yo guardé silencio.

—De esta forma lo recordaré si llega lejos.

Sonrió brevemente y se despidió sin darme la mano ni moverse de su inmenso sillón; yo atravesé el interminable despacho hasta encontrarme con la puerta de caoba que daba paso a una serie de despachos sucesivos custodiados por secretarias.

Cuando la puerta de caoba se cerró a mis espaldas, empujada por un muelle silencioso, sentí que la Paramount entera me empujaba hacia adelante.

EL HOMBRE MORENO

Yo había conseguido tres botellas que guardaba bajo el mostrador Miguel Linares y que constituían la parte principal del rito nocturno. Otros furtivos huéspedes de la Casa Azteca pasaban a nuestro lado, recogían sus llaves, y observaban con envidia o con recelo esas dos copas que habitualmente estaban puestas sobre el pringoso libro de registro.

Miguel Linares solía tener las copas servidas, escondidas y dispuestas para mi llegada.

El mismo día de mi ingreso en la Paramount recibí un sobre de Dolores; Miguel Linares lo tenía en su mano cuando entré, a las once de la noche, en el hotel.

Bebimos dos copas cada uno y me fui a dormir.

A las tres de la mañana la puerta de mi dormitorio se cayó sobre el suelo, saltaron los goznes por el aire y un revólver frío y grande se apoyó sobre mis labios.

El hombre moreno estaba cubriendo con su enorme silueta casi la totalidad del recuadro luminoso formado por el hueco de mi puerta y la luz del pasillo.

El hombre moreno sólo dijo:

—Quiero la carta.

Creo que olvidé mencionar que yo había comprado una pistola, por consejo de Miguel Linares, y que la mantenía todas las noches bajo la almohada.

Pienso que a pesar del estruendo, de la presencia del tipo gigantesco y del hecho de haberme despertado cuando apenas llevaba un par de horas dormido, yo me encontraba, en ese instante, sorprendentemente lúcido.

Recuerdo que mantuve un momento de silencio, como si aún no me hubiera despertado, considerando la situación. Yo tenía las dos manos debajo de la manta que me cubría hasta la barbilla, estaba boca arriba, y sentía el revólver apoyándose en mi boca.

El hombre, en vez de repetir la exigencia, movió suavemente el revólver, como para despertarme totalmente; la boca se me abrió y sentí el frío del metal sobre las encías.

Hablé con bastante dificultad:

—Tengo la carta debajo de la almohada.

El hombre grande retiró el revólver unos centímetros y él mismo hizo un movimiento distanciándose de mí; llevaba el sombrero puesto e inclinado sobre la frente.

Yo volví a hablar:

—¿Puedo sacar la carta?

Hizo un movimiento afirmativo con la pistola y volvió a retirarla algo más; entonces comencé a sacar, muy lentamente, mi mano derecha hasta descubrirla totalmente, después la levanté sobre la colcha y comencé a llevarla hacia atrás, hacia la almohada.

En ese momento, con toda claridad, recordé que la pistola estaba a pocos centímetros de mi oreja derecha; metí la mano debajo de la almohada y no encontré la pistola, la moví alejándola de mi cabeza y sentí, de pronto, la frialdad de la culata.

El hombre parecía esperar con paciencia, sin dejar de apuntarme.

Pensé que yo tendría que disparar a través de la almohada.

Y, de pronto, el hombre cayó sobre mí, con un grito áspero y breve.

En el marco de la puerta se impuso una nueva figura recortada. Miguel Linares, quien mantenía aún en alto un martillo.

Fue difícil trasladar el cuerpo desmayado del hombre a través de los pasillos hasta el salón del fondo; allí le lanzamos agua sobre el rostro mientras Linares y yo apuntábamos con las armas.

El hombre volvía a la vida con la lentitud y los resoplidos de un viejo tren de vapor que subiera una dura cuesta; primero se apoyó sobre un codo, después intentó ponerse de rodillas y cayó de cara al suelo, forcejeó consigo mismo y al final quedó sentado sobre una estera, contemplándonos con una mirada de estúpido asombro; su primer gesto fue recoger el sombrero que estaba a su lado y colocárselo sobre la cabeza sin cuidado alguno.

Yo miré a Miguel y éste me hizo un gesto para indicarme que él llevaría la dirección del interrogatorio.

Linares quería saber una sola cosa:

—¿Quién te envió?

El hombre moreno no respondía y no parecía dispuesto a responder.

Era un tipo rudo, demasiado asombrado ante su situación como para comprenderla y por otra parte no parecía tener ningún respeto ni por Miguel Linares ni por mí. Nos miró sin interés, se tocó la rodilla, se llevó la mano a la nuca y se frotó parsimoniosamente el lugar.

Miguel le hacía la misma pregunta una y otra vez.

Era un curioso cuadro, en aquel salón oriental del fondo, débilmente iluminado ahora por un par de lámparas, con un gigante sentado en el suelo y un anciano delgado y alto moviendo una pistola enorme, y pretendiendo usarla como cuchara para extraer la verdad.

Cuando el hombre comenzó a ponerse en pie, me retiré un par de pasos; yo estaba vestido únicamente con unos calzoncillos y una camiseta de manga corta; la piel comenzaba a enfriárseme y los pies sentían la rugosidad de la alfombra raída.

El hombre nos miraba a Miguel y a mí alternativamente.

Y de pronto, como si una montaña se derrumbara, lanzando un grito furioso cayó sobre Miguel Linares. En ese instante mismo sonó un disparo y el hombre comenzó a doblarse, se inclinó primero hacia un lado y luego hacia el otro y terminó yéndose hacia el suelo y arrastrando consigo a Linares. Quedó mirando hacia el techo; entre los dos ojos tenía una brecha por la que saltaba la sangre en pequeños y constantes borbotones.

Ayudé a levantarse a Miguel Linares y luego dije estúpidamente:

—Está muerto.

Lo que siguió fue un duro trabajo de limpieza y traslado.

El hombre no llevaba en los bolsillos sino tres dólares y un pañuelo sucio; en la cartera la fotografía de una mujer madura que acaso fuera su madre, sonreía bobaliconamente a la cámara fotográfica.

En el propio automóvil del hombre lo llevamos hasta la playa de Santa Mónica y luego buscamos un lugar solitario.

Allí dejamos al hombre moreno, con el sombrero sobre la cara para ocultar la primera impresión del agujero enorme sobre el nacimiento de la nariz; un agujero que se ennegrecía por momentos y parecía abrirse más y más.

Yo manejaba el automóvil de vuelta y yo elegí el lugar en donde lo abandonamos.

Después Miguel Linares y yo volvimos, por segunda vez en nuestra vida, caminando hasta la Casa Azteca. Cuando llegamos descubrimos que alguien había robado nuestras botellas.

«Quiero verte de inmediato; necesito cambiar toda la publicidad alrededor de mi persona. Quiero consultarte un par de ideas. Llámame por teléfono y concertaremos una cita en algún lugar.»

No estaba firmada, pero Dolores no había intentado disimular su letra. La carta me había llegado a través de un mensajero de una agencia y fue Miguel Linares quien la recogió. Estaba escrita en un papel casi dorado y en el sobre venía mi nombre y debajo «Casa Azteca. Calle Flores».

Parecía absurdo que por ese simple mensaje un hombre hubiera muerto.

Miraba y remiraba yo el papel y no encontraba razón ni misterio alguno, daba vueltas a la hoja y la contemplaba al trasluz; todo inútil, tenía tan poco misterio que en la Paramount Famous Players Lasky no hubieran encontrado la más pequeña huella de un argumento válido.

Inventé una historia para mis compañeros de la sala de redacción:

—Un hombre recibe un mensaje de una mujer en la que prácticamente no se le dice sino que lo espera, proponiéndole una cita. Ese hombre es asaltado para robarle el papel en el que el mensaje está escrito. La pregunta es: ¿Quién lo asalta y por qué?

Solíamos proponernos cosas así durante el trabajo y en ocasiones surgían historias que luego se convertían en películas; en esta ocasión el juego se desarrolló muy mal.

—Adivinanza idiota.

Me dijeron y pasaron a discutir otras posibilidades tales como la de un hombre que vive solo, llega a su casa en la noche, abre el cajón de la mesita de noche de su dormitorio y encuentra una mano recién tronchada y aún sangrante.

Yo me vengué de la anterior falta de interés de mis colegas:

—En el piso de arriba vive un cirujano loco.

Y nos reímos y yo me reí también, como si la muerte del hombre moreno fuera una historia más a desarrollar en aquel laboratorio de anécdotas.

LA MUERTE DEL HOMBRE MORENO

Yo habría esperado que un acontecimiento tan explosivo como el que viví durante aquella noche, me hubiera llevado al insomnio, la angustia o acaso el arrepentimiento; nada de eso ocurrió.

Al día siguiente reconstruí los hechos como pudiera haber recordado la última película; con una frialdad y lejanía memorable.

Sin embargo, esta actitud distante me produjo, curiosamente, una intranquilidad que la muerte del hombre moreno no llegó jamás a conseguir.

Pensaba yo de mí mismo que era un ser sin conciencia o sentido de la culpa y me miraba asombrado, descubriéndome totalmente diferente a como me había idealizado durante años.

Miraba hacia atrás para buscar en mi infancia algún dato que me hiciera familiar al hombre capaz de participar en una muerte, abandonar un cadáver, esconder un automóvil y dormir felizmente; y no encontraba sino a un Irwing niño cuyos pecados más graves consistían en apedrear gatos en los muelles del Oeste, golpearme con unos muchachos alemanes en los patios de la calle 16 o fumar por primera vez sobre la terraza de mi propia casa.

Incluso durante mis escasas peleas de joven, en bares o en fiestas, mi comportamiento había sido el de un generoso, vencedor o el de un derrotado que reconoce el mérito del enemigo.

Y, sin embargo, me miraba ahora, lavando cuidadosamente en mi habitación el pañuelo manchado de sangre y observándome en un espejo sin advertir desasosiego alguno.

Al contrario, la muerte del hombre moreno, me sirvió para considerar la posibilidad de incluir en mi posible novela una parte de los hechos. Me sirvió, también, para que hiciera algunas anotaciones más:

Búsqueda del culpable: el hombre moreno estaba pagado por una persona que intentó diversas cosas: Primera: asustarme para que dejara de ver privadamente a Dolores. Segunda: encontrar una prueba de que Dolores y yo manteníamos relaciones amorosas.

Este hombre puede ser Edwin. Pero, ¿para qué serviría a Edwin Carewe tener una prueba contra mí o contra Dolores?

Si la carta hubiera sido comprometedora ¿qué hubiera hecho con ella Edwin Carewe?

Anoté aquellas cosas que pudiera hacer:

a) Demostrarle al marido la infidelidad de su esposa.

b) Tener una prueba de mi infidelidad.

c) Demostrar a Dolores su propia infidelidad.

Por de pronto había que esperar la reacción del hombre que pagó al espía cuando descubriera que éste no aparecía y supiera su muerte a causa de un tiro.

¿No se asustaría Edwin Carewe al saber que su hombre moreno había sido asesinado?

Pero, verdaderamente, ¿sería Carewe el que paga?

Yo me desesperaba porque con tan pocos personajes el hilo del enredo no parecía esclarecerse en ningún momento.

Llegué a notar a los posibles cerebros en la conjura:

1) Carewe.

2) Max.

3) Miguel Linares.

4) Erich Von Stroheim.

De este último recordaba su ofrecimiento de prestarme un puñal asesino.

Cuando ya estaba a punto de abandonar el juego añadí otro nombre:

5) La mujer de luto.

PARAMOUNT

Comencé trabajando con el grupo que estaba redactando los letreros definitivos de *Beau Geste*; a mi llegada ya se habían producido cuatro o cinco versiones que se modificaban todos los días.

Trabajábamos sobre un guión que era corregido de acuerdo con la película filmada.

Una serie de situaciones curiosas se iban estableciendo según la película comenzaba a tener sentido; había letreros que resultaban innecesarios, otros que parecían, de pronto, absurdos; algunos instantes del film eran incomprensibles si no se les añadía un texto escrito. En ocasiones este texto quedaba reducido a: «Unos días después», «De pronto», «Ella lo comprendió todo». *Beau Geste* era la historia de tres legionarios amigos en el desierto africano. Ronald Colman hacía uno de los papeles esenciales ofreciendo una curiosa imagen de soldado romántico, de bigote recortado y mirada poética. Parecía un estupendo tipo.

En ocasiones los redactores discutíamos durante todo el día alrededor de un letrero aparentemente insignificante.

Por ejemplo:

—Yo escribiría «Te amo», solamente.

—Eso es inútil. La gente sabe, por su gesto, que la ama.

—Pero la gente quiere leer que la ama.

—La gente debe leer solamente aquello que sea necesario para entender la historia.

—No, no, la gente quiere que se le diga lo que ya sabe.

—Pero, ¿quién es la gente?

—Oh, la gente es la gente; eso toda la gente lo sabe.

—No divaguemos, ya dije que yo escribiría «Te amo» solamente. Es cierto que no añade nada, que el público sabe ya que la ama, pero también es cierto que la gente al leer «Te amo» repite «Te amo» en voz baja y con ello da más fuerza al amor.

—Cualquier letrero, aun cuando diga «Te amo», rompe la historia.

—Los letreros no rompen las historias sino que enriquecen las historias.

—Algún día no necesitaremos letreros. Ese día el actor dirá «Te amo» y la gente escuchará «Te amo».

—Ese día no quisiera que llegara nunca.

Y es que el fantasma del cine sonoro, del que nadie quería saber, había aparecido, una vez más, en la reunión y sorprendido a los escritores, obligándoles, con un estremecimiento, a conjurarlo.

Richard Dix tenía tres películas para ser estrenadas durante 1926 y estaba inquieto; entró en la sala de redactores en busca de la persona que se hacía cargo del tamaño de los letreros.

—Quiero que lo que yo diga aparezca con letras más grandes que los otros textos.

La propuesta era asombrosa, los redactores no entendíamos bien.

—Pero eso, ¿para qué sirve?

—Para que la gente sepa que lo digo yo.

El estudio era un mundo enfebrecido en el que la vanidad funcionaba a niveles de infancia y los odios se trocaban en amores de forma tan sencilla que incluso ya nadie sabía con exactitud a quién amaba o a quién odiaba. Decenas de estrellas se cruzaban en el camino de los tramoyistas y éstos las esquivaban hábilmente para no mancharles el vestido con la columna recién pintada, pero sin demostrarles respeto. Sólo los obreros recién llegados saludaban a las estrellas.

Eddie Cantor, Bebe Daniels, William Powell, Clara Bow, Wallace Beery y Ronald Colman fumaban apoyados en una pared de castillo, una palmera africana, un palacio español, mientras se escuchaba la voz de un ayudante que empuñando, circunstancialmente, el megáfono del director, gritaba:

—¡Vamos a filmar!

De cuando en cuando una orden que nadie sabía cuándo se había pronunciado, pero que se atribuía al «jefe» hacía que un film se suspendiera a medio rodaje, que se repitiera una escena, que se despidiera a una actriz. Y todo esto ocurría dentro de un misterio absoluto; porque Adolph-Jupiter-Zukor se pronunciaba en tan altas esferas que a nosotros sólo nos llegaba el efecto final del rayo destructor.

Estaba acercándose la Navidad y yo añoraba el aire frío que azota Manhattan durante el invierno; la nieve que cubre, de pronto, la ciudad; las muchachas caminando envueltas en abrigos de pieles por la Quinta Avenida. Añoraba, también, mi veneración por los novelistas que servían de ejemplo y para los cuales en Hollywood sólo se tenía una consideración basada en la importancia del cheque que se les podría pagar.

Sentía añoranza de Nueva York y, sobre todo, me esforzaba en que esta añoranza fuera cada día más consciente y más enervante; quería sentir la ausencia de la ciudad amada y temía que si este sentimiento no se manifestaba día a día, podría llegar un momento en que la ausencia fuera no advertida, la ciudad amada fuera olvidada, y se impusiera este lugar de tan vaga moral y tan esquivas promesas.

Temía, en fin, que un nuevo y súbito amor por Hollywood viniera a destrozar todo mi bien calculado afán.

Por eso todas las noches, aun con los ojos llenos del rumoroso y acalorado ajetreo de la Paramount, yo dedicaba un instante a Nueva York, como quien reza por una deidad de cuya eficacia y grandeza se comienza a dudar.

Lo cierto era que aun cuando Hollywood intentara ocultarlo, Nueva York mantenía dentro de la ciudad del cine una quinta columna socarrona, majadera en ocasiones, que no ocultaba su pasión por el dinero de la cinematografía y su desprecio por quienes la hacían posible. De Nueva York parecían llegar a Hollywood solamente dos tipos de personas: los hombres de negocios, acorazados, tenaces, sin miedo al riesgo, y aquellos otros que pretendían vender la parte menos apreciable de su talento para compensar el hecho de que las novelas apenas daban dinero por excelentes que fueran.

El primer grupo apenas si visitaba California, hasta el punto de que algunos de los mayores inversionistas en el negocio del cine no conocían los estudios y desde Manhattan se negaba el derecho o la oportunidad de hacer un film o de cambiar toda la política de producción a un estudio.

El segundo grupo mantenía un constante viaje del Este al Oeste, guiado por sus necesidades económicas o por su furiosa nostalgia de la ciudad en la que encontraban un ambiente propicio a sus ilusiones y talento.

Las diferentes colonias que conformaban Hollywood, por otra parte, se sentían vejadas por estos escritores circunstanciales de guiones que llegaban rodeados de un prestigio al que los productores no eran ajenos; sino propiciadores. La venganza consistía en demostrar a cada glorioso recién llegado que no era el hombre adecuado para el cine y que un guionista con oficio era capaz de hacer en un mes, lo que el hombre de Manhattan no conseguía en un año.

La lucha se establecía a un nivel sórdido y apenas señalado por indirectas, bromas crueles y noticias de despidos y de nuevos contratos jamás contemplados por el hombre de Hollywood con buenos ojos.

La idea general era que los famosos escritores ingleses o norteamericanos no eran necesarios, pero Zukor no estaba de acuerdo.

Los intelectuales, afirmaba Zukor, son una molestia necesaria, ya que a cambio de unos cheques y de la necesidad de corregir sus trabajos, siempre inadecuados, regalaban un prestigio necesario a los ojos de un país que aún no sabía que el cine se hace sin este tipo de gente.

Sin embargo, y de cuando en cuando, algún personaje del cine caía en la tentación de intelectualizarse y, digámoslo así, se pasaba al grupo de Manhattan o intentaba un acercamiento fallido.

El caso Griffith resultaba muy ejemplar para quienes intentaban demostrar cómo una cultura no suficientemente desarrollada, sino tomada en préstamo a los intelectuales, servía para destrozar el mejor cine.

Los escritores, en las tardes del sábado, se emborrachaban junto a una alberca, riéndose encarnizadamente de un Griffith que había recubierto su película *Intolerancia* de toda una hojarasca literaria que había asombrado a los burgueses, aburrido al público sencillo y ofrecido un tema inagotable a los cultos de Hollywood.

Griffith no sólo había recargado su film de letreros, sino que había incluido curiosísimas anotaciones culturalistas que pretendían dar al film una solemnidad de Academia.

Intolerancia desde el punto de vista de Manhattan era la obra de un gran director de cine tonto.

Sin embargo, algunas gentes habían caído en la trampa; Chaplin parecía apreciar el complejo estilo del film e incluso sus notas sobre los dioses antiguos o los personajes de la Biblia.

Corría por los estudios un chiste que alguien me atribuyó de inmediato: «Si en Hollywood fuéramos de verdad intolerantes, no hubiéramos tolerado *Intolerancia*.»

Chaplin, una tarde, mientras jugábamos al *croket* en su jardín me reprochó la broma.

—Señor Taibo hay figuras en el cine que ya tienen un pie en la historia. Uno de ellos es Griffith.

Chaplin estaba vestido con un amplio pantalón blanco, camisa blanca y un jersey sin mangas a rayas grises y verdes. Mantenía en las manos su martillo de *croket* y acababa de terminar con éxito una jugada. A su alrededor otros tres o cuatro jugadores esperaban mi respuesta.

—Creo que es cierto, señor Chaplin. Pero yo pienso, con otros colegas, que en *Intolerancia* además del pie tiene metidas las nalgas.

El juego de *croket* se heló durante un cierto tiempo: Chaplin movía con una forzada gracia su mano y sonreía torciendo ligeramente la boca.

Después dijo:

—Ese tipo de cosas debe afirmarlas usted cuando juegue a las cartas, no al *croket*.

La fuerza de la costumbre hizo que los presentes rieran alegremente, mientras yo contemplaba a Charles riéndome también, aun con menos ímpetu.

—Usted, Chaplin, sabe muy bien que los héroes suelen recibir mazazos en la cabeza. Eso, sin embargo, no transforma la verdad.

Por alguna razón a Chaplin no le hacía ninguna gracia que se mencionaran o elogiaran sus secuencias de caídas, golpes o persecuciones; él prefería que se atendiera a los aspectos melodramáticos que había introducido en *The Gold Rush*. Se diría que estaba ansioso de despojar de toda caída, mojadura y pastelazo a sus películas, pero que no se atrevía, acaso sospechando que el público se sentiría defraudado. Así que acogió mi comentario con un gesto tan duro como si estuviera a punto de encarnar, no al frágil vagabundo, sino a Erick Campbell, su brutal oponente.

El jardín había perdido toda su luminosidad y parecía que una tormenta estaba a punto de desplomarse sobre nosotros. Sin embargo, Chaplin consiguió salir afortunadamente de la situación con una aparente victoria sin tener que recurrir al mazo.

—Usted, Taibo, es mejor en versión muda que sonorizado. Sigamos jugando.

La cita

Miguel Linares, después de la compra de otras tres botellas, esta vez de *bourbon*, ya que el aguardiente mexicano no era fácil de adquirir, pasó a ser mi necesario confidente.

Fue él quien me abrió el camino para una cita con Dolores, al señalarme cuáles de los complicados pasillos y escaleritas de la Casa Azteca daban a la calle lateral y cómo se podía ir desde esa calle, siempre vacía y triste, hasta mi habitación.

Este encuentro, al contrario que los anteriores, tan colmados de gestos y de exclamaciones, fue un encuentro de palabras dos y tres veces repetidas hasta que su sentido aparecía claro a través de una sonrisa de comprensión y gozo.

Dolores no sólo se sabía vigilada sino que también había advertido ya la ausencia del vigilante, y veía en esto una buena señal; Dolores pensaba que los arrebatados celos de un hombre empecinado y violento la habían llevado hasta tener que ocultarse en su casa y en el estudio.

—Pero, ¿por qué odiarme a mí y a tu esposo no?

Dolores me miraba y decía, asombrándome:

—También el hombre moreno espiaba a Edwin.

Y luego guardaba silencio y entrecerraba los ojos, como aceptando que todo aquello era un pago más al que estaba obligada.

Pero, sobre todo, Dolores quería saber algo importante, quería que yo le dijera cómo podía comenzar a informar a la prensa que ella no era una marquesa española, sino una mujer mexicana.

—Quiero decir la verdad.

Y estallaba todo el apasionado orgullo de aquella muchachita que iba buscando la fama de forma constante, impersonal y fiel a una ley, que para Dolores significaba toda la vida; la única vida. La nueva biografía de Dolores apareció por primera vez en una revista editada en Nueva York; la palabra Durango, que luego habría de sonar muchas veces relacionada con Dolores, surgía para sustituir a Sevilla, a los reyes, a las plazas de toros, a los gitanos tocando la guitarra en un callejón.

Durango, la nueva imagen ya no se apoyaba en los múltiples films vistos, en las noticias leídas o escuchadas; llegaba la palabra Durango abriéndose camino tan limpia y cálida como si hubiera sido inventada un instante antes. Yo me dejaba llevar por mí mismo y escribía sobre ese nuevo Durango de casonas adormiladas, de sol y de árboles con flores rojas que convertían la calle en una alfombra cegadora sobre la que Dolores caminaba como quien navega, vestida de blanco, con los brazos al aire.

Biografía del amor y del invento, el nuevo país de Dolores nacía del ensueño y muy poco a poco comenzaría a relacionarse con la realidad.

Dolores había sido situada en una Andalucía tenazmente construida por las gentes de Hollywood y ahora comenzaba a ser entronizada sobre un Durango amorosamente establecido por mí; ya que la palabra no entraba en mi vida a través de mapas o de informes, sino que me era entregada como un premio a mi esfuerzo amoroso, a mi tenacidad de amante.

—¿Dónde naciste?

—En Durango.

—¿Dónde?

—Durango.

—Repítelo.

—Durango, Durango, Durango...

Ya no era un pueblo, sino una fruta, una recompensa, un sabor, un grito: ¡Durango!

Y gritamos tanto este grito, tomados de la mano, que sonaba a nuestro alrededor como una campana enloquecida; para ella significaba su retorno a la tierra, la pérdida de una nacionalidad falsa, el orgulloso gesto de quien pregona su identidad; para mí era un mundo lleno de colores, de amores; un desaforado final que terminaba por arrojarnos, agotados, sobre aquella cama mía de la Casa Azteca, de la calle Flores, del Hollywood inventado, de la California a la que habíamos ido en busca de fortuna y en la que la pasión nos había estado esperando.

—¿Cómo te llamas?

—Dolores. Dolores Durango.

—¿Qué significa Dolores en español?

—Esto significa dolor.

—Ay.

—Y éstos son dolores.

—Ay, ay...

—Dolores y dolores... Yo soy Dolores, éstos son dolores.

Y yo me quejaba riendo, sobre la cama, en donde la palabra Durango y la palabra Dolores y los dolores formaban un dosel de sensaciones, gritos y placeres.

—¿En dónde naciste?

—Ya te lo he dicho.

—Dilo una vez más.

—Nací en Durango.

—Ay, Dolores... Siempre dolores, ay...

LA MORAL DEL SILENCIO

Los grandes de Hollywood habían aprendido ya una lección muy costosa; la publicidad del escándalo era buena, siempre que no llegara a escandalizar auténticamente al pueblo americano.

El escándalo era apetecible, cuando podía manejarse y del mismo surgía un inocente pecado, un divorcio o un rumor levemente maligno; pero el escándalo era la muerte de Hollywood si se producía más allá de una línea sutil pero bien conocida por todos.

Un escándalo no manejado o mal alimentado por los especialistas en relaciones públicas, podía terminar para siempre con una carrera de éxitos.

Los grandes de Hollywood habían, por todo esto, creado una moral del silencio; una fórmula de ocultación de realidades que mantenía al público ajeno a cierta verdad que podía convertirse en veneno.

Así, Mary Pickford, que estaba casada, tenía que seguir apareciendo como la novia virginal, de largos tirabuzones rubios; y cuando Mary dijo que no sólo estaba casada, sino que quería divorciarse y volverse a casar con Douglas Fairbanks, todo Hollywood se estremeció y Adolph Zukor mandó llamar a los mejores conocedores del alma múltiple de los Estados Unidos para que estudiaran la fórmula de dar la noticia.

Sin embargo, Rodolfo Valentino podía tener un amor cada semana y estos romances tan breves y escandalosos como un relámpago, sólo hacían aumentar su fama.

El paraíso de todas las muertes, de todas las catástrofes, el lugar en donde los villanos ganan más dinero, en donde los asesinos viven en inmensas casas blancas el sitio en el cual los héroes caen todos los días en la misma trampa bajo luces cegadoras; ese lugar asombrosamente sangriento y cruel, no resistía la presencia de una auténtica muerte violenta.

Hollywood, en donde tanto escritores trabajaban inventando nuevos martirios, nuevos duelos con armas inverosímiles, no podía soportar la realidad de un solo cadáver abandonado en una playa, y por ello, la policía ponía más cuidado en ocultar este muerto, que en perseguir al asesino; más atención en borrar las huellas de sangre que en buscar una pista.

La policía estaba tan integrada a Hollywood, que era dentro de Hollywood una parte del interés común; y Hollywood no quería perder su pureza.

Por todo esto, que fui aprendiendo poco a poco, la aparición de un tipo desconocido, con un agujero entre las cejas, fue mantenida en un bien organizado silencio. Sólo unas líneas en los periódicos más dados al escándalo, parecían sugerir que se trataba del suicidio de un hombre llegado a Hollywood momentos antes.

Cuatro días después del asesinato pasé en un taxi por el lugar en donde había abandonado el automóvil del hombre muerto y ya no estaba. Como si jamás hubiera existido.

Miguel Linares, con una copa en la mano me dijo:

—Tampoco existe ya el revólver.

Y lanzó el líquido dentro de su boca, como quien con ello ahoga toda posibilidad de mantener un recuerdo.

Por esos días me compré un látigo mexicano muy largo, con el mango de marfil. Miguel Linares me preguntó:

—¿Y eso? ¿Para qué lo quiere?

Yo respondí que para observarlo.

FALCON LAIR

Dolores comenzó a filmar *The Whole Town's Talking*, con Trixie Friganza, Edward Horton y otros actores conocidos.

Se trataba de una película de transición dirigida por Malcom White, pero, curiosamente, mientras se hacía este film se hablaba ya y se preparaba *El precio de la gloria*, que sería, por lo visto, la película definitiva de Dolores.

Fueron días duros en los que cada cual parecía haberse hundido en una vida de trasiego y de urgencias; se acumulaba un trabajo nervioso y tenaz, como si de pronto todas las maquinarias de Hollywood se hubieran lanzado a trabajar furiosamente.

Los palacetes de las estrellas permanecían con las luces apagadas a partir de las ocho de la noche y las fiestas habían sido pospuestas; cuando amanecía podían verse los automóviles de los famosos avanzar por los bulevares llevando seres adormilados que apretaban entre las manos los guiones de las películas en rodaje.

Greta Garbo hacía *The Torrent* y Joan Crawford *The Taxi Dancer*; Chaplin preparaba en secreto su próximo film y Mary Pickford volvía a ser una jovencita alegre y despreocupada en una película titulada *Sparrows*.

Irwing Thalberg, definido ya por toda la industria como un genio, de alguna manera resumía esta furia de trabajo y de beneficios al declarar que este año de 1926 ganaría doce veces más que lo que señalaba su contrato en 1924; esto quería decir que Thalberg se aproximaba al medio millón de dólares de beneficios anuales.

Constantemente los escritores, las estrellas, los directores, pedían aumento de salario y los productores aceptaban sumas que hubieran sido fantásticas pocos meses antes.

Todo el mundo ganaba dinero y había pocas posibilidades de gastarlo; así que se continuaban construyendo palacios y enviando por modelos de automóviles especialmente diseñados en Detroit; para manifestar una riqueza que de otra forma, sin exhibirse, no hubiera satisfecho a nadie, en este lugar de locos generosos y sin pasado.

Los vendedores de licores franceses nos dejaban en casa las cajas y cobraban mensualmente; sus negocios resultaban tan visibles como cualquier otro y la prohibición parecía afectar únicamente a las áreas pobres y lejanas.

Hollywood estaba trabajando con toda intensidad y nadie podía pedir permiso para alejarse; Nueva York cada día estaba más lejos, más inciertamente instalado en los sueños.

Dejé de ver al marido, olvidé premeditadamente a Edwin y hablaba apresuradamente, en las noches, y por teléfono, con una Dolores que me seguía dando indicaciones sobre cómo activar su mexicanización.

Yo había pasado una Navidad melancólica y vivido, sin embargo, una noche asombrosa con Miguel Linares de la que hablaré más tarde.

Se había terminado el trabajo de redacción de los letreros de *Beau Geste* y ahora se hablaba de que eran necesarios dos escritores para ciertos parlamentos de un nuevo film que ya se consideraba un éxito: *Hotel Imperial*.

Una mañana al llegar al estudio recibí la noticia de que debía irme a Falcon Lair, la inmensa casa de Rodolfo Valentino, para hablar allí con Pola Negri.

Por teléfono un criado me dijo que la señora Negri me recibiría en la noche; era necesario que yo acudiera vestido de smoking, ya que se trataba de una cena organizada.

El traje de Charles Chaplin, cortado y cosido en Londres, volvió a adaptarse al no muy nutrido cuerpo del presunto escritor neoyorkino.

Llegué a Falcon Lair a las siete; la inmensa mansión se asomaba sobre un Hollywood reluciente y parecía haber sido dispuesta en la cumbre de una montaña para indicar que su propietario había, efectivamente, conseguido llegar a lo más alto.

Los valles y las sierras de los alrededores podían adivinarse desde una serie de terrazas escalonadas e iluminadas con grandes velas de cera.

Llegué primero al famoso castillo de Rudy, un castillo recién inaugurado y del que todos los periódicos habían hablado con asombro. Rodolfo acababa de divorciarse y sus amores con Pola Negri no eran un secreto para nadie; se hablaba de que ambos se casarían «cuando fuera conveniente para sus carreras».

Mis compañeros de la sala de redactores me habían adelantado que un golpe de suerte estaba a punto de zarandearme, sacarme de la Casa Azteca y colocarme en la gloria literaria de Hollywood.

Pola Negri, después de leer el guión de *Hotel Imperial*, había decidido que eran necesarias dos nuevas escenas en las que ella tuviera ocasión de mostrarse magistralmente dueña de su talento. Y yo estaba en la terraza del Oeste, con un whisky en la mano, vistiendo un smoking de Charles Chaplin, contemplando Hollywood a mis pies.

Miré por encima de las colinas hacía el noreste y dije en voz alta: «No te olvido, Nueva York.» Era necesario para que el golpe de fortuna no me arrancara de mis planes para siempre.

Sobre aquella inmensa terraza, flotando sobre Hollywood, entre las suaves e imprecisas sombras que hacían danzar las velas, comencé a sentir que el restaurante de mi padre estaba ya muy lejos, muy hundido en una bruma de tiempos que no me era posible establecer algo que me había sido contado y que ahora se negaba a declararse. Desde el piso de abajo comenzó a llegar la música de un tango que en ocasiones se perdía; como si la orquesta estuviera tocando en un buque alejado y envuelto en una brisa inconstante. Sentí que en mí había estado creciendo otra persona distinta, otro ser, y que en ese preciso momento la nueva identidad se estaba imponiendo.

En 1925, creo que hacía el mes de junio, yo había comprado y leído *The Great Gatsby*, de Scott Fitzgerald y aun cuando yo pensaba que su mundo de dudas y vencimientos, de dolorosas ambigüedades, no era el que me convenía ni expresaba el tipo de literatura necesario al triunfador, mi ánimo había quedado muy impresionado, muy marcado.

Un curioso fenómeno se había producido en mí; mezclaba la figura de Fitzgerald con la de Gatsby y en ocasiones las entendía como una sola y cercana presencia.

Yo, que me había propuesto una literatura enérgica y atlética, caía en las redes de un escritor frágil y de un personaje al que el amor hacía vulnerable a todos los dolores.

Parecía como si un solo libro hubiera cuestionado toda mi propuesta de vida y de trabajo.

Aquella noche, sobre la terraza, bajo las luces de las velas, un nuevo fenómeno comenzó a producirse; la unidad Gatsby-Fitzgerald parecía aceptar dentro de sí otra nueva presencia; yo entraba dentro de ese inventado ser y me fundía con él de la forma más intensa y emocionada.

Gatsby-Taibo-Fitzgerald, asomado a la terraza, vestido de smoking, con un whisky en la mano y un largo pitillo de tabaco dorado en los labios, contemplaba Hollywood a sus pies.

Gatsby-Taibo-Fitzgerald están mirando hacia el fondo del valle en donde las luces de los cines anuncian la gloria y la nueva fama; ahí está él, ahí estoy yo, oliendo a lavanda, entre el tango que se pierde y retorna, en la inmensa terraza, bajo un cielo templado de invierno.

Yo, contemplando el sueño y la desilusión de un país representado por esas luces que señalan los lugares en los que contamos las historias. Historias para gentes que no tendrán historia jamás. Yo, diluido en una serie de contradicciones, emociones, desazones, súbita ambición y un orgulloso gesto de quien ha comenzado a dominar el espacio. El tango vuelve ahora con mayor fuerza, suena lejos una risa, apoyo una mano en la baranda de hierro frío y me sujeto a una realidad fantástica, a una imposible y, sin embargo, presente realidad.

Entonces pido que esto no se extinga, que permanezca, que de alguna forma entre en mí la sensación de que todo es sólido y no fugaz.

El Gatsby y el Scott que me habitan tienen, también, que ser tan corpóreos como yo mismo, como todo lo que se me está ofreciendo. Fijo con más fuerza mi mano en el hierro, miro hacia lo alto y me digo que todo esto ocurre en enero de 1926, que tengo veintitrés años solamente que, sin embargo aquí, en este lugar, la edad no importa, que sólo importa esa maravilla llamada éxito. Que el fracaso es la desesperación y que sólo el éxito tiene significación y presencia. Y entonces comienzo a despedirme de la línea de proyectos que comencé a diseñar en Nueva York, y temo que Nueva York esté en el otro extremo de la tierra; de esta tierra en donde la terraza parece flotar tan suavemente.

Las risas se acercan, se oyen ahora voces. El tango ha dejado de sonar.

La terraza se va situando sobre la tierra muy despacio.

CENA CON POLA NEGRI

También la luna, curiosamente convocada para esta ocasión, aparece en este instante; el mundo del cine ha encontrado su iluminación más adecuada para que, vestida de blanco, adornada con cientos de perlas, trenzado el cabello con hilos de plata, entre en escena Pola Negri.

Es la única mujer en el grupo y junto a ella el propio Rodolfo Valentino pierde parte de su elasticidad y hedonismo.

Pola, desde el primer instante, establece la diferencia entre su posición y la mía; ella es quien dirá la última palabra y yo seré quien escriba esa palabra última. Pero, al mismo tiempo, es suficientemente gentil para que esta distancia entre ambos sea aún más apreciable, más clara, más hiriente.

Excepto yo, los otros invitados son gentes del cine situados en la zona más alta del negocio, y si yo he sido convocado es porque conviene que escuche estas sabias opiniones y dé forma a lo que aquí se sugiera.

Taibo («¿Se llama usted Irwing?») asiente y se mueve procurando ocultar que es la primera vez que se ve en una situación tan encumbrada.

Pola Negri conversa con un desenfado admirable; es marquesa, condesa, porque ha tenido la habilidad de casarse con condes y marqueses y es dictadora porque ha tenido la suerte de nacer con las condiciones necesarias de belleza y apariencia. Por su parte mi jefe, Zukor, parece entender que éste es el momento de las condescendencias y me ofrece la mano con un guiño que viene a significar «¿qué tal muchacho? ¿No es estupendo este mundo? ...»

Los camareros parecen apoyar esta teoría haciendo que cada gesto sea un acto de servidumbre, de moderación y de elegancia; se mueven vestidos absolutamente de blanco, dejando tras de sí un aire caliente en lavanda y vinos.

Los invitados ayudaban también a crear un curioso aire de reverencia que parecía escalonarse cuidadosamente; en la cima de todos los gestos de acatamiento estaba Zukor y un poco más abajo Rodolfo y Pola, ambos atentos, a su vez, a que no se entorpeciera nunca esta ascensión del incienso y la sonrisa.

Yo, sin duda, había quedado dispuesto en la parte más baja de la pirámide y era atendido con una serie de ligeras sonrisas, en ocasiones con generosas frases, alguna vez con paternales guiños. Yo estaba allá abajo, observando cómo las grandes figuras ascendían por la gran escalera iluminada que lleva al más magnánimo de los cielos: al cielo de Hollywood.

Un camarero pareció condolerse de mi pobreza social e inició una especie de servicio especial de copas con cócteles; aparecía a mi lado, alto y recto, ofreciéndome la bandeja de plata y adelantando el brazo como si con este gesto quisiera enviarme un cable al cual pudiera yo sujetarme y salir a la superficie.

A la tercera copa miré a los ojos del camarero y envié un mensaje de agradecimiento, pero él no pareció recibirlo y se inclinó una vez más, en busca ahora de otro cliente.

Un compañero de la sala de escritores había sido muy explícito en cuanto a los verdaderos merecimientos de Zukor.

—Es un hijo de puta que te puede romper la nariz de un puñetazo, a pesar de su aire enclenque y de su mirada paternal; una vez estuvo a punto de hacer llorar a una persona tan cauta y enamorada del dinero como Mary Pickford; le habló de su triste pasado de mendigo y al final consiguió que ella aceptara un veinte por ciento menos de salario. Ese mismo día rompió un guión de cine de cien páginas, sin esfuerzo alguno. No confíes en Zukor.

Sin embargo, esta noche parecía sentirse satisfecho con su rol paterno; estaba tan seguro del éxito de *Hotel Imperial* que aceptaba algún cambio que pudiera aumentar las posibilidades de triunfo personal de Pola Negri, ya que el triunfo de la estrella significaba su propio beneficio. Por todo esto me miraba plácidamente confiado en que yo encontraría una escena verdaderamente patética que, sin estropear la película, llenara de satisfacción el orgullo de la Negri.

Rodolfo Valentino, de quien hasta los productores temían sus ataques de histeria, parecía estar dedicado exclusivamente a contemplar a Pola y a afirmar con la cabeza que cuanto ella estaba pidiendo se encontraba dentro de los límites de lo razonable e incluso de lo exigible.

Pola se encontraba en pleno fervor interpretativo, no sólo quería las nuevas escenas, sino que los invitados estuvieran absolutamente seguros de que eran necesarias.

—Quiero ofrecer una interpretación que me permita ser distinta a la Pola Negri que el público conoce.

Yo intervine:

—El señor Zukor, aquí presente, piensa que una estrella debe de ser siempre igual a sí misma. Que ha de repetirse, porque es ella la que ha llegado al triunfo y es a ella a la que esperan los públicos. —Miré a Zukor y pregunté—: ¿O me equivoco?

El hombrecito llevó una servilleta a los labios, me lanzó una mirada de reojo, pero casi burlona, e intervino:

—La estrella debe de representarse a sí misma, no es verdad que los públicos quieran más a esas actrices que en cada película parecen diferentes; al contrario, el público aprecia la repetición de gestos, de movimientos, hasta de risas. El público ama a las estrellas como ama a las gentes y quiere reconocerlas, no tener que adivinarlas bajo pelucas o maquillajes.

Rodolfo Valentino miraba desconcertado a Pola Negri y ella parecía dispuesta a cargar a mi cuenta este desacuerdo con el patrón.

De pronto Zukor pareció volver a la carga, con un aire amable y con su voz más apacible:

—Por algo será que los grandes actores y las grandes actrices son poco queridos por los públicos. Las estrellas son estrellas no tanto porque sepan actuar, como porque tienen una personalidad fuerte.

Después bebió un trago de vino blanco y añadió:

—Y la personalidad es lo más difícil de encontrar en la vida.

Parecía que la cena se había congelado en los platos, cuando Zukor añadió sonriendo de oreja a oreja y ajustándose sus gafas de acero:

—Ustedes dos, queridos, tienen unas personalidades únicas.

Pola y Rodolfo, uno a cada extremo de la mesa, devolvieron la sonrisa; pero la de ella parecía un poco forzada.

En ese momento entró Sam Goldwyn saludando desde la puerta con una mano enorme, adornada con un brillante, oliendo a perfume y mostrando la punta de un pañuelo blanco asomando por su smoking deslumbrante. Todo el enorme comedor pareció transformarse con esa presencia gigantesca y agresiva. Sabiéndose observado y admirado, Sam continuaba saludando a todos con el aire de un boxeador victorioso; los hombres nos levantamos para recibirlo y Pola Negri comenzó a sonreír como quien se siente liberada de una situación poco amable.

Cuando, al fin, Sam Goldwyn ocupó su lugar, preguntó, contemplándonos a todos:

—¿De qué hablaban?

Se produjo esa curiosa vacilación que es propia en semejantes casos y yo intervine de nuevo.

—El señor Zukor establecía la diferencia entre una estrella y una actriz.

Pola Negri me maldijo con la mirada.

Yo comenzaba a encontrarme feliz; los cócteles de whisky, el vino blanco, los minutos pasados a solas en la terraza y la mirada rencorosa de Pola me estaban proporcionando la desvergüenza necesaria para imponerme en una mesa de supuestos titanes.

Goldwyn, colocándose trabajosamente una punta de la servilleta entre el cuello y la camisa, pareció asentir:

—Eso son dos cosas distintas.

Y nos miraba a todos con unos ojillos vivarachos, muy maliciosos.

Sam tenía una cabeza redonda, unos párpados carnosos y protectores, calva sólida y un mentón que parecía iniciarse bajo las orejas.

Muchas de sus frases eran ya famosas o se harían famosas poco después: «Inclúyanme fuera», «Un contrato verbal no vale ni el papel en que está escrito», «El cine es sólo teatro, pero el teatro nunca será más que teatro», «Si quisiera oír hablar de este asunto, escucharía», «Si la película no fuera mía, yo diría que es mala», «Solamente yo sé suficiente para hablar mal de mí».

Aquella noche Sam Goldwyn estuvo especialmente asombroso.

Pola le preguntó, con la evidente intención de desplazar la atención que yo parecía haber polarizado:

—Señor Goldwyn, a usted, ¿qué papel le gustaría verme interpretar?

—Según lo que usted entienda por interpretar.

Adolph Zukor sonreía divertidísimo.

Comencé a pensar que había sido el propio Zukor quien había pedido que se invitara a Goldwyn a una cena en la que se tratarían problemas de un film en el que Goldwyn no tenía ninguna injerencia.

Parecía como si, en esta ocasión, Zukor pensara que tener en la mesa a la competencia podía resultar la mejor alianza.

Los dos grandes productores se sentían felices; tenían el mundo en la mano, y los guantes y las pieles que habían vendido al comienzo de su carrera eran ahora sólo un recuerdo triunfal.

Pola pareció cambiar de táctica y comenzó a contar que una amiga suya, alemana, había conseguido tres títulos nobles, partiendo de una posición muy humilde.

—¿Qué eran los padres de su amiga? —preguntó cortésmente Zukor.

—Él era el conserje de una escuela.

Entonces Goldwyn se irguió vigorosamente, miró a todos con gran atención, y dijo:

—Un puesto muy elevado.

Valentino miraba a Pola Negri desconcertado y sorprendido como quien por una vez no sólo pierde la presidencia de una mesa, sino también las riendas de un show preparado en su honor.

Sam se dirigió a Zukor.

—Aquel chofer que tuviste, ¿era marqués o príncipe?

Zukor estaba tomando la sopa y se tomó su tiempo para dejar la cuchara sobre la mesa y recordar al tal chofer; al fin pareció que había recuperado una imagen perdida.

—Era ruso.

Goldwyn comenzó a reír estruendosamente y todos reímos también.

De pronto Pola pareció tomar una resolución, como si hubiera llegado al fondo de su paciencia.

—Está con nosotros el señor Taibo, para que intente escribir una escena importante. Una escena para *Hotel Imperial*. Yo quisiera escuchar la opinión de ustedes. Por de pronto, ya he recibido la autorización del señor Zukor, ¿no es cierto?

Zukor miró a Goldwyn:

—Dime Sam, ¿tuviste alguna vez a una verdadera estrella, a una estrella importante, que no quisiera una escena más en una película? Me refiero a una gran escena para ella sola, claro.

Goldwyn se frotó una oreja sin pudor alguno.

—Sólo recuerdo que para proteger a más de una

estrella hemos tenido que impedirles que hicieran esa escena que piden.

Y como se creara, de nuevo, ese silencio expectante y los comensales lo miráramos en espera de ver si era tiempo de reír o de carraspear, Goldwyn dijo:

—De cualquier forma, si Pola quiere una escena, Adolph le regalará una escena —y después añadió otra observación sorprendente—: Aun cuando, y aunque muchas estrellas no lo sepan, es más cara una escena que un abrigo de pieles.

Ahora todos reímos aligerándonos de la tensión que el señor Goldwyn conseguía colocar en cada una de sus intervenciones.

Valentino pareció decidirse a empujar a Pola en la dirección adecuada:

—¿En qué tipo de escena habías pensado?

—Algo muy tenso, por ejemplo, que me humillen delante de mucha gente. Entonces yo paso de la angustia total a reponerme lentamente, para encontrar fuerzas dentro de mí y despreciar a cuantos me miran. Algo así.

Y me miraba, acaso esperando que yo sacaría un papel y comenzaría a tomar nota. Pero yo no quería intervenir en el juego de forma tan clara; así que sonreí, como para indicar que la idea era buena; y busqué con los ojos la copa de vino.

Zukor, Goldwyn, Valentino y, claro está, el resto de los obsequiosos invitados, parecieron considerar seriamente esta singular sugerencia.

Zukor rompió el silencio mirándome y hablando de mí con toda crudeza.

—El joven Taibo ha creado todo un plan de lanzamiento de una joven que se trajo de México Edwin Carewe.

Goldwyn ya sabía el asunto porque dio el nombre de la joven.

—Dolores.

—Eso es.

Goldwyn tuvo un gesto deferente hacia mí: «Ese tipo de trabajos es importante. No tenemos demasiada gente en esa área. Muchas estrellas se convirtieron en puré de papa por falta de un plan bien estructurado.»

Con su gesto todos los comensales vinieron a afirmar que, efectivamente, el hundimiento de gentes con buenas condiciones, pero con malos amigos, era cosa de todos los días.

Pola Negri me miraba un poco molesta; como asombrándose de que yo, el único al que no consideraba del grupo, pasara a ser el eje de la conversación. Y tuvo una intervención desafortunada; parecía claro que lo que dijo a continuación tendía a sacarme del centro de la jugada y a dejarme en ridículo; ocurrió, sin embargo, que con una sola frase me situó bajo las más potentes luces.

—Usted, ¿Taibo?... —afirmé con la cabeza— es, creo, la misma persona que encontré un día en ropa interior en el dormitorio de Chaplin.

Goldwyn lanzó un rugido de alegría y todos interrumpieron la cena para observarme.

—Sí, era yo. Estaba quitándome un traje de torero y poniéndome un smoking de Chaplin. En ese momento fue cuando usted entró en el dormitorio. Yo estaba desnudo.

Rodolfo Valentino miró a Pola como si no supiera nada de esta absurda historia y hubiera sido humillado por su amante.

Todos volvieron a reír, aun cuando ahora en un tono más discreto, ya que la conversación se iba adentrando en un terreno que no sabíamos a dónde nos podría llevar.

Pero Goldwyn no parecía dispuesto a soltar tan divertida presa.

—Pola, ¿también iba usted a cambiarse de traje?

Ella lo miró dudando entre responder agriamente o encontrar una salida amable; fue tan claro cómo sopesó ambas disyuntivas, que el propio Rodolfo, un instante antes interpretando el amante ultrajado, añadió ahora un dato lamentablemente conciliador.

—Fue en un baile de disfraces y todos buscábamos algo divertido que ponernos.

Recordé que Chaplin y Pola Negri habían tenido un romance apasionado un tiempo atrás y pensé, también, que de aquella cena yo podría salir sólo de dos formas: enarbolando una cierta fama o siguiendo dentro de mi anonimato. Decidí que también yo tenía derecho a una escena y comencé a hablar alegremente bajo la mirada furiosa de Pola, el asombro de Rodolfo y el regocijo de Goldwyn, mientras que Zukor, mi jefe, parecía haber conseguido una máscara imperturbable a la que sólo le chispeaban los ojos.

—Yo llegué a la fiesta vestido de torero y me pidieron que abandonara el disfraz, porque el señor Valentino también iba vestido de torero. Me dijeron que mi traje era el que había usado el señor Valentino en *Sangre y Arena* y que si no lo llevaba en la fiesta era porque le había quedado pequeño en la cintura. Cuando me cambié lo hice en el dormitorio de Chaplin y recuerdo que lo cerré con llave por dentro, pero hay mucha gente que tiene la llave del dormitorio de Chaplin y tres veces me interrumpieron mientras me ponía los pantalones. Aquella noche yo tuve las piernas más observadas de Hollywood.

Terminé mi discurso y bebí una copa de vino; el silencio coincidió venturosamente con la entrada de seis meseros con la champaña ya servida.

Los invitados miraban hacia Zukor como buscando en su rostro una señal para reír descaradamente o sonreír a medias; pero él estaba agitando su champaña con el mango de una cucharilla.

Goldwyn parecía ajeno a las taquicardias que sus intervenciones estaban produciendo y yo había rebasado todo nivel de cautela y me sentía ingenioso, feliz y triunfador.

Pregunté paseando la mirada por toda la mesa:

—¿Quién hace a las estrellas?

Al fin Valentino decidió tomar la palabra, hablaba de forma apasionada, sujetando una mano con la otra, como para impedirse a sí mismo desbordarse con exceso.

—Hay estrellas inventadas y otras que tienen dentro de sí una potencia extraña que les lleva a la cima. Cuando el cine no existía esas estrellas empujadas por su propia potencia conseguían otro tipo de triunfos;

eran líderes políticos, reyes, emperadores, dictadores también. Esa fuerza interior se ve en la pantalla mejor que en ninguna otra parte; porque allí se agranda a los ojos de las multitudes. La potencia es la que genera el éxito de la verdadera estrella.

Se produjo un silencio sorprendentemente largo, yo esperaba el comentario de Sam, pero éste parecía estar considerando la teoría con gran cuidado.

Uno de los invitados dijo:

—Creo que el señor Valentino está hablando de la espiritualidad.

Valentino protestó:

—¡No, no! Hablo de algo fuerte, muy fuerte. La espiritualidad es otra cosa. Yo me refiero a la potencia, que es una energía que algunos mantienen dentro de sí mismos y que les permite imponerse. La potencia es una fuerza misteriosa que proviene de la mente de algunos seres; cuando yo quiero imponer mi personalidad en la pantalla dejo que se desborde, libremente, mi potencial.

Yo pregunté directamente a Pola:

—Señora, ¿también usted tiene potencia?

Zukor intervino antes de que la guerra estallara:

—Sin duda, sin duda. Pienso que mi amigo Rodolfo nos está hablando de una mezcla de voluntad, carisma y atractivos físicos.

Valentino no parecía estar de acuerdo:

—La potencia es algo más.

Entonces Goldwyn intervino para dejar las cosas en su sitio.

—La potencia de una estrella es el motor de un ford.

Otro invitado, un señor ya maduro, con la cinta de la Legión de Honor francesa en su solapa, quiso repartir los beneficios de la teoría de Valentino.

—Se diría que también los grandes productores de cine llevan dentro de sí una potencia avasalladora.

Sam se rió antes de hablar, como para anticipar que iba a decir una broma:

—Una potencia que les permita inventar a las estrellas con potencia.

Fue afortunada la risa previa, porque sin ella Valentino acaso hubiera estallado en furia; pero consiguió sonreír débilmente.

Pola quiso retornar a la razón de ser de aquella cena:

—No estoy segura de que el señor Taibo sea el escritor adecuado para escribir la escena que intentamos crear. ¿Se encuentra usted seguro de que podrá concebirla?

—No, no estoy seguro. Por lo que entiendo, es algo así como escribir un diálogo adicional para Hamlet.

Sam palmeó, feliz.

—Una ocurrencia muy divertida, sí señor. Muy divertida.

De nuevo sentí que me había salvado milagrosamente y que lo mejor era no seguir arriesgando mi pellejo. Desde ese momento me concentré en la bebida.

Ya en la calle Zukor me tomó de un brazo y me dijo:

—Olvídese usted de *Hotel Imperial*; pero no le importe, hay mucho trabajo en la Paramount.

214

Pola me negó la mano ostensiblemente y Valentino me despidió con una inclinación de cabeza.

Volví a la Casa Azteca silbando; tenía la sensación de que la escena había sido totalmente mía y que mi fama había aumentado a los ojos de quienes firmaban los grandes cheques.

La deplorable fama que Hollywood ofrecía a sus súbditos; una fama reverenciada por el Premio Nobel y por la empleada de los grandes almacenes parecía estar flotando ya sobre mí.

El espíritu de la terraza, que me había mantenido en vilo durante algún tiempo se había transformado en un cinismo ajeno al miedo y a la reverencia; un Taibo despreocupado y empapado en alcohol se asomaba a la noche, mientras a sus espaldas una puerta enorme se cerraba con ruido, como asegurándose de que yo no intentaría volver al sitio, para mí prohibido ya.

Desde su inmenso automóvil negro, Sam Goldwyn me saludó con la mano, para luego concentrarse en sí mismo; yo incliné la cabeza respetuosamente y aproveché que estaba mirando hacia el suelo para reírme, feliz.

Hollywood sólo era difícil para los sumisos, los apacibles, los lentos; Hollywood se abría impúdicamente para los vanidosos, los agresivos, los intrépidos.

Hollywood ya era mi presa.

Levanté el rostro y miré cómo el automóvil negro de Sam Goldwyn se alejaba, cuesta abajo, hacia el valle.

Entonces, aun cuando ya era inútil, levanté la mano y saludé eufóricamente, como quien despide a un compinche.

Tiempos lentos

Los primeros días de enero de 1926 estuvieron teñidos de una nerviosa calma; todos parecíamos tener cosas urgentes y esenciales que llevar a cabo; así Dolores estaba filmando su tercera película y tenía que levantarse de madrugada para estar en el set una hora antes de iniciarse la acción, ya que el director, Edward Laemmle, quería ensayar con ella las escenas.

El marido había abandonado su anonimato e iba a llevar y a recoger a Dolores a los estudios, según ella me decía en mensajes telefónicos y susurrados. Edwin Carewe está discutiendo un contrato con otra productora y yo me había convertido en el muchacho terrible de la Paramount.

Miguel Linares, desde la muerte del hombre moreno, parecía haber limitado su conversación nocturna a algunas advertencias misteriosas sobre mi propia seguridad.

—No camine por la noche; use un taxi.

—¿Sigue teniendo la pistola?

—Debería practicar el tiro al blanco.

Me decía este tipo de cosas mientras apuraba su copa de *bourbon* o aguardiente; contemplándome con un afecto que se transparentaba a pesar de su rostro tan arrugado y enmohecido.

Una vez llegué a la Casa Azteca muy cansado, después de una junta de redactores que se prolongó entre café aguado y bocadillos de jamón. Entré en el macilento *hall* y le dije a Miguel Linares que venía agotado; me disculpé añadiendo un gesto amable y seguí camino a mi cuarto. Instantes después, cuando yo salía del baño, tocó en la puerta Miguel Linares con una copa de whisky en la mano.

—Tómesela; le hará dormir mejor —y la dejó sobre mi mesa, para después despedirse en español—: Buenas noches, Taibo.

Sobre la cama, apenas con ánimo para moverme, recordé la curiosa fiesta de Navidades a la que me llevó Miguel Linares.

Estábamos en una casa de madera, con una virgen rodeada de lucecitas temblorosas y adornada con papeles de colores. Los dueños de la casa eran mexicanos y allí estaba el sobrino de Claudio López; el que se murió a causa de aquel balazo traicionero. Todo el mundo hablaba alegremente, los hombres conservaban puestos los sombreros y las mujeres se movían, sonriendo sin cesar, y llevando y trayendo vasos, platos con comida picante o sillas.

A las doce de la noche entró un grupo de músicos y comenzaron a cantar. Yo sólo entendía algunas de las palabras y Miguel Linares, con su lento inglés que surgía después de una traducción interna y dolorosa me fue contando la canción como quien narra una historia terrible.

Ojos de papel volando
a todos dices que sí,
pero no les dices cuándo.

Yo insistía, incrédulo:
—¿Ojos... De qué son los ojos?
—Son ojos de papel volando.
El tequila me había llenado el corazón de senti-
mientos apasionados. Advertí que yo jamás había po-
dido definir los ojos de Dolores y ahora ya sabía de qué
eran, cómo eran, cómo revoloteaban esos ojos.
—Ojos de papel volando.
Miguel Linares afirmaba con la cabeza, aproban-
do mi pronunciación.
—¿De qué color son los papeles, Miguel Linares?
—De todos los colores, Taibo, de todos los colo-
res.
—¿Y vuelan alto?
—Vuelan hasta el sol, Taibo, hasta el mero sol van
volando los papeles.
—Pero, ¿cómo pueden existir unos ojos de papel
volando?
—Los hay, los hay.
Y yo repetía, ya muy seguro:
—Claro que los hay, yo los he visto:

Ojos de papel volando.
A todos dices que sí
pero no les dices cuándo.
Eso me dijiste a mí
y por eso ando penando.

Y los cantantes repetían, llenando la casa con sus voces vigorosas y llenas de júbilo:

Negrita de mis amores,
ojos de papel volando.

Entonces llegaron dos hombres vestidos de oscuro, con traje y corbata; corbata muy vieja, como si la usaran no como un lujo sino como una disculpa.

Miguel Linares me dijo que eran dos mexicanos que habían huido porque los querían matar.

—¿Quién los quiere matar?

—El Gobierno; el Gobierno los quiere matar.

Yo no entendía lo que estaba ocurriendo; pero los dueños de la casa atendían con gran deferencia a los recién llegados y les daban de beber tequila mirándoles mientras ellos paladeaban el aguardiente.

Miguel Linares estaba, por lo menos, tan borracho como yo:

—Los quieren matar, porque están con el pueblo. Ustedes los americanos no lo entienden; no entienden nada.

Yo no me atrevía a acercarme a los dos hombres de corbata ajada y pelo brillante; de ojos de pizarra que parecían reposar en el fondo de un barranco, tan lejos estaban aquellos ojos de nosotros y tan duramente nos miraban.

Sin embargo, los dos hombres tomaban su tequila, ensayaban una sonrisa para agradecer el trago y miraban con alguna desconfianza a los que les rodeaban.

Miguel Linares me iba explicando todo:

—Llegaron tres, el otro día, escapándose de la cárcel, y a uno ya lo mataron en Los Ángeles; lo mataron cuando atravesaba la calle. De dos tiros. Por eso se cuidan más bien los cuidamos. No tiene que pasarles nada están reuniendo dinero para armas. Y todos hemos dado dinero. También yo, que hace más de medio siglo que ni piso México.

Los cantantes tocaban trompetas, guitarras y unos violines agrios y estridentes.

OJOS DE PAPEL VOLANDO...

Yo quería llamar a Dolores para decirle que sus ojos eran de papel de China que revolotea en el aire suave de California llevándonos a todos entre su vuelo; ojos de papel que vuela, que va volando, que se arremolina en los malos días y que se va flotando muy suavemente en los días de amor y de calma; ojos de papel huracanado, cuando la furia se asoma y ojos de papelillos tiernos, cuando inclina la cabeza y se deja besar mansamente. Yo bebía tequila y pedía que volvieran a cantar la canción.

—No faltaba más, señor.

Y el papel nos inundaba a todos hasta que los dos hombres de las corbatas recubiertas de todo tipo de comidas, se despidieron circunspectos, atentos, mirándonos, sin embargo, con una punta de recelo.

Uno de ellos se llevó la mano a la cabeza, peinó con los dedos su melena aceitosa y dijo:

—Aún hay mucho que hacer.

Lo dijo, curiosamente, en inglés.

Yo le dije que era cierto que había aún mucho que hacer.

Él me preguntó qué es lo que yo hacía y yo le dije que hacía cine.

Él me miró, volvió a peinarse con la mano, recogiendo detrás de las orejas unos mechones rebeldes y dijo que, efectivamente, también en el cine había mucho que hacer.

En aquel momento me pareció que me miraba como pudiera observar a un muchacho que no entiende la lección.

Entonces dije, cuidando de hablar despacio:

—Espero que a usted y a su amigo no los maten.

Las mujeres hicieron la señal de la cruz y los músicos bajaron el tono.

Los dos hombres de corbata sonrieron y me dieron las gracias.

Miguel Linares me llevó a la Casa Azteca.

Cuando ocupaba su lugar detrás del mostrador, después de relevar al muchacho que había dejado en su puesto, Miguel Linares me dijo:

—Ustedes los del cine debieran decir estas cosas en sus películas.

—No es posible, Miguel estamos demasiado ocupados haciendo *Hotel Imperial*.

La sombra del hombre moreno

El día dieciocho de enero vi por primera vez a un hombre que se convertiría en un nuevo problema; era

221

alto; bien vestido y muy joven; de veinticinco años, más o menos.

Estaba frente a la Casa Azteca cuando salí en la mañana para ir a la Paramount. De nuevo un instinto, que sólo me acompañaba en muy escasas ocasiones, me lo señaló violentamente.

Yo estaba trabajando en un guión de cine sobre una desolada mujer a la que su esposo, un marino, abandona. Era un trabajo sin gracia alguna y que no permitía demasiados juegos imaginativos. De pronto supe quién era aquel joven de pelo claro. Lo recordé sobre el suelo, con la cara partida en ocho o nueve pedazos, sonriendo, desde la cartulina de la fotografía. Recordé que la foto había sido rota de forma muy metódica y no como dejándose llevar por la furia; recordé cosas que nunca hubiera supuesto que habían quedado grabadas en mi memoria. Cómo miraba al fotógrafo, cómo llevaba el pelo peinado hacia atrás, sin raya, cómo parecía tener dos orejas aplastadas contra el cráneo, cómo mostraba unos dientes, bien dibujados, al reír. Y todo esto partiendo de esos trozos que después de haber sido rota la fotografía, alguien había colocado sobre el suelo, tan cuidadosamente como si intentara destruir el acto de destrucción.

Ese era el joven que me miraba desde la otra parte de la calle, cuando yo salía de la Casa Azteca en busca de un taxi.

Y recordé un detalle más, que se me había perdido, recordé cuando el marido, en el momento en que lo sacábamos entre Miguel Linares y yo de la habitación, movió con un pie los pedazos de fotografía y con esto destruyó el rostro que nos miraba riendo o sonriendo.

Esa misma noche le pregunté a Miguel Linares si él había advertido la presencia de un hombre merodeando la Casa Azteca. Me miró con esa fijeza suya que parece intentar encontrar en cada palabra mía una intención no expresada y me dijo que sí, que lo había visto.

—Yo sé quién es ese hombre.

—Sí.

—Es el hombre que estaba fotografiado aquella noche. La foto rota, ¿recuerda?

—Sí, lo sé.

—¿Qué quiere?

Estábamos acodados sobre el mostrador y en ese instante la fotografía rota se recompuso y el hombre joven de pelo claro apareció a nuestro lado. Con toda calma pidió una habitación y pagó por adelantado una semana.

Miguel Linares le hizo firmar en el libro de registro y luego le entregó una llave.

El hombre del pelo claro preguntó, entonces, en voz alta para que yo me sintiera incluido en la pesquisa:

—¿No vieron por aquí a un hombre alto, muy fuerte, de pelo negro. Un hombre que parece policía?

Miguel Linares le dijo que no había visto a nadie así.

El joven se fue balanceando la llave que colgaba de una pieza de metal, demostrando que conocía perfectamente el camino. Yo me incliné sobre el libro de registro y supe su nombre: Víctor Hallyday.

A pesar de mi desvergonzada actuación en Falcon Lair, recibí un guión de *Hotel Imperial* junto con una nota sin firma: «Vea qué puede añadir a favor de la señora Negri y envíe el trabajo directamente al señor Zukor.»

Antes de comenzar a redactar una nueva escena fui al estudio en donde se preparaba, muy lentamente, la película.

Mucha gente en la Paramount afirmaba que se estaba inventando un nuevo sistema de filmar con *Hotel Imperial*; y lo cierto es que por lo menos las fórmulas de trabajo habían sido transformadas.

El director Mauritz Stiller decía que rodar una película sin una continuidad restaba emoción a los actores y ayudaba a introducir en el film graves equivocaciones de todo tipo; él pretendía que los films fueran hechos por el mismo orden que se leían en el guión.

Para *Hotel Imperial* construyó una escenografía sorprendente: El *hall* del inmueble y ocho de las habitaciones en las que ocurrían los hechos fueron creadas en el estudio de tal forma que las cámaras y las luces podían pasar de un sitio al otro sin grandes tropiezos y permitiendo a los actores trasladarse de inmediato.

Los técnicos hablaban de una «cámara aérea» que «volaba de un lugar a otro siguiendo los incidentes de la historia».

También volaba Mauritz Stiller, un hombre vociferante, que hablaba en alemán y sueco a los asombrados tramoyistas y cargaba personalmente maderas y telones.

Stiller era delgado, enérgico, pintoresco; yo lo vi tocar el violín y cantar al mismo tiempo, mientras los obreros comían y lo observaban estupefactos. Todo esto en el restaurante y sin otra causa que la de encontrarse a un violinista en el comedor, a quien pidió prestado el instrumento.

El propio Stiller había escrito el guión y no quería saber nada de nuevos añadidos.

Hasta el momento, la estancia de Stiller en Hollywood había sido una catástrofe; su forma de trabajar horrorizaba a los grandes y a su alrededor se había levantado un vendaval de objeciones y denuestos. Sin embargo, ya había conseguido algo él fue quien dijo que Greta Garbo era más que una muchacha rechonchita y quien se enfrentó a todos los productores que aseguraron no ver en la sueca sino una chica inútil.

Stiller y yo hablamos algo, empleando palabras en tres idiomas, y yo me convencí de que era, verdaderamente, ese genio que él decía de sí mismo.

Cuando terminé de escribir la escena para la mayor gloria de Pola, esperé con curiosidad para ver lo que ocurría. Ocurrió que Stiller recibió el nuevo guión, hizo que se lo tradujeran y lo rompió con un gesto de indiferencia.

Yo me alegré; colaborar aun cuando fuera anónimamente con la marquesa-duquesa-Negri no me apetecía.

Cuando se estrenó *Hotel Imperial* y Stiller fue homenajeado con una gran cena; la película estaba batiendo todos los récords mundiales de ingresos.

Stiller, el sueco loco, el que había traído a Greta Garbo a Hollywood para que, al fin, los norteamericanos tuvieran una «verdadera estrella» aceptó el homenaje sin rubor. Después tomó un violín que le prestó un miembro de la orquesta y tocó alegremente para todos.

Stiller sirvió para añadir un elemento pintoresco más a la colonia europea, ya tan atiborrada de personajes inenarrables.

Por aquellos días Greta Garbo y Stiller tenían junto a su fama de personalidades exóticas una anécdota en común; en los días de calor la Garbo se pasaba horas en la bañera llena de agua fría. Y aun en los días más duros Stiller se metía en el mar helado y salía temblando, de un color verde ceniciento, pero asegurando a través de sus labios morados que ese ejercicio templaba la vida.

Estaban enamorados entre sí, se decía.

Yo recibí con un apacible júbilo la noticia de que me habían aumentado mi salario semanal; compré un automóvil, pero no me fui de la Casa Azteca.

Mientras tanto ya se había terminado la película de Dolores y ella misma me dijo que sólo se trataba de un paso más; pero que no estaba segura de que fuera un paso hacía adelante.

Víctor Hallyday

El joven del pelo claro, Víctor Hallyday, se había instalado definitivamente en nuestro hotel; al día siguiente llegaron sus cosas, según me contó Miguel Linares, y poco después organizaba una fiesta.

Linares se tomaba su copa de *bourbon* mientras movía la cabeza apesadumbradamente.

—Puros hombres y todos extraños. Una fiesta que no hubiera aceptado un hotel de primera. Pero fueron discretos.

Y decía esto con desilusión; él hubiera querido un Víctor Hallyday que se comportara como un pervertido escandaloso; él hubiera querido que diera un pretexto para que entráramos en su cuarto y le rompiéramos la cara.

—Sabe lo del tipo aquel que se nos murió.

Yo asentía, pero sin gran preocupación; los acontecimientos que me rodeaban habían conseguido relegar el incidente hasta un fondo insensible de mí mismo. El hombre moreno había llegado a mi vida y se había ido, dejándome solamente una pequeña cicatriz debajo de la oreja izquierda. En ocasiones yo intentaba recordarlo y sólo se me aparecía como una presencia cinematográfica correspondiente a un viejo film ya casi olvidado, recordado trabajosamente y mezclado con otros personajes que fueron a amalgamarse en un confuso cuadro en el que se emulsionaban las características de muy diversos seres, creando una imagen general que tenía algo de cada policía de cada film, algo de cada hombre moreno de cada film, algo de cada tipo rudo visto en cada film.

Así de ajeno a las emociones que por entonces me movilizaban era aquel hombre al que vi morir, de pronto, como quien cierra un grifo de agua, tan cerca de mí, que su sangre manchó mi pañuelo.

Ahora ese Víctor Hallyday parecía venir a reclamarnos que Linares y yo hubiéramos hecho desaparecer a alguien que, en esencia, jamás había aparecido, sino que era como una figura más del Hollywood filmado.

Para Linares, sin embargo, el hecho de que Víctor Hallyday se hubiera acercado a nosotros, significaba un nuevo reto y, sobre todo, un nuevo peligro para mí.

Seguro de que todo un mundo de conciliábulos y maquinaciones se estaba enredando a mi alrededor, estaba dispuesto a protegerme con esa seguridad que le llevaba hasta el golpe en la nuca con un hierro o el disparo de un arma de fuego.

Miguel Linares parecía encontrar en mi presencia y en mi desprotegida figura, una razón para seguir poniendo en actividad sus inacabables recursos recogidos mientras recorría una vida agitada y casi toda ella estaba aún sumergida para mí en el misterio.

Habían pasado solamente dos días desde la llegada de Víctor Hallyday a la Casa Azteca, cuando recibí un mensaje de Dolores diciéndome que vendría a verme en la tarde.

Todo el aposentado amor se hizo movimiento y abandoné mi oficina para esperarla en un cuarto que llené de flores y de perfume; era la primera vez que podía hacerle regalos y fue una fiesta el entrar en las tiendas y gastarme el dinero en cosas pequeñas pero amables y representativas de mi entusiasmo.

El viaje hasta la Casa Azteca lo hice en mi automóvil nuevo cargado con cajas de cartón atadas con cintas de colores y con rosas que se desperdigaban por los asientos.

Mi cuarto se convirtió en un colorido gesto de alegría cuando terminé de colgar de los cordones de la luz las últimas flores.

A las ocho de la noche golpearon suavemente en mi puerta y al abrir me encontré con la sonrisa de Víctor Hallyday.

Sostuvimos un diálogo sorprendentemente tranquilo.

—¿Está usted esperando al esposo de Dolores, la actriz?

—No, no lo espero.

—Pero usted lo conoce no puede negarlo.

—No lo niego.

—Y no lo espera.

—No, señor, no lo espero.

—Sin embargo, tengo razones para sospechar que él vendrá esta tarde a visitarlo.

—Yo no lo cité.

—Él vendrá.

—Espero que no.

Nos miramos un instante; su sonrisa se había transformado en una mueca dolorosa y parecía como si estuviera a punto de llorar. Yo mantenía mi mano sobre el borde de la puerta y procuraba ocultar con mi cuerpo la ardiente escenografía recién preparada por mí. De pronto me preguntó, como si estuviera desfalleciendo:

—¿Puede usted darme un trago?

Parecía tan derrotado en aquel instante que estuve a punto de ceder y sacar al pasillo un vaso con whisky; pero estaba temiendo que llegara Dolores:

—No, no puedo ofrecerle nada. —Y añadí—: Estoy esperando a una persona.

—¿Me jura usted que esa persona no es él?

—Se lo juro.

En ese momento sentí que me estaba poniendo en ridículo, pero todo lo que deseaba era cerrar la puerta.

Y Víctor Hallyday, transformando de pronto su rostro, dijo con un rencor infantil y tozudo:

—¿Usted fue quien mató a Alberto?

Y se fue.

Todo pareció marchitarse mientras esperaba junto a la puerta; no sabía si recoger toda la parafernalia dispuesta en honor de Dolores para el caso de que quien llegara fuera su esposo. No sabía, tampoco, si debía salir a la calle lateral para advertirla de que el marido podía llegar también.

En la duda caminé por mi cuarto apretando el oído contra la puerta en espera de alguna señal; por la ventana, abierta a un patio que pretendía ser español, entraban las últimas luces.

A las doce de la noche abandoné mi guardia y me dejé caer sobre la cama.

Poco después me dormí y me desperté hacia las dos de la madrugada, cuando Miguel Linares golpeó en la puerta para entregarme una copa de tequila y preguntarme sí me encontraba bien.

No, no me encontraba bien; estaba hundido en una serie de ideas contradictorias que se habían puesto en pie apenas si abrí los ojos.

Me bebí el aguardiente y le dije a Linares que el hombre que habíamos matado se llamaba Alberto.

Él recogió la copa con uno de sus gestos más calmados y eficaces, y la miró de tal forma que parecía como si dentro de ella estuviera encontrando la información que estaba a punto de darme.

—Alberto Mijares, lo sabía. Era un homosexual muy conocido.

—¿Por qué no me lo dijo?

—¿Para qué?

Y Miguel Linares me deseó unas buenas noches y se fue pasillo adelante, con la copa en la mano, manteniéndola como si aún conservara licor.

PERO NO LES DICES CUÁNDO

Edwin Carewe había comenzado su vida en el cine como actor; como galán de pelo negro y rizoso que miraba a las mujeres con un aire de romanticismo estrangulado; aparecía en los films de mil novecientos doce o trece con un cuello almidonado y emergido de una levita abotonada que se adornaba con una corbata en la que solía prender una perla enorme.

Edwin sonreía poco desde la pantalla y parecía manejar con una especial habilidad el juego de párpados caídos o entornados y el gesto lastimosamente comprensible.

Jamás fue famoso, pero en cualquier lugar de los Estados Unidos podía encontrarse a una mujer solitaria, apartada de las modas del momento, bordando trabajosamente, porque ya hacía tiempo que necesitaba gafas, y soñando en el más riguroso secreto con Edwin.

Sus admiradoras eran silenciosas, apacibles y devotas.

Ese es el tipo de gentes a las que estimulaba en su sorda soledad el bello actor de cine.

Yo no podía comprender que este tipo de hombre hubiera impresionado a Dolores sino entendiendo más lo que Edwin representaba que lo que Edwin era.

Me lo imaginé llegando a la ciudad de México y extendiendo en una sala, adormilada por el sol de la tarde, todo su esplendoroso juego hollywoodense.

Por entonces Dolores y su esposo estaban saliendo de la elegancia para entrar en la penuria y Hollywood no sólo era recuperar las joyas perdidas, el automóvil vendido, sino también encontrar un tipo de fama con la que jamás habían soñado sino en forma muy secreta, cuando, por ejemplo, Lita ejecutaba los bailes aprendidos en Sevilla ante la mirada complacida de la corte de Madrid.

Ese tipo de fama que se sabe no nos está dedicada aparece una tarde en la persona de un director que sonríe con misterio y la casa entera parpadea en el asombro; Dolores y su marido van a la cama, esa noche, sin atreverse a intercambiar sus sueños; uno pensando que todo puede cambiar de nuevo y ella viéndose bajo el resplandor de miles de focos, de miles de ojos.

Edwin Carewe, experto conquistador de damas solitarias, ha iniciado un nuevo ejercicio táctico para atraer hacia su Hollywood y su cama a esta mexicana de apariencia tan desprotegida, de cuerpo tan breve, de mirada tan de «papel volando».

Y un día, poco poquísimo tiempo después, ya están en Hollywood y otro día, tan cercano que es hoy mismo, se le escapa de las manos y firma un contrato para ser dirigida por Raoul Walsh que también fue actor, que también es elegante y que además es considerado como un aprendiz de genio.

Dolores avanza paso a paso y a su alrededor se van quedando aquellos a los que siempre dijo sí, pero no les dijo cuándo.

O los que habiéndoles dicho cuándo, fueron motivo de olvido poco después.

Y ahora me siento ligado a ese hombre de levita y perla gigante, a ese director de mirada dura y voz alta, a ese abandonado que busca cómo volver a ocupar ese lugar perdido en el distante y cada día más orgulloso corazón de Dolores.

Y está su marido que parece haberse perdido no sólo para mí sino también para Víctor Hallyday, que tiene tan a flor de piel la risa y el sollozo.

Y está, enterrado en alguna parte, un gigante de piel oscura que fue homosexual y que perdió su vida de forma tan accidental y desprovista de fascinación.

Ahora veo pasar por los pasillos de la Casa Azteca a Víctor Hallyday, que me mira en ocasiones con rencor y en otras buscando que su sonrisa tenga respuesta, y siento cómo me pregunta sin preguntarme si he visto al marido.

Y tampoco lo he visto.

Sólo Miguel Linares sigue fiel a una amistad que ya ha establecido ritos, palabras claves, mensajes condensados, expresiones de afecto.

Cuando tiré las flores en el callejón solitario, ya mustias, descomponiendo sus antiguos colores rojos en unos opacos tintes pardos, sentí que ese amor mío también estaba en trance de corromperse, sin que yo consiguiera entender exactamente la razón que me parecía mover a su alrededor tan oscuros intereses, tan silenciosas y tenaces redes.

Se marchitaban las flores en el sucio tambor de metal y me preguntaba la razón de todo lo ocurrido y también la serie de sinrazones que me acosaban y formaban una enredadera emocional en la que parecía atrapado.

Nada era comprensible; todo se deslizaba de forma tal que parecía responder a una falta de planes e intereses; cada personaje se movía como siguiendo, no sus propios impulsos, sino los de un jugador alocado que desplazara las piezas sin ajustarse a las reglas.

En el callejón solitario, a sólo pocos pasos de mi dormitorio, sentía el desfallecer de mi amor, como si este hecho estuviera tan distante y tan ajeno a mí como parecía estar la muerte de Alberto Mijares, el alfiler de corbata de Edwin, los ojos inundados de Víctor Hallyday o el cinturón «eléctrico que un día dejó el marido sobre la mesa con un gesto entre cansado y divertido.

El presunto novelista de Nueva York estaba viviendo una vida provisional y sin sentido, y hasta ese amor que todo lo ocupaba parecía ir disolviéndose y asociándose a todos los otros distanciamientos.

Pensaba yo que el fulgor aparecería en mi vida cuando abandonara Hollywood y me hundiera en la serie de vigorosos proyectos; pero al mismo tiempo esos proyectos comenzaban a alejarse también, como cubiertos por ese desfile de días cálidos, de acontecimientos absurdos, de amores que se escapan...

Hollywood empujaba a Nueva York hacia espacios cada día menos presentes o acaso más idealizados; como esa meta a la que sólo se podrá llegar en el sueño.

SEGUNDA PARTE

La palabra o la vida

UNA MUERTE REPRESENTATIVA

El lunes 23 de agosto de 1926, murió Rodolfo Alfonso Rafael Pedro Filiberto Guglielmi di Valentina d'Antoguolla.

Inmediatamente el pueblo obedeciendo un instinto gregario y cerrado a toda meditación pidió ser aceptado en el cine como un intérprete más.

Parecía como si las masas aprovecharan la ocasión de la muerte de una estrella para querer convertirse en estrella ellas mismas; no se trataba tanto de dar fe de un dolor exacerbado, como de obligar a las gentes del cine a que las tuvieran en cuenta, a mostrarse como una oleada de voluntad y decisión que todo lo aplastaba bajo el peso común.

En Hollywood la noticia de la muerte de Valentino causó pesar y los hechos que a continuación se sucedieron fueron a producir asombro y también miedo.

Los grandes del cine, los antiguos vendedores de guantes y de pieles, sentían cómo el movimiento popular arrasaba todas sus meditadas previsiones y daba muestras no sólo de una voluntad colectiva, sino también de un poderío con el que nadie contaba.

Adolph Zukor, quien había venido predicando una religión cinematográfica basada en la voluntad ciega y, sin embargo, clarividente del público, no entendía estos gestos de furia desarticulada.

Los magnates como Sam Goldwyn, quien fuera poco antes un hombre del pueblo llamado Samuel Goldfish, recibían las noticias en el despacho, inmenso, sumidos en el desconcierto.

—En Nueva York las masas destrozaron tres cámaras de cine en su intento por acercarse a ellas.

—La policía montada tuvo que arremeter contra la gente.

—Diez rollos de película filmada durante el entierro fueron destruidos por quienes pasaron sobre ellos.

Goldwyn, Zukor, el taimado Jesse Laski, no podían relacionar esta pasión ante la muerte de Rodolfo Valentino con el escaso interés que sus últimos films habían despertado.

Alguien fue a decirles que un joven escritor estaba desarrollando en el restaurante de los estudios Paramount una teoría sobre estos desquiciados hechos.

Y me llamaron. Y expuse mi opinión.

EL ASALTO AL CINE

Yo entiendo que lo que está creando este movimiento irrefrenable de gentes, estos actos de barbarie ante el

240

féretro, no es tanto el desconsuelo por la muerte de una estrella como el intento de todo un pueblo por ocupar el lugar vacío.

Las gentes no se hubieran movido con este impulso histérico de no haber sabido que había cámaras instaladas encima de camiones, en los techos de las casas, sobre andamios improvisados.

El pueblo de Nueva York no salía a la calle a llorar a Valentino, sino a ser filmado mientras lloraba a Valentino.

Hollywood ha mentido a millones de gentes, asegurándoles que dentro de cada ser humano hay una posibilidad de llegar a estrella; la tentación es aún más grande que la de ocupar el sillón principal de la Casa Blanca, ya que proponer el estrellato es tanto como proponer el cielo, y en los Estados Unidos sólo hay un cielo que remueve de inmediato todo sacrificio llevado a cabo; y este cielo rutilante es Hollywood.

La muerte de Valentino, un emigrante inculto, pobre, asustado por su propio destino, abre un hueco que va a ser cubierto por otro aspirante al cielo cinematográfico.

Y el pueblo ha decidido ofrecerse en masa para ocupar el trono; jamás se habían visto actos colectivos de interpretación apasionada como la que nos mostró Nueva York.

Miles de gentes llorando ante las cámaras que filman los más sórdidos detalles.

Cientos de gentes que caen desmayadas, en actitudes heroicas y estéticas, y quedan sobre la calle en un patético gesto de absoluta inmovilidad.

Decenas de muchachas que anuncian su suicidio y se dejan retratar con los ojos llorosos y el pelo revuelto.

El pueblo entero está interpretando la gran tragedia de la despedida al héroe y las puertas de la funeraria se caen con estrépito, y entre los agujeros abiertos aparecen rostros que se muestran al cine en impúdicas muecas desenfrenadas.

Todo un pueblo se ha puesto en pie de interpretación y olvida la causa que ha motivado su histrionismo; en última instancia Rodolfo Valentino es un pobre hijo de perra maquillado por última vez y adornado con los símbolos de su oficio.

Lo que importa ahora es tomar el cine, asaltar el cine, convertir a cada ciudadano en el hombre que ha de ocupar el lugar de Rodolfo y a cada mujer en la protagonista de la definitiva y más espectacular escena de amor.

Los camarógrafos que están filmando esta explosión saben lo que hacen, han dado menos importancia a una Pola Negri que arrastra sus pies entre dos caballeros afligidos, que a la muchedumbre pisoteada por los caballos policiales.

Estamos frente al anonimato y por una vez las estrellas se sienten dominadas por una masa que las siguió hasta este momento pero que ahora, de forma total, exige su parte del gran pastel de Hollywood. Y todo esto no es una teoría, sino la más clara exposición de unos hechos que sólo no verán los que no quieren ver; porque Rodolfo Valentino había decaído, a pesar del éxito de su último film, y lo que ahora ocurre no corresponde a su fama, como los periódicos pretenden, sino a la fama que el pueblo está exigiendo para sí mismo.

MANTIS RELIGIOSA

Todos querían saber la razón por la cual la 20th Century Fox había elegido a Dolores para el papel protagonista.

La elección implicaba una serie de contradicciones típicas de Hollywood; por una parte se le daba la razón a Edwin Carewe, que había afirmado que Dolores sería una estrella, y quien por defender esta afirmación había terminado por perder su empleo; y en el momento de dar la gran oportunidad a la joven mexicana, se elegía a un director distinto para que hiciese el film.

Todos estos complicados misterios parecieron resolverse cuando Raoul Walsh me invitó a una fiesta con motivo de la puesta en marcha del film.

Mi fama de teórico de la cinematografía comenzaba a calar en la dura piel de los magnates y éstos, con su deferencia, despertaban una curiosidad hacia mí cada día más pronunciada.

Yo, por mi parte, estaba dispuesto a aprovechar la coyuntura y a continuar escalando esa difícil rampa que llevaba hacia una fama que se convertía en dólares, que se convertía en puertas abiertas y que, en definitiva, me permitía almacenar datos, informaciones y tomar contacto con figuras que un día, acaso, entrarían en mis novelas. La fiesta se celebró un sábado a mediodía en el jardín de la casa de Walsh, un lugar abierto a todas las miradas y en el que los famosos jugaron a asar carne.

Raoul me recibió con una broma.

—Ya conozco su teoría sobre las masas que asaltaron al cine. Pienso que no conviene que usted la desarrolle demasiado, el señor Cecil B. de Mille prepara para el año próximo una película titulada *The King of Kings*, en la que, en un principio, parecía que el protagonista sería Jesucristo... Tengo entendido que está considerando ya la posibilidad de darle a las masas el cuarenta por ciento del tiempo en pantalla. Por causa de usted Jesús ha visto reducido su papel.

Prácticamente Walsh había comenzado su carrera pegando un tiro al presidente Lincoln.

En el papel del asesino John Wilkes Both, Raoul aparecía en el film *El nacimiento de una nación* con un aire de fanático de pómulos salientes, frente alargada y pelo ensortijado.

La escena en la que dispara sobre Lincoln había conmovido al país en 1915, cuando *The Birth of a Nation* se estrenó para asombro de quienes seguían pensando que el cine era sólo una diversión de feria.

La fiesta campestre había reunido a técnicos, actores y gente que ocupaba en el cine asientos de segunda fila.

Walsh parecía que estaba intentando crear un ambiente de familiaridad en el equipo, para el cual había elegido a muchos desconocidos.

La llegada de Dolores coincidió con el momento en que yo tenía la boca llena de carne asada; su presencia no sólo estuvo a punto de ahogarme, sino que produjo un curioso silencio en el jardín.

Dolores tomaba del brazo a su marido y traía apretado contra sí un perro ceniciento y poco amable al que soltó sobre el césped advirtiéndole en español que no se alejara mucho.

El marido, algo más delgado que la última vez que yo lo había visto, sonreía comprensivo y contemplaba a su esposa con un gesto de apacible y satisfecho orgullo; a pesar del sol, y de la informalidad que se esperaba en momentos como éste, se había vestido con la propiedad de quien va a una comida ceremoniosa; llevaba sus guantes y el amplio sombrero de fieltro, el chaleco claro y la discreta corbata oscura. Yo luchaba contra la carne almacenada en mi boca y contra una súbita serie de pulsaciones alocadas. Dolores me vio y comenzó a reírse de mí en forma casi infantil.

—¿Qué le ocurre?

Yo señalaba mi boca llena y enrojecía de furia.

Él vino y me golpeó en la espalda con alguna fuerza; yo comencé a respirar.

Algunas gentes reían también y Walsh acudió en mi auxilio, con un vaso de refresco.

—¿Qué puede un hombre hacer en estas circunstancias?

Me sobrepuse lentamente y maldije porque el esperado encuentro se producía lejos de mis flores, de mi cuarto adornado, de mi espectacular altar iconográfico. Lamente que el marido estuviera tan perfecta y cuidadosamente vertido, que yo me encontrara sin corbata y con las mangas de la camisa blanca arremangadas; que la tos persistiera y que Dolores, en vez de dedicar su atención a otras personas, insistiera en contemplarme con un aire de felicidad verdaderamente obscena.

Al fin, Walsh se llevó a Dolores para presentarle al gigante sonriente y bonachón llamado Víctor McLaglen.

El marido se quedó a mi lado preguntando socarronamente:

—¿Le doy otro golpe en la espalda?

No era necesario, yo sólo necesitaba recuperar mi calma perdida y tomar revancha.

—He recibido la visita, hace unos días, de un amigo suyo.

Dejó de sonreír y me miró sorprendido.

—Se llama Víctor Hallyday.

Me contempló durante un instante, después hizo una pregunta malvadamente inteligente:

—¿Ahora debía ser yo quien perdiera el resuello?

Comencé a encontrarme bien, le sonreí como disculpándome por mi falta de elegancia y adopté una actitud despreocupada:

—Víctor Hallyday me pidió informes, también, de un hombre; posiblemente mexicano como usted, llamado Alberto Mijares; pensaba que yo podría conocerle.

—¿Y no lo conoce?

—No parece que desapareció hace tiempo. Usted sabe que sólo hace un año que estoy en Hollywood.

—Ya.

Una sirvienta le ofreció un vaso de limonada y él lo aceptó con una inclinación de cabeza.

—¿Se encuentra bien, Víctor?

—No lo sé; parecía, aquella noche, un poco angustiado. Pensaba que usted me visitaría en mi habitación.

Volvió a beber.

—Víctor siempre ha sido un joven atolondrado.

—¿Sabía usted que Víctor Hallyday vive, como yo, en la Casa Azteca?

Era un juego de reptiles en medio de un ambiente que por momentos se hacía más bullicioso, sobre un pasto verde, cuidadosamente cortado, y entre un intenso olor a carne asada.

—Pensé que usted ya había abandonado ese lugar; ahora usted es un hombre próspero. Algo lo retiene allí.

—Sí, el lugar guarda recuerdos importantes.

—No es un sitio agradable, dicen que allí han matado a más de una persona.

—Es posible.

Desde lejos Dolores nos saludaba agitando la mano.

Hice otra pregunta:

—¿Conocía usted bien a Alberto Mijares?

Dejó el vaso con refresco sobre una mesa y comenzó a buscar su pitillera de plata por los bolsillos.

—Sí, lo conocí.

Después añadió, ya con la pitillera en la mano:

—Lo conozco, para ser exacto. No creo que se haya muerto.

Acepté fumar y luego me arrepentí, porque me contemplaba mientras encendía mi cigarrillo.

Él contó que Alberto Mijares era un hombre solitario, que trabajaba en ocasiones de detective privado y que ofrecía también otra serie de importantes servicios.

—¿Qué tipo de servicios?

—Digamos que organizaba fiestas para gentes que quieren divertirse en una bien vigilada intimidad.

—¿Usted lo apreciaba?

—Lo aprecio.

—Me imagino que conoció a ese Mijares en México.

—No, no. Lo conocí aquí en Hollywood, me lo presentó Víctor.

Dolores venía hacia nosotros, después de haber perseguido al perrito por el jardín.

—¿Por qué supone usted que Víctor Hallyday cree que yo conocí a Mijares?

Colocó el cigarrillo entre los labios, aspiró con calma y dio tiempo a que Dolores llegara a nuestro lado.

Dolores.

Dolores.

Dolores.

Su extremada afición a las blusas sin mangas la hacía única en Hollywood y, sin embargo, no la instalaba junto a las vampiresas.

Sus blusas sin mangas activaban un sutil y maléfico juego; dejaban un curioso espacio, que podía horadar la vista, entre la axila y el comienzo del pecho.

Este espacio se hacía generoso cuando Dolores levantaba los brazos, en un gesto infantil, para aplaudir una ocurrencia. Este espacio se cerraba, hermético y hostil, cuando ella unía los brazos al cuerpo y clausuraba todo intento de adentrarse en ese cuerpo de color canela desvaída.

El espacio, en sus mejores momentos, dejaba al aire las axilas muy levemente humedecidas por el clima californiano.

Yo procuraba desplazarme sobre el césped para estar situado de tal forma que mi vista, desgraciadamente incapaz de moldearse al cuerpo y únicamente apta para los trayectos en línea recta, pudiera entrar por esa abertura de la tela y acomodarse cuidadosamente a la carne compacta, olorosa a colonia, perlada de sudor, pálida al iniciarse la suave curvatura del seno y tostada en sus zonas expuestas a la intemperie.

Dolores se movía y yo movía mis ojos tras de ella en un fogoso apetito que ya no podía guardar recato alguno.

Las blusas sin mangas de Dolores llevaban tras de sí las miradas de todos y ella parecía no advertir el temblor de apetitos que iba despertando. Parecía no enterarse de que con un gesto muy simple, muy comedido, había puesto en erección los hasta entonces oscilantes miembros de una concurrencia hecha, sin embargo, a la mujer que se ofrece.

Asombroso juego de malicia y de ingenuidades que Dolores nos iba ofreciendo a todos, para desconsuelo de muchos, esperanza de pocos, angustia de todos.

A todos dices que sí,
pero no les dices cuándo.

Era la piel de Dolores la que iba diciendo que sí y
era su gesto, de asombro ante el fenómeno de tantas
miradas de escándalo erótico puestas a volar, lo que
nos tenía prendidos de un hilo. Hilo que Dolores sostenía si no con los dedos, sí con una risa, una serie de
palabras de difícil comprensión o un súbito levantar
de brazos que por un solo instante nos permitían ver-
adivinar un pecho aún no tocado por el sol.

Raoul Walsh, con sus treinta y tres años de galán
y de genio del cine, contemplaba a Dolores con la en-
greída condescendencia de quien comprueba que la
elección de un cierto material ha sido afortunada.

Y ella se dejaba mirar por todos ofreciéndose en
un revuelo de falda muy ligera; calzada con unas sandalias muy sencillas; moviéndose tras de un perro que
cumplía a la perfección su tarea, delicada y constante,
de alejarse, escapar, subir a un árbol, esconderse tras de
una silla, para que su dueña pudiera moverse constantemente por todo el jardín, inclinándose, extenderse,
alzar los brazos hacia el cielo al que ponía por testigo
del malicioso comportamiento del esquivo animal.

Entonces fue cuando Raoul Walsh explicó, a un
grupo muy reducido que acudimos a la visión de una
botella de whisky surgida como milagro, la razón por
la cual había elegido a Dolores para el papel principal
de una película en la que él pondría todo su fervor.

Raoul Walsh dijo:

—Ella hará el papel de «Germaine» no sólo porque es la más bella mexicana que jamás he visto, sino también porque se comporta frente a los hombres como una *Mantis religiosa*.

Y se dedicó a mirarla tal y como lo hacíamos todos, siguiendo las evoluciones de la más bella mexicana de todos los siglos por aquel jardín, vestida con una falda amplia, ajustada a una cintura de flexibilidad absoluta, y con aquella blusa sin mangas que dejaba ver unos brazos armoniosos y permitía adivinar el nacimiento de unos pechos diminutos, claros, curiosamente separados entre sí, rematados por unos pezones, si no color de rosa, sí de un tono más oscuro que la piel, más concentrado.

Pensé en la *Mantis religiosa* que une sus dos brazos en un gesto elocuentemente pío, mientras devora plácida y lentamente a su víctima.

DINERO, DINERO

Mi automóvil nuevo pregonaba a bocinazos la prosperidad que me inundaba; favoreciendo un sistema absurdo de compras que me llevó hasta un fonógrafo y una colección de discos de charlestón.

Pero el dinero me sobraba, a pesar de esto, y era necesario ocultarlo en algún lugar o hacer que siguiera prosperando, y, gracias a la necesidad de darle un destino a mi dinero sobrante, fue como me enteré de que en el año de 1926 todo el país invertía.

Diálogos que hasta entonces jamás había escuchado, conversaciones de un alto tecnicismo, entusiastas de los boletines de la bolsa de Nueva York, científicas disquisiciones sobre la subida y la bajada de las más diversas acciones; todo un complicado tecnicismo financiero era manejado por veteranas actrices a quien uno supondría sólo versadas en la técnica de la murmuración; por taxistas, ascensoristas, incluso por los millonarios.

El país estaba invirtiendo y yo no lo había advertido.

A los pocos días de consultar con mis colegas de la sala de escritores sobre la conveniencia de colocar mis ahorros en algún banco, poseía yo más información de la que jamás había supuesto pudiera existir.

Entonces capté el porqué de los abrazos que en ocasiones había visto dar y recibir; era que las acciones de Kodak seguían subiendo, empujadas por una cinematografía que cada día necesitaba más celuloide.

Comprendí ciertas conversaciones, supuestamente misteriosas, en las que se hablaba de la oportunidad que estaba dando Ford o de la conveniencia de invertir en una empresa naviera.

La locura inversionista había contagiado a todo el país y yo no lo había advertido, tan sumergido estaba en mi amor, mis escritos y mis ambiguas amistades.

Me enteré de que los lunes recorrían los estudios los agentes de bolsa, recogiendo dinero, pagando dividendos, aconsejando que se jugara a la alza.

El país gozaba frente a un auge de papel impreso que hacía cada día más ricas a más personas.

Todo resultaba sencillo y la especulación no tenía secreto alguno; consistía en acertar con aquellas acciones que ganaban más dinero, ya que ninguna acción lo perdía.

Mis primeras inversiones resultaron más afortunadas de lo normal y yo me encontré con algunos beneficios asombrosos. Le conté todo esto a Miguel Linares y él me dijo que venía invirtiendo desde hacía algo más de un año.

Todos sus ahorros estaban en Nueva York, subiendo y bajando, haciéndole rico y quitándole un poquito de dinero cierto día para añadir más dinero al día siguiente.

Miguel Linares lo había invertido todo en una sola mina que no sabía en donde estaba situada, que no sabía lo que producía, que no sabía tan siquiera si tenía mineros.

Esa misma noche Miguel Linares me dijo que, sin embargo, había vendido cien acciones hacía sólo una semana.

—¿Para qué Miguel?

—¿Se acuerda usted de aquellos dos mexicanos que conocimos en Navidad?

Los recordaba; aquellas corbatas tan dignamente puestas y tan profundamente sucias...

—Pues les di el dinero a ellos. Ahora ese dinero también está invertido.

—¿En qué está invertido, Miguel?

—En fusiles.

La Fox estaba anunciando tanto sus films como sus estudios; éstos, situados en Westwood, eran, no sólo una muestra de la eficacia del cine en Hollywood, sino también del orgullo de quienes habían hecho surgir una industria de un juguete amparado en cobertizos de madera y lona. Dolores llegaba en un automóvil nuevo manejado por un chofer alquilado por horas para estas ocasiones. A su lado, en los asientos traseros, fumando distraídamente, viajaba su marido a quien, diplomáticamente, se le había dado el nombramiento de representante de la estrella.

Los más grandes estudios del mundo ofrecían, a su vez, un espectáculo de permanente dinamismo y soberbia; los *cowboys* galopaban por las estrechas calles del pueblo construido con tal cuidado que no era posible adivinar que las casas eran sólo fachadas y que el polvo era recogido cada mes, limpiado y puesto de nuevo sobre los caminos. Y muy cerca de este mundo de caballos y diligencias, se alzaba un fragmento de Broadway con sus teatros iluminados y las palomas volando sobre los coloreados autobuses.

También se exhibía la calle francesa, la estación norteamericana de ferrocarril y lo que era aún más estupendo: los verdaderos paisajes californianos: acotados para que solamente los héroes de la Fox pudieran mostrarse ante ellos.

Dolores, en ocasiones y durante los descansos de su trabajo, caminaba, aún vestida de campesina francesa, hasta encontrarse el altísimo foro en donde se había construido el salón del trono para *El Faraón*. Entraba, atravesando las suaves penumbras, hasta situarse ante el sillón del faraón y lo acariciaba durante un momento.

Yo la vi en ese instante; diminuta silueta de falda a rayas, mandil blanco y una media caída, arrollada casi sobre el tobillo. Una «Germaine» frente al trono del faraón egipcio, tocándolo y tomando conciencia de que Hollywood no era una ilusión, como se afirmaba, sino una realidad tan convincente que ningún otro trono de ninguna otra reina significaba tanto como éste de dorados tonos y de curiosas decoraciones tan auténticas como recién inventadas.

Al elegirla para su film, Raoul Walsh había instalado a Dolores otro trono, si no tan espectacular sí muy gratificante.

Todo alrededor de *What Price Glory* se formulaba en cifras impresionantes y en preludios de grandes éxitos.

Hollywood parecía sentir con mayor fuerza su propia magnificencia cuando compraba un material creado por autores famosos, por triunfadores en Broadway, por aquellos que ya se habían instalado en una posición de privilegio intelectual. Adquirir títulos ya consagrados era como demostrar que, a pesar de todo cuanto pudieran opinar en Nueva York, sólo la verdadera fuerza, el auténtico poderío, se encontraba en California. Cuando un agente llegó al teatro de Broadway en donde se representaba *What Price Glory* exhibiendo un cheque de cien mil dólares, los fotógrafos estaban presentes y también los principales cronistas de teatro y cine. Maxwell Anderson y Laurence Stallings habían estrenado su pieza en 1924 y obtenido muy buenas ganancias, pero el cheque de Hollywood tenía la fuerza de un espaldarazo popular, de la bendición definitiva de parte de quienes parecían exhibir la única autorización válida para entrar en la gloria popular.

Por su parte el pueblo recibió la noticia de que la obra teatral sería llevada al cine con verdadero entusiasmo; las flores sobre las tumbas de los jóvenes muertos en Europa aún se renovaban semana a semana en los cementerios, y comenzaba a imponerse en el corazón de las gentes la idea de que todo había sido inútil. Yo había visto la obra en Nueva York y dudaba de las posibilidades de Dolores, obligada a interpretar a una joven francesa, de origen campesino. Parecía difícil aceptar que la belleza exótica y delicada de Dolores, pudiera ajustarse a la idea que en mí había despertado el personaje de «Germaine».

El gran aliado de Dolores parecía ser el silencio, aún dominando en el cine; un silencio que protegía a Dolores impidiendo que las gentes supieran de su incapacidad para entonar adecuadamente, para dramatizar sus parlamentos.

Conseguí una autorización para entrar en los estudios y observar la filmación; en un momento dado el «capitán Flagg», interpretado por el gigantesco Víctor McLaglen, decía que los generales y los capitanes desaparecían, pero que los sargentos mayores eran inmortales. En cierto modo ésta era la guerra del hombre común, del sargento mayor. Observé a Dolores moverse por el set con una gracia ligera, un poco cínica, en ocasiones fingiendo un pudor que no intentaba convencer a los espectadores, sino darles la medida de su habilidad táctica. Dolores era aún más liviana en brazos de Víctor, quien a su vez parecía más tosco y más vulnerable.

En los estudios esta película parecía haber conseguido un curioso clima de atención y respeto, tal y como si se estuviera narrando una historia, íntima y dolorosa de cada obrero, de cada empleado. Raoul Walsh era consciente de esta delicada situación emocional, y dirigía a Dolores con un gesto paterno, eficaz y suave.

Un hombre ya maduro tenía la misión de ir leyendo los textos que después aparecían en la pantalla. Lo hacía en voz muy alta, subido en una especie de escalera rematada con una silla de lona.

El hombre leía el texto antes de iniciar la escena y los actores escuchaban atentamente, inmóviles ante la cámara.

GENERAL: —Adelante sargento, nosotros avanzaremos detrás de usted.

SARGENTO: —¿A qué distancia, mi general?

Y una sonrisa aflojaba todos los rostros, antes de que Víctor, vestido con un uniforme sucio, iniciara su camino hacia las trincheras enemigas. Los encargados de los efectos hacían estallar bombas, caer árboles, extenderse la cortina de humo. Y todo el set comenzaba a fingir un infierno. Dolores, acogida a la protección de unos tablones, miraba estremecida la batalla.

Yo contemplaba a Víctor y pensaba que de todos los actores de Hollywood muy pocos conseguirían la eternidad del sargento mayor.

Yo presencié cuando un carpintero de los estudios interrumpió de pronto el rodaje, haciéndole a Raoul una indicación en voz baja. El director lo miró con una curiosidad estupefacta: su voz sonó muy fuerte en el estudio.

—¿Cómo lo sabe usted?

Y el carpintero respondió, elevando también la voz:

—Porque yo estaba allí.

Y señalaba el escenario en el que habían construido todo un campo de batalla.

La guerra era una emoción cercana, pero aquella sensación inicial de que millones habían muerto para que jamás nadie volviera a morir en iguales condiciones se había apagado ya.

El carpintero señalaba una trinchera con un dedo grueso y martirizado por el oficio y Raoul, de pronto conmovido, golpeó sobre la espalda del carpintero, se alejó unos pasos y ordenó que se hicieran modificaciones en la escenografía.

Yo era un niño cuando los padres de mis amigos de la calle 14 comenzaron a partir para Francia; recuerdo los comentarios en los patios, en la calle y también un desfile en los muelles, con cientos de mujeres agitando banderitas de papel y unas enfermeras repartiendo agua de limón a los que se iban.

El estudio estaba en silencio, los obreros comenzaban a transformar el campo de batalla y en ese momento el carpintero, que había ganado en súbito prestigio, y él lo sabía, añadió otra observación en voz alta.

—Por cierto señor...

Raoul le volvió para mirarle, ahora verdaderamente sorprendido ante esta segunda alteración del orden dictatorial que constituía un estudio de cine.

—Oh, señor, es cosa poco importante. Quería decirle, nada más, que yo jamás vi en Francia a una campesina como la señorita Dolores.

Y todo el estudio estalló en una carcajada que sirvió para que la guerra, de forma tan mágica puesta en evidencia, volviera a ser lo que sencillamente era... un acto de ficción.

Para las escenas de batalla Raoul empleó una cámara montada sobre un carrito; la mirada de los espectadores recorría las filas de los soldados y los veía entrar en la guerra, hundirse en el aire enrarecido por el humo, caer, avanzar, gritar obscenidades.

En ese instante la decoración parecía ser olvidada por los actores, que maldecían en voz tan alta que se sobreponía a las auténticas explosiones.

Raoul gritaba, subido en un andamio oscilante, y daba indicaciones a través del megáfono; pero nadie parecía oír; ya no se trataba de un juego, sino de revivir una pesadilla. Los soldados, todos ellos soldados hacía sólo diez años en Francia, avanzaban gritando, lastimándose, cayendo sobre la tierra y aplastando sus caras contra el suelo.

El estudio era la realidad y los gritos de Raoul se perdían entre los otros gritos; era emocionante y áspero, como si las sombras de quienes de verdad murieron estuvieran allí, mezclándose con los combatientes vivos, empujándoles hacia adelante, haciéndoles olvidar que esto era cine y que al final todos podrían ir a ducharse en los baños colectivos del estudio.

Dos días después Raoul Walsh me permitió que viera esa escena proyectada en uno de los salones de los estudios; viví una emoción absurda para un profesional; en el absoluto silencio de la sala los combatientes se movían como fantasmas furiosos y el rostro de Víctor McLaglen expresaba un desesperado heroísmo por encima de cualquier realidad, como si una cierta poesía de destrucción y suicidio se hubiera apoderado de ese hombre enorme, de rostro modelado a puñetazos. Al terminar la breve escena yo tenía los ojos húmedos y sólo acerté a levantarme, dar las gracias al director y salir hacia un gran patio en el que se habían amontonado trastos procedentes de muy distintos films. Dolores y yo, en ese tiempo, apenas si nos saludábamos ante la mirada de sus compañeros de trabajo; ella sonreía durante un momento y luego volvía a adoptar esa actitud empecinada de quien tiene entre las manos su oportunidad y no quiere que nada la distraiga.

El marido me hablaba, también, muy poco.

Yo comencé a quitar, una o dos cada noche, las fotografías que adornaban mi dormitorio.

Pero no era tanto porque el amor se me fuera diluyendo, sino porque no podía resistir la presencia de aquella Dolores repartida por todas las paredes, mirándome desde todos los ángulos. Y, por otra parte, tenía miedo de volver a esa habitación de paredes vacías, ya que esto resultaba un símbolo demasiado duro y también demasiado falso. Quitaba una o dos fotos por noche, las guardaba con cuidado en el cajón de mi mesa y esperaba que su desaparición no despertara en mí demasiados remordimientos o demasiadas soledades. Yo había preguntado un día al director de *What Price Glory* la razón por la cual en su película nunca se veía a los alemanes.

—Ellos están al otro lado, cubiertos por el humo. El público sabe que el enemigo está allí, no quiero que lo vea; sólo que sepa que está ahí. Que lo sienta, que le duela su presencia.

Advertí poco después que a pesar de que las paredes estaban quedando descubiertas por la constante retirada de las fotos, yo sabía que ella seguía allí, y cuando apagaba las luces para dormir, su presencia era aún más viva que nunca. Al igual que el enemigo, Dolores estaba siendo sentida, más sentida y presente que nunca.

EL QUIMONO DE MANILA

Hacia el mes de septiembre en mi dormitorio sólo quedaba, sujeta a la pared, sobre mi mesa de trabajo, la fotografía más representativa de mi devoción por Dolores; era aquella en la que se la veía hundida en el sillón gigantesco y fiero, vestida únicamente con un quimono de Manila, bordeado todo él por una franja de piel extremadamente blanca.

Ocurrió que a fuerza de mirar ese quimono, de vestir y desnudar a Dolores con esa prenda de grandes flores bordadas, terminé por fijarlo en la mente y conocerlo de tal forma que podía reconstruir su dibujo con sólo cerrar los ojos.

Para entonces yo tenía ya un despacho en la Paramount no lejos del que ocupaba el jefe Zukor; era un lugar el mío cubierto por muebles presuntuosos y alfombras persas, tal y como mi arrolladora popularidad comenzaba a hacer necesario. Para distraerme de un sitio tan fúnebre ordené que trajeran fotografías de estrellas que yo quería colocar en marcos sobre las paredes. Pretendía tener no tanto una exhibición de las estrellas bajo contrato con el estudio, como un homenaje particular a las mujeres más bellas; es probable que en aquel momento estuviera pretendiendo ocultar con otras fotografías la única foto que aún me causaba dolor.

Entre un gran lote de material fotográfico llegó una excitante instantánea de Constance y Norma Talmadge; me asombré, porque en esa foto se encontraba, vestido por Norma, el mismo quimono de Manila que había usado Dolores durante aquella mañana de nuestro primer encuentro.

Norma y Constance se ofrecían de forma muy diferente a la de Dolores; contemplaban la cámara con una cierta gravedad ausente de coquetería; pero conscientes de que el espectador sabía que bajo las dos prendas tan barrocamente bordadas se encontraban desnudas.

Constance usaba un mantón de tonos oscuros y apoyaba su mano izquierda sobre el hombro desnudo de su hermana; parecían unidas por el vientre, como apretándose entre sí, no para darse mutua fuerza, sino para conseguir un efecto aún más inquietante en el espectador.

Mantuve la foto delante de mis ojos durante mucho tiempo y de pronto sentí la necesidad de obtener el quimono de Manila.

Estaba seguro de que tenía que tratarse de una prenda de estudio, que se prestaba a las estrellas para que la usaran durante sus sesiones fotográficas o que aparecía ocasionalmente en algunos films.

En 1921 Norma Talmadge tenía contrato con la misma compañía para la que, en principio, trabajó Dolores.

El quimono de Manila debía encontrarse en el guardarropa de la Firts National.

Me costó 125 dólares obtenerlo, pero llegó a mi casa una tarde, a finales del mismo mes, envuelto en un papel grueso atado torpemente con unas cintas negras.

La piel blanca del quimono estaba aún limpia y si se le sacudía blandamente, flotaba en el aire el polvo de arroz con el que había sido espolvoreado el cuerpo de Dolores.

Nunca he tenido en mis manos algo que sugiriera tantas cosas y que encerrara tantos deseos; ahora, sobre la imagen de Dolores se superponía ya la desnudez de una Norma mucho más carnosa, más consciente de que su poder emanaba de aquello que mostraba en parte; mientras que Lola parecía confiar en su esquiva manera de no mostrarse.

El quimono de Manila quedó tendido sobre la cama, abierto como la piel de un animal excitante, y yo me tendí, desnudo, sobre esta prenda de seda suave y suave.

Allí, procurando ocultar el cuerpo de Dolores con el cuerpo blanco de Norma, comprendí que todo era inútil y que cualquier resistencia por mi parte no haría sino prolongar mi propia sensación de derrota. Norma y Dolores se confundían sobre el suave quimono de Manila y sobre ambas me debatía en ese nuevo y ambiguo sentimiento que me iba permitiendo transferir apetencias, deseos desesperados y también el fulgor que parecía común a ese extraño y tan reciente animal llamado estrella. El quimono aportó a mi habitación un nuevo fetiche. Durante un tiempo quise ser presentado a Norma, pero siempre alguna razón, aparentemente ajena a mi propio deseo, lo impedía. Una noche, sin embargo, acerté a comprender que yo no pretendía a Norma, sino como un fantasma sustituto de la aparentemente imposible presencia de Dolores. El enemigo había ocupado mis habitaciones, se había instalado en cada lugar secreto de mi mente y no podría ser desalojado por otra imagen, aun cuando ésta fuera apetecible y capaz de excitarme y complacerme.

El quimono, sobre la cama, abierto, con su olor insidioso a polvos de arroz, cumplía una función de desahogo, noche a noche.

LOS LÁTIGOS

Había olvidado no sólo los látigos y las teorías sobre el uso de las fustas en Hollywood, sino también aquel látigo mexicano que compré cierto día y que fue a perderse en el fondo de un armario colmado de ropas y objetos desdeñados. Me había olvidado que iba a escribir sobre este tema y que Erich Von Stroheim me había advertido que el juego acaso podía resultar peligroso.

Se habían perdido mis proyectos de relacionar el látigo con una suerte de maldad que el cine ofreció de forma discreta pero advertible; una maldad que despierta curiosidades, sueños y malicias en miles de espectadores supuestamente ingenuos. Todo esto se encontraba en el fondo del armario, cuando se descubrió en Beverly Hills una sociedad de fustigadores que se repartían semanalmente los papeles de jinetes y cuadrúpedos, de azotados y azotadores. La noticia se fue filtrando de fiesta en fiesta, de oficina en oficina, hasta llegar a los comedores colectivos de los estudios, en donde fue comentada entre cuchicheos, risas descaradas y sugestivas propuestas.

La sociedad parece haberse llamado «Los látigos» y dentro de ella existían socios que se reservaban el derecho a acudir a las reuniones encapuchados. Pronto todo Hollywood parecía estar en posesión de listas en las que aparecían, como miembros de «Los látigos», gentes conocidas e, incluso, estrellas y productores famosos.

Yo supe en la superficie de mis ideas todas las supuestas teorías sobre la fusta, el látigo y Hollywood, y lancé un escrito en lo que se supuso era un documento privado para media docena de personas. Recordaba en el documento el enorme látigo de Messala en *Ben Hur*, el látigo de Rodolfo Valentino en *Los cuatro jinetes del Apocalipsis* y la profusión de fustas que aparecían no sólo en los films, sino en la vida privada de directores, estrellas y productores.

He perdido la copia de ese texto y no recuerdo con exactitud todos mis argumentos; sé que era un escrito lleno de sugerencias y de insinuaciones y que pretendía descubrir un fondo de crueldad simbolizada en este tipo de torturas, pero que podía advertirse en el comportamiento de los productores con los directores de éstos con las estrellas y de las estrellas con su servidumbre.

Venía a describir un sistema de latigazos partiendo de la cumbre de la pirámide del cine.

En cierto modo solamente unas espaldas parecían estar libres del martirio; la de cinco o seis jerarcas sentados en lo mas alto, quienes, a su vez habían ascendido hasta la cúspide dejándose azotar; éstos eran los antiguos vendedores de pieles, de zapatos, de dulces en los parques, de quienes sufrieron en sus pequeños pueblos europeos antes de llegar a Hollywood y lanzarse a la gran aventura del espectáculo.

Ese látigo que surgía de una sociedad sadomasoquista, que aparecía en las manos de directores que jamás habían subido sobre un caballo, que era mostrado en fotografías de gran éxito, que martirizaba a los héroes en la pantalla; ese látigo era algo más que un objeto, resultaba un símbolo del cual todo Hollywood tenía noticia, que los guionistas usaban como un atractivo siniestro y que llegaba hasta el gran público a través de la intuición y del instinto. El látigo de Hollywood, después de años de azotar eficaz, pero discretamente, acababa de aparecer en público; la policía consiguió que sólo un par de notas aparecieran en los periódicos de Nueva York. Para entonces el sistema de copiar y repartir documentos maliciosos era ya una técnica muy desarrollada en el mundo del cine; pronto mi escrito estaba en posesión de cientos de personas y pocas semanas después descubrí, azorado, que alguien lo había adornado con detalles que para mí eran desconocidos.

Por de pronto al final de mi texto habían añadido una relación de «azotados y azotadores».

Era un trabajo que había sido llevado a cabo por alguien conocedor de la psicología de muchas personas.

Charles Chaplin azota a Lita Grey, su esposa.

Pola Negri azotaba a Rodolfo Valentino.

Erich Von Stroheim se azota a sí mismo.

Greta Garbo es azotada por su director y amante.

Tom Mix azota a su caballo.

Ramón Novarro azota a sus sirvientes.

Y continuaba una larga relación que he olvidado; pero que me produjo multitud de encuentros desagradables, insultos y respuestas violentas. El marido me llamó para agradecerme que ni él ni Dolores hubieran sido incluidos en la relación de fustigados o fustigadores.

—Yo no escribí esa lista.

—Quien lo hizo conoce el lugar.

—Es posible, pero yo no lo hice. Mi escrito se refiere a una cierta relación de poder en Hollywood.

—Lo sé, no olvide que usted y yo tratamos el tema.

Hablaba en un tono burlón y parecía no tener prisa por cortar la conversación.

—Otra pregunta, señor Taibo: ¿Sabe usted que hay una sociedad de homosexuales conocida como «Fustigadores»?

—No, no lo sabía.

—Pues existe, aun cuando estos días ha sido abandonada momentáneamente por muchos de sus socios más beligerantes.

Le dije que existía un Hollywood al que yo no había podido penetrar.

—Acaso no sea usted idóneo para pertenecer a los «Fustigadores»; hay una suerte de imantación natural que atrae a ciertas personas hacia ciertos lugares. Pero Hollywood ha de cuidar su discreción.

—Sí, estoy de acuerdo.

—Tampoco sabe usted que apareció muerto un hombre que tenía toda la espalda cruzada por latigazos?

—Tampoco lo sabía.

—Así fue, pero de esto ya hace un cierto tiempo. Curiosamente los latigazos que más ruido producen en Hollywood son los metafóricos que producen los grandes magnates. Cuando el señor Sam Goldwyn hace restallar su tralla con punta de siete colas, el chasquido hiere las espaldas de cientos de personas. Los hombres de las galeras, aquellos que estaban encadenados al remo, no sentían más dolor que el que sienten directores, actrices, escritores.

Yo escuchaba cuidadosamente, porque algo me venía diciendo que el marido me quería comunicar un mensaje alrededor del cual estaba tejiendo una aparente charla insustancial; guardé un momento de silencio.

—Señor Taibo.

—Le escucho.

—La semana próxima va a ser azotado un traidor; acaso la noticia le interese.

—¿Qué traidor?

—Por sus actos lo conocerá usted.

Y parecía reírse al otro lado de la línea telefónica.

Nos despedimos cortésmente, pero antes le rogué que saludara a su esposa. Me dijo que lo haría con gusto.

Segunda cena con Pola

Por esos días recibí una tarjeta en mi despacho firmada por Pola Negri; era un mensaje que retrataba bien a la estrella:

«Me ruega el señor Zukor que hable con usted para discutir algunas ideas sobre mi próximo film. Le espero a cenar mañana en la noche. No es necesario que pida prestado el smoking del señor Chaplin. Pola Negri.»

Ella había alquilado una casa en Santa Mónica, sobre el mar, a la cual no se llegaba fácilmente; esta lejanía estaba desanimando a sus amistades y también el hecho de que la depresión de Pola era ya un lugar común en las conversaciones entre actores y actrices. Nadie parecía estar ansioso de viajar durante un largo trecho para encontrarse a una bella mujer desanimada.

Entendí que Zukor intentaba, colocándola frente a mí, reavivar la antigua furia de la señora Negri y, en el mejor de los casos, entusiasmarla con cualquier otro proyecto cinematográfico.

Sin embargo, yo pasaba por un momento muy semejante al de Pola Negri y mientras manejaba mi automóvil hacia Santa Mónica iba pensando que la reunión tenía todas las cualidades necesarias para convertirse en un fracaso.

Me recibió una sirvienta alemana que me llevó a una terraza desde la que se contemplaba la playa; después, me trajo una botella de champaña a pesar de que sólo eran las cinco de la tarde.

Yo me había vestido con un traje a rayas grises sobre fondo blanco y no me había puesto corbata. Los zapatos eran blancos y los calcetines también. Supongo que ofrecía el aspecto de un joven universitario al que hubieran invitado a cenar, cuando lo que él pretendía era acudir al partido de futbol.

Pola llegó vestida con una larga bata oriental, descalza y sin nada en la cabeza. No usaba ni una sola joya.

Yo me levanté para recibirla pero no dije nada y mantuve mi copa en la mano derecha. Ella fue a sentarse en un sillón, cerca del borde de la terraza y miró hacia el mar:

—Nunca pensé que nos volveríamos a ver.

—Hollywood es una taza de café.

Sonrió como si mi respuesta la hubiera complacido.

Decidí pasar al ataque.

Está usted muy bella con el pelo suelto, yo nunca aprobé que se ocultara constantemente la frente con diademas, turbantes y sombreros. Usted es una mujer inteligentísima que no debe de ocultar la frente. Es detrás de la frente en donde se gestan las ideas. La idea de cubrirse la frente es su peor idea.

Y bebí, aparentando absoluta tranquilidad, lo que restaba del champaña servido.

Pola me está mirando como si estuviera a punto de tomar una decisión definitiva respecto a mí; por un momento tuve la sensación de que me ordenaría que abandonara su casa.

En vez de esto decidió establecer con claridad el hecho que ella iba a ser quien llevaría la iniciativa en la reunión.

—Busque a mi sirvienta y pídale que me envíe un coñac.

Me levanté y salí en busca de la cocina. No encontré a la sirvienta pero sí la botella recién abierta. Busqué y hallé una copa y con esta apetecible carga volví a la terraza.

Todos estos paseos y manipulaciones me permitieron establecer mi estrategia; decidí que iba a continuar con el problema de la frente mientras ella pudiera resistirlo. Le serví tan cuidadosa y artificialmente como pude la copa, adoptando el aire de un camarero profesional, y reanudé el tema:

—En algunas de sus películas usa usted el turbante tan caído que le oculta las cejas, en otras está a punto de taparle los ojos. Alguna vez pensé que usted iba a ser la primera estrella del cine que usara un turbante hasta la boca.

Ella respondió con una aparente calma:

—Por menos de esto estrellé una botella sobre la cabeza de un buen amigo.

—Esperemos, antes de tomar esa decisión, a terminar la botella.

—¿Qué otras cosas opina de mí?

—Yo diría que usted tiene una belleza ancha. Quiero decir que su rostro es ancho, porque su barbilla tiene una curva muy abierta; lo que le conviene es peinarse o llevar sombreros que alarguen su cara. Los horrorosos turbantes que usted usa, aun cuando estén dentro de la moda, no la favorecen. Al contrario, redondean aún más su cara. Dentro de unos años, cuando ya nadie use el turbante, las gentes no comprenderán, al ver sus películas, cómo usted pudo equivocar de forma tan clara su forma de peinarse.

Lancé una mirada a la botella pensando en la conveniencia de apresurar la bebida antes de que se produjera el botellazo. Sin embargo, Pola Negri parecía haber cambiado absolutamente de actitud.

—Nadie me dijo nunca cosas como las que usted dice. El señor Zukor opina que usted es un buen consejero de estrellas, me dijo que fue usted o el señor Edwin Carewe quien creó una personalidad para una nueva chica.

—Dolores.

—Eso es Dolores.

—Exagera, pero es una exageración que yo procuro aprovechar.

De pronto Pola comenzó a reír.

Poco después estábamos hablando del fotógrafo James Abbe, quien había hecho un retrato excepcional de Rodolfo Valentino hacía unos años.

Ella se levantó y trajo una ampliación colocada en un marco de plata. En vez de dármela la puso sobre una mesita, ante mí, junto a la botella de champaña. Estaba ya atardeciendo y la fotografía adquirió un curioso misterio Rodolfo, con un sombrero flexible adornado con una ancha banda, inclinado muy ligeramente sobre su lado izquierdo, parecía mirar hacía un lugar lejano y desangelado, un sitio en el que no podía encontrarse sino una profunda desilusión. Los ojos de Valentino vistos por James Abbe no tenían nada en común con los ojos desaforados descubiertos por Hollywood. Entre la fotografía de Abbe y la mirada supuestamente sensual con la que intentaba desnudar en sus películas a las mujeres se alzaba toda una mistificada personalidad surgida en las cocinas de Hollywood. Rodolfo, desde la fotografía, envuelto en la voz del mar, en esa tarde que iba desfalleciendo, junto a una botella ya casi también terminada, era más verdad, estaba más presente que en ninguno de sus films.

Se lo dije a Pola Negri y ella sonreía afirmando.

—Nadie cree que aún estoy enamorada de él.

Terminamos la botella y llegó providencialmente la alemana.

—¿Qué quiere usted tomar?

—Otra botella.

Volvió a sonreír.

—James Abbe quiere hacerme una fotografía. ¿Usted piensa que debo mostrar mi frente?

—Sí.

La boca de Pola Negri era grande, demasiado dibujada por el *rouge*, con unos dientes grandes, pero bellamente dibujados. Los ojos se movían con una lentitud muy expresiva y las manos eran demasiado voluminosas.

Pola Negri no podía ser mi mujer jamás; la mía era suave y diminuta, como Dolores.

Pero Pola Negri era ya una estrella y lo sabía; tenía ese asombroso poder que facilita el triunfo y confiere personalidad; manejaba una autoridad absoluta y se movía como si constantemente estuvieran observándola las cámaras de cine. Sabía cómo colocarse para ser favorecida por la luz y cómo conseguir que la playa constituyera un fondo ideal para su cabeza, ahora despeinada.

En aquel momento del mes de septiembre de 1926, yo ya había cumplido veinticuatro años y Pola estaba a punto de cumplir veintinueve; pero era mucho más vieja que yo, más sabia, más maligna y más golpeada.

Así que aceptaba mis observaciones como si provinieran de un muchachito y sonreía ante mis impertinencias como si hubiera comprendido, al fin, que yo no podía hacerle daño a su dignidad. Le pedí permiso para besarla y ella tuvo un gesto de gran actriz; se levantó, tomó la fotografía de Rodolfo y entró con ella en la casa, moviéndose con una elasticidad trabajosamente aprendida; casi de inmediato volvió a la terraza, donde desaparecían las últimas luces, y me dijo:

—Me puedes besar.

El mío fue un acto meditado, cuidadoso, como establecido para mostrar la diferencia entre los besos cinematográficos de Rodolfo y los de un joven desprovisto de artificio; pero mientras la besaba yo iba adquiriendo la seguridad de que Pola adivinaba mi intención y respondía fingiéndose también.

Al día siguiente volví a Hollywood.

Conversaciones sobre el cine

Miguel Linares seguía teniendo sobre mí una curiosa influencia y en ocasiones parecía adivinar mis necesidades y aun las de ambos; me señalaba con dos días de anticipación la urgencia de comprar tres nuevas botellas o la importancia de que me cambiara a unas habitaciones más grandes y adecuadas, dentro del mismo hotel. Una noche fuimos a recorrer la Casa Azteca para elegir mi nuevo hogar y alquilé, siguiendo sus instrucciones, una *suite* con recibidor, un dormitorio, una sala, un amplísimo baño y una cocina con fogón de petróleo colocado sobre una mesa de mármol. Hicimos el traslado una noche después y quedé rodeado de un lujo para mí imprevisto y, sobre todo, sorprendente para el aspecto sórdido del hotel.

—Usted no sabe que éste fue un lugar elegante hace tiempo. Y me dijo que ahí habían vivido, por ejemplo, gentes tan famosas y tan elegantes como el propio Erich Von Stroheim.

—Esa es la razón por la cual aún vuelve al Salón del Fondo.

Me habló de los hombres del cine, de cosas que sólo habían ocurrido seis o siete años antes, pero que parecían estar ya situadas en un remoto lugar del pasado histórico de Hollywood.

—El señor Stroheim era entonces muy tímido. Muy tímido y muy triste.

—No puede ser, a mí me parece un hombre soberbio y distante.

—Entonces no era así; yo le ayudé una vez a limpiar su cartera que chorreaba tomates. Tenía un par de guantes color piel de rata y los lavaba los fines de semana; ese día no salía de su habitación. Él no quería ser director de cine y sólo pretendía un trabajo cualquiera. Era un hombre débil.

Yo miraba asombrado a Miguel Linares, quien se tomaba su copa sin parpadear.

—Hace de esto muchos años, fue en 1914, Von Stroheim tuvo un papel diminuto en la película *El nacimiento de una Nación*.

—¿Qué papel?

—Era un soldado que caía muerto de un tiro. Aparecía en la pantalla y veinte segundos después moría. Ahora el señor Stroheim cuenta que fue ayudante del director. No es cierto, yo estaba allí, yo también era un soldado que moría a los veinte segundos. Acaso usted me recuerde; alzo los brazos y caigo hacía atrás. La mía es una caída muy bella, la de Stroheim es una caída bastante mediocre.

Miguel Linares me mira con una chispa de orgullo.

Decido que por una vez vamos a transformar el rito nocturno y tomaremos dos o tres copas. Linares dice que le parece bien. Él nunca bebe solo, por eso yo puedo confiarle las botellas. Le digo que confío tanto en él, que no sólo le entrego las tres botellas de forma periódica, sino que estaría dispuesto a poner en sus manos mi vida.

Y entonces este Miguel Linares que me lleva de asombro en asombro, dice con una malicia que jamás había empleado:

—Tenga la seguridad, Taibo, que su vida duraría mucho más que la de Erich Von Stroheim en *El nacimiento de una Nación*.

Yo me río estruendosamente hasta que llega un cliente y Linares ha de entregarle la llave musitando unas buenas noches que el hombre contesta con un ademán.

—¿No vio quién era?

—No, no me había fijado.

—Pues era el señor Víctor Hallyday.

Lo busco con la mirada pero ya se ha hundido en los oscuros pasillos de la siniestra casa.

—Su amigo ha vuelto.

—¿Sí?

—Sí.

—Cuénteme más cosas del viejo Hollywood.

—Cuando trabajamos en *El nacimiento de una Nación* no sabíamos que verdaderamente estábamos haciendo nacer el nuevo Hollywood. Nos pagaban cuatro dólares diarios a los soldados y después de muerto seguí cobrándolos, porque me necesitaban y nadie iba a reconocerme como el resucitado que era. Nos daban una caja con comida; dentro había un huevo duro y dos sandwichs. También nos daban una manzana. Erich Von Stroheim se guardaba la manzana para cenar. Yo me quedé con las botas del soldado y las usé mucho tiempo. Erich también se las quedó. Todo el mundo quería dirigir y nadie quería actuar; la ilusión era salirse del lado fastidioso de la cámara y ponerse detrás, para utilizar el megáfono a gritos. De los actores que estaban en la película, más de media docena se convirtieron en directores; Donald Crisp, ¿lo conoce?, y también Raoul Walsh y Sam de Grace y otros.

—¿Eso fue en mil novecientos catorce?

—Sí, en ese año. Sólo pasaron doce años y todos hablamos del viejo Hollywood. Ésta es la ciudad que envejece más rápidamente—le dije:

—Los años de Hollywood son los siglos de Roma.

En ese momento dos hombres, inconfundiblemente mexicanos, entraron y pasaron sin saludar y sin pedir la llave; pero yo los había reconocido.

—Miguel; esos son los dos que conocimos en Navidad. Los mexicanos de las corbatas sucias.

Linares me miraba fingiendo no entender.

—Usted sabe de quién hablo. De sus dos amigos. Ahora no le saludaron.

Se sirvió una cuarta copa sin pedir permiso, se la tomó de un trago y me dijo:

—Mejor los olvidamos, Irving Taibo; mejor los olvidamos.

Después de esto me fui a dormir muy intrigado.

Los nuevos dueños de Dolores pensaron que convenía acercar la joven estrella a las masas y alejarla de mis curiosas teorías. El espagueti volvió a entrar en el menú de Dolores y con él otros elementos que la acercaban al mundo de las muchachitas desvergonzadas y atléticas que había puesto de moda Clara Bow. Las fotografías de Dolores en poses ridículas y playeras comenzaron a ser repartidas y se hizo aún más famosa cuando apareció tocada con una enorme peineta española, en la que estaban colocados los rostros de seis famosos galanes, mientras que en el centro de la peineta se veía una enorme interrogación, como sugiriendo que el galán perfecto aún no había aparecido.

Pronto de la vieja imagen que yo había diseñado quedaba muy poco y yo mismo empezaba a pensar que mi primer entusiasmo era excesivamente candoroso, fruto no tanto de mis teorías como de mi apasionado amor. Porque lo cierto es que Dolores, resultaba tan real y tan convincente dentro del esquema misterioso y ambiguo que yo proponía, como a través de las múltiples fotografías de chica moderna y loca. Era tan bella y sorprendente con su mirar suave, sus delicados gestos, como enarbolando una raqueta de tenis con un gesto ajeno a todas las reglas del deporte. Parecía que Dolores era capaz de interpretar todos los posibles personajes durante sus horas fuera de los foros cinematográficos; pero apenas se colocaba ante una cámara, algo retenía todos sus impulsos y restaba una gran parte de su atractivo. Era una gran actriz fuera de la actuación formal.

En ese año de 1926, cuando cada actriz buscaba una forma de dignificarse y distinguirse, Dolores fue empujada hacia el enorme grupo de chicas alegres, despreocupadas y atrevidas. En 1924 Clara Bow había ganado el título de la «estrella bebé» del año y ahora lo ganaban Dolores y Joan Crawford. Yo contemplaba aquel despilfarro de belleza en aras de un populismo fácil, que situaba a mujeres como Joan y Dolores en un saco al que iba a parar todo tipo de carne.

Dolores era una de las *Wampas* o «estrellas bebés» del año y esto, a mi juicio, significaba tanto como si la hubieran destronado.

De su primera aparición sólo quedaba el pelo negro recogido sobre la nuca y sus ardorosos ojos; habían conseguido pintarle los labios en forma tal que comenzaba a parecerse al típico corazón rojo que ya se había convertido en el símbolo de la época.

Parecía como si los publicistas del momento sólo tuvieran dos cuerdas que tocar; o la supuesta aristocracia europea, al estilo de los príncipes Mdivani, que vestían con chaqué y abrigos de pieles en el mediodía californiano, o el grito al público advirtiéndole que la nueva estrella era sólo una muchacha más, salida de la estación de servicio de la esquina, capaz de comportarse como si aún las manos le olieran a gasolina.

Ambas imágenes eran falsas y torpes; nadie parecía creer que Pola Negri tocara el piano, el violín, escribiera sus memorias y estudiara arquitectura, como nadie creía que la exótica Dolores tuviera algo en común con una empleada neoyorkina de grandes almacenes.

Yo había terminado por adquirir hábitos de propiedad respecto a Dolores y a pesar de que su cuerpo se me escapaba cada vez más lejos, sentía que un grupo de ineptos estaba destrozando una bella obra que en parte había sido mía. Como venganza intenté una nueva aproximación a Pola Negri con la esperanza de que Dolores reaccionara y volviera a mí. Fracasé.

Después escribí un documento sobre «La frente y la moda».

LA FRENTE Y LA MODA (FRAGMENTO)

«A partir de 1924 los diseñadores de sombreros comienzan la tarea de reducir más y más el rostro de las mujeres ocultando sus frentes hasta llegar a colocar las diademas, el flequillo, el sombrero o el turbante más abajo aún que las cejas; sobre los párpados.

»Este ocultamiento de la frente responde al convencimiento de que la frente femenina no tiene ninguna representatividad y que la mujer puede vivir sin frente como ciertos gallos viven aun después de haber sido decapitados.

»Pero la frente no sólo es una bella superficie que compensa el rostro haciendo que los ojos queden situados a una altura conveniente para convertirse en el centro de la atención; la frente es, también, un símbolo.

»Una frente despejada sugiere inteligencia, claridad de pensamientos, largueza, serenidad.

»Los hombres que inventaron el ocultamiento de la frente, lo hicieron porque sostienen la teoría de que la frente femenina no tiene función alguna que cumplir y ocultándola pasan a darle un sentido a esa parte del rostro de la mujer que les parece una inútil parcela desierta.

»Pola Negri ha creado toda su personalidad pública alrededor de su propia inteligencia; practica todas las artes y se asoma a todas las curiosidades. Pero, ¿se puede ser intelectual sin frente?

»Pola Negri niega, aceptando una moda hecha para tontas, su fama tan perseverantemente conseguida.

»Que Clara Bow oculte su frente no me parece mal, porque Clara Bow tiene ya tal fama de tonta y casquivana que no podrá enmendarla nunca.

»Que Irene Rich oculte su frente con una enorme diadema de brillantes, parece bien, ya que afirma que son los diamantes lo más adorable del mundo, más adorable, suponemos, que el pensamiento.

»Pero el momento de la frente despejada, la frente que piensa y no se oculta, está llegando; por lo pronto dos mujeres que acaban de ser adquiridas por Hollywood han demostrado ya que no van a ceder a una moda degradante.

»Dolores muestra su frente y empuja hacia atrás sus cabellos negros, para que las cejas adquieran una importancia esencial en el rostro.

»Y Greta Garbo alza su cabeza y la inclina hacia la nuca para mostrar una frente orgullosa.

»Estas dos frentes de mujeres de Hollywood no sólo piensan, sino que ya están dando qué pensar.»

Entregué una copia de mi escrito a Pola, otra en las oficinas de Zukor y una tercera la envié a Nueva York, donde se publicó.

Aun antes de que yo tuviera tiempo de pulir mis argumentos estalló la guerra; algunos comentaristas dividieron a las estrellas en dos grupos; las que no tenían frente y las que pensaban.

Greta Garbo y Dolores fueron colocadas en el grupo pensante y Pola Negri en el de mujeres que, sin frente, intentaban sustituir el pensamiento por el gesto.

Zukor me mandó llamar y me dijo, sonriendo, que definitivamente mi amistad con Pola debía considerarse zanjada, pero que mi escrito había conseguido algo perseguido por todos desde la muerte de Valentino, convertir a Pola en el ser enérgico, engreído y agresivo que siempre fue. Por lo que supe, Pola había amenazado con demostrar en su próximo film que ella tenía frente, «pero no la exhibía por pudor».

A pesar de mi ataque, el mundo de las frentes cubiertas seguiría resistiéndose con esa tenacidad propia de las modas idiotas y, aun cuando el público agradecía a Greta Garbo su rostro descubierto totalmente, no desaparecerían las diademas y los turbantes hasta 1929.

Yo diría que perdí esa batalla, pero que conseguí colocar a Dolores entre las inteligentes.

Esperaba que ella me llamaría para agradecer mi ayuda.

Sin embargo, Dolores estaba demasiado ocupada; después de su bello trabajo con Walsh había iniciado *No other Woman*, dirigida por Lou Tellegren y tenía que terminar antes de fin de año *Upstream*, dirigida por John Ford, un director de treinta y un años que hacía para la Fox película tras película, a una velocidad tal que nunca faltaba un producto de John Ford en la cartelera. Las gentes de Hollywood afirmaban que los caballos de Ford eran como las prostitutas de Nueva Orleans: siempre tenían alguien encima.

Ford no era mi director predilecto, entre otras cosas porque no parecía prestar gran atención a las mujeres. La pareja ideal de Ford no era una mujer y un hombre, sino un caballo y un *cowboy*.

Cuando supe que Dolores haría una película con Ford afirmé que ya no importaba si se tapaba o no la frente, Ford jamás se iba a enterar. El chiste llegó a Ford, según me dijeron. Después algunos chistes más circularon sobre Ford y los columnistas los cargaron en mi cuenta:

«En los films de John Ford los héroes sólo montan los caballos.»

Francamente, tantas cabalgadas, tanto indio caído, tanto golpe en la cantina, me tenían fastidiado. La Fox, sin embargo, no parecía opinar igual que yo y seguía pidiendo a Ford que nos inundara de caballos.

En cuanto a las «mujeres de la frente clara», mis dos ejemplos no respondieron. Dolores y Greta parecían demasiado ocupadas. El que me invitó a comer, como en los buenos tiempos, fue el marido.

En cuanto a Pola me envió una curiosa gorra de fieltro negra con una nota escueta:

«Cúbrete la frente con ella. Eso impedirá que te sigan brotando las idioteces. Pola.»

Llegué a la conclusión de que Zukor tenía razón; yo no volvería a la casa de Santa Mónica.

Mientras, mi posición social y económica gozaba de constantes ascensos; mi relación con las gentes que me rodeaban continuaba sufriendo constantes crisis que yo procuraba atenuar acudiendo a las fiestas que los escritores de todo rango organizaban cada fin de semana.

Pero de todas las ausencias, la de Dolores era la única que se convertía en hueco irrellenable, en una oquedad de cueva fría en la cual mis ilusiones se iban congelando.

Acepté la comida y me reuní con el marido en el Alexandria, donde servían el whisky en tazas de té.

Me recibió con una broma que parecía relacionarse con nuestros primeros encuentros, olvidando los difíciles diálogos últimos. Se refería a mis escritos sobre las frentes y a su cada vez más avanzada calvicie.

—¿Por qué no impone usted la moda de diademas para caballeros?

Nos reímos y luego dijo que Dolores estaba muy agradecida por mi apasionada defensa de su forma de peinarse.

—Supongo que a la señora Negri no le habrá gustado su teoría.

—Creo que no.

—Acaba de anunciar que continuará con los turbantes hundidos hasta las cejas, sin hacer caso, dijo, a los teóricos estúpidos.

Había afinado aún más su ya sutil bigote, emparentándose con John Gilbert, Ronald Colman, y otros artífices que habían reducido de tal forma su línea pilosa que tenían que acudir al lápiz negro para darle cierta coherencia. Llegaba vestido con un traje gris cruzado y unos calcetines de lana de colores suaves que formaban rombos y que denunciaban, por su extrema tirantez, las ligas sujetas bajo las rodillas. Estaba de buen humor y en vez del Rudy habitual tomamos un Hollywood Paradise de muy reciente invento.

Comimos en paz y hablamos de un nuevo proyecto que para 1927 estaba preparando ya Raoul Walsh: *Loves of Carmen*.

Él se sorprendía de que yo fuera tan conocido.

—Los grandes de Hollywood —intentaba aclararle— quieren encontrar una serie de teorías que apoyen sus aciertos o que abran el camino al vaticinio; yo hago ambas cosas. No escribo tanto historias como disquisiciones sobre esta ciudad tan colmada de historias; y los magnates quieren escuchar estas teorizaciones, porque de otra forma todo Hollywood sería sólo el fruto del sentido comercial o de la falta de sentido. Yo les doy una razón para sentirse más seguros sobre el terreno y cuando mis teorías fallan, ellos tienen una nueva satisfacción: los teóricos siguen siendo más torpes que los prácticos. Mi trabajo cada día será mejor pagado, porque yo soy la buena conciencia.

Reíamos y apreciábamos la calidad difícilmente desentrañable del Hollywood Paradise.

Luego pidió un complicado menú y lo hizo sonriendo, como disculpándose por el hecho de que él, también, hubiera salido ya de la penuria.

—Hemos cambiado de casa, ahora tenemos un palacete que pretende ser español y una alberca que nos cuesta más que el palacete. Dolores, sin embargo, está muy feliz. Su mamá ha tenido que volver a México y ella se pasa el día estudiando o acudiendo a citas con la prensa. De los viejos amigos ya casi no vemos a nadie. El propio Edwin Carewe no va apenas por casa.

Y me espiaba, curioso. Añadió:

—A pesar de que ha conseguido que los estudios le cedan a Dolores para hacer dos películas el próximo año.

Le pedí permiso para enviarle a Dolores unas rosas.

—Hágalo usted; a ella le encantan las flores.

Y después me contó sin dejar de mirarme:

—Por cierto que encontraron el cadáver de Alberto Mijares, ¿recuerda usted?, aquel tipo del cual hablamos la última vez. Parece que alguien le disparó un tiro en la frente. Eso ocurrió hace ya meses, pero por alguna razón la policía desempolvó ahora el asunto y llamaron a declarar a nuestro amigo Víctor Hallyday, el que un día lo visitó a usted. No sabemos quién le mató ni la razón por la cual lo mataron. Víctor está muy deprimido; era un hombre torpe y lento, pero siempre se había mostrado muy amistoso.

—¿Cree usted que el señor Mijares estaba relacionado con gente del hampa?

—No, no. Él trabajaba en ocasiones como detective privado. Parece que la policía piensa que seguía una pista importante.

—¿Víctor Hallyday estuvo detenido?

—Poco tiempo.

Nos despedimos.

Apenas vi a Miguel Linares le pasé la información.

—La policía ha vuelto a investigar la muerte del hombre moreno.

—¿Ahora? Es raro.

—Piensan que seguía una pista importante y que por eso lo mataron.

Miguel Linares miraba al vacío como desinteresándose del asunto. Yo le dije:

—Es curioso, pero jamás pensé que yo pudiera ir a la cárcel por este asunto. Es una cosa que no se me ocurrió.

—Usted pensaba escribir una novela sobre la muerte del tipo.

—Sí, pero dejé el proyecto. Tenía datos de otros escándalos de Hollywood pero estuve tan ocupado que no seguí con el asunto. Supongo que las notas las tendré entre mis papeles. Un día me gustaría, también, escribir sobre la muerte de Claudio López, lo que usted me contó.

—No fue la única vez que se muere un fulano durante la filmación de un tiroteo. Eso ocurre en Hollywood, pero no conviene que trascienda mucho. Yo lo maté para casarme con su mujer.

—Usted me lo dijo.

Estábamos hablando deslavazadamente, cada quien resbalando por sus propios pensamientos.

—Es curioso que yo jamás haya pensado en que me podrían meter en la cárcel.

Él movía la cabeza afirmando que, efectivamente, era muy curioso.

—Miguel.

—Diga, Taibo.

—He vuelto a ver a sus dos amigos los mexicanos. Los vi en la calle.

—Ya se van, tienen que estar en México el día veinticinco de diciembre.

—El año pasado en esa fecha estábamos en una cena en aquella casa. Allí usted me los presentó.

—Ellos trabajan en Los Ángeles, pero vienen a Hollywood a resolver asuntos.

—¿Vienen a comprar armas?

Por una vez conseguí sorprender a Miguel Linares; me miraba como si de pronto hubiera descubierto que yo no era tan tonto como le había parecido.

—Sí, Miguel, usted me dijo que había dado dinero para fusiles. Yo creo que los dos mexicanos recibieron el dinero que usted les dio. Y creo que si tienen que estar el día 25 en México es porque algo va a ocurrir el día veinticinco.

Linares seguía asombrado.

—Creo, además...

Pero él me interrumpió:

—Hágame un favor: deje que pasen dos noches en su departamento. Dormirán en la sala y usted ni los oirá. Estamos en apuros y ya no sé dónde esconderlos. Todo por causa de la muerte de Mijares. La policía cree que tenía algo que ver con ellos. No los puedo enviar a ninguna casa amiga de mexicanos.

Y estalló en un furor también nuevo hasta el momento:

—La policía es imbécil. Mijares era un idiota maricón que nunca tuvo nada que ver con la causa. La policía quiere que todos los mexicanos piensen igual, jamás he visto a nadie más estúpido que ese policía, el teniente...

Y después me miró tan suplicantemente (toda su furia se había esfumado), que no le pude decir que la idea de esconder a dos delincuentes no me atraía.

—¿Sólo dos días?

—Dos días nada más; salen con las armas para México, atraviesan la frontera y estarán en Jalisco para el día veinticinco.

—Miguel, necesito saber una cosa. ¿Cuál es tu causa, Miguel?

—La causa de Dios.

Y recuperó ese aire malicioso y obstinado, hermético y seguro; como quien no podrá ser vencido jamás.

LOS CRISTEROS

Estuve pensando en la posibilidad de preguntar al marido sobre una secta mexicana capaz de levantarse en armas; pero él, viajero internacional, educado en Londres y en Madrid, no parecía el informador ideal para ese tipo de cosas.

Mi amistad con Raoul Walsh había cuajado mucho en los últimos tiempos y en varias ocasiones había yo ido a ver filmar escenas de *What Price Glory?*, y comentado con él su estupendo trabajo. Recordé que Walsh, cuando tenía veinticinco años, en 1915, estuvo en México rodando una película que se tituló *Life of Villa*.

Así que fue Walsh quien me habló por primera vez de los cristeros.

Pedí a Miguel Linares, esa misma noche, que tomáramos la copa en mi *suite*. Los dos mexicanos estaban sentados, muy formalmente, en la sala; una vieja maleta de cartón se encontraba sobre el suelo, no vi armas por ninguna parte. Fue un saludo ceremonioso y largo.

Después pregunté:

—¿Cuál de ustedes dos es Pedro Sandoval?

Los mexicanos miraron a Miguel Linares con un gesto rápido y éste comenzó a hablar en español de manera tan fluida que yo no conseguía enterarme de algo. Sin duda estaba asegurándoles que él no me había dado el nombre; pero yo, para entonces, no solamente estaba seguro de que Pedro Sandoval estaba en mi sala, sino que lo había identificado. Moreno, bajo, de ojos negros de una viveza casi hiriente, Pedro Sandoval me contemplaba mientras continuaba escuchando las inútiles explicaciones de Miguel Linares.

Walsh me había contado que Sandoval fue uno de los asistentes de Pancho Villa y que se había transformado en un cristero para «dar su vida por Dios».

Raoul me había dicho:

—Yo iba en un camión desvencijado junto a un alemán llamado Aussenberg que manejaba la cámara de cine como si él hubiera sido su inventor; con tal amor lo hacía todo. Los rollos ya filmados los guardábamos en latas que cerrábamos con cintas aislantes y metíamos debajo de nuestras camas. Por entonces dormíamos prácticamente todas las noches sobre nuestro cine.

DELANTE DE PANCHO VILLA

Raoul Walsh entró con Pancho Villa en Durango.

La camioneta sobre la que el alemán había colocado su cámara filmadora fue dispuesta detrás del primer grupo de jinetes que rodeaban a Pancho. Raoul iba colocado junto a la cámara, vestido con un grueso suéter, un sombrero texano y unos pantalones de montar. El alemán había colocado hacia atrás la visera de su gorra y sujetaba la máquina con un brazo, mientras que con la otra mano daba vueltas a la manivela.

Pancho Villa era mostrado de espaldas mientras avanzaba a un paso moderado y seguro, apenas moviéndose sobre el caballo negro, muy fino, de cola agitada, como si toda la tensión y el peso de la historia quedara condensado solamente en esa cola que azotaba el aire.

De pronto, todo el ejército rebelde entró en un terreno polvoriento y machacado por los recientes combates; la tierra estaba suelta y un suave viento cálido parecía enfrentarse al ejército de oscuros y silenciosos jinetes; el polvo, que al principio parecía amodorrado entre las patas de los caballos, comenzó a ascender y agitarse, a enroscarse en la figura de Pancho Villa y a oscurecer ese severo desfile hacia la victoria.

Entonces el alemán empezó a agitar las manos desesperado; ante sí todo lo que parecía tener era una masa color tierra entre la cual aparecían por momentos las grupas de los caballos, los sombreros de ala ancha, un brazo que indicaba hacia adelante, el perfil de un rifle.

Raoul gritó al chofer mexicano que apretara el acelerador; pero el chofer se negaba, asustado. Desde la caja abierta de la camioneta Raoul gritaba obscenidades y el alemán daba vueltas desesperado a la manivela, mientras ellos mismos se hundían en una niebla con sabor a estiércol. Pancho Villa se iba perdiendo por momentos, siguiendo el trote de su caballo negro, ahora convertido en un fantasma de tierra que penetraba cada vez más en ella. La luz, hasta el momento muy fuerte, desaparecía también y el cielo caía sobre Raoul como una masa irrespirable y trepidante. Entonces, el chofer mexicano pareció tomar una decisión suicida: movió la cabeza varias veces, se inclinó sobre el volante y la camioneta destartalada, con cuatro pequeñas ruedas compactas y deshilachadas, se agitó y comenzó a avanzar a muy buen ritmo, adelantando las sombrías imágenes de los jinetes que parecían ir abriendo las filas a su paso, apartándose sin mirarla, como si el vehículo avanzara por un campo de trigo en la oscuridad, hasta que de forma brusca y brutalmente luminosa, Raoul y sus gentes salieron de este galopar negro y se encontraron bajo la luz del sol.

El sol, que iluminaba una áspera pradera de hierbas cortas y amarillas, ondulándose en interminables y suaves conformaciones; el alemán mostró sus dientes blancos sobre un rostro achocolatado y alzó la máquina hasta colocarla sobre su cabeza, después se volvió en redondo y colocó de nuevo la cámara sobre el trípode de madera. Fue un movimiento nervioso y específico, profesionalmente perfecto a pesar de los saltos y rebrincos del viejo Ford. Raoul se volvió también y fue a encontrarse con que él y sus cinemafografistas se habían convertido en la avanzada de los revolucionarios, diez metros por delante del propio Pancho Villa que seguía impávido, severo, sin sentirse ofendido por esa camioneta alocada que iba marcando el paso a su ejército: una masa de hombres y caballos que en sus primeras líneas eran nítidos y tan exactos que se podían advertir sus cartucheras cruzadas sobre los pechos, las miradas redondas de los caballos, los sombreros sucios de sudor y aun de sangre. Después de esta primera línea de villistas, el imponente escuadrón se perdía entre la nube baja y ya casi negra, que iba formando una masa densa sobre la llanura, como si acogiera dentro de ella toda la fuerza, la violencia y la empecinada voluntad de un pueblo.

Raoul Walsh y el alemán, el chofer mexicano, que parecía haber enloquecido y movía su Ford con el espíritu de un jinete, todos ellos formaron el espolón de un ejército que parecía contenerse a sí mismo, a fijarse un ritmo cuidadosamente meditado, amordazando su voluntad de agresión y venganza a la espera de una orden, de ese momento que significaría el permiso para romper la voluntad común y permitir el grito propio, el gesto personal, la furiosa embestida de caballo y jinete, ajenos ya a la tarea unitaria, desbordados los instintos que buscan la destrucción total de un enemigo.

Y la cámara enfocando, volviéndose sobre Pancho Villa, registró el momento en que el líder levantó el brazo e hizo un gesto comedido, curiosamente calculado hacia adelante; con la cual la camioneta comenzó a perder terreno, a ser engullida por los jinetes, ahora ya individualizados, a disolverse entre el polvo como quien es tragado por un sueño. Y el alemán, compartiendo el mismo espíritu que el chofer y que Raoul Walsh, siguió haciendo girar la manivela, a pesar de que todo era inútil, de que lo único que podía aún descifrarse era el intenso galopar y los gritos y advertencias de los villistas que se colocaban durante un instante junto al vehículo para luego adelantarse y perderse. La camioneta navegaba en el centro de la guerra y no era sino testigo del espanto que las voces, los disparos que ahora ya sonaban, los gritos ásperos y sordos, iban produciendo. Entonces, el chofer comenzó a frenar y el vehículo terminó quedándose quieto sobre una loma de muy poca altura, mientras la pesada nube se alejaba y con ella se iba la violencia.

Todo lo que podía verse, en ese instante, era un villista junto a un caballo caído.

El villista parecía contemplar al animal de forma muy atenta.

Después sacó la pistola y disparó sobre la cabeza del caballo. El impacto no pudo ser identificado entre los otros disparos y sonidos.

Ese hombre que mató a su caballo separando la pistola del cuerpo en un gesto que pretendía alejar de sí el doloroso sacrificio, tal y como si acercando el arma a la cabeza del animal hiciera a esta última la única responsable del disparo y de la muerte; ese hombre se repetía en un rito misteriosamente mecánico y constante sobre la pantalla de tela, ya cuarteada y sucia, en la salita de proyección en donde nos encontrábamos Raoul y yo; viendo una y otra vez, en un ciclo muy breve, el desarrollo del drama.

Raoul me dijo:

—No pude incluir esa secuencia en la película sobre Villa; la Asociación Protectora de Animales la prohibió. No quería que las gentes vieran, en una batalla, matar a un caballo. Yo creo que es una de las más bellas muestras de amor que nos ha dado el cine.

Raoul movía de un lado a otro la cabeza, asombrándose de que la secuencia hubiera conseguido mantener su tensión a pesar de haber sido vista decenas, centenares de veces.

—Eso no lo puede conseguir ningún actor.

Y volvíamos a ver el gesto del hombre, la leve y muy difusa elevación del hilo de humo que se evadía de la pistola, el estremecimiento del animal, la agitación de una pata en el aire.

Raoul, en el absoluto silencio de la sala, parecía querer entrar en aquella escena para apoderarse del secreto que entrañaba, sabiendo que toda su experiencia y sabiduría cinematográfica habían sido derrotadas por ese hombre que mata a su caballo sobre un campo salpicado de hierbajos, en un día polvoriento.

—Fue al comienzo de la batalla.

Yo afirmaba, también, en silencio, para dar a entender que comprendía la pasión del director de cine ante escena tan directa y clara.

Al fin Raoul ordenó que cesaran las proyecciones del *loop* y las luces de la sala se encendieron.

Después me miró y con un gesto resignado, casi patético, dio por terminado el asunto. Antes de salir del lugar, sin embargo, me informó de algo que yo ya había adivinado.

—El hombre que mata a su caballo es el hombre por el que usted me preguntó: Pedro Sandoval.

DIOS ESTÁ EN ESTE CUARTO

Miguel Linares, Pedro Sandoval y el otro mexicano han cesado de hablar apresuradamente. Ahora se dirigen a mí y Miguel sirve de intérprete a pesar de que Sandoval sabe muchas palabras en inglés.

Parece que el destino de México está encerrado, junto con unas cuantas docenas de rifles, en unas cajas que tienen que salir de inmediato hacia Jalisco.

—Al día siguiente de Navidad, nos alzamos en armas.

—¿Por qué ese día?

—Porque es el primer día de la vida de Jesús.

—¿Y no es un mal día para comenzar a matar?

—No, no. Es el mejor día.

—¿Y Dios está con ustedes?

—Dios está en esta habitación, con nosotros.

Me tomé lo que restaba del aguardiente y contemplé con calma a los tres hombres que estaban frente a mí. Los cristeros; la fe les brotaba por los ojos e inundaba mis habitaciones, teñía a Miguel de un fervor salvaje y permitía que yo descubriera en cada uno de sus movimientos un afán vengativo, muy apretado, reducido a un tizón ardiente.

—¿Y usted, Miguel, desde cuándo es cristero?

—Desde que maté a Claudio López.

Nueva York es un lugar que jamás ha existido, no existió la calle Catorce ni mis amigos los hijos de los alemanes ni tan siquiera Hollywood existe; no son reales los directores ni Pola Negri ni la tumba florida de Rodolfo Valentino ni la sonrisa de Chaplin es verdad.

Si todo esto fuera cierto, ¿cómo es posible que estos tres hombres, que fuman y se miran entre sí, que están en mis habitaciones, sean ciertos?

Estuvieron en mi *suite* durante algún tiempo saliendo sólo en la noche, ocultos durante el día. Antes de irse dejaron, junto a mi máquina de escribir, una estampa que ofrecía la imagen de Jesucristo y debajo dos fusiles cruzados con la inscripción: «¡Viva Cristo!», en español.

Los dos hombres morenos vestidos de traje oscuro y viejo, con rugosas corbatas largas y estrechas, camisas sucias, se fueron dejando otro único rastro: una colilla de tabaco negro olvidada en un cenicero.

Recuerdo que el día anterior yo le dije a Pedro Sandoval que le había visto matar un caballo, al comienzo de la batalla de Durango. Sandoval me miró sorprendido, casi asustado, parecía como si estuviera a punto de preguntarme algo, luego me dijo en su dificultoso inglés.

—No era caballo, era yegua —y añadió en español—: se llamaba Rosita.

DESPEDIDA DE AÑO

Dolores me invitó a través de una tarjeta con olor a espliego y cuidadosamente escrita a mano; el matrimonio quería celebrar los éxitos obtenidos durante el año en una nueva mansión a la que se habían cambiado. Ahora vivían en un lujo severo, con muebles que parecían haber sido diseñados para antiguos caserones ingleses; al fondo de la sala una chimenea enorme, de piedra blanca y ladrillos rojos, acentuaba esa nota de nostalgia por un país irremediablemente abandonado al que el marido ligaba su alcurnia; un lujo calculadamente meditado, una serie de intimidades recoletas y una discreción en el comportamiento y en la risa. La casa era un homenaje a unos años que no sólo habían desaparecido, sino que en el aire caliente de California no podrían renacer jamás; aquel salón era la parodia ridícula y extravagante de un lugar desconsoladamente recordado. Habría que esperar los días de frío, escasos y rápidos, para que la chimenea adquiriera sentido, y los libros, bien encuadernados, ilustrados con láminas en colores, parecían aguardar también ese tiempo propicio a la calma y el sosiego; un tiempo al que las servidumbres del cine hacía imposible.

Los sillones de piel negra, la graciosa sillita sin respaldo, en la que Dolores se sentaba ante la chimenea, como cediendo a su esposo el lugar más sólido y sereno y quedándose ella en un plano de amorosa subordinación; todo parecía cuidadosamente dispuesto para señalar a los invitados que esta familia mexicana estaba sostenida por una tradición europea y antigua.

En un Hollywood en el que ya se habían levantado pagodas, jardines de Alá, chalets suizos, castillos españoles, salones italianos, la casa de Dolores era un monumento que nada tenía que ver con la falsa reconstrucción de pasados inexistentes, sino una clara señal de que sus propietarios habían abandonado un mundo noble del que guardaban recuerdo, para acudir al llamado de una sociedad absurda, enloquecida y en buena parte infantil.

Él, vestido de smoking, peinaba hacia atrás su pelo, ya muy escaso, sin intentar ocultar la calvicie y sonreía a una concurrencia elemental con un gesto condescendiente.

John Ford se movía por la inmensa sala bebiendo whisky y procurando imitar a alguno de sus recientes héroes del Oeste; Raoul Walsh me saludó agitando el vaso y luego vino a preguntarme si yo había conseguido identificar al hombre del caballo.

—Sí; estuvo aquí, vino a comprar armas para un levantamiento.

Raoul estaba muy interesado en la historia.

—Parece que hay en México un grupo de gentes que tienen a Jesús como bandera.

—¿Qué Jesús?

Le hablé de los cristeros y el marido se acercó a escucharme con atención sorprendida.

—¿En dónde ocurre eso?

—En su propio país.

No lo podía creer. Formábamos un grupo de hombres solos y Dolores aún no había aparecido; se trataba, por lo que parecía, de un homenaje a quienes habíamos intervenido, de alguna forma, en la carrera ya resplandeciente de la estrella.

What Price Glory? era un éxito y Dolores ya era famosa. Cuando apareció ella, el salón la acogió con un contenido susurro que ella fue gozando despaciosamente; estaba vestida de blanco, con una curiosa túnica de tela ligera y ondulante que se anudaba alrededor del cuello, como una bufanda rematada en flecos; sin embargo, los hombros quedaban desnudos. Al caminar Dolores todo el vestido parecía estar vivo, palpitante, acariciando un cuerpo que se movía libre dentro de la tela que iba desplomándose hasta los pies. Dolores usaba tres enormes brazaletes de oro y se había peinado de tal forma que en la nuca se apretaba el cabello de forma muy tensa; parecía este peinado una manera de exponer, arrogantemente, su mexicanidad.

Era la mujer más bella de Hollywood, la más extraña, la presencia más turbadora que yo jamás había podido ver; los antiguos vendedores húngaros de guantes, los actores de segunda, los directores improvisados, los escritores arrebatados a los periódicos de Nueva York, volvían a recobrar su verdadera identidad oscura cuando Dolores les daba la mano, con una generosidad admirablemente contenida y meditada.

Hacia el final de la fiesta llegó Edwin Carewe; Dolores lo besó en la mejilla y le anunció que tenía preparada su próxima película: *Resurrection*.

Se había creado un curioso duelo de sugerencias, ofrecimientos e insinuaciones que Dolores aceptaba con un gesto muy comedido, con un interés que parecía ser el resultado de su buena educación. Todos tenían una película para Dolores en el año que iba a comenzar. Entonces ella me preguntó hablando muy lentamente:

—Y usted, Taibo, ¿no tiene para mí ni un solo argumento?

Le dije que no me atrevería a escribir nada para ella; sonrió aceptándolo como un cumplido.

—Sin embargo, ya filmaron tres o cuatro historias suyas.

—Sí, es cierto; seis, exactamente.

Cenamos sentados alrededor de una mesa de caoba cubierta con pequeños manteles blancos.

Al despedirnos, Edwin me dijo que le gustaría leer alguna historia mía, le dije que era imposible.

—Estoy bajo contrato con Adolph Zukor.

—¡Ah, ese viejo sinvergüenza!

—Sí, ese viejo sinvergüenza.

Me dijo que sería agradable que nos reuniéramos para pensar en un argumento para Dolores. Dijo:

—Tenemos cosas en común.

Llegó el marido y nos unió tomándonos por los codos, en un gesto que parecía sugerir un encadenamiento de intereses y afectos.

—¿De qué hablan?

—Le decía a Taibo que tiene que escribir algo para que yo lo dirija y Dolores lo interprete.

Yo interrumpí:

—Me decía, también, que tenemos algo en común.

El marido siguió manteniéndome sujeto suavemente por mi codo izquierdo, mientras tenía su mano sobre el codo derecho de Edwin.

—Sí, los tres tenemos mucho en común.

Dolores nos despidió junto a la chimenea, apoyándose en ella, dejando que el vestido sugiriera que estaba desnuda dentro de la tela blanca. El marido nos llevó hasta la puerta. Al despedirse de mí me dijo sin bajar la voz:

—A su amigo Víctor Hallyday lo tiene detenido la policía. —Y añadió —: La policía dice que en la espalda tiene huellas de haber sido azotado con una fusta. Parece que su amigo Víctor Hallyday se niega a denunciar a su verdugo.

EL TENIENTE FOSTER

Me interrogaron en un ambiente apacible y en una sala con las ventanas orientadas hacia el cálido sur; fuera hacía frío y los policías usaban abrigos negros y sombreros de fieltro, fieles a la retórica recién inventada por el cine.

El teniente Foster es un hombre fuerte, un poco entrado en kilos, de rostro afeitado con un cuidado

exagerado, con huellas de polvos de talco bajo los ló-
bulos de las orejas. Fuma puros baratos y oculta con tal
cuidado su pistola que yo jamás fui capaz de descubrir
en dónde la guardaba. El teniente Foster camina por la
amplia habitación en la que hay archivadores de madera pintada de color tabaco, mesas cojas reparadas con
forros de papel y un enorme reloj colocado sobre la
puerta de entrada. El teniente Foster quiere saber algunas cosas sobre mi vida privada y pregunta, contemplándome con curiosidad, como si se preguntara a sí
mismo, qué tiene que hacer un joven escritor en la
compraventa de armas para México.

—Nada, no sabía lo que hacían aquí los dos mexicanos.

«—Sí, los conocí en una fiesta hace un año.

«—Sí, a la fiesta me invitó el portero del hotel en
que vivo.

«—Se llama Miguel, no recuerdo el apellido.

«—¿Armas? No, no sabía que compraban armas.

«—¿Cómo dijo usted?

«—¿Alberto Mijares? No, no lo conozco.

«—No tengo demasiados amigos latinos. Ha sido
una casualidad que conociera a los dos mexicanos y a
Miguel.

«—A Víctor Hallyday también lo conozco. Vive
en mi mismo hotel.

«—No recuerdo quién me lo presentó.

El interrogatorio va deslizándose sin problemas;
yo hablo tranquilamente y el teniente Foster pregunta
sin irritación. De pronto extiende ante mí una teoría
que me deja asombrado:

—Señor Taibo, nosotros pensamos que un grupo revolucionario anarquista vino a Los Ángeles hace un año y volvió hace un mes para comprar armas. Pensamos que su agente en Los Ángeles fue un antiguo policía particular, un tipo nacido en Tijuana y crecido aquí, en Hollywood. Ese personaje de alguna forma traicionó a los anarquistas y fue asesinado de un tiro en la cara. Ese personaje, homosexual y oscuro, había conseguido crear dentro de Hollywood una red de protección a los anarquistas, que vieron este lugar mucho más cómodo que Los Angeles, en donde eran conocidos. Fue el detective muerto quien los ligó a una serie de personas en Los Angeles que los apoyaron y protegieron. Los anarquistas recibieron dinero aquí de gentes del país. Cuando se fueron para México se llevaron de contrabando un cargamento de fusiles y dinamita. Víctor Hallyday, un hombre que tiene en Hollywood una agencia de compraventa de automóviles y camiones, les vendió los transportes con los que consiguieron pasar la frontera. Por un momento pensamos que usted estaba involucrado en toda esta conjura: usted vive en el mismo sitio que vive Hallyday, el portero Miguel, quien ha sido contacto, y en donde se escondieron los anarquistas.

El teniente Foster me mira y yo desarrollo toda mi capacidad para expresar el asombro que esta teoría estaba despertando en mí.

Me da la mano y me pide que si vuelvo a ver a los anarquistas mexicanos tenga la amabilidad de comunicárselo de inmediato.

Le dije que lo haría así.

No habló del marido ni de Dolores; no mencionó al cristero Pedro Sandoval ni me preguntó en qué casa se había celebrado la fiesta de Navidad, un año atrás.

El rito del aguardiente nocturno se había interrumpido muy pocas veces a través de las semanas; Miguel esperaba sin inquietud, a pesar de que sabía que yo había tenido que presentarme a la policía.

—¿Cómo le fue?

—Dicen que sus amigos, los mexicanos, son anarquistas.

Miguel Linares borró su supuesta sonrisa y me dijo, hablando normalmente:

—Vamos a tener que matar a Víctor Hallyday.

Bebí mi tequila, le di las buenas noches en español y me fui a mi *suite* en el primer piso de la Casa Azteca. Al desvestirme comencé a pensar que acaso fuera conveniente cambiar de hotel. Sin embargo, jamás llegué a hacerlo.

AÑO 1927

Ahora puedo rememorar con claridad aquella fiesta desenfadada y exótica que Hollywood vivía por entonces; las catástrofes estaban cercanas, pero nadie parecía percibir su proximidad. Hollywood persistía en cerrar los ojos y en hundirse en un furioso ejercicio vital que llevaba a ninguna parte. Rodolfo Valentino comenzaba a diluirse en un recuerdo tan frágil que las cosas ocurridas hacía solamente diez años eran relatadas como pertenecientes a un mundo anterior a la verdadera historia. Sin embargo, curiosamente, Valentino había dejado tras de sí todo un complicado ejercicio de reverencias deshumanizadas; quienes acudían a las fiestas vestidos de árabes no estaban tanto homenajeando al actor muerto, como aprovechando un instante glorioso del cine nacional. Las películas con dunas, camellos, árabes sedientos de venganza y oasis paradisiacos continuaban produciéndose sin ningún afán de conmemorar a Valentino, sino como un obsequioso sometimiento a la taquilla.

Lo más significativo, sin embargo, de todo ese raudal de menciones al mundo del desierto, de este bien programado sistema de ritos, era un hecho curioso que parecía estar anidado en la mente de las mujeres americanas, pero que no se mencionaba nunca. El árabe que lanzó Valentino al mercado era un hijo de españoles, educado en Inglaterra, cuidadoso producto entre el refinamiento y el salvajismo. Era un hombre que galopaba con un estilo aprendido en Londres y usaba un látigo capaz de desollar a una mujer. Y esta mezcla curiosa y en ocasiones siniestra parecía ser la única que continuaba viva en los films de árabes y en las fiestas de Hollywood.

Había en cada supuesto jeque un forzado afán de aparecer mundano y al mismo tiempo salvaje y en todas las mujeres que bailaban con estos apócrifos señores del desierto se descubría un desazonado intento de hallar, al fin, al hombre educado y cruel, suave y diabólico; al gran azotador de las amantes.

Esto resultaba tan visible, que no entiendo cómo no lo vimos por entonces con claridad, pero otro fenómeno más superficial parecía ocultar este sentimiento colectivo de la mujer americana; era su descarado afán de comportarse como un hombre, saltar de los aviones, atravesar los mares, domesticar leones. La mujer estaba entonces compitiendo en todas las hazañas, y este deportivo y en ocasiones risible afán de exhibición nos ocultaba una verdad que sólo se mostraba enmascarada en los films de árabes y desiertos. Una verdad que se removía inquieta en el fondo de la mente de esa mujer norteamericana ansiosa de robar el prestigio heroico al hombre, parecía tomar forma en ese jeque montado a caballo, con una fusta en la mano. Ese hombre que dominaba a la mujer de tal modo que ella se ofrecía ya no como amante, sino como esclava.

Mientras las aspiraciones de las jovencitas iban hacia el dominio del mundo, los sueños las instalaban en un mundo de oscuros castigos, de sutiles y deliciosas vejaciones.

No era tanto Rodolfo Valentino el que importaba, sino el hombre moreno, el caballo salvaje, la fusta, el harén y la entrega que significa una sumisión sin límites, sin protesta.

Mientras, durante el día la mujer recortaba su falda y fumaba en boquilla, apenas caía la noche, a solas en su dormitorio, se entregaba a un árabe de mirada resplandeciente y de manos duras e inquisidoras.

El cine había acertado a crear un símbolo que hurgaba en el fondo de los ambiguos sentimientos femeninos de todo un país en trance de cambiar, en hirviente transformación.

Yo había conseguido aumentar mi fama de joven terrible del Este y esta fama se multiplicó en una fiesta cuando Pola Negri me lanzó sobre la cabeza parte de un combinado de menta.

Por entonces yo afirmaba que el cine llegaría a hablar de la misma forma que el automóvil llegó a volar.

El avión, les decía, muy satisfecho de mi hallazgo teórico, es sólo un automóvil que despegó del suelo y el cine mudo es solamente un cine que no pudo despegar.

La imagen divertía a todos, pero nadie aceptaba que el cine sería un día hablado y cantado.

En la fiesta, Charles Chaplin tuvo un rasgo de humor a mi costa:

—El cine de Irving ya tiene nombre: se llama ópera.

Todos reían y algunos vinieron a preguntarme, fingiendo desazón:

—¿Y cuándo piensa usted que despegaremos?

Estaba escrito que yo cambiaría de ropa siempre que encontrara en mi camino a Chaplin; la menta resbaló por encima de mi camisa y el dueño de la casa, un productor que procedía de Broadway, me hubo de prestar un quimono japonés.

Dos horas después la fiesta se había convertido en lo que el productor denominó «velada oriental»; los trajes habían desaparecido, tirados bajo las mesas, y las sábanas, mantones y cortinas se convirtieron en vestidos para hombres y mujeres.

En ocasiones este vestuario dejaba al descubierto demasiadas zonas supuestamente íntimas del cuerpo, así que se confiscaron las cámaras de retratar y se expulsó a un par de fotógrafos que habían conseguido entrar en la mansión.

Parecía como si Hollywood estuviera dispuesta a aceptar su propia fama y a mostrarse tal y como se suponía habían de comportarse las estrellas del cine; sin embargo, cinco o seis figuras prefirieron huir púdicamente, una de ellas fue Greta Garbo quien, sin embargo, solía afirmar que todos los días se bañaba desnuda en su propia piscina.

—Sin testigos.

Y la sueca miraba fríamente a quien osara ofrecerse como testigo voluntario.

La fiesta comenzó a caldearse entrada ya la noche.

En el asador de carnes del jardín se quemaron todos los zapatos y luego, para ocultar el olor apestoso que invadía todo Beverly Hills, se fueron abriendo los frascos de colonias y perfumes que aparecieron en los bolsos de las señoras. Los zapatos se arrugaban, se retorcían entre las llamas y un grupo de chicas recorrían los salones para descubrir dónde habían escondido las estrellas los valiosos zapatos de cocodrilo, de tafilete, de charol. Se escuchaban los gritos de los famosos cuando alguien se acercaba a encontrar un par elegante, que había sido ocultado tras un sillón o detrás de unos cojines. Un humo negro se apelmazaba sobre el jardín y la orquesta interrumpía de cuando en cuando su música para dejar que un trompetista negro improvisara largos y melancólicos solos.

Por entonces la trompeta comenzaba a desplazar a la corneta en los conjuntos de jazz y resultaba curiosamente exótica y sugerente; recuerdo aquella trompeta sonando ante la hoguera en donde se iban quemando los zapatos de las estrellas; la recuerdo como un canto funeral, aun cuando entonces todos parecíamos pensar que se trataba de un alegre y ruidoso ejercicio de destrucción.

Yo coloqué mis dos zapatos cuidadosamente sobre las maderas ardientes y contemplé cómo se estremecían primero, para luego estallar en una llama muy vivaz, como si hubieran encontrado el material más adecuado para su gozo.

Sonaba la trompeta en el jardín, al atardecer, mientras los invitados íbamos quedando descalzos, mostrando los pies blancos sobre el césped recién cortado.

Ya casi en la noche el productor que nos invitaba anunció que el segundo piso de la mansión se acababa de convertir en «ámbito abierto al amor». Diez camas esperaban a las diez primeras parejas de voluntarios que al rito del zapato quemado añadieran un sacrificio amoroso.

Se formó una larga y regocijada cola para subir al segundo piso y después del primer turno se quemaron también las sábanas «para purificar el ámbito abierto al amor».

Para cubrir este segundo turno fui a decirle a Pola Negri que había olvidado generosamente el asunto de la menta y que estaba dispuesto a sellar un pacto amoroso en una cama sin sábanas.

Pero Pola tenía mejor memoria y había bebido menos que yo; así que me dio su soberana espalda y se fue hacia otro grupo desde donde un galán la llamaba agitando la mano.

Mi desamparo fue advertido por una muchachita que más tarde llegó a ser famosa; me propuso actuar como consuelo; hicimos el amor con dificultades porque hasta el dormitorio llegaban las risas, la trompeta melancólica y el olor de los zapatos quemados.

La muchacha se despidió, más tarde, sin preguntarme mi nombre y, años después, la reconocí en la pantalla, una noche de cine.

El año se moría entre canciones, caídas a la piscina, abrazos y besos.

Yo, sin embargo, sufría mi primera derrota emocional, mi descuartizamiento emotivo; empujado por la champaña y el whisky hacia el fondo de una conciencia no muy transitada hasta el momento, me vi vulnerado por todos los fantasmas que durante los últimos meses había estado rechazando o posponiendo desde mi juventud, aparentemente invulnerable.

Junto con una súbita desesperanza me afligía un amor que se revolvía en mí golpeando mis paredes interiores con coletazos secos, muy ásperos. Así estaba yo, aquella noche de fin de año, desguarnecido y desangelado en una fiesta que de pronto me estaba haciendo viejo.

Ese sentimiento ambiguo de derrota, hasta entonces desconocido, pero ya comenzando a instalarse dentro de mí para siempre, me llevó a un rincón del jardín en donde comencé a llorar.

Ahora creo saber que no sólo era mi entrada en el mundo adulto, en la fama menuda y bien pagada, sino acaso en el convencimiento de que la desaparición de ese mismo Hollywood, tan poco admirado por mí, significaba una pérdida importante; la caída de todo un sistema refulgente y falso, artificioso y también envidiable.

Estaba yo tirado encima de la hierba y llorando por la huida de una época de mí mismo y por el derrumbe de otra época que se estaba cayendo de las manos de sus propios creadores sin que éstos lo advirtieran.

Lloraba yo por muchas cosas indefinibles y huidizas; lloraba también por mi amor por Dolores.

Guardo otros muchos recuerdos de aquella fiesta; veo a Pola Negri furiosa volcándome su copa sobre mi cabeza, la muchacha desvistiéndose junto a mi cama, el montón de zapatos humeantes y retorcidos, y ciertas conversaciones y ciertos besos tomados y dejados al pasar.

El año no se había agotado, sino que se había escapado de entre mis manos; era un año evadido de mi vida.

Chaplin pareció adivinar mi desamparo, porque se acercó a palmearme la espalda cuando yo me cambiaba de ropa, y a decirme que los últimos meses habían sido generosos conmigo.

—Usted ya es famoso.

Y sonreía sin gran convencimiento, como quien se obliga a una obra de caridad, mirándome, muy pálido esa noche, inclinando la cabeza hacia un lado, como un pájaro.

La copa de menta cayó sobre mí y chorreó hasta las orejas, formando dos espesas y luminosas líneas verdes. Seguro de que este incidente aún me instalaría con más fuerza entre los famosos, yo contemplaba a Pola que se iba con la copa vacía, en la mano.

A pesar de mi extraño aspecto, vestido de japonés, el productor procedente de Broadway quería que yo ampliara mis declaraciones.

—¿Usted sigue insistiendo en que el cine se hará sonoro?

—Sí.

—¿En qué se basa para decir eso?

—En la historia.

—Pero ¿usted se imagina lo que significaría cambiar todos los sistemas de producción?

—Sí.

—¿Todos los aparatos de miles de salas?

—Me lo imagino. ¿Se imagina usted lo que significó pasar de la cueva a la casa?

El productor procuraba ajustarme el quimono japonés que yo me había puesto en forma poco adecuada.

—¿Usted piensa que aquel que haga el primer cine sonoro será el rey del cine en el futuro?

—Sí, hasta que venga el rey del cine en colores y luego el rey del cine en relieve y luego el rey del cine táctil.

Entonces el productor pareció perder todo interés por mí y se fue sin ocultar su fastidio.

Parece que más tarde dijo que la gente con demasiada imaginación le irritaba.

Esa misma noche de llanto, vestuario oriental, ámbitos abiertos al amor y personajes melancólicos vestidos de smoking y con las piernas balanceándose dentro del agua de la piscina; esa noche conocí a John Barrymore que celebraba, y se burlaba al mismo tiempo, su triunfo como el personaje principal de *The Beloved Rogue*.

Estaba casi tan borracho como yo y me miraba desde la inconmensurable altura de la fama.

—Me dicen que es usted el profeta del sonido.

—Exageran, sólo soy el heraldo.

Barrymore bebía en silencio, mirándome sin prisas.

—Me dicen que de acuerdo con su misión usted habla demasiado.

—Los demás escuchan poco.

—Si el sonido llega, joven, miles de bellos tarados pasarán al museo de los horrores innecesarios.

Yo asentía, acomodándome el batín japonés que tendía a deslizarse desde mis hombros.

—¿Qué palabra cree usted que sonará por primera vez en el cine hablado?

—Serán dos palabras: «¿Me escuchan?».

Comenzó a reírse, pero luego se arrepintió.

—Usted no respeta al cine.

—¿Usted lo respeta? —Pareció meditar sobre la pregunta, después me dijo con un todo teatral—: Yo no lo respeto. —Un instante después quería saber—: ¿Y cuándo sonará la palabra?

—No lo sé, muy pronto. Ya se escuchan ecos.

—Pobre John Gilbert, tiene voz de marica.

Y Barrymore buscaba con los ojos a un mesero que le cambiara el vaso por otro lleno.

Yo me arriesgué a volver a tener que cambiar de ropa.

—Me dicen, señor Barrymore, que en *The Beloved Rogue* aparece usted vestido con sólo un taparrabos y un medallón de plata.

—También estoy calzado; la planta de mis pies resiste peor la intemperie que mis nalgas.

De pronto comprendimos los dos que nos estábamos divirtiendo.

—Lo vi a usted en *Don Juan*; con aquellos calzones tan ajustados se le notan más los testículos que las nalgas.

—El algodón ayudó algo.

—Muy buena la escena del duelo.

—Sí, no estuvo mal. Pero todos los duelos de Hollywood son iguales porque sólo tenemos un buen profesor de esgrima. Es un austriaco que fue cocinero en Viena. Algunos actores le hacen demasiado caso.

—¿Usted no?

—Claro que no. ¿Acaso parezco que manejo un cucharón?

—No, no. Hace usted un don Juan muy persuasivo.

—Ayudaban, ya le dije, los algodones.

Al fin había conseguido otro trago y esto relajó un poco su rostro de mirada acuciante.

—Me dicen que la señora Negri dejó caer sobre su cabeza un litro de crema de menta.

—Sólo veinte gramos.

—¿Por qué se enojó la señora Negri?

—Brindé por la mujer más hermosa de Hollywood.

—¿No lo agradeció?

—No, no brindé por ella.

—Ah.

Barrymore parecía estar gozando con esta anécdota; de cuando en cuando, después de tomar un trago, se llevaba la mano a los labios en un gesto que no parecía convenir a un hombre famoso por su vanidad y sus actos de grandeza. Era como si durante un instante dudara respecto a su próxima manifestación; algunas personas estaban seguras de que el alcohol estaba destruyendo al ídolo.

—¿Por quién brindó usted?

—Por Dolores, la mexicana.

—Es una suerte que usted no sea actor y que de serlo no estemos aún en la supuesta época del cine hablado. Usted podía quedarse mudo de un golpe.

Estábamos ya permitiéndonos libertades y agresiones.

—El cine hablado, señor Barrymore, no sólo denuncia a los habladores, sino también a los borrachos.

—Es cierto, joven; pero yo soy un actor y sé cómo fingirme sobrio. Mi verdadero peligro llegará cuando se inaugure el cine olfativo. Mientras tanto es difícil que desde el salón cinematográfico descubran mi aliento alcohólico.

Y de pronto, retomando su aire petulante, sugirió:

—La próxima vez no brinde por la actriz más hermosa, sino por el actor más noble; ni tan siquiera Ramón Novarro protestará.

—Vi a Ramón Novarro en *Ben Hur*; está muy bien. Crea un personaje muy noble.

—Tonterías; todo el film es una injusticia. Ramón Novarro jamás puede ganar en un duelo a Francis X. Bushman. De un solo bofetón Francis destruiría a Ramón. La película es muy parcial, favorece al cristiano.

—Hollywood es cristiana.

—Eso dicen todos los judíos de Hollywood.

Después quiso saber si yo tenía sangre latina; le dije que mi padre era español pero que mí madre había nacido en Hungría o en Polonia o acaso en algún otro lugar muy alejado.

—Los actores latinos tendrían que negarse a aparecer como seres bellos; es denigrante.

—Usted aparece en todos sus films como un hombre bello.

—Sí, es cierto, pero yo no soy solamente un hombre bello.

De nuevo tuvo necesidad de cambiar su vaso de whisky y lo hizo aprovechando que un servidor transportaba un carrito de bebidas.

Los primeros zapatos quemados en el asador de carnes produjeron una protesta de su dueña, Myrna Loy, una muchachita esmirriada cuyo guardarropa no podía soportar muchas bromas. Después se produjo un acto de entusiasmo y los zapatos fueron cayendo sobre la hoguera.

Una desconocida comenzó a quitarse las medías y a agitarlas en el aire, después fueron a parar a las llamas. Otras mujeres la imitaron.

—Terminarán por quemar las pelucas de los galanes.

Barrymore olfateó el aire de forma exagerada.

—Los zapatos que están quemando ahora son los de Tom Mix.

—¿Cómo lo sabe?

—Le huelen los pies.

Un muchacho muy alto, con aspecto desfalleciente, pasó descalzo a nuestro lado.

—Se llama Gary Cooper, está haciendo una buena carrera; como observará, camina muy bien con los pies desnudos.

Se tomó un trago largo y luego aclaró:

—Llegó descalzo a Hollywood.

Yo me reía.

—Los Barrymore no somos una familia, como dicen los periodistas, somos una estirpe. Usted advertirá la diferencia.

Yo asentí.

De pronto se oyeron gritos junto al asador, algunas personas aplaudían y otras reían a carcajadas alrededor de una muchacha que parecía estar furiosa.

John se puso en pie, miró durante un instante hacia el lugar del escándalo y volvió a sentarse, todo ello de forma un poco rígida, como quien contiene dentro de sí los estragos de la borrachera. Después me informó:

—Están quemando los zapatos de Greta Garbo, mañana tendrá que ir a comprarse otros.

Y señaló, puntualizando con una fiereza maligna:

—Sólo tiene un par que se trajo de Noruega o de

Suecia o de Alaska, no sé bien. Esa joven ahorra tanto, que hubiera preferido que le quemaran los pies.

Antes de estos excesos, se había discutido del derroche de los estudios y alguien había asegurado que el cincuenta por ciento de quienes trabajaban en el cine sobraban.

Barrymore me contó que Goldwyn tenía una solución para el problema.

—Se trata de quedarse sin los empleados inútiles. Goldwyn piensa que habría que hacer dos listas. En la primera, aquellas gentes capaces que siempre tendrán empleo en otros estudios. En la segunda, los tipos que si pierden su empleo morirán de hambre.

Yo miraba a Barrymore, interesado.

—Entonces Sam Goldwyn lanzará a la calle a todos los que se van a morir de hambre.

Me contó la historia del guión rodado en unos estudios dos veces y al mismo tiempo por dos directores diferentes. Me dijo que las dos películas iguales se estrenaron en 1925 y que nadie se dio cuenta de que tenían el mismo argumento.

Nos reíamos del cine y algunos se reían de la fama de los demás; pero nadie se atrevía a reírse de sí mismo.

Barrymore afirmaba mirando a su alrededor:

—Si todos los que en el cine son incapaces de ganarse la vida en otro negocio fueran expulsados de Hollywood, esto sería un amable desierto.

Creo que me dormí tirado en el jardín, invadido por una débil desesperanza, contemplando mis veinticuatro años de vida, mi popularidad, la radiante juventud que me rodeaba, las historias que aún tendría que escribir, la inutilidad de mi trabajo y la cercanía de una fama que me amenazaba con exhibirme ante los otros famosos.

A las nueve de la mañana, envuelto en mi batín japonés, con el smoking apretado contra el pecho y descalzo, caminé hasta donde estaba mi automóvil y luego conduje despacio hasta situarme frente a la Casa Azteca.

Todo esto ocurrió entre la noche del 31 de diciembre de 1926 y el día primero de 1927.

EL RELICARIO

El día 21 de enero, al atardecer, un automóvil me llevó a una sala de exhibición escondida detrás de unos estudios que estaban medio abandonados. A la puerta un par de hombres gigantescos comprobaban si el nombre de la invitación correspondía a la persona que intentaba atravesar la barrera detectivesca.

Yo sabía que iba a presenciar el resultado de un experimento y que se me invitaba por mi conocida parcialidad hacia el cine hablado. La sala era pequeña, con los sillones descoloridos y la alfombra sucia y rota.

Entre el pequeño grupo de invitados se escuchaba hablar en español, pero no era fácil reconocer ningún rostro en aquella penumbra intencionada.

Cuando se nos acomodó en nuestros asientos, la pantalla carraspeó, rechinó y gimió.

De pronto aparecía en ella la española Raquel Meller y comenzó a cantar *El relicario*.

La música era tan popular que no era necesario que se escuchara bien; todos la cantábamos por dentro, unidos por la misma emoción de estar viendo por primera vez un fenómeno sorprendente e histórico.

Al final se encendieron las luces, mientras unos aplaudían y otros miraban hacia la pantalla vacía con cierta incredulidad.

Las felicitaciones no fueron demasiado espontáneas; parecían como si la pequeña audiencia se resistiera a aceptar algo que, sin embargo, se nos había mostrado con suficiente fuerza como para no dejar dudas.

Alguien me presentó a una joven estrella española llamada Conchita Montenegro que era amiga de Raquel Meller.

Conchita me dijo:

—Claro está que se entiende mejor a Raquel en un escenario; pero yo creo que las cosas técnicas se mejoran siempre.

Le dije que yo pensaba exactamente igual y que pronto se escucharía mejor a Raquel Meller en el cine que en el teatro.

Ella me miró divertida por mi entusiasmo Conchita Montenegro era una mujer delgada, de pelo recogido detrás de las orejas, que vestía algo que podía parecer un traje típico español. Me pareció muy inteligente.

Al despedirnos, un productor de cine afirmó que

habíamos presenciado un experimento interesante, pero sin futuro.

Nadie se atrevió a protestar.

Conchita, sin embargo, me guiñó un ojo.

—¿Qué dijo Raquel Meller de esta película con sonido?

—Dijo que al verla se le fue el sueño. Dijo que esa noche no pudo dormir. Que era como si se hubiera desdoblado. —Después Conchita añadió—: Que era como si el espejo estuviera vivo.

El productor que no creía en el sonido se acercó a preguntarnos qué estábamos hablando en español.

Le dije que hablábamos del día en que todas las pantallas de cine del mundo comenzaran a hablar al mismo tiempo.

—¿Y qué dirán?

—Le dirán a los productores que estaban equivocados.

Conchita se reía.

DIOS Y GERMAINE

Imposibilitado de ver a Dolores me fui a ver a Germaine.

El secreto de Hollywood es su excepcional ignorancia, tan convincente y explosiva, tan arrogante y desprejuiciada que transforma en verdad universal cualquier mentira; toda película es un vehículo de falsedades que terminarán por suplantar a la verdad y ocupar su sitio con una fuerza más inmensa de la

323

que ha tenido jamás verdad alguna. La humanidad entera estuvo buscando durante siglos el rostro de Jesús y se nos ofreció, a través de lienzos apasionadamente pintados, una serie de resplandecientes opciones; pero la humanidad nunca estuvo segura de que Jesús tuviera un rostro identificable hasta que Cecil B. de Mille decidió responder a este angustioso deseo de los hombres y dio a Jesús no sólo un rostro, sino un cuerpo completo, y unos gestos y una túnica.

El día 19 de abril de 1927 el mundo descubrió, al fin, el rostro de Dios.

Fue un momento cálido y millones de personas lloraron en la oscuridad de las salas invadidas por música de violines o estrujada en un silencio sólo atravesado por el susurro de los proyectores.

The King of Kings se proyectaba al mismo tiempo en cientos de ciudades y villas de los Estados Unidos y desde las múltiples pantallas Jesucristo-H. G. Warner reunía a su alrededor a los discípulos para terminar mirando hacia el auditorio y permitiendo que por primera vez entrara la multitud sigilosamente y asistiera a la última cena. Cecil B. de Mille había dado a la humanidad el rostro del Señor y la humanidad, desechando todas las anteriores versiones de los lienzos pintados por los famosos, contemplaba a H. G. Warner con un arrobo como jamás lo había conseguido ninguna estatua, lienzo, grabado o narración.

Cecil B. de Mille refrenaba su entusiasmo y musitaba taimadamente:

—Ahora ya tenemos a Jesús entre nosotros.

Fue justamente en ese mes de abril, después de haber estado ante la presencia de un actor llamado H. G. Warner a quien Hollywood había convertido para siempre en Jesús, cuando fui a visitar a Dolores convertida, para muchos años, en Germaine.

Fascinante experimento el de entender que Francia y México forman un mundo semejante y en ocasiones exacto; cualquier Germaine lleva dentro a una Dolores y si se insiste en mostrar esta semejanza, con el paso de pocos meses el mundo entero aceptará que México tiene una capital llamada París y Francia una región denominada México.

Germaine-Dolores iba a apretar estos dos extremos en una simbiosis llena de una gracia que si no era ni francesa ni mexicana, sí conseguía crear el ideal de un feminismo por encima de las nacionalidades o capaz de inventar una nacionalidad nueva, o acaso, en última instancia, un mexico-francés nacido en el propio film.

Pero allí estaba, asegurándonos que era una campesina en el fragor de la guerra europea, coqueteando con los soldados americanos y dejándose hundir en el más fervoroso amor, y allí estaba yo, hundiéndome a mi vez en un sillón, ajeno a la historia y apegado a la estrella, amándola y llamándola, pidiéndole, gritándole que saliera de la irrealidad más real para llegar hasta mí.

Dolores-Germaine había surgido como una imagen diferente en manos de un director con talento; era una nueva proposición de sí misma y parecía reírse de quienes, como yo, a pesar de mi desesperado amor, jamás la habíamos podido imaginar de tal forma; tan radiante, coqueta, sugestiva. Tan única, única, única, única.

El público estaba descubriendo que las campesinas francesas eran suaves, flexibles, delicadas; yo estaba descubriendo que dentro de Dolores vivía una Germaine, la cual, con el paso del cine y del tiempo, nos iría mostrando otros personajes, cada vez más sorprendentes, más distantes a mi voracidad de espectador enamorado.

En el mes de abril de 1927 el mundo descubrió el rostro de Jesús, y yo, menos afortunado, descubrí que Dolores había abandonado mi vida para entrar en la vida que el cine le estaba proponiendo.

Regalo de Sandoval

Hacia el mes de agosto Miguel Linares me contó que la revuelta organizada por Pedro Sandoval en Jalisco, México, había sido un fracaso.

—Mi amigo Sandoval se levantó con un grupo muy pequeño.

Sus dos hijos estaban con él. Fue una buena batalla, pero los cristeros salieron derrotados. No pudieron sublevarse el día 24 de diciembre como habíamos pensado, porque las armas norteamericanas no llegaron hasta el día veinticinco; pero el veintiséis ya estaba peleando.

Miguel Linares, con esa curiosa calma de cronista de lo asombroso, me hablaba de batallas en lugares tales como Nochistlán, Juchipila y Colotlán.

Yo asentía, estupefacto, mientras me tomaba mi copa de tequila, acodado en el viejo mostrador del *hall* de la Casa Azteca.

—¿A dónde está ahora su amigo Pedro Sandoval?

—Pues quién sabe. Estuvo prisionero, pero no se atrevieron a fusilarlo, así que se escapó. Esto ocurrió más o menos en el mes de marzo. La última noticia de Pedro Sandoval es de hace ya semanas, cuando consiguió volver a reunir a más de mil cristeros y se fue al ataque. Me envió un regalo para usted.

Yo asentía con el mismo convencimiento y la misma recatada actitud que mostraba en las juntas de producción al oír hablar de películas que se desarrollaban en islas paradisiacas o en infiernos delirantes.

—¿Qué tipo de regalo, Miguel?

—No sé si a usted le gustará. Pensé en no entregárselo; pero Sandoval lo envía como prueba de que los fusiles que estuvieron escondidos bajo los muebles de su habitación...

Yo estuve a punto de derribar el aguardiente.

—... pues sirvieron para algo. Si no le gusta el regalo, lo puede tirar usted.

Yo esperaba mientras Miguel revolvió debajo del mostrador y sacó una caja de tabaco atada con un cordel.

Dentro de la caja, entre papeles color de rosa, estaban dos orejas humanas.

Miguel me dijo que eran las orejas de un hombre descreído al que había castigado Cristo y la revolución cristera.

Guardé las orejas en mi habitación, metidas en la caja de madera, olorosa a tabaco.

A las dos semanas de estrenarse *The King of Kings* se había convertido en el mejor negocio del mundo. H. G. Warner ya no era un actor, sino Jesús, y la gente le besaba la mano en las calles de Hollywood con una reverencia que Warner aceptaba con una bien estudiada humildad.

Entre Jesús y H. G. Warner la vida había dispuesto una serie de disimilitudes que no eran fácilmente disimulables; la más grave resultaba ser la edad. Mientras Jesús murió a los treinta y tres años, Warner estaba escandalosamente vivo a los cincuenta y uno. Parece ser que Cecil B. de Mille había diagnosticado que nadie —en nuestros tiempos— creería a un Jesús tan joven; así que lo envejeció.

Esta anécdota causó indignación entre los llamados «famosos juveniles» de Hollywood.

El hombre más poderoso del cine mundial, Thalberg, tenía 28 años, Chaplin había cumplido los treinta y ocho, Keaton sólo tenía treinta y dos.

Cecil B. de Mille opuso a todas estas consideraciones el hecho de que un dios juvenil obtendría menos público.

En el mes de agosto *The King of Kings* era ya una leyenda dentro del cine y entre los productores había surgido una concentrada mezcla de envidia y furia; sobre todo porque Cecil B. de Mille parecía haber conseguido, con su película, una aureola piadosa que hacía deslumbrante su calva prematura.

Por esos días Zukor recibió la propuesta de contratar a H. G. Warner para un posible film. Se trataba de aprovechar el prestigio de Jesús y el nuevo prestigio de un actor que había pasado por Hollywood saltando de productora en productora.

Zukor reunió a sus mejores cerebros para hacer una pregunta directa:

—¿Qué podemos hacer con H. G. Warner?

Todos sabíamos que H. G. Warner había hecho ya de loco, de árabe celoso, de sirviente de un castillo, de mayordomo, de príncipe enamoradizo y de Dios.

Yo pensé que para un hombre así sólo había un papel capaz de volcar sobre la taquilla a la misma gente que lo iba a ver en *The King of Kings*.

—Propongo que hagamos una película sobre el demonio y que H. G. Warner haga de Satanás.

En la sala de sesiones se produjo un terremoto emocional que llegó hasta la furia de quienes pensaban que tal cosa sería un sacrilegio. Sin embargo, Zukor, sonriente y cauto, me pidió que fuera a hablar con H. G. Warner.

—Si no quiere hacer de demonio, acaso le interese un papel de ángel maduro.

Así fue como se iniciaron mis conversaciones con Jesús.

MIS CONVERSACIONES CON JESÚS

Nos reunimos en mi *suite* de la Casa Azteca, porque la prensa amarillista había rodeado a H. G. Warner de un cerrado sistema de espionaje.

Cecil B. de Mille estaba indignado:

—Quieren sorprender al actor en alguna actividad impura para desprestigiar el film. Obra de ateos.

Llegó con un sombrero calado hasta las cejas y saliendo de un taxi.

Hace semanas que me persiguen.

Mostraba un rostro delgado, de nariz finamente dibujada, de ojos cansados y amplia frente. Hablaba con un claro acento británico y usaba guantes recién comprados.

Me contó una historia asombrosa:

—La gente, en el momento de mi crucifixión se levanta de la butaca en los cines y se arrodilla en los pasillos.

Me miraba buscando en mí el asombro que él llevaba, también, por dentro.

—Pasaron mi película en un hospital y treinta y tres enfermos de cáncer sanaron de inmediato y están en sus casas.

Yo le servía un whisky y él parecía aceptarlo entre dudas.

—He recibido más de cincuenta mil cartas dirigidas a Jesús. Ahora todas las cartas dirigidas a Jesús me las envía a mí el sistema de correos por decisión del Secretario de Comunicaciones.

Hacía un gesto como pidiendo disculpas y tomaba un trago pequeño, dejando que el líquido se escurriera entre sus labios apenas entreabiertos.

—Ayer entraron en mi casa rompiendo un cristal y sólo robaron unas sandalias de cuero, mexicanas, que yo tenía para ir a la alberca en el club.

Se sentaba al borde de la silla y se llevaba las manos a la cabeza en donde el pelo claro raleaba.

—Durante la filmación de la película yo me cubría el rostro con un velo para que los tramoyistas no me vieran. Estaba prohibido hablarme. Viví de café claro y de pollo hervido durante semanas.

Se aflojaba la corbata con un gesto eficaz, como bien aprendido.

—Yo tenía un retrete sólo para mí.

La conversación se desarrollaba en el atardecer y la luz dorada del verano entraba a través de los visillos recién instalados.

H. G. Warner terminó su copa y adelantó el vaso para que yo volviera a servirle un trago.

—Cecil B. de Mille no quería que yo me quedara con la túnica y con la peluca. Pero ambas cosas son mías, y en las noches me visto de Jesucristo y me hablo a mí mismo para salvarme del pecado.

La segunda copa la bebió sin tanto escrúpulo y pidió una tercera. Después preguntó:

—¿Cree usted que el Dios que hay en mí podrá salvar al pobre y pecador actor que soy yo?

Lo dije que todos éramos salvables pero que no estaba demasiado interiorizado en el tema.

Hace dos semanas trajeron en una ambulancia a una niña de diez años, la sacaron en camilla y la colocaron delante de mi casa. La niña sólo quería saber dónde vivía Dios.

—¿Cree usted que debería dejarme crecer el pelo?

«—También estoy pensando en dejarme la barba.

»—Cecil B. de Mille donará todos los beneficios del film para obras de caridad.

»—Un automóvil negro con reporteros me sigue

cuando salgo en las noches; quieren descubrir a Jesús en una casa de prostitutas.

»—No lo conseguirán.

Nos tomamos media botella antes de que yo me decidiera a ofrecerle un nuevo trabajo en el cine.

Fui al grano, sin contemplaciones.

—Señor Warner, queremos que usted haga de Satanás.

Y H. G, Warner se dejó caer de rodillas en el suelo y comenzó a llorar.

Le serví otra copa y esperé con paciencia.

Al fin H. G.

Warner se levantó, alisó su cabello, se puso los guantes y se secó los ojos.

—Otra tentación más.

Ya en la puerta, musitó en voz muy baja:

—Lo pensaré.

VISITA NOCTURNA

Víctor Hallyday volvió a aparecer en mi vida por esos días; me visitó a las once de la noche. Parecía más viejo y peor vestido; estaba mal afeitado y en un momento dado sacó un pañuelo sucio del bolsillo.

Le dejé pasar porque había pensado en él, y Miguel Linares no sabía decirme si estaba aún en la cárcel o había recobrado la libertad. Lo único que

Linares me dijo fue que Hallyday había enviado por sus cosas y abandonado la habitación en la Casa Azteca.

—¿Quiere una copa?

Afirmó con la cabeza y fue a sentarse, sin pedirme permiso, en un sillón frente al mueble que me servía de bar.

—La policía me dijo que lo habían detenido a usted por ayudar a revolucionarios mexicanos que compraban armas.

—Me acusaron de matar a un tipo llamado Alberto Mijares.

—¿Qué tenía que ver Alberto Mijares con los mexicanos?

—La policía relaciona cosas muy diferentes. Piensa que Mijares era contacto en Los Ángeles con los vendedores de fusiles. No es así.

Bebimos en silencio.

—¿Quería usted algo de mí?

—Hacerle una pregunta.

Le dije que podía preguntar lo que quisiera.

—¿Usted está enamorado del esposo de Dolores?

No tuve ánimos para reír porque parecía como si, de pronto, toda una complicada madeja se desenredara sin esfuerzo.

Poco después sonó el timbre de mi puerta y apareció Miguel Linares; traía una mano hundida en la bolsa de su viejo saco gris.

Me preguntó si yo tenía algún problema; le dije que no tenía problema alguno, pero que podía pasar a tomar una copa con nosotros.

Formábamos un grupo pintoresco; los tres sentados, bebiendo un whisky y observándonos sin ninguna prisa.

Al fin, Víctor Hallyday dijo con un aire cansado y sin agresividad alguna:

—Ustedes dos mataron a mi amigo Alberto Mijares y tiraron su cadáver en un estercolero.

Miguel Linares sacó una pistola y sin apuntar a Hallyday me preguntó:

—¿Quiere que lo mate?

Le dije que no quería que lo matara.

Seguimos bebiendo casi sin hablar durante media hora más. Hallyday, al salir, me dijo:

—Usted no respondió a mi pregunta.

Le dije que no estaba enamorado de ningún señor y se fue.

LOVES OF CARMEN

Sólo una vez fui al estudio a ver, desde muy lejos, la filmación de *Loves of Carmen*, en la que Raoul Walsh había reunido otra vez a Dolores y Víctor McLaglen.

Dolores pareció no verme, pero durante un descanso Walsh se acercó a mí.

—Su amiga es una personalidad nueva en el cine. Con el tiempo podría llegar, incluso, a ser actriz.

—¿Por qué la eligió para este film?

—¿No la ve actuar? Es la imagen de una ingenuidad que tiene mucho de perversa y ambigua; se mueve entre sus amantes como si proviniera de un lugar en donde la moral es desconocida o aún no inventada.

Raoul hablaba frotándose las manos, moviéndose sobre los bordes de un *set* que pretendía representar una calle española.

—¿Por eso la eligió usted para esta película?

—Por eso y porque se parece a Rahab de Jericó, pasando de un admirador a otro con una total indiferencia.

Le dije que no sabía quién era Rahab de Jericó.

—¿Sus padres no son cristianos?

—Mi padre tiene un restaurante en Nueva York.

Se reía, un poco escandalizado.

Luego me contó que Cecil B. de Mille estaba furioso porque yo quería convertir a su Jesús en diablo.

—¿Quién fue Rahab de Jericó?

—Una prostituta de la que habla el Antiguo Testamento. Le salvaron la vida por piedad.

Cuando ya me iba, mi mirada se cruzó con la de Dolores, la saludé con la mano y ella me respondió inclinando ligeramente la cabeza.

Cuando estrenaron *Resurrection*, en la que Dolores aparecía dirigida por Carewe, no fui al cine; me hubiera sentido humillado con el triunfo de un director por el que nunca tuve respeto.

Pero acudí la noche del estreno de *Loves of Carmen* para sufrir con la perversa delicadeza del más asombroso instante que el cine nos había ofrecido desde su nacimiento.

El amante de Carmen, un galán que se considera preferido, se arrodilla ante ella e inclina la cabeza en un acto de sumisión y entrega de armas; todo el orgullo del varón está allí postrado y entregado. Pero Carmen-Dolores necesita más que este vasallaje absoluto; necesita participar activamente en el acto de ofrecimiento de todo un cuerpo y una voluntad.

Dolores-Carmen tiene en las manos una rosa de tallo sumamente largo y con ella fustiga la espalda del admirador rendido.

La flor golpea y convierte al enamorado en un esclavo al que el azote enerva y complace, destruyéndole toda voluntad y toda resistencia. La rosa de Dolores se agita como un látigo cuyo dolor no se produjera en el cuerpo, sino en el último reducto de toda resistencia, allí en donde se fueron a recoger los restos pulverizados del orgullo masculino.

Pensé, en ese momento, en la *Mantis* religiosa a la que se había referido tiempo atrás Raoul y encontré que el director había sabido representar ese sentimiento que Dolores despertaba en todos sus admiradores; una sensación de que su fuerza extraordinaria radicaba exactamente en esa aparente vulnerabilidad que nos mostraba a lo largo de horas , para en una sola escena breve, dejar que a través de una rosa convertida en látigo pudiéramos reconocer la presencia de un carácter voluntarioso, calculador y de alguna manera perverso.

La rosa cae sobre la espalda del hombre que se postra a los pies de la dama y toda una simbología se desata en la mente del espectador que relaciona este acto, aparentemente amoroso y ligero, con torturas, abyectas sumisiones, oscuros actos sádicos jamás llevados a cabo por cálculo o cobardías; la rosa pierde sus pétalos en el flagelamiento y Dolores-Carmen-Dolores sonríe con la gracia suave de una amazona que cabalgando a un potro manso se complaciese en golpearle sin fuerza las ancas con la fusta y no tanto para conseguir que el trote se acelere, como para gozar con su dominio que tiene tanto de orgullo como de húmeda sensación erótica.

El cine contemplaba aquella escena aparentemente graciosa con la tensión de quien está observando un acto íntimo y revelador que no sólo deja al descubierto lo que el director pretende decir del personaje, sino también el carácter hasta entonces escondido de la protagonista. Y acaso un secreto común a todos.

Raoul Walsh había querido decirnos cómo entendía a Carmen y contarnos lo que había descubierto de Dolores.

Salí del cine y caminé hasta el Grauman Chinese; estaba atardeciendo, la gente llenaba las calles en mangas de camisa. Sobre el cemento en donde las estrellas habían impreso la huella de sus zapatos y de sus manos, un grupo de gentes se arremolinaba ante una inscripción que estaba siendo iluminada por una lámpara de bolsillo. Una mujer, de rodillas sobre el suelo, observaba la señal de las dos manos que Mary Pickford había hundido profundamente.

La mujer parecía recitar una salmodia.

—Línea de la vida larga. Temperamento fuerte y apariencia débil. La línea de la fortuna es enérgica y profunda y parece cruzar con fuerza sobre las líneas del amor y del odio. Los dedos cortos y fuertes muestran a una mujer que se siente capaz de atrapar cualquier oportunidad. La palma de la mano tiene un hueco, como para esconder dentro de él toda ambición y todo hallazgo...

La mujer seguía hablando y la gente la escuchaba rodeándola en un asombrado silencio.

La mujer leía la mano en el cemento recientemente fraguado y tenía sobre el suelo un plato de porcelana esperando una limosna.

La mujer dijo, sin separar la mirada del pavimento:

—Las manos de las estrellas son manos diferentes; en ellas no sólo está el triunfo, sino también la línea radiante de la buena suerte y la sinuosa y reptante línea de los sacrificios, de las vejaciones, de los remordimientos, de la propia venta y de la cesión de muchos sentimientos nobles. Cuando esta línea llega a su punto más alto, la estrella se convierte en despótica, porque quiere cobrar por todo lo que ha vendido. Muchas gracias, señoras y señores.

La mujer se levantó y el hombre que tenía encendida la lamparita de mano iluminó el plato colocado en el suelo. Cayeron algunas monedas. Yo esperé unos momentos y deposité con cuidado en el plato un dólar.

La mujer, que tenía sus dos manos puestas sobre los riñones, parecía tener unos cincuenta años y hablaba con acento alemán, me dijo:

—¿Usted vive entre las estrellas?

Le sonreí agradecido y seguí caminando; a mis espaldas la gente comenzaba a entrar a la siguiente sesión de cine.

El perfil del Palacio Chino comenzaba a recortarse sobre un fondo de palmeras y de cielo enrojecido.

La gente entraba en la pagoda para ver *The King of Kings*.

Nunca Jesucristo soñó con habitar tan asombroso lugar; una versión indómita del Oriente contemplado por quienes habían pretendido no solamente crear un lugar suntuoso en donde proyectar películas, sino mejorar toda una cultura aposentada sobre estos lujos que encajaban en el concepto californiano de lo esplendoroso.

El homenaje a una China imposible se elevaba en el atardecer, mientras cientos de personas atravesaban las puertas de la pagoda para, al fin, conocer el rostro de Jesús.

TRABAJOS DE AMOR: EL CINE

Fue por ese tiempo cuando caí en el descubrimiento que yo amaba ese juego de engaños que es el cine. No recuerdo con exactitud cuándo llegó ese instante de revelación; ni si fue un telón subiendo y dejando al aire las realidades o una serie de velos que al caer, poco a poco, día a día, me fueron ofreciendo esta nueva pasión.

Había escrito más de quince guiones, en ocasiones colaborando con profesionales veteranos que habían visto surgir los primeros estudios, otras veces trabajando en mi despacho, ante una máquina Underwood recién comprada.

Había visitado, también, decenas de directores cuando estaban creando sus obras y visto moverse actores y actrices; algunos detestables, otros tan convincentes, tan llenos de capacidad de persuasión que les era posible sacarnos del ambiente profesional del estudio, para hacernos llegar a un cierto dolor, o una especial alegría, o algún otro aún más sutil estado de ánimo.

Había visto a John Barrymore actuar como actor y lo había visto moverse como una sombra apesadumbrada y muy herida; lo había visto con el gesto de una mano despreciar el mundo y con un encogimiento de hombros aceptar una dolorosa culpa.

Me había reído de Theda Bara con toda la socarronería que era capaz un joven escritor nacido en la fuerza y desvergüenza de Nueva York, y un día, viéndola moverse ante una cámara, descubrí que yo temblaba de admiración y entusiasmo, porque aun dentro de la gran mentira se apretaba una realidad de carne y sangre, de erotismo animal que se iba expresando en esos codos carnosos y redondos, en unos ojos en los que una permanente tristeza era rasgada inopinadamente por un apetito furioso.

Conocí a Rodolfo Valentino bailando el tango con un absoluto desprecio por cuantos le contemplaban, y vi en su dormitorio dos días después de su muerte un escandaloso casco de metal blanco, con una toma de contacto que le hacía llegar corriente eléctrica; un artefacto ridículo concebido por un supuesto instituto llamado Merke para que creciera el pelo en treinta días. Lo vi orgulloso aplastando al bailar todo espíritu de competencia, y supe de ese hombre acongojado que lloraba cuando le caían algunos pelos al ducharse.

Estaba dentro del monstruo y vivía en sus entrañas, pero nunca había considerado la posibilidad de que el monstruo me hubiera tragado.

Por eso, descubrir que amaba esta mi nueva condición de hombre de cine vino a sacudirme con ferocidad; ya que yo pensaba aún en mantener mis fríos y bien trazados planes; hacerme un cierto nombre sentándome sobre Hollywood y luego volver a los míos; al escaso ejército de novelistas en cuyas filas yo ansiaba hacerme un hueco y elevar un prestigio.

El amor por el cine no era sino descubrir un peligro que podía impedirme crecer; por eso comencé a ejercitarme en las duras tareas del olvido.

Tomé las fotos de Dolores y las escondí y dejé de visitar a los estudios; de estas dos maneras pretendía amainar mis amores que venía descubriendo cada día más fuertes.

Dos amores que podían terminar con ese proyecto de gran escritor que llevaba en mí desde muy joven.

Yo no quería tener trabajos de amor; sino sólo trabajos.

SEGUNDO DIÁLOGO CON JESÚS

—¿No podría interpretar un diablo que al final se arrepintiera?

H. G. Warner buscaba conciliar su conciencia con su fortuna.

Yo gozaba con verle considerar la posibilidad de la pérdida de su fama, de su carisma sagrado; le decía que los actores son sólo voces y cuerpos al servicio de ideas ajenas.

Pero H. G. Warner se movía inquieto en el *hall* de mis habitaciones, bebiéndose mi whisky en curiosos espasmos que parecían evidenciar una gran sed y un ardiente arrepentimiento.

—Aquí es en el único lugar en donde me atrevo a tomarme unos tragos. Continúan persiguiéndome, quieren descubrir a Jesucristo borracho.

Efectivamente, al otro lado de la calle estaba un automóvil negro con tres hombres esperando y fumando.

Yo le proponía un plan estupendo:

—Emborráchese usted, salga a la calle tambaleándose, golpee en el rostro a un guardia, desnúdese frente a los estudios Paramount y cuando lo metan en la cárcel, convoque a una rueda de prensa y anuncie que va a hacer de Satanás.

Me miraba aterrado.

—No, no. Los actores ingleses tenemos un gran prestigio en Hollywood. Un prestigio de gentes serias; ese tipo de cosas no encaja en nuestro comportamiento.

—Bueno, como quiera. Pero no me negará usted que conseguiría una fama nueva y que se haría con millones. Satanás puede darle más dinero que Jesús.

—Creo que me voy a ir. ¿Tendrá usted un enjuague de boca?

Le hice pasar a mi cuarto de baño y estuvo un gran rato haciendo ruidosas gárgaras.

Al salir noté que también se había peinado usando mi colonia.

Parecía, a pesar de todo, que no tenía ganas de irse. Buscaba su sombrero con calma, se ponía los guantes dedo a dedo, miraba a través de los visillos hacia el automóvil negro.

Al fin se atrevió a preguntar:

—¿Cuánto podría ganar haciendo ese papel?

—Interpretando a Satanás usted ganaría cien veces más que interpretando a Jesús.

Me miró asustado y se fue sin darme la mano.

Yo me terminé a solas la botella, riendo, de cuando en cuando, sonoramente.

Tres días después recibí una nota de Cecil B. de Mille rogándome que pasara por sus oficinas; acudí aquella misma tarde. Lo encontré vestido como si estuviera a punto de salir de cacería; un gran chaquetón con enormes bolsillos cerrados con botones de cuero y unas polainas abotonadas con presillas. Se levantó de su gran mesa, colmada de trofeos y papeles, para saludarme con un rostro severo pero lleno de curiosidad.

Cecil era el calvo que Rodolfo Valentino había temido ser un día.

—Soy un hombre de negocios y entiendo cualquier afán por hacer un buen negocio. Pero también soy un hombre honesto y creo que usted está a punto de destrozar un elevado estado de espíritu en un actor respetable y, lo que es peor, llevar a la confusión a millones de personas. Le estoy pidiendo con todo el respeto por un hombre de ideas atrevidas y sorprendentes, que abandone su proyecto de convertir a H. G. Warner en el diablo.

Yo me quedé en silencio durante un instante; me había sentado en un inmenso sillón frailuno español y tenía frente a mí un ejemplar de la Biblia encuadernado en piel negra y roja.

Cambió de tono:

—Es usted mucho más joven de lo que yo pensaba.

Agradecí el supuesto cumplido. Al fin dije:

—Pienso que la historia del demonio, al igual que otras películas suyas como *The sing of the Cross* o *The Crusades*, puede ser un buen negocio.

—No lo creo; la gente quiere ver cosas que estimulen sus mejores sentimientos, films que eleven al hombre a un estrato superior. *The King of Kings* es una película que ha salvado almas.

—Podríamos, al final, hacer que Satán se arrepintiera. Esa es una idea del propio H. G. Warner.

Me miró muy inquieto; advertí en sus ojillos que había percibido el peligro.

Cambió violentamente de argumentos.

—Aceptemos que esa película pueda dar dinero. Aceptaré también que puede perjudicar al actual film en exhibición. Somos hombres de negocios y podemos entendernos como hombres de negocios. Si usted abandona la idea, el señor H. G. Warner recibirá una compensación y usted recibirá otra. Este segundo aspecto lo discutirá con usted un representante de mis estudios. Quedaría claro que usted no estaría dejándose sobornar, sino que, sencillamente, me estaría vendiendo la idea. Después yo vería si la llevaba a cabo o si, como tantas otras, quedaba archivada.

Le dije que me parecía muy bien.

Él recobró cierta taimada sonrisa. Me llevó hasta la puerta pisando reciamente con sus brillantes botas sobre la alfombra persa. Me dio la mano y afirmó que era un placer tratar con hombres que entendían los negocios no como un duelo de carácteres sino como una transacción importante para ambas partes.

Le dije que yo también entendía así, no sólo el cine, sino la vida. Después quise saber una cosa.

—¿Es cierto, señor de Mille, que cuando usted rodaba, en el año 1915, la película *The captive* un hombre mató a otro en plena filmación?

La inquietud volvió a sus ojos, pequeños, capaces de entrecerrarse como si miraran desde la rendija de una puerta.

—Sí, es cierto. Estábamos filmando la escena del asalto a una casa. Al principio los soldados tenían que disparar sobre una puerta con balas auténticas para que la cámara viera cómo saltaban las astillas. Después ordené que los rifles fueran cargados con balas de salva. Uno de los extras dejó en su fusil una bala auténtica y mató a otro extra de un balazo en la frente. Fue algo terrible que nos conmocionó a todos. El homicida abandonó Hollywood; había sido un caso de imprudencia.

Le di las gracias por la información.

—¿Piensa usted escribir un argumento con ese tema?

—Es posible.

A comienzos del mes de septiembre de 1927, al llegar una noche a la Casa Azteca encontré a Miguel Linares hablando con un hombre alto y fuerte, al que tardé en reconocer. El hombre vino hacia mí con la mano extendida.

—¿Me recuerda?, soy el teniente Foster.

Miguel sacó dos copas ya servidas de su siempre bien surtido mostrador. Miró al teniente Foster como preguntándole si quería beber con nosotros. El teniente Foster negó con la cabeza.

Yo me apresuré a disculparnos.

—Es una sola copa de aguardiente cada noche. Supongo que no estaremos transgrediendo la ley bebiendo en la intimidad.

El teniente Foster dijo que él también suponía que no transgredíamos nada, pero de cualquier forma había otras cosas peores que perseguir.

Después de comentar mi trabajo en el cine y del maravilloso Cristo que acababa de ver, entró en materia. Parecía hablar solamente para Miguel Linares.

—Sabemos que usted tiene amigos que hicieron contrabando de armas para México. Lo sabemos todo, pero la policía considera que usted tiene ochenta años y que no es el verdadero responsable.

«Nosotros buscamos a la persona que hace el negocio y que vive en Hollywood. Sabemos que las armas se entregan en Los Ángeles y que pasan hasta la región de Guadalajara, en México. Sabemos que las compran anarquistas y que entre ellos hay gente de

Boston y de Nueva York. Gente que los ayuda. Sabemos, también, señor Linares, que aquí en Hollywood se mató a un hombre porque después de haber colaborado con los anarquistas estaba a punto de denunciarlos. Usted sabe, señor Linares, que jamás lo hemos interrogado ni detenido; quisiera añadir que ésta es una conversación privada y que me agrada que el señor Taibo esté presente, como testigo de que así es. Partiendo de todo esto, señor Linares, le pido que si tiene algo que contarme sobre este asunto, algo que declarar ante la ley, me visite. Sus obligaciones de ciudadano están muy claras a este respecto. ¿Es usted ciudadano americano?».

Linares afirmó.

Yo pensé que debía intervenir.

—El señor Linares y yo somos amigos, charlamos todos los días brevemente y nos tomamos una copa en las noches. Conocimos a unos mexicanos por casualidad en una fiesta y luego yo les atendí dos noches, porque no tenían en donde quedarse. Nunca he conocido a un anarquista y no creo que ellos lo fueran. El señor Linares y yo no somos socios en ningún negocio de venta de armas y por mi parte no he tomado un fusil en mis manos jamás. Creo que hay un error en todo esto.

El teniente Foster sonrió afirmando.

—Es posible, es posible. De cualquier forma si el señor Linares sabe algo sobre este asunto, convendría que informara oficialmente.

—¿Y yo?

—¿No recuerda? Usted ya declaró.

Y el teniente Foster se fue después de despedirse muy cordialmente.

Seguimos bebiendo y luego le pregunté a Miguel Linares.

—¿Qué opina de todo esto?

Él respondió en español:

—Son unos pendejos.

Terminamos la copa y Linares sirvió dos más. Parecía como si no tuviera ganas de que yo me fuera a mi *suite*. De cualquier forma yo tampoco tenía ganas de marcharme; ese lugar se había convertido en un hábito nocturno, en una necesidad que en ocasiones se limitaba a un trago y un largo silencio frente a ese hombre marchito, impenetrable y a veces asombrosamente sincero.

Resultaba curioso, sin embargo, que al llegar yo a mis habitaciones, después de tomarme un par de copas con Linares, sintiera la sensación de que el hombre se guardaba mucho más de lo que me decía, que ocultaba no sólo emociones, sino también información.

Pero yo era un joven que se protegía distanciándose de los problemas y contemplando la realidad de Hollywood como un sueño que estaba siendo atravesado por mí.

Acaso por eso me enervara tanto descubrir que el sueño se hacía realidad de cuando en cuando y que vulneraba mis defensas dejándome abierto a emociones que quería negarme.

Aceptar el cine como una realidad era un peligro, e igualmente lo era pensar en la tortuosa historia del homosexual muerto y de los cristeros desaparecidos.

Toda la realidad, lo diré claramente, era un peligro.

Hollywood sería una etapa salvable, no intoxicadora de mi vida, si la vadeaba sin pasiones ni amores.

Y a pesar de todo esto, en ocasiones me dejaba llevar por cierta curiosidad absurda y entraba de lleno en nuevos problemas que debieran no importarme.

Sabiendo todo esto, cometí un nuevo error. Le pregunté a Linares:

—¿Quién cree usted que nos está involucrando en la muerte del tipo y en la historia de los fusiles?

Linares jamás se dejaba llevar por el apasionamiento; parecía meditar la respuesta, a pesar de que era obvio que ya sabía lo que debía decirme.

—Víctor Hallyday. Está defendiéndose y nos quiere cargar el muerto.

—Pero, ¿fue Víctor Hallyday quien alquiló al detective, al tal Alberto Mijares para que me vigilara?.

—Sí.

—Y él, ¿tiene algo que ver con los cristeros?

—No, no tiene nada que ver.

Habíamos llegado a una situación en la que era necesario que ambos fuéramos sinceros, o acaso que yo me despidiera y me fuera a dormir. Seguí acodado en el mostrador, frente a un Miguel Linares de rostro reseco y estrujado, de ojos mortecinos.

—Bueno, Miguel, ambos sabemos que Alberto Mijares no me vigilaba para ver si yo salía con Dolores, sino para ver si me encontraba con su marido.

Parpadeó durante un instante.

—Pero, entonces, Miguel, ¿por qué ligar a Mijares con los cristeros?

—Ya se lo dije, son «pendejos».

—¿Y ahora qué puede pasar?

—Ya se lo dije, tenemos que matar a Hallyday antes de que nos hunda.

Yo no me sentí bien, como si el aguardiente se me hubiera cuajado en el estómago.

Miguel Linares, sin embargo, aún guardaba otra sorpresa.

—Taibo, mi amigo Pedro Sandoval lo espera en el cuarto de usted.

Dejé el vaso sobre el mostrador y estuve a punto de golpear a Linares. Pero él me siguió hablando con calma.

—Fue derrotado en Guadalajara, pero tiene una idea que a usted le puede entusiasmar. Usted es un aventurero y yo he visto cómo por aquí pasó el actor que hizo de Jesús. Pedro Sandoval quiere que Jesús los ayude a ganar la revolución cristera.

Curiosamente me encontré de pronto, una vez más, en el centro del río de mis sueños y la situación se tornó divertida y lejana, apetecible.

Irnos a México con Jesucristo para ganar una revolución era otra forma de iniciar la novela.

Toqué suavemente a Miguel Linares en un brazo, tal como solía hacerlo todas las noches al despedirme, y me fui a mi habitación a ver al derrotado.

Estaba sentado en el borde de una silla, había fumado ocho o diez cigarros y había colocado las colillas sobre un papel blanco que a su vez tenía instalado sobre un cenicero. Esta vez no llevaba corbata, pero vestía un traje, muy nuevo, de tela barata y chapuceramente cortado. La camisa estaba sucia, pero los zapatos parecían haber sido lustrados un momento antes.

Pedro Sandoval se puso en pie y comenzó a pedirme disculpas empleando palabras españolas e inglesas.

Me contó que a pesar de que el gobierno mexicano perseguía a los curas y había cerrado las iglesias, una copia de *Rey de Reyes* había llegado a Guadalajara y ahora se exhibía en rancherías y casas particulares.

Hablaba con suavidad y con calma, pero en ocasiones yo no entendía todo su significado y le obligaba a repetirlo; tan absurdo era su mensaje.

Me dijo que el Gobierno los había derrotado, que su amigo, el que le había acompañado meses atrás, estaba muerto y que sus dos hijos habían desparecido. Me dijo que la causa de Dios estaba pérdida si el mismo Dios no los ayudaba.

—Miguel Linares me contó que usted conoce a Jesucristo, el de la película. Yo vine a ver a ese hombre, y a convencerlo para que nos ilumine. Si él aparece en los cerros, miles de personas nos seguirán y entonces venceremos.

Hablaba del actor y de la película como si fueran verdaderamente capaces de poner un milagro en marcha.

Hablaba con un convencimiento absoluto, mostrando sus dientes blancos, sin mover las manos, en una de las cuales se consumía un cigarro más.

Quise saber cuántos cristeros habían muerto en el levantamiento del día 26 de diciembre y me dijo que «casi todos».

Le prometí que conseguiría una cita con el actor y que él podría exponerle sus proyectos.

Se puso de pie y me besó la mano. Después recogió las colillas y el papel, lo metió todo en un bolsillo de su traje nuevo y se fue sin añadir nada más.

Cuando ya sólo quedaba de su presencia el olor del tabaco negro, me acordé de aquella caja de hoja de lata que contenía dos orejas de hombre. Fui por ella y contemplé los amarillentos trofeos.

DOLORES VESTIDA DE BLANCO

Llamé por teléfono al esposo de Dolores, para que me hablara de esos hombres llamados cristeros. Concertamos una cita en su propia casa y me abrió su puerta una sirvienta mexicana con cofia y mandil almidonado sobre un traje largo negro. Me aguardaban en la biblioteca.

Yo no esperaba verla y aquel amor que ya parecía aposentado, y de respiración honda, se alzó sobre mí mismo para convertirse en un condensado y mudo gemido, en una contienda interior de represiones y pronunciamientos, en ese fulgor que de alguna forma nos ilumina el cuerpo entero con una codiciosa voracidad inapagable.

Dolores estaba junto a la enorme chimenea como una flagelante bandera desplegada, mirándome con un altivo y seguro gesto, con los brazos desnudos caídos sobre el traje blanco bordado con unas grecas en colores vivos.

El marido se movía a mi izquierda hablando y señalándome un sillón y yo seguía de pie, contemplando a la transformada mujer de veintidós años, a esa imagen nueva y diferente, absolutamente distinta de aquella muchacha que llegó a Hollywood hace sólo veintidós meses, y que ahora se ha convertido en esa categoría humana tan indefinible y tan inconfundible, tan nueva dentro de nuestra sociedad y, sin embargo, tan heredera de todos los sortilegios antiguos.

Dolores, instalada convenientemente junto a la enorme chimenea, era la estrella.

Hollywood había establecido ya las rutilantes condiciones que una estrella debe exhalar a su alrededor; tan misteriosas como exactas, tan claras como indefinibles.

Los más astutos productores sabían reconocer a la estrella, pero no podían describirla ni catalogarla; recibían su luz, pero no les era posible falsificarla; la estrella surgía de lo profundo de una mujer cualquiera en un momento especialmente mágico, y su presencia se advertía de inmediato.

Era la estrella una revelación y después una presencia, más tarde una necesidad sentida por todos y luego sería una nostalgia colmada de melancolía.

No sabía yo entonces que las estrellas se nos van, pero no se pierden; que desaparecen llevándose una parte de nuestros sueños a la deriva, pero que su imagen se esconde solamente por un tiempo, al otro lado del recodo del inmenso río, para volver de nuevo a nuestras vidas cuando ya parecía olvidada e innecesaria; entonces la estrella surge navegando contra la corriente y vuelve a nuestros sueños retornando de un vaporoso más allá.

El cine ha conseguido que la estrella no muera nunca, que esté condenada a visitarnos cada cierto tiempo, para consuelo de quienes un día descubrimos que en el cine hemos puesto todas nuestras desesperanzas. Dolores, vestida de blanco, junto a la chimenea, era la estrella. Y para mis esperanzas estaba tan perdida como para las esperanzas de su marido.

Ambos, frente a ella, éramos solamente espectadores.

Aquella tarde el esposo me habló largamente de los cristeros como una secta empecinada y salvaje; eran la cara sucia de la fe mexicana.

Yo asentía procurando no llevar mi mirada hacia una Dolores que escuchaba con atención e intervenía hablando un inglés curiosamente lento y culto.

Los cristeros, una falange de ojos devastadores, cruzaron por aquella sala de corte británico, mientras tomábamos té junto a la chimenea; pasaron como una película proyectada en el aire.

Y yo veía a Dolores oponiéndose, pelo negro, traje ondeando al viento, a esos esperanzados visionarios que pretendían ya no sólo tener de su parte a Dios, sino también al cine.

Falange de desarrapados, galopaban entre los vientos polvorientos con gestos mudos y sombreros arrancados por el vértigo.

Y ella estaba inmóvil sobre el centro de la planicie, oponiendo su calidad de estrella dominante a las huestes que venían de lejos. Él hablaba sin ninguna prisa, dando datos, ofreciendo anécdotas, pensando, muy posiblemente, que yo necesitaba todo ese material para un nuevo film.

Me dijo que los cristeros mexicanos cortaban las orejas de sus enemigos.

—En Cristo sólo ven un capitán— decía.

Yo, a mi vez, le conté la historia de las dos orejas conservadas en una caja de metal, en mi habitación.

Dolores me miró un instante y luego se llevó las manos a la boca como para ahogar un grito; sus ojos, por encima de la mano, me miraban como si en ellos se hubiera cuajado un fondo de curiosidad malvada. Después de un cierto tiempo Dolores me preguntó si las orejas no llegarían a pudrirse con el paso del tiempo.

Le aseguré que, por el momento, se encontraban, las dos, en perfecto estado.

EL DÍA 27 DE OCTUBRE DE 1927

Han pasado algo más de cincuenta años y la fecha parece haberse confundido y emborronado; yo recuerdo, sin embargo, que fue justamente el día 27 el que señaló, de forma oficial, la importancia de una canción en el cine. Es cierto, sin embargo, que previamente, en misteriosas sesiones privadas, a las horas menos habituales en Hollywood, en salones desconocidos o en casas particulares, se había podido ver en secreto el film. Los hermanos Warner habían actuado con picardía y espíritu práctico; ofrecían su película como si se tratara de una exhibición prohibida, de un material marginado.

Yo había sido uno de esos escogidos invitados que llegaban a una mansión de Beverly Hills en la noche, recibían una copa de champaña a la entrada y se acomodaban en una salita oscurecida en la que otras personas esperaban, con su copa de champaña, hablando entre susurros.

Cuando llegó el día 27 de octubre, yo ya había visto el film en tres ocasiones y sabía que la historia de *El cantante de jazz* era sensiblera y ridícula; pero sabía, también, que ese actor blanco, con el rostro pintado de negro, dirigiéndose a su anciana mamá que lo contempla embelesada mientras canta, iba a convertirse en el paladín del cine sonoro, en el portaestandarte de la palabra.

No se trataba de que antes no se hubieran producido ya otros films cantados y hablados; lo significativo venía dado por una sensación indiscutible; había llegado el momento de abandonar el cine silencioso. Y esto parecían entenderlo, de pronto, hasta quienes habían luchado contra la sonoridad.

Yo miraba al actor cantante con verdadero arrobo;

no importaban sus desmesurados gestos, ni lo ridícula que resultaba la anciana canosa sentada en el patio de butacas mientras su supuesto hijo lanzaba un pintoresco himno a la maternidad. No importaba ni la historia del pequeño judío cantor ni el que se pintara o no se pintara el rostro de negro; lo único importante en aquellos momentos era que el cine se había decidido a hablar.

Las gentes de la Warner exhibían el film en sesiones calculadamente secretas, para que los privilegiados que el día 27 pudieran decir «la he visto» formaran una élite de glorificadores. Las otras productoras contemplaban el proceso inmovilizadas y sorprendidas. Charles Chaplin acababa de terminar su película *El Circo* y esperaba estrenarla en enero de 1928. Él parecía también atribulado; acababa de pagar un millón de dólares a su esposa Lita, y ésta se había ido del hogar con sus dos hijos.

Yo me lo encontré cuando se escurría de la sala, con un sombrero de fieltro negro sobre los ojos y las manos hundidas hasta el fondo de los bolsillos de su chaqueta. Me reconoció y yo sonreí durante un instante, hasta advertir que estaba frente a un hombre furioso.

—Usted tenía razón, nadie puede frenar al tiempo ni a los estúpidos.

Pero el hecho es que aquel hombrecito con la cara pintada de negro había interpretado la más importante canción de todos los tiempos; a partir de ese momento, el silencio del cine caía destrozado por la ridícula llamada a la madre sentada entre los espectadores. Al

Jolson, moviendo frenéticamente sus guantes blancos, se arrodillaba en el escenario y clamaba por su mamá de blancos cabellos y por el don de la palabra.

En otro momento todos hubiéramos reído; pero no era momento de risas; Hollywood entero se recogía en sus cuarteles de invierno para enfrentarse a la canción destructora de técnicas y estéticas. El cine mudo se estaba muriendo entre los brazos de sus fanáticos seguidores y Chaplin se dejaba caer en el asiento posterior del automóvil, como un boxeador al que le hubieran contado diez sobre la lona. Toda resistencia sería sólo un alarde de valor personal sin sentido alguno; los estetas del cine mudo obtendrían en el futuro una suerte de conmiseración simpática, un gesto de reconocimiento como el que se tiene por el derrotado que, sin embargo, se ha puesto de pie y aún muestra una mutilada sonrisa.

The jazz singer era el triunfo supremo de la Warner Bros. Y un río de whisky comenzaba a deslizarse sobre los inmensos salones, inundando las almas y los cuerpos de quienes jamás habían supuesto que la palabra se iba a pronunciar sobre la pantalla. Borracheras sin fin, llantos desesperados, huidas en busca de quien enseñara a hablar. El alcohol era el último consuelo para un mundo que se quebraba en cada vaso caído y vacío, mientras una mano desfalleciente quedaba balanceándose en un primer plano desconsolado y definitivo.

Unos nuevos jerarcas de la cinematografía acababan de aparecer y estaban ya señalando las buenas y las malas voces; ensalzando a desconocidos y derribando a las viejas estatuas del silencio. Bastaba que un rumor señalara que la voz de tal estrella no era adecuada y que este murmullo llegara a la estrella para que se quebrara aquel antiguo orgullo, la mirada insolente, el caminar altivo.

Las estrellas lloraban en brazos de gentes a las que jamás habían contemplado con afecto y los profesionales del gesto ensayaban en sus dormitorios palabras y palabras ante la mirada de profesores fríos que hacían repetir estribillos absurdos.

Los escritores, sin embargo, nos manteníamos al margen del desastre; nosotros íbamos a ser necesarios siempre, porque los héroes han de decir sus cosas y todo héroe necesita su conciencia oculta que le dicte. Conciencias éramos los escritores en aquellos momentos alocados y más de uno se dedicó a recoger los restos de la catástrofe, Llevando a su casa, en la madrugada a los derruidos señores y las otrora resplandecientes damas. Estábamos los escritores deambulando por entre los fragmentos de la gloria y tomando notas para escribir ese libro, que al fin, algún día, haríamos ya lejos de Hollywood, ya lejos de esta despiadada ciudad de gentes tan aparentemente vivas que ahora necesitan hablar para justificarse.

Los escritores, en fin, queríamos un mundo de palabras, de diálogos colmados de ingenio, de frases sólidas y de respuestas llenas de colorido. Queríamos salir del breve letrero telegráfico en el que habíamos vivido aprisionados.

—El cine tiene que acercarse al sueño.

—El cine se insertará en la realidad.

Me miraba moviendo la cabeza con una pesadumbre burlona.

La realidad no importa; nunca he visto a nadie contemplar durante hora y media una calle de Hollywood. He visto miles de personas ver mi versión de una calle y nadie podía decir que mi versión fuera realista.

—El cine no podrá vivir fuera de tiempo.

—Sí, sí, sí.

Y volvía a sonreír para demostrarme que sus ideas no sólo estaban por encima de las mías, sino que yo estaba incapacitado para entender lo que tan pacientemente me venía aclarando.

Chaplin, sin embargo, no parecía dispuesto a romper el diálogo; permanecía frente a mí, moviendo entre las manos su sombrero de fieltro, sin prisa, como quien busca dentro de sí mismo el milagro que le permitiera llevar su verdad no sólo a mí sino al mundo entero.

Yo modifiqué mi estrategia.

—Pero, ¿qué es el cine?

—Es una variante más del arte total. Pero no me pregunte qué es el arte total.

Movió de nuevo su sombrero entre las manos y añadió:

—El arte total acaso sea la vida.

—Bien, aceptaré que es un arte. También lo es la

pintura; primero se pintó en la pared de una cueva, después sobre un lienzo; pero nadie pintaría hoy sobre un lienzo, si previamente no se hubieran inventado los telares. El cine tiene que cambiar de acuerdo con los inventos del hombre. Si el hombre inventa el sonido, el cine usará el sonido de la misma forma que el pintor usó la tela. Nadie, ningún artista, va a renunciar a un invento que le permita ampliar sus medios expresivos, artísticos.

Chaplin aplastó con súbita violencia su sombrero sobre la mesa y pareció estar a punto de perder la paciencia, de aceptar que yo era un ser incapaz de entrar en su verdad indiscutible. Dijo:

—¡No, no! El sonido no viene a hacer mejor al cine, viene a destruir la poesía del cine. No es cierto que cualquier invento permita mejorar un arte. El hombre inventó el micrófono y ahora cantan hasta los que no tienen voz. El hombre inventó el disco y ahora sirve para imprimir estupideces. Hay inventos que matan al creador. El sonido es la muerte del verdadero cine y mi tarea es convencer a los creadores que ellos no deben de usarlo. Que lo usen los directores mediocres, los actores de Broadway que se especializan en chistes de judíos, que lo usen los que piensan que un león es sólo un león cuando se escucha su rugido. Yo creo que los verdaderos artistas rechazaremos el sonido y seguiremos pidiendo a los espectadores que lo recreen en su alma.

Tomó el sombrero y comenzó a alisarlo con la mano, como arrepentido.

—¿Y el color?

—Otra estupidez. Todo lo que sea acercar el cine a la realidad es hundirlo en lo mediocre. Ni sonidos ni chistes ni canciones ni colores. Sólo los grises y la imaginación.

Y antes de irse me dijo:

—Yo sueño sin sonido. Mis sueños son mudos y en blanco y negro.

Y Chaplin se fue.

Y LA PALABRA DE JESÚS

Encontré a Miguel Linares esperándome con la copa y una noticia:

—En su habitación está el actor ese que hizo de Jesús. Trae puesta la peluca.

Linares me mostraba la copa de tequila con un gesto que parecía tener mucho de esperanzador.

Yo llegaba muy borracho; había estado cantando las glorias de la voz en una fiesta y estaba un poco ronco. Me pareció que no debía despreciar el trago y lo tomé dejándolo caer en la garganta sin esfuerzo.

H. G. Warner no sólo tenía puesta una peluca larga, rubia, sino que también se había colocado sobre sus ropas una larga túnica. Sobre mi mesa de trabajo estaba abierta una maleta pequeña, en la que había peines, tarros de crema y bigotes y barbas postizos.

H. G. Warner estaba tan borracho como yo.

Quería saber si su voz podía sonar como la voz de Jesucristo.

Yo me tiré sobre un sillón y escuché con aire de entendido, mientras él procuraba superar su tartamudez y me hablaba con una voz que intentaba ser acaramelada, suave y muy británica.

—«Oh, hijos míos, seguidme por desiertos y veredas hasta mi triunfo final.»

Me observaba ajustándose la peluca.

—¿Usted cree?

—¡Repita eso!

—¿Oh, hijos míos?

—Sí, justamente.

—«Oh, hijos míos, seguidme por veredas y desiertos...»

—Antes dijo usted «desiertos y veredas».

—Estoy improvisando.

—Pensé que declamaba usted fragmentos de la Biblia.

Se puso la barba con una rapidez de transformista.

—Así sonaré más auténtico.

—Sí, eso es cierto.

—«Oh, hijos míos, por favor seguidme por encima de los mares...»

—Ah, caramba.

—Lo que importa no es el texto, sino la voz.

—Sí, es cierto.

—Y mi voz...

Dudaba H. G. Warner en hacer la pregunta definitiva.

—Y mi voz, sinceramente, dígame usted... ¿podría ser la voz de Jesús?

363

Cuando Miguel Linares abrió la puerta con su llave nos encontró reconstruyendo la voz del Señor.

—Más suave, como si todos estuviéramos muy cerca de él.

—Más suave. ¿Más suave aún?

—Sí, más suave.

Miguel Linares tenía a su lado a Pedro Sandoval, quien miraba a Warner con un arrobo impúdico.

Sandoval adelantó dos pasos, se situó en el centro de la alfombra persa y se arrodilló.

—Señor —dijo—, vente con nosotros y venceremos.

Al día siguiente descubrí que un automóvil con dos policías me estaba siguiendo constantemente.

ÉSTE ES MI IDIOMA

El día 3 de agosto de 1927 Dolores cumplía veintidós años. Celebró una fiesta a la que no fui invitado. Me dijeron que ella había bailado acompañada de una guitarra y, algo más importante, había estado declamando versos de Kipling, en inglés. Dolores ya sabía cuál iba a ser el futuro; lo supo durante esos meses de absoluta indiferencia por el cine hablado.

Cuando *El cantante de jazz* comenzó a proyectarse, Dolores hizo declaraciones muy sensatas.

—Yo soy una actriz y no conozco a ninguna actriz que haya sido muda. El inglés es mi idioma.

A finales del mes de octubre le envié a su casa unos

discos con las voces de algunos actores ingleses de renombre.

«Por su cumpleaños y con retraso.»

Me llamó por teléfono para darme las gracias; me hablaba en un inglés dulce, con un gracioso acento no fácil de identificar.

La invité a cenar y me dijo que le era imposible aceptar; tenía mucho trabajo.

Creo que fue durante los días siguientes, cuando descubrí que en todo Hollywood sólo tenía un amigo en quien confiar: Miguel.

Comprábamos siete botellas a la semana y nos las bebíamos sobre el mostrador sin ningún esfuerzo. El 19 de junio yo había cumplido veinticuatro años. La última película escrita por mí había sido un éxito y papá Zukor me había entregado un bono de tres mil dólares que yo había sido incapaz de gastar a pesar de que mis compañeros me aconsejaban que comprara una casa con un jardín y alberca, que podría pagar a plazos en muy poco tiempo.

Pero algo me ligaba para siempre a la Casa Azteca y a Miguel Linares, algo que parecía estar situado entre ese ambiente de interinidad en el que pretendía seguir viviendo y mi curiosa relación con el anciano. Cualquier intento de instalarme en Hollywood de forma más permanente hubiera contradicho o aplazado mi decisión de volver a Nueva York para desarrollar mi carrera de novelista.

Los policías continuaban vigilándome de la forma más descarada y Miguel concertó una serie de citas con el cristero que llegaba a mi *suite* a través de los pasillos del fondo.

Por su parte, H. G. Warner había recibido una cantidad de dinero, pero no había cambiado el cheque; lo llevaba metido en una cartera de piel de cocodrilo y me lo mostraba en sus tardías visitas; cuando se emborrachaba con Miguel y conmigo.

—Aquí está, es el pago por seguir siendo fiel a Jesús.

El día 17 de octubre estábamos en mi sala (que ya por entonces se había ampliado al ser derribada una mampara y colocado unos cuantos muebles comprados apresuradamente) el grupo de curiosos rebeldes.

Warner bebía con su larga barba blanca puesta, Miguel estaba sentado muy derecho en una silla, el cristero fumaba empedernidamente y yo hablaba de mi destrozado amor.

A las doce de la noche golpeó en la puerta Víctor Hallyday; también estaba borracho.

Miguel lo dejó pasar, cerró luego con llave y se quedó en la puerta; Víctor Hallyday nos miraba a todos trasladando su atención de las barbas blancas al oscuro Sandoval y de éste hacia mí. Yo sonreía hundido en mi melancolía.

Hallyday dijo:

—¿Así que de esto se trataba?

Y comenzó a reír.

Parece que el único que entendió el significado de la actitud del recién llegado fue Miguel, porque se volvió hacia nosotros y declaró:

—Piensa que somos maricones.

Lo que recuerdo es que Sandoval se levantó y de un solo golpe hizo estallar la nariz de Víctor; lanzando

366

sangre sobre la pared cercana y llenando de indignación a H. G. Warner, que recogía sus barbas púdicamente para que no se le mancharan.

Fue una pelea sin sentido y sin ninguna piedad;
Hallyday estaba al final sobre el suelo recogido en sí
mismo, mientras Sandoval se observaba la mano derecha que parecía enrojecida y despellejada.

Miguel Linares no había intervenido, sino para
anunciarnos a todos que era necesario matar a Hallyday.

—Si no lo hacemos, este loco nos acusará de escándalo y lo de las armas terminará por ser descubierto.

Sandoval quería saber por qué Hallyday nos perseguía, pero nadie podía explicárselo y H. G. Warner
estaba seguro de que todo era un siniestro complot para desprestigiar definitivamente la imagen del Salva-
dor y su propia imagen.

—¡Yo no he gastado el dinero que me dio el señor
Cecil B. de Mille por amor a Dios y por no venderme
al diablo! ¡No gasté el dinero y aún soy puro!

Mientras tanto la sangre de Hallyday seguía man-
chando mi alfombra. Miguel Linares dijo a Sandoval:

—¿Quieres que Jesucristo te ayude?

—Sí quiero.

—Entonces tenemos que deshacernos de este
hombre.

—Bueno.

Comenzaron a arrastrar a Víctor hacia la puerta,
tirando de sus piernas.

Yo me bebía una última copa y dejaba hacer, porque esta realidad de Hollywood es una ficción que

el tiempo se inventa y con la que no he de tener relación alguna; todo es una amañada mentira y nada debe ser regido con la puntualidad y el rigor que la vida verdadera requiere. Hollywood se miente a todas horas para poder inventarse a sí mismo cada día y todo intento por transformar estas reglas de comportamiento está mal visto y es inútil. Así que lo último que vi de Víctor Hallyday fue su cabeza, ensangrentada, arrastrando con ella a la propia alfombra hasta que H. G. Warner pisó el tapiz apretándolo contra el suelo y la cabeza saltó ligeramente al golpearse contra las baldosas y luego desapareció por el pasillo, y la puerta fue cerrada con despreocupación por el hombre de la barba blanca que mostraba un cheque no cobrado, agitando el documento y alabando a Cecil B. de Mille, que es el verdadero profeta en la tierra.

Al día siguiente Miguel me compró alfombras nuevas y lavó las paredes. No volvimos a hablar de Víctor ni tan siquiera cuando apareció su cadáver en el foro en el que Cecil B. de Mille estaba rodando *Godless Girl*.

LOS ATEOS PUEDEN CAMBIAR

Mientras el mexicano y el inglés preparaban su viaje para arrastrar tras de ellos a legiones de guerrilleros ansiosos de instalar a Dios sobre las tierras de México; Cecil B. de Mille dirigía una película que trataba de un grupo de ateos que terminan matando a una persona y sufriendo las terribles consecuencias de su culpa en una penitenciaría atroz.

Marie Prevost era la pobre chica que pasaba del ateísmo al arrepentimiento y en el trance era azotada por una celadora, rapada por una enemiga y perseguida por todo un pavoroso sistema penal.

Marie Prevost encontró a Hallyday en su camerino una mañana apacible durante la cual tenía que ofrecerse al látigo de una guardiana de la cárcel y se esperaba que la secuencia fuera impactante.

Cecil B. de Mille pensaba, por lo que se contaba en los estudios, que después de sus éxitos con Jesucristo era necesario exponer a los hombres a la contemplación de sus propias lacras; las cárceles americanas estaban llenas de defectos y al mismo tiempo cabía predicar contra los inconvenientes de la falta de fe. Había quienes aseguraban que Cecil estaba interesado, únicamente, en manejar una historia turbia expuesta de tal forma que pareciera ejemplarizadora.

Cuando Marie Prevost entró en su camerino, encontró a un hombre ensangrentado y frío; el hecho de que la película en filmación tuviera escenas crueles no aminoró la espectacularidad del hallazgo y Marie tuvo que ser asistida en la enfermería del estudio, mientras comenzaba a librarse una sórdida pelea entre los ejecutivos de los estudios y los reporteros. De alguna forma el cadáver quedó convertido en un fanático de Marie que había entrado en su camerino para robar fotografías y sufrido un ataque al corazón, acaso por la acumulación de emociones y la presión de su mala conciencia.

Amanecer

A las siete menos cuarto de la mañana el estudio mantiene una inmovilidad calculada y expectante; las personas que caminan por sus calles o atraviesan las escenografías de cartón y yeso lo hacen como retrasando su paso para acomodarlo a la disciplina del tiempo; algunos se paran, encienden un cigarrillo y contemplan el cielo muy limpio y muy lejano. Los obreros se han sentado a la entrada de los foros y hablan de dinero o de la incompetencia de un director famoso. Los altos empleados no aceleran su paso ni aun cuando se cruzan con otro empleado más alto aún; el estudio sabe que faltan unos minutos para el inicio del trabajo y que estos minutos son aprovechados de forma exageradamente visible por un gremio que conoce su eficacia y tiene conciencia de su propio éxito. Los estudios, representados por toda una comunidad de obreros, empleados, intelectuales y actores, disfrutan estos momentos previos de forma exhibicionista y petulante.

Y, apenas el reloj señala la hora justa, las siete de la mañana, se produce un revuelo curioso, una agitación que parte del interior de cada cual y que estalla en una desaforada manera de abrir puertas, revolver calderos con pintura, colgar la ropa en las perchas, poner las máquinas de escribir en marcha.

De tal forma los estudios de cine son inmensos infiernos de trabajo agotador, que los trabajadores están obligados a fingirse libres y despreocupados durante los minutos previos al esfuerzo absoluto.

Marie Prevost mira su reloj, las siete en punto, sonríe a la joven actriz con la que había estado conversando y abre alegremente la puerta de su camerino, sobre la cual estaba escrito su propio nombre, en letras negras bajo una estrella de cinco puntas.

Marie Prevost abre la puerta, enciende una luz porque las ventanas están cerradas y se encuentra con el muerto a sus pies.

Entonces Marie Prevost lanza un grito, pero en el estudio no se enteran, porque a las siete de la mañana todo el estudio es ya un grito.

Así fue como hasta las siete y seis minutos se descubrió que la joven estrella Marie Prevost estaba tendida, junto a un hombre muerto, mostrando él una cara recubierta de una especie de costra de un rojo acafetado y ella ofreciendo el espectáculo de sus medias de seda, rotas en la caída.

LOS DÍAS FINALES

Esa noche Miguel, Pedro Sandoval y H. G. Warner me anunciaron que abandonaban Hollywood para siempre.

A la puerta tenían una camioneta colmada de fardos envueltos en arpilleras y estaban cargando los últimos paquetes cuando yo llegué después de un día de asombro constante, porque fui capaz de adoptar un aire de sorprendido cuando comenzaron a rodar los chismes sobre la aparición de un muerto en los dominios de Cecil B. de Mille. Ausente de todo sentimiento de culpa escuché las disparatadas versiones de los compañeros y de las secretarias y apoyé la teoría de que Hollywood no podía resistir un escándalo más.

—La policía está investigando, pero también apoyando a la industria.

—Es su obligación; ellos también viven de la industria.

—¿Y Marie Prevost?

—Ahora pide que el caso se haga público; es la única que está en contra de silenciar la aparición del cadáver.

—Esa joven es una suicida.

La camioneta ya estaba cargada y Warner anunció su decisión de vestir la túnica y ponerse la barba y la peluca desde ese mismo momento. Miguel y Pedro estuvieron de acuerdo; yo sugerí que se dejara crecer la barba.

—No me saldrá igual.

Miguel parecía aún más delgado y sarmentoso que nunca, pero se movía con una fiereza sugestiva.

—Levantaremos en armas a toda la región de Guadalajara.

Pedro estaba también convencido.

—Con Jesucristo de nuestra parte se alzarán los campesinos, asaltaremos los cuarteles, no dejaremos a un solo maestro con orejas. Llevaremos la palabra y las balas de Jesús por todo México. A la chingada con todos ellos.

Warner me miraba, ya absolutamente compenetrado con su papel, fervientemente convencido de que sería el primer actor del mundo en entrar en la verdadera historia de las gentes. Ensayaba su leve sonrisa y se movía con suavidad por los pasillos de Casa Azteca, mientras sus compañeros cargaban los bultos y se apresuraban entre sí.

Warner tenía una sola duda:

—¿Qué opinarán los campesinos mexicanos de un Jesucristo que hable inglés?

—Díganles que habla latín.

—Buena idea; muy buena idea.

Jesús avanzaría por los áridos campos seguido de una turba de hombres, mujeres y niños, todos ellos armados y resueltos, todos ellos callados y seguros. Sería un ejército de una eficacia magistral y la voz interior de esas gentes sonaría en el mundo entero.

—Pronto se sabrá en todas partes que Jesús ha salido de las pantallas de cine para hacerse verdad, que se corporizó entre los hombres y que ha llegado a la tierra para interpretar la verdadera y nueva pasión del ser humano. Lo que Cecil B. de Mille jamás se atrevería a filmar, porque es un hombre sin talento y sin grandeza. Porque él quiere a Jesús como negocio y yo lo quiero como grito liberador. Ya me veo avanzando sobre las colinas de hierbas agostadas y nubes bajas, mostrándome sobre contraluz fosforescente, llevando tras de mí, pegadas a mí, la mirada de miles de seguidores que obedecerán mis gestos más sutiles, más calculados y bellos.

«Mi mano señala dulcemente hacia delante, y el ejército avanzará pisando descalzo sobre la tierra y a su paso caerán los castillos envueltos en polvo y sangre, caerán las murallas y retrocederán los ejércitos. De México partirá la gran marcha y un día llegaremos a Londres, atravesando en miles de lanchas el mar, para poner de pie a los menesterosos, y ese día, sobre las ruinas de la Cámara de Lores, yo proclamaré, yo, el Jesús nacido en el mísero cerebro de Cecil B. de Mille y luego encarnado y vengador, que Jesús ha nacido en Inglaterra.»

Miguel y Pedro habían terminado de cargar la camioneta y querían despedirse de mí. Miguel lo hacía trabajosamente.

—Véngase con nosotros, Taibo. Abandone este lugar de mentiras.

Pedro tenía prisa.

—¿Viene o no viene?

Miguel estaba pálido, ojeroso, recubierta la piel de la cara de manchas que eran surcadas por arrugas crispadas, contemplándome con un fulgor desesperado.

—Véngase, Taibo, véngase con nosotros a la revolución del Señor.

Yo quería preguntarle desde cuándo él era cristero, pero no parecía posible, porque Miguel no lo escuchaba.

—¿Viene o no viene?

Pedro se frotaba las manos sucias en su corbata deshilachada y parecía urgirme a tomar una decisión heroica.

Warner me preguntaba:

—Una pregunta: ¿Jesús puede montar a caballo?

La camioneta se movía ya sobre la calle, una mancha oscura en la noche, y aún Miguel me seguía tomando de una manga y empujándome hacía ella.

—Taibo, déjelo todo y vámonos. ¿Se acuerda del teniente Foster? Nos tiene vigilados, tenemos que salir en la noche. Si se queda le acusarán de la muerte del señor Hallyday. Véngase, vamos a pelear en las sierras de mi país.

Desde la camioneta Pedro agitaba la mano acelerando la despedida. A su lado la mancha blanca de Jesucristo parecía recogerse en una oración callada.

—No, yo me quedo, Miguel. Tengo que ver de nuevo a Dolores.

—Es su ruina, Taibo; es su ruina.

Y se iba de espaldas, moviendo agitadamente las manos, contrariando su claro deseo de continuar convenciéndome. Cuando ya estaba junto a la camioneta se volvió hacia mí para darme una última explicación:

—Tuvimos que acelerar la marcha; salir hoy mismo, porque un policía mexicano nos anunció que mañana vienen por nosotros. Por eso nos vamos así, pero Nuestro Señor Jesucristo nos acompaña.

Y lo decían sin ninguna intención humorística.

La camioneta arrancó al fin con los tres hombres sentados juntos; en el centro H. G. Warner, con su larga barba rubia y su manto blanco, los pies desnudos dentro de unas sandalias nuevas.

Yo entré en mi *suite* y me dormí de inmediato. La vida era como una película más con un guionista desconocido y ausente. Cuatro días después el teniente Foster me detuvo para interrogarme sobre un grupo de mexicanos anarquistas.

Sostuvimos un diálogo áspero y tenso; Foster no comprendía mi relación con un grupo subversivo extranjero, pero tenía demasiadas aparentes evidencias que se entrelazaban a lo largo de más de un año.

—Usted conoció a un detective privado, homosexual y muy relacionado con los grupos latinoamericanos de Hollywood; un hombre que vendió armas y que terminó muerto de un balazo en la cabeza.

—No sé de quién me habla.

—Usted conoció a un traficante drogas, un tipo de Nueva York, como usted mismo, que estaba relacionado también con los grupos latinoamericanos y cuyo cuerpo apareció asesinado en un estudio de cine.

—Sí sé de quién habla, pero no lo conocí... vivía en mi mismo hotel.

—Usted tuvo un amigo íntimo, con el que todos los días sostenía conversaciones en la noche; un hombre que supuestamente era portero nocturno de su hotel, pero que sirvió de contacto con los grupos revolucionarios anarquistas mexicanos, adquirió armas y fue quien mató a los dos hombres por miedo a que le denunciaran.

—Usted habla de Miguel, de Miguel Linares, fue mi amigo, hace unos días desapareció. Jamás hablamos de armas ni de anarquismo.

—Usted estuvo en una fiesta junto con los anarquistas mexicanos.

—Yo estuve en una fiesta, estaban dos hombrecitos mexicanos a los que luego vi un par de veces. No sabía que eran revolucionarios.

El teniente Foster estaba sentado en su mesa, había puesto el sombrero sobre unos papeles escritos y de cuando en cuando lo levantaba rápidamente, como quien descubre un pájaro que no quiere que se le escape, y atisbaba en el papel para seguir preguntándome.

Yo me asombraba de que, contado por él, todo pareciera tener un sentido que, sin embargo, no era el adecuado; parecía como si los hechos hubieran sido tomados y transformados esencialmente.

Decidí atacar toda su teoría a riesgo de que surgiera otra más desfavorable para mí mismo.

—Teniente usted sabe quién soy; en Hollywood se me conoce ya muy bien; usted no puede creer que mi negocio sea vender armas a anarquistas. Usted tampoco puede creer que yo haya estado matando gente por los estudios de cine. Usted no puede sostener, seriamente, que yo esté involucrado en una conspiración internacional. Todo esto es fantástico y si algunos hechos parecen relacionarse con esos hombres y con esas muertes, eso es cosa de la casualidad. Lo que usted me cuenta es como una mala película que divertiría mucho, pero que nadie llegaría a tomar en serio.

Foster me miraba largamente, su cigarro había quedado olvidado sobre un cenicero sucio, el sombrero de fieltro seguía sobre los papeles, en el centro de la mesa, como ocultando un último triunfo.

Foster levantó el sombrero, observó con rapidez lo escrito, y preguntó con una calma muy fría, muy concentrada.

—Usted se hizo amigo de un actor inglés, lo presentó a los mexicanos y éstos lo raptaron y le hicieron pasar la frontera por el desierto ¿Es eso también una casualidad?

—Ya le dije que todo es casualidad.

Foster no parecía indignado, sino colmado de una furia que conseguía dominar y mantener mansa.

Me dijo que me podía ir, que no abandonara Hollywood; que si aparecían los mexicanos estaba obligado a denunciarlos, que si sabía en dónde se encontraba Miguel o el actor inglés estaba obligado a comunicarlo; que si recordaba algún detalle que pudiera aclarar la situación, tenía el deber moral de llamarle por teléfono y decírselo.

A cada una de estas advertencias yo movía la cabeza afirmativamente, ya de pie, frente al teniente aún sentado, agazapado más bien.

Cuando ya me iba tomó el sombrero de la mesa, se lo encasquetó sin cuidado alguno y volvió a mirar hacia los documentos.

—Señor Taibo, ¿es usted homosexual?

Le dije que no lo era.

AÑO 1929

Mis recuerdos, tan precisos, tan cuidadosamente mantenidos vivos durante años, se revuelven turbulentamente al llegar los acontecimientos siguientes; tal y como si un lago apacible se transformara en un volcán ardiente; así las imágenes, a través de las que he venido deslizándome, se hacen ahora tumultuosas y torpes; mezclándose entre sí y oponiéndose unas a otras con un fragor que impide toda observación minuciosa y calma.

La llegada del sonido fue la primera señal de que todo el disparatado, pero bien construido reino de Hollywood iba a ser sacudido de tal manera que los valores más supuestamente sólidos caerían derribados entre escenas de histeria, momentos de silencioso estupor, reuniones delirantes, borracheras colectivas.

Incluso aquellos que habíamos vaticinado el sonido como lo irremediable, jamás pudimos sospechar que éste llegaría de forma tan aplastante, convirtiendo en escombros las teorías sobre las cuales se estaba alzando la más vigorosa industria del país.

Yo participé en una famosa reunión secreta durante la cual la industria del cine intentó estudiar la situación y resistir el empuje de una opinión pública que quería oír cantar y hablar, sonar los cañones, ulular el viento, rugir a las panteras. Una masa que pedía ruidos, gritos, palabras y sollozos; que habían abandonado el cine silente de la misma forma que se había deshecho de los coches de caballos para acudir al automóvil y convertirlo no ya tanto en un vehículo como en un símbolo de progreso y euforia.

En la reunión, sentados alrededor de una mesa de caoba, en varias filas apretadas, hasta dejar a las últimas personas apoyadas en las paredes y en pie, se reunían los hombres del cine.

Chaplin estaba sentado en la primera fila, Zukor y Goldwyn también. Fue Zukor quien me pidió que hablara en primer lugar, para exponer lo que a mi juicio serían los próximos años del cine.

—Yo no quiero defender aquí el sonido o el silencio; todo lo que quisiera decirles es que nadie podrá impedir que el cine hable. Sé muy bien que para muchos esto significa el desastre; que los dueños de los salones pequeños o de las cadenas de cuatro o cinco cines han de vender sus equipos actuales para adquirir los nuevos equipos y que para ello necesitarán un dinero que acaso no tengan. Pero a pesar de esto, el cine hablará, a pesar de que algunas estrellas van a ser sacrificadas, a pesar de que muchos técnicos ya no tendrán cabida, a pesar de que habrá que importar de Broadway actores y directores de teatro. El cine hablará por la misma razón por la que el automóvil sustituyó al caballo. Ustedes se preguntan: ¿Qué haremos con los miles de proyectores que van a quedar anticuados? Yo les diría: ¿Qué se hizo de los miles de caballos a los que el automóvil sustituyó? Ya nadie recuerda hoy a esos caballos que parecían imprescindibles.

¿Quién recordará, dentro de cinco años, los aparatos de proyección que hoy nos parecen esenciales? Nadie.

Los grandes de Hollywood me escucharon en silencio, también en silencio me miraban los directores, algunas estrellas, los escritores famosos.

Chaplin habló sin ponerse de pie.

—Nadie va a robarme aquello a lo que he entregado toda mi vida. Mi cine procede de la pantomima, no del grito. Yo seguiré en silencio.

Después sonrió, torciendo de una forma muy curiosa la boca, de tal manera que parecía más un gesto de desconsuelo que una sonrisa y dijo:

—Ésta es mi última palabra.

Y se levantó de la mesa, cruzó con grandes trabajos entre quienes le abrían paso y salió de la enorme sala pareciendo más diminuto que nunca, más derrotado que su propio personaje. Desde mi lugar vi cómo iba sorteando dificultades, con su gracia habitual un poco entorpecida, moviéndose con más lentitud, como si tuviera que cargar sobre sus hombros una decisión agobiante de la que ya jamás podría desligarse. Salió de la sala consciente de que el silencio que le acompañaba no era el habitual, y conmovió a quienes lo veían avanzar, danzando más que caminando, hundiéndose en la palabra «fin». Salió absolutamente derrotado y empecinado, último héroe de una resistencia sin futuro, y al salir se llevaba la sombra de todos los caballos sacrificados para ser convertidos en hamburguesas, para ser digeridos y olvidados durante la digestión.

Yo había colocado en la junta, que más tarde se haría famosa, la sombra de una legión de animales asesinados por el progreso y de ahora en adelante las máquinas de proyección silente tendrían la calidad del potro ensangrentado; y al ser retiradas de las cabinas lanzarían un último y quejumbroso relincho pidiendo piedad. Los proyectoristas presenciarían la retirada de estos últimos supervivientes de una época con el alma apretada por la angustia, y más de uno acariciaría al enorme artefacto metálico, orondo en su parte superior, sólido y herrumbroso en sus cimientos, como quien se despide del amado percherón condenado al sacrificio.

Mi discurso estableció este símil y por los serpenteantes reductos del chisme de Hollywood trascendió a todas partes y pronto se podría oír cómo «otro caballo fue sustituido» en tal o cual salón de cine, en tal pueblo o en tal otro.

Al abandonar la reunión, Chaplin se convertía en el único luchador activo contra el sonido, otros seguirían haciendo películas mudas durante un tiempo para cubrir las necesidades de los cines de segunda y algunos abandonarían la lucha con la actitud de quien está traicionando su propia estirpe; pero la industria se mantuvo en pie, afrontó los hechos y se dispuso al cambio.

Los millones eran devorados por las instalaciones nuevas y la palabra «micrófono» adquiría un súbito valor; el micrófono significaba toda una serie de cuidados, rituales, misterios; se cubrían las paredes de grandes telas acolchadas, se empleaban cientos de kilos de aceite en engrasar todo cuanto pudiera chirriar, se transformaban los zapatos para acomodarles unas suelas blandas, llegaban desde Nueva York extraños personajes que enseñaban a hablar a los actores poniéndoles entre los dientes un tenedor, haciéndoles recitar con la boca llena de perlas, obligándoles a declamar a Shakespeare con la cabeza metida en una curiosa caja de cuero forrada de tules.

Los recién llegados eran ásperos, académicos, dictatoriales; se sabían dueños de una situación con la que jamás habían podido soñar y pretendían mantener su jerarquía y su dominio hasta el fin, en un cine del que, sin embargo, no sabían nada.

Estas gentes, caídas sobre Hollywood como una peste pretenciosa y suficiente, llegaban a los estudios y eran rodeados por una corte de estupefactos técnicos creados en el silencio. Instalados ya en el centro del lugar de trabajo, los expertos en sonido daban unas palmadas fuertes y escuchaban atentos las respuestas sonoras del lugar; de inmediato señalaban las carencias de resonancias, el exceso de reverberación, la calidad sorda de ciertos ángulos, la presencia de un ligero murmullo proveniente de alguna llave de agua mal cerrada, el estrépito formado por un pájaro que había vivido durante años en una jaula, junto a un vestuario de los tramoyistas.

Los recién llegados eran tan sagaces para descubrir el maligno mal rumor del aire, que caminaban con una mano haciéndole pabellón a la oreja; de esta forma nada se les podía escapar de la realidad sonora circundante.

Todos mirábamos a estas gentes con una especial reverencia miedosa, ya que ellos destruían con un gesto a la estrella famosa o señalaban, de pronto, con una fuerza indiscutible, que la mejor voz del estudio era la del muchacho que pintaba los foros o de la mujer que nos vendía las salchichas.

Los hombres de la industria estaban escuchando todas estas muestras de sabiduría con una paciencia calculada; ellos sabrían el instante en que los expertos en sonido hubieran dicho todo lo que les cabía decir, y en este momento serían expulsados de la comunidad y en ella dejarían solamente la parte de sus conocimientos que el ya sabio y experto Hollywood aceptara como conveniente.

Sin embargo, y a pesar de esta actitud despectiva de los grandes magnates, los acontecimientos llevaban un ritmo enloquecedor y traumático; de alguna manera, no fácilmente concebible, el propio Charles Chaplin había pronunciado cabalísticamente la frase que dio comienzo a una vorágine de sonidos.

—Ésta es mi última palabra.

Y con la última palabra de Charlot se produjo la furiosa espantada de todas las palabras que concurrían atropelladamente hacia los micrófonos colmándolos, desbordándolos, intentando penetrarlos desde todos los idiomas.

Yo intenté explicar que no era tan importante la muerte del silencio como las maneras en que se llevó a cabo el asesinato.

En las mesas de los gerentes se firmaban constantemente cheques con destino a nuevas y cada vez más curiosas inversiones. Hombres que cargaban aparatos fantásticos, erizados de cables, aparecían en Hollywood mostrándose nerviosos e intransigentes, para vender la última novedad en el registro de sonidos.

Esas gentes parecían haber estado ocultas en los estudios de grabación de discos o dentro de las enormes bocinas de los gramófonos; pero ante la noticia de que los estudios de cine compraban todo invento que registrara la palabra, intentando superar a la competencia, los especialistas, aún cargando la huella del hambre pasada, aparecían mostrando, exhibiendo sus innovaciones en una ceremonia fantástica y misteriosa.

Se buscaba ansiosamente una meta que parecía lejana, la posibilidad que los espectadores entendieran esa cháchara metalizada que surgía de las pantallas y que, sin embargo, parecía haber encandilado a las gentes.

Llegó el año nuevo envuelto en los nuevos sonidos y en una actividad desordenada y salpicada de noticias crueles; actores y actrices famosos se emborrachaban hasta caerse al suelo en las fiestas, y Gloria Swanson organizaba, al final de sus cenas, una sesión de tiro de pistola cuyos blancos eran los enormes y negros micrófonos del momento.

Durante estos días de incesante trasiego yo creía advertir en la mirada de las gentes del cine un claro reproche, como si mis vaticinios hubieran desatado la tormenta. Sin embargo, frente a estas miradas de sórdida enemistad no pronunciada se establecía todo un mundo de respeto y acato; eran aquellos que jamás hubieran creído que las cosas llegarían a cambiar de tal forma y recordaban mis escritos y mis afirmaciones.

Pregonero de un futuro que ya estaba creciéndonos entre las manos, gozaba con esta doble respuesta a mi presencia y en ocasiones recibía la mirada esquinada con un mayor orgullo que la felicitación estupefacta de un técnico o de un productor de segunda.

Envuelto en estas nuevas circunstancias yo había abandonado el oficio de escribir guiones para convertirme en un consejero al que Zukor tenía que pagar más cada semana, ya que sus mejores amigos me ofrecían mejores condiciones, futuros más felices y la posibilidad de convertirme en un joven zar de la cinematografía.

Pero yo, a pesar de estas taimadas sugerencias, seguía manteniéndome fiel al patrón y aceptaba plácidamente mi traslado de un despacho a otro, cada vez más grande, mejor iluminado, con más gruesas alfombras.

—Ahora podía abandonar el trabajo e irme a recorrer los lugares en donde se construían las nuevas instalaciones.

Caminaba hasta donde había visto a Dolores acariciar un trono; y allí, sentado en una grada, esperaba verla aparecer de nuevo.

Y Dolores llegó.

SOBRE EL TIEMPO

Hacia mediados del mes de diciembre de 1928, una de las columnas especializadas en chismes sobre Hollywood publicó una nota de breves líneas:

«La joven actriz Dolores anunció su divorcio. Se había casado en 1921. Dolores afirmó que continuaría usando su apellido de casada.»

Le envié unas flores y me fueron devueltas; la llamé por teléfono muchas veces; jamás estaba en su casa.

Yo vivía rodeado de su recuerdo.

Habían pasado los meses como ráfagas, señalando fugazmente mis desesperanzas, mi amor humillado, mis asombrosos triunfos en un Hollywood situado sobre un clima de miedos y sorpresas. Habían pasado los meses sin llevarse consigo sino el tiempo.

El año 1928 había fallecido y yo seguía en Casa Azteca, ahora abandonada por Miguel Linares, ahora reteniéndome merced a no sé qué curiosa sensación incierta, como si abandonarla fuera abandonar todos los proyectos de retorno al Este, en donde algo me esperaba y me estaba llamando cada vez con voces más discretas.

Los últimos meses apenas si habían quedado señalados por un hecho: Zukor me citó en su despacho para hablarme del futuro.

El futuro, según Zukor, era el resultado del trabajo de quienes sabían estudiar y comprender el presente. Sólo el estudio cuidadoso del momento podría diseñar la esperanza de todos.

Zukor hablaba como si estuviera ensayando conmigo un discurso que más tarde pondría a prueba frente a una audiencia más importante. Sentado tras de su gran mesa, con las manos escondidas, dejaba que su mirada recorriera la habitación, olvidándome.

—Los negocios están con el cine hablado, pero todo negocio debe de ampararse en un punto de nobleza y de bondad que afecte al hombre en general.

Yo lo miraba ocultando mi asombro:

—No es una casualidad que William Fox y yo estemos en el cine sonoro; ambos conocemos a la gente y estamos dentro de la gente. —Parecía volver a recomenzar su discurso—: Los negocios que olvidan al pueblo son malos negocios.

Sus dos manos ocultas, bajo la mesa, comenzaban a obsesionarme.

—William Fox nació, como yo, en Hungría y como yo cargó un carro de mercancías por las calles de Nueva York. Eso no se puede olvidar. Seguimos teniendo en consideración a aquellos muchachos que aún tiran de carros junto a los muelles del Oeste. —Levantaba sus ojos hacia una lámpara de metal dorado—. Por eso queremos hacer un buen cine para todos, no un cine chapucero y sin dignidad. Un buen cine que sea el que toda la gente quiere.

Un cine honrado, nada de suciedad en nuestras pantallas. Fox y yo nacimos en el mismo país, trabajamos como asnos en Nueva York, subimos poco a poco y conocemos a la gente. Lo que haga William Fox será tan bueno como lo que yo pueda hacer. —De pronto pestañeó varias veces y me miró a los ojos—: ¿Usted siguió mi razonamiento?

Le dije que lo había seguido con toda atención.

Adolph Zukor se levantó y vi que tenía tomado con ambas manos un abrecartas en forma de espada española.

Sonrió rápidamente y señaló displicentemente la puerta de entrada de su despacho.

—Muy bien, colabore con las gentes de los Estudios Fox; ellos y nosotros tenemos las mismas metas.

Afirmé con la cabeza.

Cuando yo ya salía, Zukor tosió nuevamente. Me volví en silencio, sobre la alfombra pesada y muelle, le escuché decir sin ningún rencor o malicia, sino con esa calmada ausencia que había mantenido durante la sesión:

—Sin olvidar, Taibo, sin olvidar que William Fox, que mantiene nuestros mismos principios y tiene nuestros mismos sueños, es también nuestro principal enemigo.

—Sí, señor.

Esa misma tarde recibí una nota, sin firmar, en la que me pedía que desarrollara la idea del mal que un cine sucio podría hacer al prestigio de los Estados Unidos de Norteamérica. Al final del mensaje alguien había escrito a mano con una tinta negra de rasgos muy fuertes:

«Entregar el resultado directamente al señor Zukor.»

Me fui a Casa Azteca a contemplar las perspectivas del extraño encargo, dentro de mi ya muy amplio pero desolado departamento.

Desde una pared blanca e inmensa Dolores me contemplaba sentada en su sillón-refugio, escondiéndose de mí en aquel quimono tomado en préstamo en el guardarropa de la First National. Este era el único punto cálido de mi departamento, que aparecía, por otra parte, muy generosamente decorado con botellas vacías.

Jamás existió una organización tan eficaz, perfecta, limpia y discreta como la de los vendedores de bebidas alcohólicas durante aquellos años en los que el alcohol estaba prohibido; frente a toda la literatura sangrienta que luego se desarrolló, yo recuerdo esos tiempos de Hollywood como un tiempo de pulcra y ordenada red de servicios alcohólicos.

Llegaban los hombres que me traían mis botellas en ligeras camionetas, bajaban su mercancía sin ocultarla, la dejaban en mi despacho, sobre la mesa, o acaso sobre el suelo del *hall* y cobraban consultando una libreta en la que iban anotando los servicios. Alguna vez, muy de tarde en tarde, me advertían que tal o cual producto estaba escaseando por el momento, ya que se había «producido un incidente». Pero los incidentes se producían a un ritmo muy inferior al de la llegada de los barcos contrabandistas o al trabajo esforzado de quienes al comienzo eran destiladores aficionados y ahora se habían convertido en excelentes profesionales capaces de crear, a treinta millas de Los Ángeles, un coñac supuestamente francés o un wodka aparentemente ruso.

Frente a las botellas consumidas, pero aún no retiradas, yo jugueteaba con la máquina de escribir, dudando entre improvisar una nueva carta para Dolores o enfrentarme a la tarea de entender el cine como una pieza de la gran maquinaria dedicada a poner en marcha las ruedas del bien común.

Y fue, no de la amada fotografía de Dolores, sino de una botella vacía, caída tristemente en el piso, de la que había escurrido un hilillo de whisky tiñendo la alfombra de un suave color pardo fue de esa botella rematada días antes, de donde salió la idea de un peligro capaz de extenderse por todo el país, apagando todas las posibilidades de un mundo de ensueños recluidos en un ámbito oscuro y sonoro: el cine.

La botella me estaba señalando lo que yo debía de hacer, tan claramente, como si de ella estuviera saliendo la amenaza tan corpórea como lo pudiera estar de haber dirigido la secuencia Cecil B. de Mille.

Escribí un breve mensaje y llamé por teléfono a los estudios para que vinieran a recogerlo de inmediato.

«Señor Zukor:

»Éste es un país en el que las buenas intenciones de los puritanos están siempre amenazando con su capacidad de destrucción. El bien no podrá nunca subsistir sin una cantidad razonable de maldad. El intento de hacer de cada ciudadano de los Estados Unidos de Norteamérica un hombre liberado del vicio del alcohol ha conseguido crear la mayor industria subterránea del mundo. Los puritanos siguen contemplando al cine desde una serie de encontrados sentimientos que incluyen el rencor, la inquietud, la prevención, el miedo. Fueron los mismos sentimientos los que nos llevaron a implantar la Ley Seca. Yo pienso que nuestros buenos amigos y vecinos, los puritanos, tienen aún más miedo de la palabra que del alcohol o de las imágenes, por eso temo que si el cine sonoro no usa bien las palabras, pronto el país sufrirá otra terrible desgracia.

»No quisiera ser mensajero de la catástrofe, mas afirmo que si el cine sonoro no cuida su lenguaje, este país, además de la Ley Seca, tendrá la Ley Muda.

»Entonces las películas sonoras desaparecerán del mercado oficial, al igual que desapareció del mercado el whisky y el coñac.

»Sé bien, y usted también lo sabe, que en ese instante surgirán los productores de un cine prohibido.

»Pero, ¿usted se convertiría en destilador fuera de la ley, o para decirlo de otra forma, en productor de films prohibidos?

Atentamente: Irving Taibo.»

Como si hubiera escapado de la botella no una idea sino un poderoso genio, así mi mensaje se fue hacia todas las mesas de los superhombres del cine y puesto a consideración del zar de todas las cinematografías, el poderoso Will H. Hays.

Al peligro de la botella se llamó ya oficialmente la «Ley Muda» y los grandes comenzaron a cuidar, ya no sólo sus palabras en la pantalla, sino también su imagen en los periódicos.

En Long Island, Monta Bell anuncia la inmediata puesta en marcha del «Centro del Cine Hablado» y Zukor y Fox, de nuevo reunidos para defender la trinchera común, establecieron cuidadosos convenios con las otras grandes casas. El cine hablado comenzó a cuidar su lenguaje de tal forma que, a comienzos de 1929, los norteamericanos hablaban en la pantalla de tal manera que uno no podía encontrar coincidencia alguna con el comportamiento habitual del pueblo en la calle.

ÚLTIMOS DÍAS, ÚLTIMOS SOLLOZOS

Zukor me envió a casa una bandeja de plata con una curiosa inscripción: «A la voz de la voz.»

Los últimos meses de ese año se iban entre campañas de prensa, diseño de carteles en los que se veía a familias enteras, incluida una abuela de pelo blanco, sentadas en el cine, escuchando embelesadas las blancas y anodinas palabras de las estrellas.

El año se marchaba y con él se iban todos los míos.

No sabía nada de Dolores ni de los expedicionarios mexicanos.

Me acostumbré a caminar hasta los antiguos estudios dedicados a la gloria de Egipto y allí me quedaba sentado, esperando que ella volviera.

Y un día, efectivamente, volvió.

Apenas recuerdo cómo se fueron quemando los últimos meses.

El día 19 de junio de 1928 yo había cumplido veinticinco años.

Ese día acudí a una cena en mi honor; de los doce invitados yo sólo conocía a la persona que me ofrecía el homenaje.

Joan Crawford me había llamado por teléfono para decirme que un grupo de amigos suyos querían conocerme.

«Queremos conocer a ese neoyorkino que está dando tanto que hablar.»

Acudí a mi propia fiesta; en mi propio automóvil, con un chofer que el estudio puso a mi disposición, con un smoking comprado por correo en Nueva York a un sastre que según el *The Saturday Evening Post* era el más importante de la ciudad.

Mis relaciones con Joan Crawford habían sido muy ligeras; yo la había visitado cuando rodaba *Rose-Marie* con James Murray.

Era un film creado sobre una opereta que se había hecho famosa. En el camerino de Joan hablamos durante un momento y discutimos el absurdo de trasladar canciones al silencio. Joan era una muchacha de ojos transparentes y frente amplia y descubierta.

—Yo le agradezco la defensa de las frentes despejadas.

Reíamos, y yo pensaba, mirándola, que acaso fuera oportuno hacer ahora la defensa de los pechos breves y ligeramente caídos, pechos que se mueven debajo del vestido delicado, pechos que no parecen pesar, sino flotar. Pechos para ser tomados, elevados en la palma de la mano, situados en el aire, cálidos y livianos de pezones dorados y sensibles.

Joan Crawford tenía este tipo de pechos que desaparecen debajo de un traje de telas opacas y duras, pero que se anuncian cuando la mujer viste con telas suaves. Se movía Joan Crawford con gestos rapidísimos, como recordándome que había nacido en un tiempo de música ligera, de pasiones dinámicas, de besos apresurados.

Curiosamente, en aquellos días Joan Crawford no tenía la boca grande, esa amplísima boca que más tarde sería como su más significativa señal de reconocimiento; por entonces su boca era recogida, y los labios superiores se alzaban un poco, redondos y enfatizando un gesto algo infantil. Joan Crawford movía sus pechos bajo la blusa de Rose-Marie con una despreocupada indiferencia por mis ojos, sagazmente ocupados en perseguir las esquivas señales de sus pezones tras de la seda.

Decía que organizó una cena para celebrar mis

veinticinco años y que aquella noche permitió que yo la besara agradecido.

Pero Dolores no estaba entre los invitados, no aparecía por parte alguna, estudiaba en sus habitaciones, iba de excursión con amigos nuevos, filmaba historias que yo no escribía y dejaba que se hablara de su divorcio.

Entré en el año 1929 aún asombrado por la marcha de los hechos y por los nuevos acontecimientos que sacudían al país. Me encontré, sorprendentemente rico, en un momento en que no sólo el silencio se iba, sino que comenzaba a llevarse con él fortunas enteras. La bolsa de Nueva York sufría sacudidas y en Hollywood la agradable seguridad se transformaba en una incertidumbre más y más vulnerada.

Yo, sin embargo, me mantenía asombrosamente rico, más rico cada vez. En el último año, sin tiempo para nada, había estado guardando mi dinero en el banco, sin invertir, sin jugármelo, sin intentar multiplicarlo. Sin casi advertirlo.

Con muchos más dólares de lo que podía gastar, mi secretaria enviaba constantes cheques a mi cuenta corriente que llevaba camino de ser la más absurda y próspera de un Hollywood sumido en la inversión y la jugada de bolsa, que parecía haberse convertido en el único deporte.

Ahora entraba en mis 26 años rico; capaz de recoger todo mi prestigio y todos mis dólares y volver a Nueva York.

Si vuelvo ahora los ojos y el recuerdo hacia atrás, ordenando sobre mi mesa las fotografías de entonces, advierto que en ninguno de los rostros se denota un recelo, una sombra de incertidumbre; reíamos todos en Hollywood y las señales de catástrofe que desde Nueva York podían llegarnos eran transformadas en nuevos impulsos hacia el júbilo sin sentido. Estábamos danzando al borde de la catástrofe y nadie miró hacia abajo, nadie sintió ese posible escalofrío que hiela por un instante la piel y que se supone ha de prevenirnos contra nuestros propios desatinos. No funcionó el sistema de alarma y seguíamos riendo sin advertir que dos grandes peligros estaban en trance de trastocar nuestras vidas; por una parte el sonido en el cine y por otra parte el desastre financiero en Nueva York.

Creo que en alguna ocasión pensé que era insensato guardar tanto dinero en mi cuenta corriente, pero no creo que haya dedicado mucho tiempo a esa idea.

Dejaba que la cuenta creciera, que el tiempo pasara, que Dolores continuara en silencio.

Aquella tarde yo caminaba entre las ruinas de una decoración de un film esplendoroso; el salón del trono del supuesto Egipto había adquirido un tono pardo y decadente, como si por él hubieran pasado, no unos meses, sino aquellos mismos siglos fingidos en la pantalla. Crujían las maderas bajo mis pies y el aire movía, allá arriba, pedazos de lonas pintadas de verdes desvanecidos y de rojos recubiertos de moho.

La inmensa escenografía, en parte de la cual se encontraba al sol de California, mantenía espacios sombríos y sonoros y otros lugares especialmente secretos, ya que enormes y aparentes muebles carrozas, ánforas, habían sido abandonadas de tal forma que el caminante se veía obligado a esquivarlas o a pasar entre ellas en un itinerario muy sinuoso.

El trono parecía encontrarse al final de un largo camino histórico en el que toda una estirpe de faraones habían dejado las más absurdas señales de su paso; a los lados de este pasadizo reptante, se alzaban las inmensas estatuas de los descascarillados dioses, y se ofrecían, derruidas y partidas, las columnas de una supuesta piedra verde. Los falsos relieves mostraban escenas de cacerías, de esclavos azotados por los capataces, de curiosas reuniones de súbditos y reyes. El tiempo había martirizado a esta reciente nación con más furia y destemplanza que lo había hecho en el país lejano. Aquí las huellas de la desolación tenían una marca más reciente, no menos profunda y la ruptura de las columnas parecía haber sido dispuesta por una mano vengativa y persistente.

El cine, que había inventado un Egipto distinto, sobre las urgentes indicaciones de un grupo de escenógrafos, había mostrado también su capacidad de maligna indiferencia hacia el pasado, dejando que todo se pudriera en semanas.

Y allí, al fondo, alzándose con la vaguedad de un navío que un día fue altivo y ahora se hunde entre la bruma, el enorme trono de la reina, iluminado por un cañón de luz solar que había podido traspasar andamios, techos agujereados, escenografías tambaleantes.

Cuando acerté a descubrir a Dolores, aún no había subido al trono egipcio; estaba en la primera grada, mirando hacia arriba, mostrando un perfil de tal delicadeza que mi alma se iba tras de su imagen.

Yo me repetí que la gran fuerza de Hollywood parecía justamente condensada en el hecho de que sus mentiras eran la magnificación de una realidad superable y casi siempre minúscula; una realidad que podía ser modificada, ensalzada y puesta a la altura del espectáculo. Ninguna batalla auténtica tenía la fuerza de una batalla inventada por el cine y ninguna civilización podía competir con la que en un par de semanas levantaban los afanosos carpinteros de la Universal. La realidad, así tratada y glorificada, se convertía en la única realidad posible y aceptable por la audiencia. Lo real era más real, si se inventaba sobre su realismo y se empujaba hacia lo alto; hacia la gloria de la imposibilidad, por fin aceptada.

Jamás Egipto fue tan Egipto para mí como en ese instante y nunca un trono ejerció fascinación más profunda, desarrolló una dinámica de ambiciones como la que podía advertirse en el gesto de Dolores, acariciando aquella imitación ya miserable.

Dolores había subido unos peldaños más, sin ruido, y estaba junto al trono con una mano en el respaldo, mirándolo con profunda atención.

La suave figura parecía inclinarse hacia el mueble fingido y contemplarlo con una atención soñadora; entonces, Dolores levantó la cabeza, miró a su alrededor sin verme, se deslizó con una fuerza voluntariosa y altanera y fue a sentarse en aquel trono de maderas y cartones.

Y aquella figura, juvenil, instantes antes tan desvalida, recibió la fuerza que emanaba del carcomido trono y se impuso con una dignidad y un poder tal, que aglutinaba en sí la crueldad de los faraones, la historia de todos los mandatos y todas las dictaduras, la requerida gesticulación de una actriz dominadora del oficio y la fe absoluta, cerrada a toda duda, de una mexicana que se estaba ofreciendo, en la inmensa soledad del estudio, como reina de un país del que, sin duda, no tenía sino noticias vagas.

Yo, escondido entre sarcófagos y dioses, sentí un vago impulso que mantuve sometido durante unos momentos, pero que alcanzaba una mayor intensidad, que me iba venciendo y dominando, poniendo en trance, empapándome en sudor y en furia, en un curioso sentimiento en el que parecía mezclarse la venganza y acaso también ese amor que había estado tan cuidadosamente vigilado y prisionero. En ese instante, junto a mí, se derrumbó un objeto y su estallido contra el suelo resonó en el estudio sobresaltándome y haciendo que Dolores se pusiera en pie súbitamente. El ruido tuvo las virtudes de una explosión que me lanzara hacia la toma de decisiones que habían estado pospuestas por minutos, y así fue como inicié una carrera desaforada, estruendosa, entre tantos trastos que a mi paso se iban derrumbando y golpeándose entre sí. Una carrera que tenía, como meta, la idea desbordada de violar, sobre su propio trono, a una reina de Egipto.

VÁMONOS TODOS AL CIRCO

La primavera del año 1929 obligó a tomar decisiones que solamente seis meses antes hubieran parecido imposibles; actores famosos se encerraron en sus enormes villas y cortaron el hilo del teléfono; la Fox anunció la regia inauguración del «Instituto del film sonoro» y me invitó a dar una conferencia sobre «el brillante mundo que nos aguarda», y Tom Mix dijo que abandonaba el cine, porque había firmado un contrato con el circo.

Esta última noticia, sobre todo, asustó a Hollywood.

Tom Mix era un farsante al que su propia farsa había cargado de una sinceridad indiscutible; a lo largo de su carrera cinematográfica se había construido a su alrededor una leyenda y ésta se corporeizó de tal forma que parecía real, tan real como ninguna otra cosa en Hollywood.

Si años atrás la aparición de Tom Mix, vestido de smoking y con el sombrero vaquero sobre la cabeza, provocaba mordaces comentarios entre sus compañeros, ahora se aceptaba que detrás de esos pintorescos gestos existía algo más que ingenuidad y sobrevaloración. Algo tan fuerte que podía despreciar la capacidad de burla de una comunidad sorprendentemente hábil para el sarcasmo.

Tom Mix llevó a quinientas personas a su casa y organizó alrededor de la inmensa piscina una fiesta en la que asó una ternera y se bebieron refrescos. La productora Fox no parecía sentirse demasiado afectada por esta deserción; Tom Mix había sido uno de sus mejores negocios, pero no prometía mucho en el cine sonoro.

Alguien había dicho: «Lo mejor de Tom Mix, en el futuro, será el relincho de su caballo.»

El propio actor me recibió en la puerta de su casa,

desde lo alto de su caballo negro, agitando un sombrero blanco y animándome a pasar hasta el fondo del jardín.

John Barrymore contaba que ese caballo, «Tony», reconocido porque tenía blancas las dos patas y una estrella en la frente, no era único.

—Hay treinta caballos «Tonys», en unos establos secretos. Tom Mix compra todos los caballos que se parecen al suyo y los guarda de repuesto. Ya se le murieron cinco «Tonys».

Y después Barrymore añadía:

—Pero eso no es lo sorprendente. Hay algo peor. Los Estudios Fox tienen otro establo en donde guardan a otros treinta Tom Mix, de diversas edades. Hay un Tom Mix de cinco meses.

El vaquero ignoraba todas estas cosas, parecía, incluso, incapaz de entender la razón por la cual gentes que apenas le habían saludado estaban ahora en su fiesta; estrellas pretenciosas, actores vengativos, cómicos populares; todos habían acudido a hacerse solidarios con el astro de Hollywood que había decidido firmar un contrato con un circo.

De pronto una hermandad que jamás existió se cuajaba alrededor de un personaje que nunca había sido tenido en cuenta; fenómeno que sólo esa angustia profunda que apretaba los corazones de todos era capaz de producir.

Pero Tom Mix no parecía entender gran cosa de lo que él mismo había desatado; se bajó de «Tony» y vino a golpear en las espaldas de todos, incluso de las señoras.

Tom era un extraño personaje; con la mandíbula tan ancha como su propio cuello, la boca estrecha, los ojos pequeños y maliciosos, las cejas muy pobladas había conseguido inventar a un tipo que de pronto fue aceptado como representativo y auténtico. La absoluta ingenuidad de Tom le permitía usar camisas bordadas con tosas rojas y enormes hojas verdes, las cuales, poco después, eran aceptadas por los auténticos vaqueros como si hubieran salido del pueblo. Tom había conseguido, en fin, borrar la verdadera imagen del hombre del Oeste e imponer la suya, tan absolutamente irreal y fantasiosa.

Alrededor de la piscina se habían formado pequeños grupos y de alguna parte salieron botellas de *bourbon* que mezclaban su contenido con el refresco que servían los meseros uniformados. A mediodía Tom anunció que «Tony» haría una exhibición de sus habilidades, y, efectivamente, el caballo subió sobre el trampolín y se lanzó al agua, ante el asombro de las damas.

Después «Tony» salió rebulléndose y salpicando a todos.

Tom parecía feliz, ignorante de que todos sus invitados vaticinaban una catástrofe en su gira circense.

Al fondo, bajo unas palmeras, se encontraban algunos cómicos famosos; por primera vez parecían dispuestos a aceptarse unos a otros; la sombra de las carpas del circo los había reunido y apretado. Estaban allí Harold Lloyd, Harry Langdon, Buster Keaton.

Harold acababa de hacer su primer film hablado y había quienes aseguraban que era su mejor película; de cualquier forma no parecía muy seguro de sí mismo.

Al comenzar a oscurecer Tom rompió las reglas de la casa y ordenó que sacaran varías cajas de champaña.

Bebimos todos dentro de un clima lúgubre hasta que, de pronto, sonó una música muy alegre y entraron en el jardín quince o veinte payasos de circo; detrás de ellos desfilaba una banda estruendosa.

Los invitados contemplaron aquella irrupción, pero nadie aplaudió. Saltaban los payasos, los músicos azotaban los tambores, un grupo de enanos fingía caerse al agua, el director de la orquesta se subió sobre una silla y agitó su batuta.

Tom Mix apareció de nuevo sobre «Tony» y se puso al frente de la comitiva que dio una vuelta completa a la piscina.

Los diseminados grupos miraban en silencio el espectáculo, hasta que Tom, de pie sobre la silla del caballo, se quitó el sombrero enorme, lo agitó en el aire y pidió silencio.

Los músicos, vestidos con enormes gabanes rojos, interrumpieron su marcha y los payasos rodearon al caballo, con las manos a la espalda.

Entonces Tom miró a su alrededor y dijo a gritos:

—Amigos, vamos a aplaudirlos; éstos son mis nuevos compañeros.

Y los famosos de Hollywood se pusieron en pie y comenzaron a aplaudir primero suavemente, después con una furia absurda y desproporcionada.

La música se reanudó y los payasos salieron del jardín, pero sin hacer monerías, sin saltar ni empujarse unos a otros; sino que se fueron caminando de espaldas, saludando ceremoniosamente, abandonando a los actores y a las actrices de Hollywood que ahora parecían reunidos en un grupo numeroso, junto a la piscina, reflejándose en el agua, aplaudiendo aún con un fervor inusitado en gentes tan llenas de vanidad, de orgullo.

GRETA

Hacia el mes de agosto se publicó en Nueva York un artículo mío que titulé: «Nadie podrá soportar en silencio la agresión del sonido.» Era un artículo artero, ya que manejaba la idea de que Greta Garbo no sólo tendría que hablar en su próximo film, sino que las palabras que dijera habrían de ser importantes. El silencio había sido un buen aliado de Greta, que se amparaba en el misterio y el sonambulismo, pero que ya no podía continuar protegiéndola; por otra parte, yo sabía que la Metro estaba buscando una obra de teatro adecuada para ella.

En cierto modo yo estaba vaticinando una serie de hechos que eran irremediables.

Sin embargo, este artículo pareció conmover a ciertas gentes de la Metro; acaso porque no estaban seguras de cuál sería la obra adecuada para su más importante estrella.

Cinco días después de la aparición de mi escrito, me ofrecieron un cheque de mil dólares por una asesoría que iba a limitarse a una sola sesión informal de trabajo.

Yo jamás había visto a Greta Garbo, sino desde lejos

sobre la pantalla. La reunión se celebró en una *suite* alquilada sigilosamente en North Broadway, sobre el funicular ya desvencijado. El hotel Broadway protegía su entrada con un toldo a rayas rojas y blancas y ofrecía la ventaja de ser apacible y aun aburrido durante el día.

La Metro había dispuesto seis *Yellow Cab* manejados por severos individuos que se cubrían con la gorra reglamentaria y no miraban jamás hacia atrás.

Cuando llegué a la *suite* del hotel Broadway, ya estaban sentados y fumando tres hombres, que me recibieron con un apretón de manos.

La quinta y la sexta personas llegaron diez minutos después; desde la ventana vi que los taxis se estacionaban, bajaban los viajeros y los automóviles volvían a partir.

Greta Garbo se había vestido con una gabardina de hombre y con un sombrero de alas muy grandes, de la misma tela. Llevaba en la mano unos lentes ahumados y una bolsa de piel oscura.

Estábamos sentados los seis y los fumadores sostenían los ceniceros, ya que no se había previsto una mesa central. La reunión comenzó de forma abrupta, mientras Greta miraba hacia la ventana intentando encontrar algo más interesante que un cielo absolutamente limpio y claro.

—No se trata de discutir si la señora Garbo ha de hablar en su próximo film, sino de lo que ha de decir.

Todos asentimos, excepto Greta.

Uno de los hombres me preguntó directamente:

—¿Conoce usted la obra de teatro del señor O'Neill titulada *Anna Christie*?

Le dije que la había visto dos veces, una en un teatro de Broadway y otra en el cine, interpretada por Blanche Sweet.

—¿Recuerda quién la interpretó en Broadway?

—Sí; Pauline Lord.

Parecía un interrogatorio previamente organizado, pero por mil dólares podían continuar preguntando lo que quisieran.

—¿Recuerda usted cómo entra en escena Anna Christie?

—Sí, lo recuerdo bien. La escena se desarrolla en una taberna miserable de un puerto y hay en ella una vieja prostituta borracha.

Entonces entra Anna Christie con una maleta en la mano y se sienta en una silla, junto a la vieja prostituta. Más o menos.

Los cuatro hombres se miraban entro sí, Greta continuaba contemplando el cielo a través de los cristales.

Ahora intervino un tipo alto, muy fuerte, vestido con un traje a rayas blancas y negras. El hombre había puesto su sombrero bajo su silla y guardaba las cenizas de su cigarro en la mano.

—¿Recuerda usted lo que dice Anna Christie al entrar en la taberna?

—Creo que sí. Pide que le sirvan una copa.

—¿Qué copa?

Yo comenzaba a sentirme inquieto y buscaba inútilmente la mirada de la Garbo para encontrar una razón de ser de todo esto.

—Me gustaría pensarlo.

—Piénselo.

Los cuatro personajes estaban fumando, en silencio, sin mirarme, pero Greta se levantó y se fue hacia la ventana.

Por entonces Greta tenía unos veinticinco años, llevaba el pelo suelto y parecía insegura y disgustada. Cerré los ojos para reconstruir la escena:

—Lo recuerdo. Anna entra en la taberna, se sienta, pone a su lado una maleta muy vieja y pide de beber al cantinero...

Abrí los ojos y miré hacia Greta que se había vuelto hacia nosotros.

—... Le pide un whisky y una cerveza de jengibre.

Una súbita animación recorre el cuarto del hotel y estimula incluso a la propia Greta. Uno de los hombres, el más viejo, parecía haber conseguido un triunfo personal, por la forma en que se golpea la rodilla con la palma de la mano y ríe. De pronto Greta se inclinó hacia mí, aún junto a la ventana, pero intentando una aproximación o una respuesta más sincera.

—Señor...

—Taibo.

—Señor Taibo, ¿usted cree que las primeras palabras que yo vaya a pronunciar en el cine, deben ser pidiendo whisky y cerveza de jengibre?

Yo estaba intimidado, pero tuve ánimos para hacer un chiste.

—Todo el país está pidiendo lo mismo.

Los cuatro hombres se rieron a carcajadas. Greta se estiró, apoyó una mano en los cristales y dijo, con un fuerte acento extranjero:

—¿Usted me recomendaría que dijera eso en mi primera película sonora?

Le dije que el papel de Anna Christie es el papel de una prostituta que viene de un largo viaje, después de haber pasado un tiempo en un hospital. Le dije que Eugene O'Neill había conseguido presentar a Anna de forma tal, que con muy pocas palabras descartaba cualquier duda respecto a la protagonista.

—Anna viene cansada, con una maleta de cartón en la mano y con un vestido exagerado y viejo. Cae sobre una silla y pide una copa. A mí me parece que O'Neill tiene un gran talento y que Anna es mostrada con gran firmeza desde su entrada en la taberna. A mí me gustaría que usted pidiera ese trago. Será el más famoso trago en la historia del cine.

Los cuatro hombres me miraban ahora con una intensidad que yo encontré exagerada; después, el más viejo, se volvió hacia Greta.

—¿Qué opinas?

Ella afirmó con la cabeza y el más viejo levantó la sesión poniéndose en pie y encasquetándose el sombrero.

Greta Garbo dijo:

—Ha sido interesante. Volveré caminando.

Y se despidió con un gesto, abrió la puerta del cuarto y salió dejándola abierta tras de sí.

El hombre más viejo me entregó un cheque de mil dólares al portador y me dijo que mi intervención había sido decisiva. Salieron antes que yo, dejándome solo ante la ventana, desde la que pude ver a Greta Garbo alejándose a pasos muy vivos.

Yo entraba en Casa Azteca sin hablar con el nuevo portero, sin pedir mi llave que tenía a todas horas en mi bolsillo, sin atender a las esquinadas sombras que aparecían fugazmente para perderse tras de las paredes cada día más amarillentas y carcomidas.

Sin embargo, una noche me tropecé con el marido de Dolores, al que parecía habérsele caído el pelo en manojos, su mirada era menos sostenida, tenía las manos temblorosas. Me contó que había alquilado una habitación en Casa Azteca para poder pasar unas horas a la semana en soledad.

Caminamos por los pasillos a pasos cortos, como esperando cada uno que el otro señalase la puerta de su cuarto, o se despidiera para hundirse en otro pasillo aún más oscuro.

Aquel clima saludablemente ceremonioso, pero divertido, dentro del cual nos habíamos tratado en otras ocasiones parecía roto por causas que ninguno de los dos estaba dispuesto a reconocer; hablamos dificultosamente de los últimos estrenos de Hollywood, cuando sacó una llave, la mostró en la palma de la mano e hizo una pregunta:

—¿Quiere entrar en mi cuarto? Tengo una botella.

Resultó que su cuarto había quedado atrás, así que retrocedimos hasta encontrarlo y él abrió la puerta con uno de aquellos gestos entre señoriales y displicentes que solía practicar en otros tiempos. Me hizo pasar y luego entró él cerrando tras de sí con gran cuidado como si temiera romper el expectante clima, la curiosa incertidumbre que se agolpaba en mí. El cuarto era muy pequeño, tenía un sofá, dos sillas y una cama plegable, arrimada a la pared, pero dejando ver el colchón metálico y cuatro patas rectas y agresivas.

Me senté y esperé a que se quitara los guantes, abriera la botella y me sirviera un trago en una copa de cristal tallado. Vi que tenía solamente dos copas, sobre una mesita muy baja.

Bebí parte del *bourbon* y luego le sonreí dándole oportunidad para que iniciara el diálogo.

No pareció tener prisa. Murmuró algo y me sirvió más *bourbon*, luego se sentó en el sillón.

—Se ha convertido usted en un teórico del cine sonoro.

Acepté la afirmación disculpándome con un gesto.

—Dice Dolores que usted tiene razón; que dentro de cinco años nadie recordará ni una sola película muda.

—No lo sé, es posible que, al igual que nos ocurre ahora con los primeros candiles, nos parezcan objetos nostálgicos, agradables y decorativos. Acaso estas películas de ahora resulten en el futuro divertidas y dignas de ser recordadas con cierta complacencia.

Me miraba y, de pronto, se bebió lo que restaba en su copa con un gesto muy tenso, muy duro.

Después me dijo algo, y para ello elevó la voz

por encima de ese tono suyo, tan apacible, delicado y condescendiente.

—Me marcho a Viena. Quiero suicidarme en Viena.

Yo estuve seguro de que hablaba en serio.

Por otra parte no hubiera sabido cómo responder a una afirmación de este tipo. Opté por preguntar.

—¿Lo sabe Dolores?

Pareció meditar cada palabra, miraba hacia la copa de cristal, entrecerrando los ojos.

—Dolores ya encontró su destino.

—Sin embargo...

—Y yo no tengo nada más qué hacer...

Tuve una idea:

—¿Éste es el mismo cuarto que tenía alquilado Víctor?

—Sí.

Miré a mi alrededor; el sitio era sórdido, inadecuado para la nostalgia amorosa. La cuidadosa elegancia de don Jaime chocaba en un recinto apretado, sin un solo detalle personal. Era un visitante distinguido en un lugar mísero; estaba de visita, incómodo, chocando con todo lo que le rodeaba; pero no se quería ir, tal y como si el sitio fuera lo suyo verdadero y su apariencia un disfraz.

Se levantó para volver a servirme *bourbon*.

—He perdido todo lo que tenía.

Pensé que antes de encontrarse conmigo en el pasillo ya había bebido otras copas. Dejé que hablara, impresionado por el lugar, el personaje, fascinado por la invisible presencia de Dolores, a quien me era imposible desligar de este ser desdichado y petulante, altivo y destruido, amoroso también.

—Perdí a Dolores, perdí mi fortuna, abandoné a mi familia, perdí a mi amigo. También perdí a México.

Se bebió lo que restaba en su copa, miró hacia la botella, ya vacía, y terminó la frase con un gesto duro que apoyó con el ruido que hizo la delicada copa sobre la madera de la mesa.

—Terminaré en Viena.

La cama, apoyada verticalmente en la pared, parecía un enrejado carcelario.

Le pregunté la razón por la cual había elegido Viena para morir.

—En Hollywood sólo se pueden suicidar los comerciantes.

Sonrió de pronto, reconociendo en sí mismo al hombre que fue.

Después comenzó a amasarse el escaso pelo de una forma mecánica, con movimientos lentos, exactos.

—¿Qué hará Dolores?

—Será una estrella.

Me miró interrumpiendo su extraño masaje: «Tenemos que olvidarla.»

Un suave sentimiento de solidaridad me unió al hombre; miré desesperado en busca de una segunda botella de licor, pero el cuarto estaba vacío de todo tipo de objetos.

Después me preguntó:

—¿Por qué mataron a Víctor?

—No lo sé.

Durante unos minutos habló en español, en voz tan baja que no le entendí nada, luego cruzó las manos sobre el pecho, se reclinó hacia atrás, en el viejo sillón mugroso, y comenzó a llorar.

Yo salí de la habitación, cerré con cuidado la puerta. No me despedí.

ESCENA DE AMOR JUNTO A UN TRONO

Dolores giró tan velozmente que me produjo una estremecida sorpresa; me miraba desde lo alto de la escalinata con ese gesto suyo de dignidad inmancillable. Estaba vestida con una larga falda blanca atada a la cintura con un cordón grueso, dorado. La blusa era de un suave color naranja. Tenía el pelo peinado hacia atrás, muy tenso y muy brillante.

Me miraba desde lo alto del trono de tal manera que yo me encontré de pronto en el papel de quien sorprende un acto íntimo al cual tuviera prohibido el acceso.

Estaba yo mirándola, desprovisto de pronto de toda dignidad, convertido en una especie innoble.

Las cejas de Dolores continuaban enérgicamente encaramadas en su frente, dibujando con toda claridad la distancia entre la mujer del trono y el espía atrapado en el instante de descubrir un noble secreto.

Solamente recurriendo al salvajismo extremo pude romper con ese bien ensayado sortilegio, con esa curiosa barrera que las cejas instalaban entre el deseo y el cuerpo deseado.

Así que subí las escaleras a saltos, sin gracia alguna, como un desesperado, atropellé el gesto, derribé la imagen, pasé los brazos por debajo de la falda blanca que revoloteaba y caímos a los pies del trono, revolviéndonos, estrujándonos, sin ninguna cordura.

Dolores rechinaba los dientes, se quejaba, me insultaba murmurando en español: yo tropecé con un ídolo y éste fue rebotando de escalón en escalón perdiendo parte de su disfraz. El trono, sin embargo, resistía bien los embates del amor.

Al final Dolores se puso en pie, acomodó, de nuevo, sus hirientes cejas y me dejó con la ropa revuelta, el orgullo destrozado, el arrepentimiento a punto de entrar en escena. Me dejó absurdamente sentado sobre el suelo egipcio, con la nariz un poco inflamada, las manos ardientes, y envuelto en un suave y malicioso olor a gardenias.

Este acto de amor había roto con toda posibilidad de que el amor perviviera; asesinado con brutalidad junto a un trono egipcio, el amor había matado todo amor en la otra parte, que se alejaba sin prisa, con una dignidad que hacía aún más miserable mi victoria. Su salida del inmenso estudio parecía haber sido cuidadosamente preparada por un King Vidor atento a las recientes posibilidades del sonido; sus pasos se iban marcando con una precisión absoluta, de tal forma que cuando Dolores sólo era una distante y clara mancha rodeada del gigantismo aplastante del templo carcomido, aún sonaba una pisada tras otra, alejándose... alejándose. Al final, cuidadosamente dispuesto por ese maestro de directores que es el azar, quedó solamente en el vasto estudio un nuevo sonido extraño, casi irreal; las gruesas telas que colgaban de los andamios comenzaron a moverse en el aire, rozando unas con otras, crujiendo y susurrando.

La luz verde envolvía los absurdos objetos y el quejido se expandía empapando las cosas de una desesperanza definitiva.

Allí estuve, junto al trono, durante muchos minutos, adaptándome a mi nueva situación de hombre que ha perdido su última posibilidad, aceptando de manera consciente y torturada que todos los proyectos de Irving Taibo en Hollywood descansaban en un amor nunca reconocido de forma consciente; en un amor convertido ahora en ese quejido de las telas colgadas que parecían señalar mi desesperanza, mi desvalida actitud ante una ilusión desbaratada para siempre.

Dolores estaría ya muy lejos cuando pude levantarme del suelo y atravesar la interminable nave.

LLORANDO CON EL MONSTRUO

Me presenté en su casa, esa misma noche, con una botella de champaña en la mano; fue sin avisar y a pesar de eso Erich Oswald Von Stroheim me recibió sin protesta. Volvía a vestir su inmensa bata roja oscura, el pañuelo envolviendo su cuello corto y fuerte, los pies en zapatillas chinas bordadas en oro. Me recibió observándome desde el centro de una sala cargada de objetos y adornada con espadas y floretes en las paredes.

El sirviente me había llevado hasta el fondo de la casa, después de consultar con el propietario; mientras esperaba, en el *hall*, el permiso para seguir adelante me arrepentí de la visita. No parecía tener sentido alguno que después de la desventurada escena del estudio acudiera a ver a un hombre cuya reputación se basaba en un fiero cinismo. La botella de champaña me pesaba en la mano y me hacía sentirme absurdo.

Pero Erich no pareció entender la falta de sentido de la visita; hizo un gesto a su sirviente para que recogiera la botella, otro hacia un sillón para que yo me sentara y, finalmente, se sentó él mismo en una silla de respaldo alto, conservándose derecho, tan exacto como si se dispusiera a posar para un mal cuadro.

Yo estaba a punto de llorar; sin saber qué decir, sin atreverme a ensayar una disculpa razonable, buscaba con la mirada al desaparecido sirviente con la esperanza de que volviera con un par de copas.

Erich tenía unos cuarenta años, parecía vivir solo; la sociedad de Hollywood coincidía en odiarle empecinadamente, y él parecía devolver este sentimiento con una satisfacción reconcentrada y profunda, como si odiar a Hollywood fuera un ejercicio saludable.

Comencé a decirle que había llegado a su casa, porque no tenía ya ninguna otra casa a la que ir. Me interrumpió, de nuevo, con un gesto señalándome al sirviente que llegaba con la champaña destapada en una cubeta con hielo.

Mientras nos servían, Erich me miraba con una atención calculadamente fría; esperó a que el sirviente saliera y luego brindó con un gesto, se tomó la champaña sin despegar la copa de los labios y la lanzó después contra una chimenea de piedra que se encontraba a casi cinco metros de distancia.

Todo fue tan rápido que yo aún no había conseguido probar el vino, cuando ya la ruptura de la copa contra la chimenea me había sacudido, dejándome asombrado. Pero Erich no se rió de mí; volvió a hacer uno de sus gestos cuidadosamente mecánicos, para pedirme que yo repitiera su acto. Lancé mi copa como hubiera podido lanzar una pelota de béisbol. Me sentía desesperado.

Al fin Erich Oswald Von Stroheim habló:

—Hay que aprender a hacer estas cosas. No podemos olvidar el viejo estilo. Me refiero al estilo de la Europa sólida. Europa comienza en Berlín y termina en Viena.

—¿Y Francia?

—Francia es el invento de un homosexual al que gustan las guerras por la única posibilidad de desplegar banderas.

Comencé a sonreír; el sirviente entró con otras dos copas, sirvió más champaña y se fue. Yo no sabía si la segunda copa también tendría que ir hacia la chimenea, pero no fue así, la conservamos hasta el final.

—España es Marruecos y los italianos no tienen sangre, tienen un mal vino.

—Pero, ¿y América?

—Oh, América. Le diré que América aún se está guisando.

Nos hablábamos desde cuatro o cinco pasos de distancia, sin elevar la voz; Erich se frotaba en ocasiones el lóbulo de su oreja derecha; lo hacía concienzudamente, con fuerza, como si la estuviera amasando.

—Es un país que aún no tiene sabor.

Yo comenzaba a encontrarme bien; después de todo, la disparatada decisión de ir a llorar con el monstruo no parecía ya tan mala idea.

—Hoy tuve un mal día, muy mal día.

—Rete a duelo a su rival.

—Tengo dos rivales.

Me miró y de pronto se permitió una sonrisa.

—Me alegro de que haya venido a visitarme.

—Pensé que usted comprendería.

Erich acaso no comprendiera nada, pero tampoco tenía un gran interés en comprenderlo; así que volvió hacia el tema abandonado.

—América es un invento joven y ustedes aún no lo manejan bien; pero eso es lo atractivo del país. Me refiero a la inexperiencia de todos ustedes; es una inexperiencia que les permite hacerlo todo sin contar con la historia. Hollywood es otro invento que aparentemente les está saliendo bien; si lo hubiéramos hecho en Viena, hubiera sido un desastre; sabemos demasiado. Para hacer Hollywood hay que ser un desaprensivo.

Yo comenzaba a olvidarme del estudio, de Dolores abandonándolo y llevándose toda la dignidad del mundo consigo.

—Señor Stroheim.

—Erich.

—Erich, ¿es cierto que su película *Greed* duraba veinte horas?

418

—Solamente catorce. Fueron obligándome a cortarla; fue como si me amputara a mí mismo. Fue como si me obligaran a quemar la capilla Sixtina para que su lugar lo ocupara una tienda de calzado.

Me levanté para volver a servirme una copa, después le serví a él, que me esperaba pacientemente para reanudar su historia.

—Dijeron que el film era demasiado largo; con esto querían decirme que no era comercial. La capilla Sixtina tampoco es comercial. ¿Sabe a qué me refiero?

—Sí, lo sé.

—Son hombres de negocios; incluso los más inteligentes son hombres de negocios. ¿Usted nació en Nueva York?

—Sí.

—Yo viví en Hoboken, el barrio alemán. En los Estados Unidos existen sólo dos ciudades: Nueva York y San Francisco.

—¿Y Hollywood?

—Esto es un mercado.

Tenía unos ojos brillantes, muy pequeños, obligados a observar a través de dos ranuras. Me miraba constantemente.

—¿Me ha visto usted dirigir?

—No, nunca le vi.

—Ah, es algo que debe verse. A mí me hubiera gustado ver pintar a Miguel Ángel. Yo dirijo con fuerza; ¿usted monta a caballo?

—No, nunca lo hice.

—Yo fui maestro de equitación. Así dirijo yo mis películas, dominando al animal, obligándole.

—¿Quién es el animal?

—Ellos son el animal. Todos ellos.

Estuvimos algunos minutos en silencio, bebiendo y contemplándonos con toda seriedad.

—¿Usted sabe la razón por la cual vino a Hollywood?

Le dije que al salir de Nueva York yo tenía algunas ideas muy claras; que Hollywood tendría que ser el lugar desde el cual colocarme como escritor, si los grandes escritores parecían venir a Hollywood a ganar dinero apoyándose en su fama, yo me haría primero con la fama y con el dinero, y luego haría mi obra importante.

—Usted se quedará aquí para siempre. Y si se marcha de aquí, no lo hará de forma completa. Este lugar es una trampa; yo no podré irme nunca.

—Es una trampa generosa.

—Es una trampa para genios. Después de haberme mutilado una película me piden que haga otra, y yo la hago y de nuevo tengo que luchar con los animales. Estoy en la trampa y, aun cuando sigo luchando, lo cierto es que ellos siempre vencerán. Quemaron el material que les sobraba. Quemarían Roma de nuevo. Pero no se puede escapar de aquí, porque sólo en Hollywood se puede hacer una película de catorce horas, se la puede cortar hasta dejarla en dos horas y media, se pueden quemar las mejores escenas y se puede seguir viviendo sin convertirse en asesino. En Berlín esto hubiera sido imposible. Hasta en París hubiera sido imposible.

—¿Por qué?

—No me hubieran dejado hacer mis veinte horas; no me hubieran dado el dinero, no me hubieran dejado, tan siquiera, entrar en el despacho del productor. Por eso Hollywood es una trampa.

—No todos son, sin embargo, animales.

—Sí, todos lo son. Los hombres somos muy pocos, cinco o seis. Todos europeos, todos alemanes o austriacos.

—Pero usted...

—Todos, todos.

Movía la cabeza de arriba abajo de forma muy medida, como si golpeara metódicamente las palabras.

—¿Y entre tantos animales, a quiénes prefiere?

—A los cómicos. Son los mejores animales. Ellos tampoco saben lo que hacen; Chaplin es el único que cree saber lo que hace y no es cierto. Chaplin tampoco lo sabe, está equivocado. Chaplin se vendió a la taquilla y ha perdido su genio. Ahora es el rey del melodrama riente. Chaplin ya no es el gran cómico que fue hace unos años. Y cada día sus películas serán peores. Pero a pesar de esto los cómicos son los mejores animales de Hollywood. Para *Greed* yo elegí a dos cómicos.

—Sí; Chester Conklin y Zazu Pitts.

—Les obligué a hacer unos papeles dramáticos, duros. Y son excelentes, excelentes. Ellos mismos no sabían que eran excelentes. Nadie lo sabía. En la productora me dijeron: «está usted loco, Zazu y Chester son cómicos». Yo les dije: «no, ellos serán lo que yo quiera». Ahora todos afirman que han hecho los mejores papeles de su vida. Si yo dirigiera a Chaplin conseguiríamos un film inolvidable. Lo que hace es basura.

De cuando en cuando yo me levantaba y servía su copa. Él bebía de tal forma que parecía capaz de terminar con mil botellas.

—Yo vine a Hollywood porque Hollywood es el emporio.

—Yo vine porque Hollywood me necesitaba.

—¿Y el día en que Hollywood no le ofrezca ni una sola película más? Usted tiene fama de ser un director dispendioso.

—Ese día me quedaré en Hollywood; trabajaré de actor, de ayudante; pero seguiré aquí como ejemplo vivo de que los animales no aprenden.

—¿Sólo por eso se queda en Hollywood?

—Por eso y porque amo este maldito lugar.

—¿Y Berlín? ¿Y Viena?

—Eso es la verdad; prefiero vivir en la mentira.

Le dije que el milagro de Hollywood no consistía en que mantuviese dentro de sí mismo a Von Stroheim, sino que directores sin cultura, actores que hace un año apenas sabían leer, escritores que jamás habían producido un buen libro, todo ese grupo de gente de segunda eran capaces, de pronto, de hacer un bello film.

—¿Cómo se puede explicar eso?

—Hollywood eso es. Yo he visto películas buenas de directores malos. Es cierto.

Quiso saber si yo había reunido algún dinero.

—Sí, prácticamente ya soy rico. Tengo todo el dinero en el banco.

—¿Compra usted acciones?

—No, no. No compro nada, lo guardo en mi cuenta.

—Es usted el único norteamericano que no compra o vende acciones. Este país ama demasiado el dinero.

—Yo no lo amo, lo necesito.

Me miró sin perder su inconmovible seriedad.

—Joven amigo, voy a decirle algo. Usted jamás saldrá del emporio. —Y repitió elevando algo más la voz—: Usted estará siempre dentro del emporio. Un día lo descubrirá. Usted y yo somos también carne de mercado.

Terminamos la botella.

—A pesar de todo yo acabo de hacerme ciudadano.

—No lo sabía.

—Sí, me hice convencido de que hay que cambiarlo todo.

—¿Va usted a votar, entonces, para cambiar las cosas?

—No, no voy a votar. Eso es ridículo. Voy a hacer cine americano siendo ya americano.

Y curiosamente en este instante su acento extranjero se hizo más audible.

Erich Oswald Von Stroheim miró su copa vacía, la dejó en una mesa, se levantó y me dijo:

—Siempre que se sienta fracasado venga a verme. Y traiga champaña.

Me despidió con un gesto de la cabeza, casi imperceptible. El sirviente me estaba esperando y me llevó hasta la calle, para abrirme la puerta de mi automóvil.

Desde una ventana iluminada del curioso palacio austriaco, me contemplaba el monstruo. Lo saludé con la mano y no me respondió.

Al comienzo de la conversación yo le había dicho que mercado y emporio tenían para las gentes de hoy el mismo sentido. El mercado significaba riqueza y abundancia, también.

—¿Hollywood-Emporio?

Le dije que sí, que esa era la idea.

Pero él rectificó:

—No, no. Hollywood mercado. Mercado de esclavos. Todos aquí somos un poco esclavos.

—¿Esclavos de quién?

—El dueño de los esclavos no es el amo, como algunos creen. El dueño es el sistema.

LA FIESTA DE LOS HOMBRES

—¿Usted no sabe qué es una fiesta para hombres en Hollywood?

—No, no lo sé.

—Venga hoy tenemos una; usted será bien recibido.

Estaba muy borracho, con las manos temblorosas, pero no había perdido su dignidad y caminaba de forma altanera y sin tropiezos.

—Usted y yo estamos divorciados de la misma mujer.

Lo dijo sin sonreír, mientras se ajustaba el guante de cabritilla, para abotonarlo luego sobre la muñeca.

El guante hacía aún más visible el temblor de la mano cuando me señaló el camino hacia la calle. Un automóvil lo esperaba, era un modelo elegante.

—He vendido ideas para el cine, ideas para hacer películas.

Le dije que lo sabía, que había estado leyendo notas sobre su carrera de escritor.

—He decidido tener ideas para el cine, cuando advertí que yo era un hombre sin ideas.

Había un cierto salvajismo en todas sus frases; yo había tomado sólo un par de copas, pero él sin duda había llegado a la cita después de todo un día de tragos fuertes. La idea de reunirnos una vez más había sido del marido; él me llamó por teléfono y eligió el lugar del encuentro. Tenía el automóvil preparado, con un chofer uniformado de gris.

Nunca supe al lugar al que fuimos y ahora comprendo que él estuvo distrayéndome para que yo no siguiera el camino del automóvil. Del interior de su chaqueta sacó una anforita de plata y me dio a beber, directamente, un poco de brandy.

Al lugar se entraba por un pasillo largo y a través de una puerta cerrada con un escandaloso candado. Un hombre apareció de pronto y abrió el candado con una llave que colgaba de una arandela de metal. No nos saludó ni hizo gesto alguno. Yo sentí a mis espaldas que el candado se volvía a cerrar. Creo que comencé a tener miedo; estaba en un nuevo pasillo, éste muy poco iluminado. A lo largo del pasillo se abrían puertas; ninguna estaba cerrada. Desde el fondo llegaba una música de jazz, una trompeta que ensayaba un aire triste. Él me tomó por el codo y me fue empujando hacia una de las habitaciones; unas velas iluminaban una escena absurda. En el suelo, tirado sobre una estera, estaba un muchacho desnudo; a su alrededor, sentados sobre el piso, unos hombres bebían y hablaban en voz muy baja. Desde la puerta el marido y yo estábamos de pie, mirando cómo el joven, en quien reconocí al muchacho que había estado una noche ensayando nuevos combinados, se movía quejándose o llorando. Un hombre se arrastró, estaba vestido con un traje muy oscuro. Fue junto al muchacho y lo colocó boca abajo, sin esfuerzo, como quien acomoda un muñeco. Después se inclinó sobre sus nalgas y apoyó la cara en ellas. El joven lanzó un grito muy fuerte. El hombre volvió a su lugar y se sirvió otra copa de una botella. Bebió muy despacio.

—Puede usted morderlo también, si quiere.

Fue en ese momento cuando advertí que el cuerpo del joven estaba salpicado de manchas oscuras, algunas ensangrentadas.

Otro de los hombres avanzó de rodillas, tomó una pierna del muchacho y le mordió en la pantorrilla; movía la cabeza como un perro que sostuviera entre los dientes un pedazo de carne que se resistiera. El grito ahora fue aún más prolongado y agudo.

Salí al pasillo, golpeé en la puerta y me abrieron el candado desde la parte exterior. Salí a la calle y estuve vomitando junto al automóvil elegante. Después busqué un taxi y me fui.

ENCUENTRO CON HOOVER

El teniente Foster me llamó por teléfono para citarme en su despacho; quería que sostuviera una charla con un importante personaje de Washington. El tono del teniente fue amable, un poco burlón.

—Usted, señor Taibo, cada vez me sorprende más. Venga y entérese de qué tipo de amistades tiene.

Me esperaba en su oficina, pero me pasó a una sala alfombrada, en la que había unas cuantas sillas, una mesa redonda y un gran mapa de Los Ángeles colgado en la pared.

En la sala, leyendo un periódico, estaba un hombre joven, de hombros cuadrados, vestido con un traje claro y unos zapatos negros. El teniente me lo presentó con un gesto de mano:

—El señor J. E. Hoover.

Ya por entonces Hoover, quien terminaría fundando el F.B.I., tenía cierta fama; yo había oído hablar de él en algunas reuniones; fama de investigador policiaco duro, persistente.

Nos sentamos los tres alrededor de la mesa y Hoover plegó el periódico y lo guardó en el bolsillo de la chaqueta. Después se miró las manos para levantar los ojos sin prisa. Recuerdo con precisión aquel instante, con el teniente olvidado a mis espaldas, y la figura severa, también vulgar, del policía frente a mí, sin aparente prisa por comenzar a hablar.

Recuerdo también que yo, contra lo que podría esperar, estaba tranquilo, sin nervios, gozando con ese instante tan curiosamente procedente de algunos de los guiones leídos y rechazados por inútiles.

Hoover comenzó a hablarme de los grandes peligros que la democracia americana estaba pasando; habló de misteriosos seres que nos llegaban desde Italia, Francia, España para enseñar una doctrina de dinamita y huelga. Gran parte de su discurso lo pronunció sin mirarme, sin buscar mi mirada. Hablaba, por otra parte, sin indignación, como quien pronuncia una conferencia ante un público en el que confía muy poco.

A mis espaldas el teniente aprovechó una pausa.

—Taibo creemos que usted está siendo involucrado dentro de una conspiración.

No me moví, para seguir observando a Hoover.

—Yo no lo creo. Existen una serie de coincidencias, pero jamás he podido advertir algo que pusiera en peligro a la democracia.

Hoover intervino:

—Quiere decirnos que todo es casualidad.

—Quiero decir, que ni tan siquiera creo en esa casualidad.

Si algo se fue formando a mi alrededor, yo no lo advertí. Todo lo que sé de esa posible conspiración me lo fue contando el teniente Foster.

Hoover abandonó su aire pesado y comenzó a buscar en su chaqueta, como si hubiera tenido una inspiración.

—Señor Taibo: cuando se producen demasiadas casualidades, hay que creer que se está formando una evidencia. Usted está rodeado de tantas casualidades, que a mí mismo me asombran.

Al fin encontró un papel que desplegó con cierto aceleramiento.

—«Otra casualidad» —dijo mostrándome lo que parecía un documento.

Yo continué tranquilo, creo que hasta sonriente.

—¿Qué es eso?

Respondió con una pregunta:

—¿Es usted amigo de Pola Negri?

—Lo fui.

—Algunas veces se hospedó usted en su casa.

—No.

—Sabemos que durmió en su casa.

Yo preferí esperar a que fuera dándome más noticias de mi vida.

—Usted, señor Taibo, tuvo numerosas reuniones con la mujer llamada Pola Negri, y la mujer llamada Pola Negri ha sido, y aún lo es, espía extranjera.

Creo que al llegar a este punto perdí mi aire condescendiente:

—No lo creo.

Hoover me alargó el documento.

Estaba firmado por el Asesor General en Comunicación del Secretario de Estado, en Washington. Tenía fecha de agosto de 1921. Comenzaba informando al «querido señor Hoover», a quien junto con «el presente informe» se adjunta una fotografía de Paula o Pola Negri. Recuerdo el párrafo siguiente, que consiguió sacarme de aquel curioso estado de espectador de mí mismo.

«Pola Negri es una mujer polaca, espía, que está enviando información a su país y a otras naciones respecto a nuestros asuntos...»

Después se recomendaba que fuera vigilada cuidadosamente.

Dije que no lo podía creer.

—Usted, señor Taibo, no cree nada. No cree que los anarquistas hayan comprado armas, matado a quienes los espiaban, enviado fusiles a México y establecido aquí, en nuestro propio país, toda una red de asesinos. Usted no cree ni tan siquiera en lo que en Washington ya nadie duda. Y nosotros, sin embargo, comenzamos a no creer en lo que usted nos dice.

Había mantenido la mano en el aire, esperando que yo le devolviera el papel y hablaba sin ningún aparente rencor.

A mis espaldas, el teniente observaba:

—La verdad, Taibo, es que usted tiene amigos sospechosos.

Hoover guardaba el documento doblándolo con cuidado.

—Jamás, durante su amistad con Pola Negri, adivinó que buscaba información sobre nuestro país?

—Jamás. Pero, además, ¿qué información podría obtener en Hollywood?

—¿Hablaron alguna vez de política europea?

—Nunca.

—¿Estuvo usted enamorado de Pola Negri?

—No.

Hoover había vuelto a mirarse las manos, como si buscara en ellas el material para próximas preguntas.

Detrás de mí el teniente parecía reposado y sin prisa, inmóvil y respirando apaciblemente sobre mi cabeza.

Hoover carraspeo y el teniente me habló sin dejarse ver; advertí que aquella parecía ser la pregunta clave, ya que Hoover alzó la vista y me miró a los ojos.

—El señor Cecil B. de Mille piensa que usted está preparando una película tendente a demoler el espíritu cristiano del país.

Guardé silencio.

—El señor Cecil B. de Mille piensa que usted ha recibido dinero para producir un film en el que Jesucristo sería vencido por las fuerzas del mal.

A mis espaldas el teniente apuntó:

—Idea muy anarquista, ¿no, señor Hoover?

Hoover agitó la cabeza con mucha fuerza, afirmando.

El teniente insistió:

—Idea que también gustaría a los amigos de la actriz Pola Negri, ¿no, señor Hoover?

Volvió a afirmar, ahora con un movimiento del mentón que aplastó el nudo de la corbata.

Después volvió a buscar el papel que había escondido en su enorme chaqueta de tela espesa y colgante. Leyó el documento, como si no lo conociera, y fue hablando mientras sus ojos recorrían las líneas escritas a máquina.

—Desde que yo era Asistente Especial del Procurador General de Justicia, hace ocho años, tenemos los ojos puestos en una serie de personajes ambiguos, reptantes, que jamás dan la cara. La señora Pola, o Paula, Negri jamás dio la cara; no dan la cara los siniestros personajes que se encuentran detrás de los asesinos que tiran bombas, no dan la cara los que escriben películas contrarias a la democracia. Nadie da la cara, pero nosotros no los perdemos de vista. La señora Negri fue y es una espía al servicio de países enemigos de nuestra democracia.

431

Guardó de nuevo el papel, siempre con gran cuidado:

—Usted, señor Taibo, es hijo de extranjeros.

—Sí.

—Su madre fue una mujer noruega, hija de padre belga y de madre polaca.

—No sabía esos datos.

—Sí; no fue difícil averiguarlos. Su abuela materna era del mismo país que la señora Pola Negri.

Yo no estaba asustado, sino confuso.

—Y los Taibo proceden de Checoslovaquia.

—Tampoco lo sabía.

De pronto el teniente saltó de la zona invisible en donde se encontraba y se situó a espaldas de Hoover, curiosamente me habló en forma muy personal, muy íntima, como si se asombrara de que un ser querido pudiera hacer algo poco noble.

—Taibo, sinceramente, ¿pensaba usted hacer una película en la que vencieran los demonios?

Comencé a responder seriamente y luego me invadió una risa que lamenté.

—No, no. Esa fue una idea comercial. Yo quería aprovechar a un actor que hacía de Jesucristo, para que hiciera de demonio. Fue una idea que el señor Cecil B. de Mille me compró. Creo que va a hacer la película dentro de…

Comencé a reír; acaso porque conseguí colocarme en las botas de Hoover y del teniente, y a sus ojos yo comenzaba a ser, también, el demonio.

Hoover se levantó, ahora ya molesto, y buscó con los ojos su sombrero, que el teniente le entregó con un cierto apresuramiento; se dirigieron hacia la puerta como si ellos fueran los visitantes.

Después Hoover pareció arrepentirse y volvió sobre sus pasos. Y me alargó la mano:

—Debiera usted cambiar de amigos.

Yo había estrangulado los restos de la risa y no supe cómo responder.

Él abrió la puerta con firmeza y hablando de espaldas a mí, dijo:

—Yo soy un amigo recomendable.

El teniente salió tras de Hoover y cerró la puerta a sus espaldas.

Yo me quedé, sorprendido, dentro de una habitación en la que nada parecía señalar que me encontraba en una oficina policiaca. Esperé unos momentos y salí yo también.

Ya en la calle, comencé a tener miedo.

Hollywood observado

Durante las primeras semanas del comienzo de 1929 comencé a interesarme de una forma nueva por ese lugar provisional llamado Hollywood. Es posible que el enorme hueco dejado por tantas ausencias me hubiera llevado hacia intereses que antes estaban muy lejos de mí.

Ahora creo ver claro lo que entonces no parecía tener sentido alguno, aquel súbito interés por las calles huecas, por los lugares desiertos de amigos. Vacío de todo afecto, recurrí a Hollywood en busca de una razón que me permitiera continuar allí mi vida. Fueron largos paseos por los bulevares, visitas a casas en venta, charlas ocasionales con conocidos que frenaban a mi lado sus automóviles para preguntarme si podían trasladarme a algún lugar. Yo solía estacionar el mío en cualquier sitio y luego caminaba hasta que, después de vueltas y rodeos, volvía a encontrarme junto al vehículo que me llevaba mecánicamente, como llamado por un silbido exigente, hasta Casa Azteca.

Con el paso de estos tres últimos años, Casa Azteca había perdido limpieza, aun cuando ello pareciera imposible.

Las fiestas de Erich Von Stroheim, las reuniones misteriosas de actores famosos, el hecho de que en Casa Azteca algunos personajes conocidos mantuvieron *suites* bajo nombres falsos convertía el lugar en un atractivo misterio para los periodistas y en un apetecible lugar para quienes buscaban una aventura.

Yo solía llegar hasta Casa Azteca recorriendo un largo trecho del Boulevard Santa Mónica para luego entrar en la calle Flores y encontrarme, de pronto, ante mi hogar.

En un cierto tramo Hollywood se encuentra dividido por tres trazos paralelos y enérgicos, dentro de los cuales se movía el angustiado mundo de los extras, de los aspirantes a estrellas, de los enloquecidos seguidores del éxito. Estas tres rutas establecían ante millones de personas los confines de un reino disparatado, efervescente y milagroso.

El Boulevard Santa Mónica, Sunset Boulevard y Hollywood Boulevard, eran las tres pautas que marcaban en la piel y en el alma al forastero; que lo señalaban de tal forma que aquel que había vivido entre las tres líneas de tránsito, camino y trabajo, parecía como tatuado para siempre, como reconocible en todos los lugares.

De alguna manera quien se iba fracasado de Hollywood llevaba en la mirada una desolación especial y distinta y en los labios una constante y ambigua referencia a los tres grandes caminos de la vida: El Boulevard Santa Mónica, Sunset Boulevard y el Hollywood Boulevard.

El primero es largo y ambicioso, barrera entre el condado de Los Ángeles y el propio barrio de Hollywood; después atraviesa Beverly Hills, pasa por el Westwood y entra gloriosamente en Santa Mónica, para caer sobre el mar y abrirse ante las playas de Palisades.

Estas playas habían sufrido la presencia de los cómicos de Mack Sennett, visto caer automóviles, aviones, carros de caballos al agua. Habían gozado con la presencia de las primeras bañistas de rodillas desnudas. En ellas se habían celebrado los primeros desfiles de carrozas y los primeros concursos de belleza.

A ellas llegaban los enamorados para sentarse sobre la arena y soñarse Douglas Fairbanks y Mary Pickford.

Sunset Boulevard tiene el vuelo más corto, pero vuela más alto; pasa por Hollywood, fingiéndose poco importante, después entra en Beverly y atraviesa ceremoniosamente las suaves colinas, recubiertas de mansiones, de jardines jamás protegidos por bardas, cabeceando en ocasiones, como si se adormeciera en las suaves curvas para luego morir justamente en donde el barrio de las estrellas muere.

Hollywood Boulevard nació elegante y fue perdiendo estilo para hacerse popular, pintoresco, en ocasiones siniestro.

En 1927, las actrices y los actores comenzaron a imprimir las huellas de sus pies y de sus manos en el Teatro Chino del bulevar y esto pareció señalar la invasión del pueblo.

Desde entonces, Hollywood y Beverly se observan con desconfianza; el primero siente que engendró al segundo y éste se avergüenza de un padre tan poco refinado.

En aquellos días de soledad, de infortunio, todas estas cosas, que nunca había observado, se hicieron visibles para un Irving Taibo al que la desolación iba destruyendo sus refugios, barreras y escondites.

La calle Flores es corta y desvaída; se abre paso desde el Boulevard Santa Mónica hasta Sunset y entre ambas vive y muere.

La calle Flores parecía tener un especial interés para los extras del cine; para quienes buscaban en el cine la comida diaria; miles y miles de personas formaban en los estudios listas interminables que jamás eran consultadas por los contratadores.

Se les llamaba por orden alfabético y así resultaba que en un film de romanos todos los cristianos condenados a morir en la arena tenían apellidos que comenzaban por W.

En la calle Flores se encontraban los aspirantes a

extras llegados de todas partes, exhibiendo sus fortuitos parecidos con esta o aquella estrella, su capacidad para bailar el tango, para lanzar cuchillos, para amaestrar palomas.

Fue en el mes de mayo cuando un extra mexicano se me acercó para decirme en un inglés balbuciente que Miguel Linares andaba por Durango con una compañía de teatro callejero. Me dijo también que Miguel Linares me enviaba algo. Y sacó·del bolsillo una cajita de metal, que antes había contenido pastillas y que ahora parecía mantener en su interior algo blando.

Me despedí del extra y guardé la caja sin abrirla.

NOTICIAS

Los acontecimientos en mi vida parecen seguir unos impulsos orgánicos que les lleva a acumularse en forma estrepitosa y caótica o a evadirse dejándome en blanco durante tiempo.

Como atraídos por un oscuro imán, los acontecimientos comienzan a aproximarse a mí, anunciándose unos a otros a través de señales confusas que no pueden ser interpretadas sino cuando ya todo ha pasado y de pronto mi vida vuelve a ser un espacio vacío, mansamente inútil y apacible.

Vienen los acontecimientos desde muy lejos, derrumbando la paz y la concordia, moviéndose como elefantes sonámbulos y aplastando aquellos que acaso fueran momentos felices.

Los acontecimientos se empujan unos a otros para invadir mi vida y ocupar un lugar esencial en mis pensamientos.

Son incapaces de guardar un orden, incapaces de esperar a que uno haya producido su efecto demoledor mientras el otro aguarda el turno de su intervención furibunda.

Suelen llegar a mí los acontecimientos, como uniéndose entre sí para hacerse visibles y enemigos; después se van todos juntos y mi vida, durante unos días tan vulnerada, vuelve a ser un apacible y distante ensueño.

Los éxitos, las conversaciones con los amigos, el trabajo en los estudios de cine, la muerte violenta de ciertas gentes conocidas, incluso el amor por Dolores, en sus comienzos, habían sido apacibles hechos que se quedaban sobre la vida cotidiana como imágenes que flotaran sobre un río largo y siempre semejante.

Y un día cualquiera, como si todos los acontecimientos se hubieran concitado, mi mundo era agitado por múltiples hechos; el amor fracasado con Dolores, la inútil búsqueda de la mujer amada, su calculada ausencia. Todo esto cae sobre mí y me aplasta y me deja inútil para cualquier acción razonable. Acaso por todo esto parezco un ser impávido en los ricos momentos de calma y un ser más impávido aun cuando los hechos se muestran tan acuciantes que me impiden todo grito, toda acción, toda posible retirada.

Aquella tarde en el estudio, mientras telones y maderos eran movidos por una brisa cálida, rompí con esa calma que la vida me impone, arremetí contra

Dolores y contra la vida, y este esfuerzo de violencia vino a ser pagado con un largo tiempo de áspera y falsa paz.

EL RETORNO DE MIGUEL

El extra me dio la caja de metal sin envolver; se veía que había recorrido mundo aquel envase de pastillas para la tos en cuya tapa se mostraba un desvalido caballero con la mano sobre la boca. Era una caja cubierta por herrumbre que se desprendía convirtiéndose en polvo dorado. Guardé la caja y me despedí.

Esa misma tarde me dijeron en los estudios que Dolores había suspendido el rodaje de *Evangelina*, una película en la que ella interpretaba una canción. Los productores querían adelantarse a toda competencia y si ya se anunciaba que Greta Garbo hablaría en *Anna Christie*, Dolores cantaría en *Evangelina*.

Sólo dos o tres días después me enteré de la razón de la ausencia de Dolores en los estudios: el marido se había suicidado en Viena.

Lo supe por casualidad mientras escuchaba sin interés la conversación que sostenían a mi lado, en el hotel Alexandria, unos actores latinos.

—Se mató de un tiro. En Viena.

De inmediato supe quién se había suicidado. Terminé mi trago y salí a la calle, después recorrí Beverly Hills en mi automóvil, sin prisa, y terminé en la calle Flores, emborrachándome desesperadamente en una taberna clandestina.

El mismo extra mexicano se acercó a mí para decirme que Miguel Linares había vuelto.

—Ya está aquí.

Yo no entendía:

—¿Quién está aquí?

—Su amigo don Miguel Linares ya está aquí.

Le di las gracias y pedí otra copa; pero el extra no se alejaba.

—¿Quiere decirme usted algo más?

—Don Miguel lo está esperando.

Le invité a un trago, pero él lo rechazó y se fue. Yo no lograba despegarme de la imagen del marido suicidándose en un lugar llamado Viena, mientras al fondo suena un vals y su cuerpo cae sobre un jardín rodeado de árboles floridos.

Así lo quería yo; no entre vómitos, sangre y enfermeras, sino cayéndose bajo una suave iluminación, en un clima preparado por Erich Von Stroheim, quien añadiría sólo un detalle sarcástico: los guantes caídos sobre la hierba, abiertos de tal forma, que parecen pedir explicaciones. Y sobre un guante, el izquierdo, una sola gota de sangre. Y la música de vals al fondo (ahora que ya podemos tener un buen sonido), y un grito que lanza la mujer que lleva de la mano al niño por el jardín (¿o el bosque?) y se encuentra con el hombre tirado en el césped, en una postura comedida y cuidada. Y el guante con la gota de sangre. Y Erich Von Stroheim que entra en escena para colocar junto al hombre el bastón que se nos había olvidado.

Seguí bebiendo; Miguel Linares podía esperar.

Y entonces lo fundí todo con la escena del primer

encuentro en el bar disimulado del hotel Alexandria, y lo veo sacando con cuidado su pañuelo de batista blanco y secándose pulcramente los labios, que habían quedado humedecidos por el licor. Y después advierto que usa botines de piel y que la boquilla en la que colocó de forma tan cuidadosa su pitillo es de oro. Y Erich Von Stroheim me dice que Viena es el único lugar del mundo en donde un caballero se puede suicidar, ya que en Hollywood sólo deben matarse los vendedores de sombreros o los fabricantes de películas.

—Nadie debe suicidarse en Hollywood.

—Sin embargo, algunos se suicidan.

—Los peores.

—Sí, los peores.

Erich Von Stroheim está conmigo en la calle Flores y se quita el monóculo para verme bien; mueve esa enorme cabeza de tortuga con dificultad, como si el uniforme de húsar de alguna guardia real le impidiera girar el pescuezo. Se quita el monóculo y me dice que sólo en las bellas ciudades europeas está autorizado el suicidio de un caballero. Bebí otra copa y me fui a Casa Azteca, y allí estaba Miguel Linares.

Sentado, con las manos más largas y manchadas que nunca, cubiertas de lunares negros. Unas manos ya todas lunares, ya todas músculos y venas visibles, sobre los que una piel delgada y fláccida fingía cierta vida.

Abrí la puerta de mi departamento y me apoyé en ella, la espalda sobre la madera teñida de caoba, y miré a don Miguel, que a su vez me miraba, sin movimiento, como si fuera una fotografía.

Y no hacía falta que hablara, ya que él era la derrota y parecía no sólo haber perdido la batalla, sino también haber sido vencido por los enemigos de Dios, que eran sus propios enemigos.

Comencé a contarle que no debía considerarse el único vencido, ya que en Viena otro amigo también se había entregado a la derrota y estaba sobre la hierba, con los ojos abiertos, junto a un guante de piel gris y un bastón de puño de plata. Y había otras muchas víctimas de la misma derrota, y yo era una de ellas, ya que había caído vencido al pie del trono de un rey, emperador o acaso sólo un fantasma, y ya no podría jamás aspirar a vencer y tendría que darme por vencido.

Me miraba don Miguel y tenía el rostro muy cansado, un gran peso en los hombros, la mirada recubierta por ese velo gris, ya conocido. Un velo que lo situaba al otro lado del mundo y en otro tiempo.

Miguel Linares, vestido de negro, con un traje que había sufrido mucho, una camisa parda y una corbata que había salido de ese extraño lugar en donde aquellos mexicanos iban a buscarlas, y en donde las conservaban para ser exhibidas en los días cargados de importancia.

Miguel Linares, don Miguel, que tardaba en decidirse a hablar y yo que intentaba contarle cómo el marido estaba en el jardín, o acaso en un bosque, y cómo Von Stroheim colocaba el bastón en el ángulo exacto ponía las luces adecuadas y daba orden de que se comenzara de inmediato a filmar.

Creo que fue Miguel Linares quien me acostó en mi cama esa noche.

Atravesamos la frontera con México sin ningún problema, pero el camión se fue destrozando entre las brechas, los caminos de cabras, los desiertos resecos. Era un terreno sumamente enemigo.

Un puñado de hombres nos estaba esperando; iban armados con machetes y sólo a nuestra llegada pudieron comenzar a usar rifles y otras armas pequeñas.

H. G. Warner seguía vestido de Jesús y era Jesucristo. Sonreía a todos los campesinos que se cruzaban con nosotros y lo hacía tan bien que nuestro grupo llegó a contar con quinientos cristeros.

Pero nuestro comandante, Pedro Sandoval, no conocía el arte de la guerrilla y prefería los enfrentamientos a lo pelón. Era un hombre de fe, pero falto de estrategia.

Por eso fuimos perdiendo todos los combates.

Cuando nos quedaban pocos hombres, H. G. Warner bajaba del viejísimo camión y caminaba por los senderos, sonriendo ante cada hogar, y así volvíamos a constituirnos en ejército.

Nadie resistía la sonrisa de H. G. Warner, las mujeres le lavaban los pies, los hombres lo recibían agitando palmas, los niños le llevaban flores, papayas y mangos.

H. G. Warner era un hombre sumamente feliz; había aprendido algunas palabras en español: «sean felices», «no nos vencerán», «yo los bendigo».

Cuando reuníamos un buen contingente de huarachudos o estábamos en una ranchería apartada y tranquila, proyectábamos la película de Cecil B. de Mille y la gente veía de rodillas la escena de la crucifixión.

Después volvíamos a combatir con más ánimo.

Los principales enemigos que teníamos eran los maestros de escuela, que nos denunciaban como un fraude; no creían en la verdad del cine ni en la presencia de H. G. Warner ni creían en nuestro triunfo. Cortamos algunas orejas de maestros, para que mejor les entrara la palabra de Dios; pero ni así.

Los dos hijos de Pedro Sandoval, que no eran hijos auténticos sino adoptados, se habían muerto ya a balazos y Pedro quería vengarlos.

Pedro estaba en la lucha desde los últimos meses de 1926 y sólo tenía cuarenta y tres años, pero parecía cargar ya unos sesenta corridos y muy magullados.

Su territorio era el norte de Jalisco y allí se manejaba bien, pero las tropas ya comenzaban a conocer los senderos; así que nos seguían día y noche y nosotros cada vez avanzábamos más lentamente, porque el camión no era una cabra, aun cuando casi lo pareciera.

Además, H. G. Warner comenzó a exigir que se proyectara su película en cada casa; eso nos retrasaba y además dañaba los rollos de material que ya estaban de por sí muy rayados.

Entonces fue cuando decidimos cortar algunas escenas de *The King of Kings*, porque resultaba larga y ya nos estaban pisando la cola los federales y porque Cecil B. de Mille había puesto cosas que alborotaban los criterios. Así que quitamos lo de Jacquelina Logan con el hombre desnudo y dándose vueltas sobre una cama. También quitamos otras cosas por aligerar la función.

H. G. Warner no protestaba, porque a él sólo le parecía buena la presencia de Jesús, o su propia presencia, que esto no se discutió.

Un día estábamos pasando *The King of Kings* en un rancho en la sierra, cuando llegaron los federales y mataron a Pedro Sandoval.

Yo y H. G. Warner salimos corriendo y abandonamos el camión, la película, el proyector y cien fusiles.

Eran como las siete de la noche y H. G. Warner y yo subíamos un cerrito y detrás venían resoplando los soldados y nos gritaban que nos matarían si no dejábamos de correr.

Pero H. G. Warner, cuando estuvo en lo alto del cerrito, se volvió sobre sí mismo, miró a los soldados y los bendijo; entonces los soldados se arrodillaron y se quitaron el quepis.

Pudimos seguir adelante sin tropiezos.

Como un mes después encontramos una compañía de teatro ambulante que viajaba en tres carros de mulas, el director, que había trabajado de joven en Madrid, ofreció a H. G. Warner un puesto en la compañía que estaba representando pastorelas.

Las pastorelas son funciones muy populares en México; en ellas aparecen los santos, la Virgen, campesinos y el demonio.

Pero no aparece Dios, porque entonces los curas las excomulgarían.

Así que H. G. Warner se vistió de demonio, con un traje muy ajustado rojo, tan ajustado que los testículos sobresalían como dos cuernos más, y con una larguísima cola rellena de algodón.

H. G Warner me dijo que haciendo de diablo expiaba el tremendo error de haber huido frente a los soldados, en vez de catequizarlos con su sola presencia.

Allí lo dejé, de diablo saltarín, con una cornamenta de trapo y unos bigotes de cola de buey. Pero en un maletín guarda las sandalias, la túnica, la barba y la peluca de Jesucristo; para la próxima ocasión.

Yo vine por dinero, por mis dólares, para comprar más fusiles y volver a la lucha.

H. G. Warner quiere entrar conmigo en la ciudad de México, bendiciendo a la población, desde un caballo blanco, al frente de un ejército de cristeros que lleven, adornando sus sombreros de paja, un cromo representando la escena final de *The King of Kings*.

Para entonces, Jesucristo hablará ya algo de español, con un poco de acento tapatío.

DÍA LUNES, 21 DE OCTUBRE DE 1929

Miguel Linares llegó un viernes a mi departamento y charlamos durante el sábado y el domingo; esos dos días volvimos al rito del tequila que él me servía en copas que iba llenando en la cocina.

Decidimos que no saldría de casa por miedo a que

la policía lo descubriera, y yo preferí guardar un cierto luto alcoholizador por el marido.

Pero el lunes, cuando aún me estaba afeitando y Miguel se encontraba en la habitación del fondo, alguien golpeó la puerta de entrada de tal forma que supe, sin más, que me estaba visitando el teniente Foster.

—Ha llegado a Hollywood Miguel Linares, el viejo amigo suyo.

Yo mantenía en la mano la brocha recubierta de espuma.

—Yo creo que va a venir a visitarlo.

Me pasé la navaja de afeitar por el mentón, pero la mano me temblaba, no sé si por nervios o por el tequila.

—Si viene, usted está obligado a llamarme y decírmelo. De otra forma se hará cómplice de una persona que es presunta autora de dos crímenes, contrabando de armas y propagación de una doctrina antiamericana, como es el anarquismo.

Al fin pude controlarme y decidí quitarme el jabón con la toalla, dejando para más tarde la tarea de afeitarme bien.

—Y quisiera decirle algo que le afecta a usted.

Esperé, ya calmado, en camiseta, ante la puerta, impidiéndole la entrada.

—En los estudios se dice que usted tiene una relación tortuosa con Miguel Linares. Se dice que usted guarda las orejas de las personas que Miguel Linares asesina. Se dice que usted colecciona orejas de muertos.

Ensayé una carcajada y no me salió mal.

El teniente Foster me miró durante un momento, como pretendiendo descubrir si la risa era superchería o explosión de sinceridad. Después me dijo que lamentaba haberme interrumpido y que esperaba mi llamada, si Miguel Linares aparecía por mi vida.

Se fue; con el sombrero colocado sobre la nuca, el traje oscuro y demasiado grande, los zapatos negros y enormes y esa pistola que yo siempre le suponía oculta.

Miguel Linares apareció ya vestido, con la corbata colgándole fláccidamente, untada de agrias comidas tragadas apresuradamente durante la lucha.

—Miguel, ¿por qué sus amigos y usted usan corbata?

—Somos gente digna.

Quedamos en que dejaríamos para el día siguiente la arriesgada aventura de ir al banco a sacar todo el dinero que Miguel guardaba.

—Son como diez mil dólares.

Yo le miraba asombrado: toda una fortuna.

—Miguel, ¿vas a gastar todos esos dólares en fusiles?

—Sí.

—¿Y cómo los vas a sacar de Los Ángeles?

—En un camión, como la vez pasada. Al otro lado de la frontera ya me están esperando.

—¿Y H. G. Warner, en dónde está?

—Él anda por Jalisco, haciendo de diablo. Pero ya no se aguanta de ganas de volver a ser Jesús. Hace de diablo para expiar sus culpas.

Después hablamos del teniente Foster.

—Ese cabrón no tiene ni idea de lo que pasó, pero aun sin saberlo ya relacionó lo de las dos muertes.

Después Miguel me preguntó por Dolores.

—Es una verdadera estrella. Ahora hace una película en la que va a cantar. Será un gran éxito. Los públicos de hoy quieren que todas las estrellas canten.

—¿Y, cómo canta?

—Eso no importa.

Miguel quería saber si los actores mexicanos darían dinero para fusiles.

—Yo creo que no. Creo que ustedes, los cristeros, no tienen aquí buena fama.

—Somos el ejército de Dios.

—Cecil B. de Mille ya sabe que ustedes le robaron una copia de *The King of Kings*, y dice que no pagar derechos de explotación va contra los mandatos del Señor.

Miguel me miraba desde su mirada recubierta de cristales opacos y movía la cabeza con toda seriedad.

—Dígale que muchas gentes, en los pueblos de México, iban a ver el film tres y cuatro veces seguidas. Pero los maestros van por ver a María Magdalena, no a Jesús.

Y Miguel se sacudió el traje con las manos o se sacudió a sí mismo como si ansiara entrar en acción.

DÍA MARTES, 22

En mi despacho del estudio me esperaba un actor grande, triste, de ojos soñadores y hundidos; se llamaba Boris Karloff y había estado haciendo de villano en algunas series. Boris no se llamaba verdaderamente así, sino William Pratt, había nacido en Inglaterra y comenzado a hacer cine por el año diecinueve o veinte. Lo más interesante de Boris Karloff era su forma de inclinar la cabeza hacia delante al escuchar a sus oponentes; parecía como si entrara misteriosamente en el mundo de quien hablaba, como si lo escrutara y lo sometiera a juicio. Algo muy misterioso, que solía inquietar a sus amigos y que en la pantalla daba una sensación de invasión de personalidades.

Sostuvimos una conversación algo alocada.

—Señor Taibo, usted fue quien recomendó a mi amigo y compatriota H. G. Warner que hiciera de diablo; después de eso mi amigo desapareció y alguien me dice que está haciendo el papel de satanás en algún país extranjero.

Yo le había invitado que se sentara y él, desde su silla, frente a mi mesa de despacho, se inclinaba hacia delante, como para incitarme a la confesión.

Yo, sin embargo, escuchaba en silencio.

—Señor Taibo, yo creo que usted tiene razón y que el señor Cecil B. de Mille está equivocado. El futuro no será de los personajes bondadosos, sino de los monstruos despiadados. Ellos invadirán las pantallas, por mucho que Cecil intente impedirlo. El mal está trabajando en ese sentido.

Boris Karloff, sonrió, de pronto, con un aire tan bondadoso, que parecía contradecir tajantemente su teoría.

—Señor Taibo, se dice en Hollywood que usted es un hombre al que hacen caso los grandes productores;

yo vengo a proponerle que lance la gran campaña a favor de los monstruos.

—Señor Karloff, yo ya he visto películas de monstruos. ¿Vio usted *Nosferatu*? Es un vampiro.

—Sí, pero no avanza en la dirección adecuada. Los alemanes no tienen la sensibilidad necesaria para crear un monstruo humano capaz de sufrir intensamente por su propia monstruosidad.

Yo comenzaba a interesarme por lo que parecía estar sugiriendo; un monstruo torturado y de alguna manera tierno. Un monstruo consciente de su deformidad.

Le ofrecí tabaco y no quiso; dijo que tenía ya la voz situada en un tono muy bajo, y que no quería que se agravara aún más. Así estaba bien.

—Señor Karloff ahora estoy sumergido en toda una campaña a favor del sonido; no creo que pueda tener tiempo para iniciar otra a favor de los monstruos.

—Sin embargo, es el momento. Los monstruos no deben hablar en el cine, pero sus pisadas tienen que sonar lúgubremente. El sonido viene a ayudar a los monstruos.

Insistí en que no podría acumular sobre mi más trabajo.

Él se miraba las manos, muy cuidadas, con una atención escrupulosa.

—Señor Taibo, es un rumor muy difundido que usted ya está trabajando en una teoría del cine de horror. Me dicen mis amigos que usted se inspira colocando ante su mesa orejas humanas cercenadas.

Aplasté mi cigarro sobre el cenicero y esperé.

—Un hombre que trabaja de esta forma es lo que estamos necesitando en Hollywood. Aquí hay demasiada superficialidad; nadie se hunde en el misterio y en el horror. Sólo desde el horror se podrá hacer un cine que despierte horror.

Yo seguía aguardando.

—Cuando vuelva H. G. Warner, después de haber hecho el papel de satanás, como usted le recomendó, llegará colmado de experiencias profundas. Su interpretación de Jesucristo era superficial y muy idiota. Ahora habrá bajado al infierno y volverá más sabio.

Estuvo tentado de hacer una señal que apoyara su discurso, pero se contuvo.

—Señor Taibo, la idea de las orejas que le escuchan colocadas sobre una mesa es una excelente idea. A través de ellas su voz llegará al más allá. Son orejas que recogen las ideas del presente y las llevan hasta el centro del horror. Pero usted necesita, también, tener sobre la mesa una boca. Colocar la boca de un muerto sobre la mesa y esperar a que hable.

Boris Karloff se levantó lentamente, como si se estuviera desplegando; era altísimo, delgado, tenía por entonces cuarenta y dos años de edad y estaba aparentemente muy lejos de la fama.

—Señor Taibo, cuando esa boca muerta le hable, le dirá que yo tengo razón. Los monstruos tienen más porvenir que Jesucristo.

Y se fue Boris Karloff.

Al llegar en la noche a mis habitaciones supe que Miguel había tenido que escapar por una ventana, cuando escuchó que unas gentes estaban abriendo mi puerta con una ganzúa. Estuvo fuera tres horas y cuando volvió encontró la casa revuelta.

Lo único que hasta el momento no puedo encontrar son las dos cajitas con orejas de maestros mexicanos.

—¿Recibió usted la última que le envié? ¿Las tiró a la basura?

Le dije que las habían robado los hombres que entraron en mis habitaciones.

DÍA MIÉRCOLES, 23

Miguel Linares tenía que hacer una serie de complicadas manipulaciones para retirar su dinero; había estado jugando con acciones y era necesario venderlas. El momento era muy malo, todo el mundo quería, también, vender.

En los estudios se hablaba mucho más de la baja en la bolsa que de cine; se decía que Charles Chaplin y Mary Pickford habían perdido millares de dólares.

Yo le decía a Miguel que no era el momento de venderlo todo, perdiendo parte de sus ganancias; pero él no quería hablar de otra cosa que no fueran los fusiles.

—Ya los tengo comprados; están en Los Ángeles y sólo tengo que pagarlos. Los llevaremos escondidos dentro de colchones.

Le pedí que fuera muy discreto y lo vi marcharse a las diez de la mañana, caminando.

Yo temía que el teniente Foster lo llegara a encontrar.

Pensé en Dolores, que había visto desaparecer toda su fortuna durante la revolución mexicana. Lo cierto es que pensaba en ella constantemente.

La llamé por teléfono, sin ninguna esperanza y, sin embargo, respondió.

—Siento lo de tu esposo.

Dolores me hablaba en un inglés que parecía haber aprendido en Londres; hablaba con suavidad. Sin duda sus cejas estaban reposando sobre el arco de los ojos, pacíficamente a la espera.

—Yo lo amé mucho. Fue más que un esposo, fue como un padre para mí.

Después me confesó que estaba enamorada de nuevo.

No me quiso decir el nombre del nuevo amor.

Me dijo, también, que estaba aprendiendo a cantar en inglés. Le dije que la amaba, pero esto no tiene sentido a través de un teléfono. Ella parecía reír suavemente al otro lado. Le dije que vivía en un infierno de trabajos absurdos y de borracheras. Ella me respondió que ya lo sabía; que se lo habían dicho. Me dijo que yo tenía que regenerarme, que yo era muy joven, que me volvería a enamorar. Que la vida era así; ella lo sabía porque acababa de perder a un hombre al que había amado mucho, un marido y un padre. Me dijo, también, que cuando nos volviéramos a ver, nos veríamos como amigos.

Cuando entró mi secretaria en mi despacho, yo tenía aún el teléfono en la mano.

—Entré porque escuché el zumbido en la centralita. Creí que podía pasarle algo a usted.

Le dije que no me pasaba nada y colgué el auricular en su gancho de metal plateado.

DÍA JUEVES, 24

Miguel había ordenado que vendieran todas sus acciones y hoy se colocarían en el mercado. Salió a las diez de la mañana cubriéndose la cabeza con un sombrero mío.

—Ayer me pareció que me seguían dos hombres. Temo estar comprometiéndole, Taibo.

Yo también pensaba que un día de estos el teniente Foster lo descubriría en mi casa y ambos seríamos detenidos; pero no le dije nada.

A mediodía comenzaron a llegar gentes a mi despacho; eran sobre todo escritores de Nueva York, que estaban trabajando en algún guión y ahorrando dinero para volver a su casa.

Mi despacho se puso caliente; todo el mundo hablaba a gritos y pedía noticias por teléfono. Para nadie era ya un secreto que la bolsa de Nueva York se había derrumbado.

A mediodía todos los bancos habían cerrado sus puertas y frente a ellos una muchedumbre silenciosa contemplaba los edificios como si esperara encontrar respuesta en sus ventanas cubiertas por cortinas, en sus puertas atrancadas con cerrojos dobles.

Algunos bancos habían colocado policías en la calle.

En Nueva York, se decía, un banquero importante se había suicidado lanzándose al vacío sobre la Quinta Avenida.

Zukor me llamó por teléfono:

—No se deje llevar por la desesperación, Taibo. ¿Cómo ha invertido su dinero?

—No lo invertí. Hace tiempo que vendí mis acciones; lo tengo todo en una cuenta corriente.

—¡Todo su dinero en una cuenta corriente!

—Sí.

—Su locura lo salvó.

Después Zukor me pidió que comenzara a trabajar sobre una tesis que tendría que exponerles ante los miembros de la gran industria del cine.

—En los momentos de desasosiego, en las grandes crisis, la gente necesita aún más diversión. Hollywood, debe hacer un cine más y más divertido. Es el momento en que todo Hollywood cante y baile. Ese es el futuro de nuestro negocio.

En la noche llegó Miguel Linares a mi *suite*; estaba aún más demacrado que nunca. En alguna parte había perdido el sombrero que le presté. Entró en mi cocina y salió con dos copas de whisky ya servidas. Las tomamos en silencio; los fusiles se habían perdido para siempre. Miguel Linares no volvería a México.

—¿Y qué harás ahora, Miguel?

—Me quedaré en Hollywood.

—Pero aquí terminará por detenerte el teniente Foster.

—Ya lo he pensado. El teniente Foster es el único que sabe algo de la muerte de los dos hombres y de la historia de los fusiles. Si quiero seguir viviendo en Hollywood sin problemas, tengo que matar al teniente Foster.

Yo estaba agotado, invadido por tantos acontecimientos, escuchando aún la voz de Dolores que me pedía que la viera como amiga, atribulado por la pesadumbre de mis compañeros que lo habían perdido todo, atendiendo a la fórmula de un cine que bailara y cantara; estaba tan atosigado por los acontecimientos que le dije a Miguel Linares que sí, que sólo matando al teniente Foster podría él seguir viviendo aquí, conmigo, en esta ya amplia parte de Casa Azteca.

CONTRA EL MIEDO, CANTA

Vas por un largo camino y tu sombra se te adelanta, se enlaza con las sombras de los árboles, se retuerce entre las hierbas y los setos, se te aparece como un enemigo cauteloso que aguarda el instante de asaltarte; tú y tu sombra se huyen, se tropiezan de pronto, se angustian mutuamente, se engrandece ella mientras tú disminuyes y quisieras evadirte. Es el momento del miedo, del absurdo pavor, de la amenaza aún no identificada, del no querer avanzar más, sino dejarse caer sobre la propia sombra y permitirle que con su absoluta oscuridad nos cubra, domine y nos anule.

El país entero está aplastado por su propia sombra y el cine no es un arte, sino una medicina; una curación contra el tiempo. Pero no sabemos aún cómo hemos de tomar esa medicina, no conocemos su fórmula ni sus efectos ni si sus virtudes son rápidas o son lentas. No sabemos si debemos tomar el cine en pequeñas sesiones, o dejarnos llevar por el cine, y perdernos en el cine.

Sabemos, sin embargo, que contra el miedo siempre ha sido un buen antídoto silbar; silbaban en sus cuevas los hombres cuando aullaba el viento fuera y silban ahora cuando atraviesan un patio oscuro, en la noche de Nueva York.

El cine, esa medicina desconocida, tiene que ayudarnos a liberarnos del gran miedo que hoy se desató sobre el país.

El cine tiene que ocupar nuestro puesto y ponerse a silbar.

El cine tiene que silbar por todos nosotros y si el silbido es alegre, dinámico, esperanzador, lleno de fuerza y de coraje, todos silbaremos con el cine y la sombra se irá alejando.

Sabemos poco del cine, intuimos que es una medicina posible. Pero sabemos que silbar es bueno contra el miedo. Pongamos a nuestro cine a silbar con fuerza. La hora de cantar y bailar ha llegado, porque ésta es la hora del pavor.

Zukor me dijo que todo Hollywood iba a silbar como un endemoniado, a silbar muy fuerte. Zukor me dijo que las líneas anteriores habían abierto un camino y que llamaría a todos los grandes del cine a conformar la batalla del gran silbido.

Por de pronto hay que contratar, dijo, a todos aquellos que en Broadway saben cantar, bailar y silbar.

La nación entera estaba de rodillas sobre una sucia lona que un día había sido tapete reluciente; estaba asombrada de su nuevo estado; como el campeón que se descubre, sin entender aún su desdicha, derrotado y tendido. Ya todos sabían que aquel era un jueves negro, un día de dolor, una jornada que cayó en avalancha sobre las plácidas vidas de los ahorradores, de quienes habían estado jugando con el dinero de manera tan fácil y tan benéfica. La avalancha había arrasado sueños y esperanzas, llevándose por delante, en sólo una jornada, los cuidadosos planes para el futuro, dando un nuevo sentido sórdido a lo que hacía bien poco había sido presentado como un racional ejercicio de ciertas leyes económicas y civilizadas que permitían ganancias escandalosas y ahorros muy cuantiosos. El jueves negro obligó a examinar los pasados días de júbilo y a encontrar que en cada uno de ellos se escondía una suciedad apestosa; que si la ruina resultaba inmoral por la forma en que había llegado, la riqueza venía a tener la misma falta de razones morales. El jueves negro hizo tambalearse no ya la consistencia moral de un país, sino el sueño inmoral de toda una nación. A partir del jueves negro todo parecía posible; incluso las razones que podían llevar a una mecanógrafa al estrellato parecían ser las mismas que arrancaban millones de dólares de las manos de Chaplin y Mary Pickford. Si era posible escalar la cima de un solo golpe, empujado por fuerzas tan vagas como eficaces, también lo era caer de pronto en la miseria, sin ninguna posibilidad de salvación. Elevarse y derrumbarse eran el resultado final de algún esfuerzo llevado a cabo por dioses que jamás habían sido adivinados ni presentidos.

Si durante años se había cantado la posibilidad de convertirse en famoso a través de un golpe de suerte y esa posibilidad movía a miles de personas hacia Hollywood, habría que aceptar que la derrota tenía tanta fuerza moral como el triunfo y que ambas cosas eran la misma cosa vista de forma distinta.

El latigazo de Nueva York levantó la piel de millones de personas situadas en los más apartados lugares del país, pero en Hollywood tuvo un efecto especial, porque la ruleta rusa no era un juego desconocido. Lo que se perdió ese día fue algo más que los millones de dólares de escritores, artistas, estrellas, directores, de simples obreros. Se perdió por un tiempo la fe en un destino que sólo tenía dos caminos: o el triunfo o la espera. Descubrir que también la ruina podía vivir en Hollywood era nuevo y atolondraba a los vecinos. Algunos, sin embargo, se salvaron: no fueron las estrellas ni quienes aspiraban a ser estrellas; se salvaron los antiguos vendedores de guantes, pieles, sombreros, de paraguas y globos; aquellos que habían llegado desde pueblos remotos de Europa y conocían muy bien el alma del país recién ocupado. Los grandes productores miraron a su alrededor y contemplaron las ruinas que había producido la bolsa de Nueva York y los aparatos sonoros; las dos catástrofes que se habían unido para cambiar el mundo. A su alrededor la bien organizada sociedad caía en añicos, pero ellos observaron el desastre y comenzaron a silbar. Así fue cómo desde la desdicha de millones apareció un cine nuevo, adornado con las piernas desnudas de las bailarinas, las risas de los galanes, la música de las grandes bandas, el esplendor de inmensas escaleras por las cuales subía el amor y bajaba la belleza. Estaba naciendo un género cinematográfico que iba a ser el más elocuente del mundo, porque surgía en plena demolición de valores esenciales y con la intención de hacer olvidar y aligerar la pena. Era la única solución evidente; aquella que frente al miedo, permite el silbido como liberación.

Y, efectivamente, la gente salía de los cines silbando las melodías pegajosas, sonriendo con el último recuerdo del número final resplandeciente y este breve tiempo de alegría no era sino empañado por la realidad que, a pesar de todo, apagaba el silbido poco más tarde. Cine como medicina y como droga, cine del que sólo sabíamos que tenía una intención y ahora sabemos que estaba creando un género.

Es posible que, por entonces, para algunas personas estos films musicales fueran un consuelo muy breve, pero la alegría resultaba válida, porque significaba robar unos minutos a la humillación.

La Metro levantó el telón de los brillantes musicales acogiéndose al prestigio de Broadway; el sonido era un elemento muy reciente y los productores querían apoyarse en una escuela de bien probado éxito; *Melodías de Broadway* era la primera pirueta que llevaba a los danzarines desde un escenario hasta un estudio de cine; era también el primer himno a la alegría por la alegría y la primera droga para el desfalleciente corazón de las gentes sencillas.

Zukor me envió un curioso regalo; un silbato de oro que colgaba de una larga cadena. Zukor, en nombre de la industria, agradecía a su niño terrible que hubiera encontrado en el acto de silbar toda una salida para el cine.

«No me han sabido confeccionar en oro unos labios que silben. Confórmese con el silbato y si algún día está en peligro de quedarse sin empleo, sople fuerte.»

VIERNES DE DESASTRE

El día 3 de agosto se había estrenado un film sonoro de un grupo de payasos enloquecidos y anárquicos; eran cuatro tipos judíos que estaban burlándose del cine desde el cine.

Había escuchado a alguno de ellos y conocí en una fiesta al que parecía jefe de la *troupe*; se llamaba Groucho Marx y se pintaba unos enormes bigotes negros, tan eminentemente falsos que ya establecía la actitud del grupo frente al falso realismo de Hollywood.

En aquella fiesta hablamos durante un momento Groucho y yo; recuerdo que le pregunté si su grupo hubiera sido posible en un cine mudo.

Groucho dijo:

—Lo excelente del cine hablado es que permite actuar a un tipo como mi hermano Harpo, que hace de mudo. Lo malo de un cine mudo, es que me vuelve mudo a mí también.

Era un tipo sarcástico, ágil, de movimientos muy alegres pero premeditados.

Fui a ver ese terrible viernes la película *The Cocoanuts*, y había poca gente en la sala, unas cien personas que miraban con desconfianza las primeras imágenes aparecidas en la pantalla. De pronto Groucho Marx dijo algo que parecía increíble en ese instante, algo que se hubiera dicho que había sido rodado ese mismo día.

El hombre del gigantesco bigote se dirigía a un grupo de jóvenes empleados de un hotel de Florida y les advertía:

—El dinero, muchachos, jamás les dará la felicidad. Y la felicidad, nunca les dará dinero.

Después advertía:

—Esta frase podría convertirse en un buen refrán, pero dudo que lo consiga.

Los empleados pedían su sueldo y Groucho les advertía que si no les pagaba, era para que no llegaran a ser esclavos del salario ya que sólo no cobrando conseguirían la libertad.

En un momento de entusiasmo dialéctico Groucho preguntaba a sus subordinados:

—¿Quieren ustedes ser esclavos?

—¡No!

—Muy bien, por eso no les pago, para que sean hombres libres.

El público parecía dudar entre reírse abiertamente o disponerse a considerar ese dislocado sistema de interpretación de la crisis nacional.

Groucho les estaba diciendo, desde aquella pantalla que ya hablaba con muy curiosa perfección, que al fin el país sería libre... ya que todo el país estaba en la ruina.

Salí a la calle sin terminar de ver el film, curiosamente impresionado por una serie de chistes, sorprendentes, de efecto liberador y salvaje.

Y cuando había caminado aún muy pocos pasos, entre esa multitud siempre boquiabierta y silenciosa que pasea por el Holliwood Boulevard me encontré frente al teniente Foster.

Llevaba las manos en los bolsillos de su pantalón, el sombrero hacía atrás, el traje flotando en su entorno, tal y como dos años después aparecerían los villanos en *The public enemy*. Nos saludamos de forma incierta, yo intentando adivinar si el encuentro era casual o me había venido siguiendo. El teniente parecía serio y un poco cansado, con la barba crecida y la camisa en desorden.

Me dijo que estaba a punto de atrapar a Miguel Linares.

—Tenemos cercado a su amigo.

No respondí porque a espaldas de Foster estaba apareciendo Miguel Linares, como un fantasma muy pálido, muy alto.

El teniente seguía hablando de forma calmada, como si estuviera informando a un amigo de un hecho poco importante.

—Lo acusaremos de haber fraguado y llevado a cabo dos asesinatos, de asociación ilegítima, de compra y tráfico ilegal de armas de fuego. Su amigo tiene una larga carrera.

Yo estaba obsesionado por la cada vez más cercana presencia de Miguel, que ahora avanzaba con suavidad, entre las gentes que pasaban a nuestro lado.

—Por otra parte tenemos indicios de que usted colaboró o participó en prácticas sadomasoquistas junto con Linares. Tengo en mi poder dos cajas con trozos de carne humana.

Miguel Linares llevaba una mano escondida debajo de la chaqueta, a la altura del corazón como si se viniera auscultando. Se acercaba a las espaldas del teniente, esquivando a los paseantes, iluminado por las luces del cine frente al que estábamos Miguel Linares me miraba a los ojos por encima del hombro de Foster, pero no hacía ni un gesto ni una señal.

Yo procuraba inútilmente apartar mi vista de ese lento ser de la mano escondida, ya a muy pocos pasos de nosotros. El teniente seguía hablando y yo intentaba fijarme en su rostro para no denunciar la presencia de Miguel, ahora a menos de tres o cuatro metros; pero Foster pareció adivinar mis pensamientos. Fue el suyo un gesto tan rápido que aún no tiene para mí aclaración posible; el hecho es que ahora estaba dándome la espalda y en su mano derecha surgía un revólver enorme que estallaba, saltaba, lo ocupaba todo. Miguel Linares parecía haber disparado también, pero yo no veía el arma, sino solamente un hilillo de humo que subía ajustándose a su cuerpo y evadiéndose por encima de la cabeza descubierta. Cuando Miguel cayó, lo hizo con una dignidad medida, no como quien es derribado, sino ejerciendo el derecho de morir de acuerdo con su existencia. Foster seguía en pie, de nuevo con las manos vacías, como un prestidigitador asombroso; comenzó a caminar hacía Linares, mientras las gentes gritaban, se movían, desaparecían por la puerta principal de Grauman Chinese.

Linares estaba muerto, con los ojos entrecerrados, extendido cuidadosamente sobre el suelo, sin una sola mancha de sangre.

El teniente Foster se inclinó sobre Miguel, le tocó la garganta bajo la mandíbula y después miró a su alrededor con una curiosidad muy profesional y contenida. Yo me acerqué a Miguel Linares, lo miré sin asombro, también sin dolor; dentro de una sensación de irrealidad ya bien conocida. Tal y como si estuviera presenciando un film malo, hecho con gran torpeza.

El teniente Foster me tocó el brazo.

—Venía a asesinarnos a los dos.

Las gentes comenzaban a acercarse y los porteros del Teatro Chino, vestidos de librea, nos miraban asombrados, muy temerosos.

Foster volvió a inclinarse sobre Linares como buscando algo a lo largo de su cuerpo; sin embargo, no lo volvió a tocar ni encontró el revólver que parecía haber desaparecido. Después Foster se volvió desangeladamente hacia mí, para decirme:

—Le doy una oportunidad. Abandone Hollywood ahora mismo.

Yo asentí con un gesto y comencé a alejarme. Recuerdo ese instante con una precisión curiosa, como si estuviera contemplando una fotografía. Miguel tirado sobre la calle, yo pisando una losa de cemento con la huella de una de las mujeres tocadas por la fama. Yo muy joven, con las manos en los bolsillos, la cabeza falsamente orgullosa, un pie muy adelantado, como si ese pie quisiera huir ya del lugar. Al fondo un hombre sostiene en las manos una caja de cartón con manzanas.

Del teniente Foster existe sólo su espalda, acuclillado sobre el cadáver. A Miguel Linares se le ve el rostro, muy seco, mirando hacia el cielo de Hollywood.

RETORNO AL PARAÍSO

Volví a la ciudad en el año 1941, cuando estuve incluido en una terna de aspirantes al Oscar por un guión escrito en Nueva York. Fui a ver a Dolores a un cine de reestreno. Exhibían *Wonder Bar*, un film de 1934, dirigido por Lloy Bacon. Me senté en la butaca y puse el sombrero a mis pies. La coreografía de Busby Berkeley alejó mi decaimiento; mitad nostalgia, mitad olvido.

Sin embargo, en un cierto momento, lo que ocurría en la pantalla me sacudió por las solapas, aceleró mi vida, puso a mi alma en pie. Algo estaba pasando allá arriba, sobre la tela blanca, que era como una ambigua respuesta a todo lo intuido en Hollywood; al mensaje recibido pero jamás descifrado.

Dolores baila en una inmensa sala, rodeada de mesas ocupadas por damas y caballeros vestidos de smoking. Baila vestida de esa cosa extraña que es la mujer hispanoamericana para el director de cine de Hollywood. Baila moviéndose con una altivez vigilante, porque su pareja, un hombre aparentemente vestido de argentino, trae en su mano un largo látigo.

El bailarín es como una réplica lejana de Rodolfo Valentino, es un villano dominante, de gestos fastuosos, de sonrisa muy cruel.

Baila Dolores moviéndose sin dejar de mirar al bailarín, sin darle la espalda sino por instantes; lo hace de tal forma que recuerda a esa pantera arrinconada en la jaula, que amenaza con los colmillos a un domador que la hostiga, la domina, la lleva hasta el extremo del terror.

Baila Dolores y comienza a restallar el látigo; los clientes del Wonder Bar se estremecen, las damas, vestidas de blanco, adelantan la cabeza, con la boca entreabierta, la mirada muy brillante. El látigo azota sobre el suelo, a muy pocos centímetros de Dolores, pasa en un silbido junto a su cintura. El bailarín enseña los dientes, Dolores se esfuerza en mantenerse dentro de la danza programada. Cae al suelo Dolores y el bailarín la agarra por los pelos, acerca su cara a la cara de Dolores, inclinándose sobre ella, dejándola debajo, muy dominada, muy en el extremo de una ya inútil resistencia. El macho ha triunfado y el látigo cae sobre la pista desfallecidamente; un objeto que ha perdido el deseo.

Pero Dolores ha vuelto a bailar y ahora está estrujada por el hombre victorioso. Y Dolores, taimadamente, saca un puñal que el bailarín lleva al cinto y se lo hunde, suavemente, en el costado. El bailarín se queja en un murmullo y luego dice susurrando:

—No dejes de sonreír.

Y se lo llevan en un automóvil negro; y yo pienso que irá de orquesta. Cuando el bailarín muere en el camerino, Dolores cae sobre el sillón y solloza. En la pista ha comenzado otro número musical y Busby Berkeley goza moviendo a sus coristas.

Cuando un empleado del Wonder Bar le pregunta a Al Jolson qué debe hacer con el cadáver, el hombre que puso en marcha el cine sonoro, responde con una voz que aún nos recuerda a los viejos fonógrafos:

—Hay que tirarlo en algún lugar.

Y se lo llevan en un automóvil negro; y yo pienso que irá a parar a aquel mismo sitio en donde un día dejamos un cadáver con un agujero negro entre las cejas.

Terminó la película y yo continué sentado, hundido en la butaca, atravesando el tiempo, suavemente, hacia un pasado al que sólo podía acudir apoyado por ese clima de penumbras y músicas suaves del cinematógrafo, y volví a ver la misma escena y el látigo volvió a dominar toda la pantalla y a señalarme el oscuro sentido de todos aquellos años de incomprensiones y amores juveniles, de desentendimiento de una verdad insospechada. Y volví a sentir en mi mano aquel otro látigo que un día tuve y no me atreví a usar.

Fui caminando hasta el hotel Alexandria y entré en un ambiente tan distante del que yo dejé atrás que parecía ya no otro lugar, sino otro lugar y otro siglo. Me fui hacia la barra, pero nadie parecía recordar de qué forma podía combinarse un Rudy, o quién había sido un policía llamado Foster. Decenas de gloriosos personajes habían caído demolidos y sobre ellos se alzaban personajes nuevos, tan gloriosos o más. Solamente en la pantalla pervivían los antiguos símbolos, los inmensos rostros en blanco y negro, en grises luminosos.

Busqué en mis recuerdos y no encontré sino muchos olvidos y algunos jirones de noticias carcomidas y oscuras. Volví a Nueva York.

Ahora ya, sin fuego ni esperanza, me senté a la máquina y comencé a contar lo ya pasado; memorias de un olvido.

Y fui a descubrir que si bien podía narrar ciertos hechos y ciertas situaciones, que acaso no fueran sino largas mentiras, lo único veraz era una presencia que saltó de la pantalla a la televisión, que surgía en momentos dispersos, que aparecía en las noches, encontrándome solo.

Miraba y aún miro ese rostro que el tiempo no ha tocado, que se mantiene bello, chispeante, que me observa desde todo su orgullo o desde un condescendiente ademán de entendimiento y me digo que el cine es la eternidad que yo conozco.

Y que la palabra «fin» no finiquita nada, sino que da comienzo a la nueva cita que me aguarda, que espero.

Dolores me sonríe en mi dormitorio oscurecido, cuando al otro lado del largo ventanal Nueva York aún murmura a pesar de la noche.

Dolores que se mueve, acciona, coquetea, despliega sus vestidos, camina levemente, me mira, me descubre, me llega hasta la entraña y se despide luego, con la palabra «fin», para volver cuando quienes programan aquellos viejos films, deciden un nuevo encuentro.

Aquella noche en Hollywood acudí a incluirme en el largo desfile de supuestas glorias que esperan a que se les entregue una estatua como premio por construir una parte de la única forma visible de lo eterno.

Ciudad de México, 1978.
Hollywood. Madrid. Nueva York.
Ahuatepec en Morelos y, finalmente y de nuevo,
Ciudad de México, abril 1983.

Índice

OTROS TÍTULOS
DE ESTA COLECCIÓN

CIUDAD DE LOS HUESOS

MICHAEL CONNELLY

Alertado por un médico que asegura haber
encontrado un hueso humano en las colinas de
Hollywood, Bosch descubre que el hueso pertene-
ce al esqueleto de un niño de doce años que fue
asesinado y enterrado en la zona tras haber sufrido numerosos maltratos físicos. El hecho, ocurrido tres décadas atrás, despierta no sólo la conmo-
ción general sino un inusitado interés dentro del
propio equipo de investigadores. Remover el
pasado es un asunto delicado, el caso incomoda a
muchos y a Bosch tampoco le gusta un asunto que,
más allá de las típicas complicaciones policiales,
tiene claros paralelismos con su propia infancia.
Cansado de esta lucha que no parece tener fin,
Bosch tomará una drástica decisión vital.

EL ÚLTIMO PARTIDO

JOHN GRISHAM

Neely Crenshaw regresa a su pueblo natal tras quince años de ausencia. Cuando lo abandonó era un joven cuyo brillante futuro como jugador de fútbol americano acababa de verse frustado por una absurda lesión. Ahora Crenshaw está de vuelta, movido por el deseo de rendir tributo a su antiguo entrenador, un hombre que a pesar del paso del tiempo sigue ejerciendo una gran influencia sobre él, un entrenador que aportó gloria al equipo local, pero que también llevó al límite a sus jugadores, un hombre admirado y odiado.

John Grisham describe la vuelta al pasado de Neely Crenshaw para narrar una historia sobre la frágil línea que separa el éxito del fracaso, sobre sueños truncados, pero también sobre el valor de la amistad y las ilusiones.